A ERA DA ESCURIDÃO

KATY ROSE POOL

A ERA DA ESCURIDÃO

Tradução
Natalie Gerhardt

Copyright © 2019 by Katy Rose Pool

Grafia atualizada segundo o Acordo Ortográfico da Língua Portuguesa de 1990, que entrou em vigor no Brasil em 2009.

Título original
There Will Come a Darkness

Capa
Mallory Grigg

Ilustração de capa
Jim Tierney

Preparação
Júlia Ribeiro

Revisão
Carmen T. S. Costa
Camila Saraiva

Dados Internacionais de Catalogação na Publicação (CIP)
(Câmara Brasileira do Livro, SP, Brasil)

Pool, Katy Rose

A Era da Escuridão / Katy Rose Pool ; tradução Natalie Gerhardt. — 1ª ed. — Rio de Janeiro : Suma, 2020.

Título original: There Will Come a Darkness.
ISBN 978-85-5651-094-5

1. Ficção de fantasia 2. Ficção juvenil I. Título.

20-33654   CDD-028.5

Índice para catálogo sistemático:
1. Ficção : Literatura juvenil   028.5

Cibele Maria Dias – Bibliotecária – CRB-8/9427

[2020]
Todos os direitos desta edição reservados à
EDITORA SCHWARCZ S.A.
Praça Floriano, 19, sala 3001 — Cinelândia
20031-050 — Rio de Janeiro — RJ
Telefone: (21) 3993-7510
www.companhiadasletras.com.br
www.blogdacompanhia.com.br
facebook.com/editorasuma
instagram.com/editorasuma
twitter.com/Suma_BR

Para Erica. É claro.

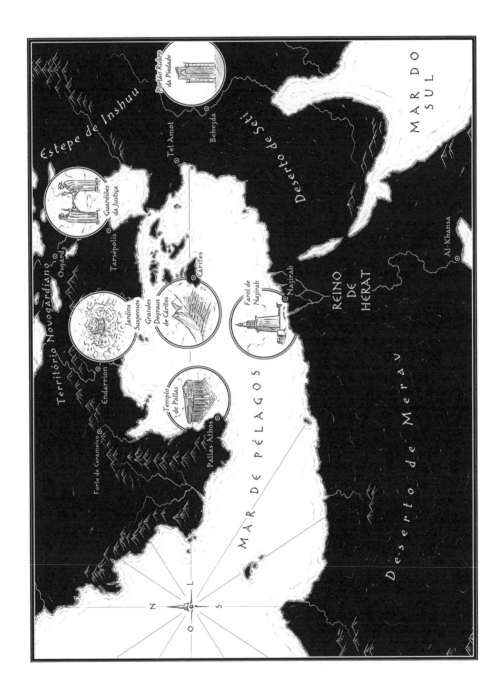

AS QUATRO GRAÇAS DO CORPO

A GRAÇA DO CORAÇÃO
Aumenta a força, a agilidade, a velocidade e os sentidos.
Empunhada por: lutadores de elite.

A GRAÇA DO SANGUE
Doa e extrai energia para curar ou ferir.
Empunhada por: curandeiros.

A GRAÇA DA MENTE
Cria objetos imbuídos de propriedades únicas.
Empunhada por: alquimistas e artífices.

A GRAÇA DA VISÃO
Sente e localiza seres vivos.
Empunhada por: cristalomantes.

PARTE I
ARAUTO

1

EPHYRA

No aposento iluminado pelo luar com vista para a Cidade da Fé, um sacerdote ajoelhou-se perante Ephyra e implorou pela própria vida.

— Por favor — disse ele. — Eu não mereço morrer. Por favor. Nunca mais tocarei nelas, eu juro. Tenha piedade.

Ao redor dele, a opulenta suíte privativa na taverna Jardim de Tálassa emanava desordem. Vestígios de um banquete suntuoso estavam esparramados em bandejas reviradas e jarros ornamentados em filigrana. O piso de mármore branco era uma bagunça de frutas silvestres maduras e várias garrafinhas lapidadas como joias. Uma poça de vinho tinto, cor de sangue, escorria em direção ao sacerdote ajoelhado.

Ephyra se agachou, colocando a palma de sua mão na pele fina do rosto dele.

— Ah, obrigado! — exclamou o sacerdote, lágrimas escorrendo de seus olhos. — Eu agradeço, abençoada...

— Eu me pergunto — Ephyra interrompeu — se suas vítimas já clamaram pela sua piedade? Enquanto você deixava sua marca em seus corpos, será que alguma vez elas rogaram em nome de Behezda?

Ele ofegou.

— Elas não imploraram, não é mesmo? Você as manipulou com sua poção monstruosa, tornando-as dóceis para que pudesse machucá-las e feri-las sem nunca precisar testemunhar a dor delas — Ephyra continuou. — Mas quero que saiba que cada marca que você deixou nelas ficou marcada em você também.

— *Por favor.*

Uma brisa soprou pela porta aberta da varanda atrás de Ephyra quando ela puxou o queixo do sacerdote em sua direção.

— Você foi marcado para morrer. E a morte veio cobrar a dívida.

O olhar aterrorizado do sacerdote pousou em Ephyra conforme ela escorregava a mão por seu pescoço, até encontrar o batimento rápido do coração. Ela se concentrou no sangue pulsando sob a pele e extraiu todo o *esha* de seu corpo.

A luz dos olhos do sacerdote se apagou à medida que seus pulmões soltavam o último suspiro. Ele desmoronou no chão. Um rastro de mão, pálido como a lua, brilhava contra a pele clara do pescoço do sacerdote. Morto, e com apenas uma marca visível.

Tirando a adaga de seu cinto, Ephyra se inclinou sobre o corpo. O sacerdote não estava sozinho quando ela o encontrou. As duas garotas que estavam com ele — com olhos fundos e pulsos machucados com manchas roxo-esverdeadas — fugiram no instante em que ela mandou que corressem, como se não tivessem outra escolha senão obedecer.

Ephyra deslizou a ponta de sua lâmina pelo pescoço do sacerdote, fazendo um corte vermelho no meio da marca clara da mão. Conforme o sangue escuro brotava, ela virou a adaga e abriu o compartimento em seu cabo para retirar o frasco de dentro. Ela o segurou sob o fluxo de sangue do sacerdote. As palavras desesperadas dele não passavam de mentiras — ele *mereceu* morrer. Mas não foi por isso que ela lhe tirou a vida.

Ela lhe tirou a vida porque era necessário.

A porta se abriu com um estrondo, distraindo Ephyra de sua tarefa. O frasco escorregou de sua mão. Ela se contorceu, mas conseguiu pegá-lo.

— Não se mexa!

Três homens entraram na suíte, um deles segurando uma besta e os outros dois, sabres. Sentinelas. Ephyra não se surpreendeu. Tálassa ficava bem nos limites da praça Elea, logo depois dos portões da Cidade Alta. Ela sabia que as Sentinelas faziam patrulhas a pé pela praça todas as noites. Mas os homens chegaram mais rápido do que esperara.

A primeira Sentinela que passou pela porta parou de repente, olhando para o corpo sem vida do sacerdote.

— Ele está morto! — exclamou, surpreso.

Ephyra fechou o frasco de sangue e o escondeu de volta no cabo da adaga. Ela se levantou, tocando a seda preta que cobria seu rosto e se certificando de que estava no lugar.

— Renda-se calmamente — avisou a primeira Sentinela. — E você não se machucará.

Ephyra sentia seu pulso martelar na garganta, mas manteve a voz calma. Destemida.

— Mais um passo e vou deixar mais de um corpo neste quarto.

A Sentinela hesitou.

— Ela está blefando.

— Não, não está — retrucou o homem que empunhava a besta, com nervosismo. Ele olhou para o corpo do sacerdote. — Veja a marca da mão. Exatamente como nos corpos encontrados em Tarsépolis.

— A Mão Pálida — sussurrou a terceira Sentinela, paralisada, olhando para Ephyra.

— Essas histórias são apenas boatos — a primeira Sentinela respondeu, mas sua voz tremia ligeiramente. — Ninguém é tão poderoso a ponto de conseguir matar apenas com a Graça do Sangue.

— O que você está fazendo em Pallas Athos? — a terceira Sentinela perguntou a Ephyra. Ele estava de pé, seu peito estufado e pés separados, como se estivesse encarando um monstro. — Por que veio para cá?

— Vocês chamam este lugar de Cidade da Fé — respondeu Ephyra. — Mas a corrupção e o mal se proliferam por trás destas paredes brancas. Vou marcá-las do mesmo jeito que marco as minhas vítimas, para que o resto do mundo veja que a Cidade da Fé é a cidade dos decaídos.

Aquilo era mentira. Ephyra não viera para a Cidade da Fé para marcá-la com sangue. Mas apenas duas outras pessoas no mundo sabiam o verdadeiro motivo, e uma delas a esperava.

Ela avançou em direção à janela. As Sentinelas ficaram alertas, mas não tentaram segui-la.

— Você não vai se livrar da morte de um sacerdote tão facilmente — avisou a primeira. — Quando contarmos ao Conclave o que você fez...

— Contem para eles. — Ela cobriu sua cabeça com o capuz preto. — Digam que a Mão Pálida veio atrás do sacerdote de Pallas. E digam que rezem para eu não voltar para pegar o próximo.

Ela se virou para a varanda, abrindo as cortinas de cetim para a noite e para a lua, que parecia uma foice no céu.

As Sentinelas gritaram, suas vozes confusas enquanto Ephyra saltava pela beirada da varanda e escalava o balaústre de mármore. O mundo girou — quatro andares abaixo os degraus da entrada do Jardim de Tálassa brilhavam como dentes de marfim ao luar. Ela agarrou a borda do balaústre e se virou. À esquerda, o telhado dos banhos públicos descia diante dela.

Ephyra saltou, jogando-se em cima da cobertura. Fechando os olhos com força, ela dobrou os joelhos e se preparou para o impacto. Atingiu o telhado, fazendo um rolamento, e esperou a velocidade diminuir antes de se levantar e atravessá-lo correndo, a voz das Sentinelas e as luzes da taverna Jardim de Tálassa desaparecendo na noite.

Ephyra atravessou o mausoléu como uma sombra. O santuário estava tranquilo e silencioso na penumbra da madrugada enquanto ela passava pelo mármore quebrado e outros escombros em volta da piscina ladrilhada de cristalomancia no centro, a única parte do santuário ainda intocada. Acima dela, o teto destruído mostrava parcialmente o céu.

As ruínas do mausoléu ficavam logo depois dos portões da Cidade Alta, perto o suficiente para Ephyra conseguir se esgueirar facilmente de volta para a Cidade Baixa sem chamar atenção. Ela não sabia exatamente quando o mausoléu havia sido queimado, mas estava completamente abandonado, tornando-o o esconderijo perfeito. Ela deslizou pelo santuário destruído pelo fogo e entrou da cripta. A escada rangeu e gemeu quando Ephyra desceu e abriu a porta de madeira podre que levava para a alcova, seu lar nas últimas semanas. Tirando a máscara e o capuz, ela entrou.

A alcova costumava servir de despensa para os acólitos que cuidavam do santuário. Agora estava abandonada, à mercê de ratos, putrefação e de pessoas como ela, que não se importavam com nada disso.

— Você está atrasada.

Ephyra espiou pelo aposento escuro em direção à cama que ficava no canto, coberta por um tecido esfarrapado. Os olhos escuros de sua irmã a espiaram de volta.

— Eu sei — Ephyra respondeu, dobrando a máscara e o capuz e os pendurando no encosto da cadeira.

Um livro escorregou do peito de Beru quando ela se sentou na cama, as páginas se agitando conforme o livro batia no lençol. Seu cabelo curto e enrolado estava penteado para o lado.

— Deu tudo certo?

— Deu. — Não fazia sentido contar a ela como escapara por um triz. Estava feito. Ela forçou um sorriso. — Vamos lá, Beru, você sabe muito bem que os dias de cair de telhados acabaram. Estou bem melhor agora.

Assim que Ephyra assumira a máscara da Mão Pálida, ela não era tão boa em se esgueirar e escalar por aí como agora. Ter a Graça do Sangue não a ajudou a entrar em covis do crime ou escalar as varandas de ricos comerciantes. Precisara adquirir tais habilidades do modo tradicional, passando incontáveis noites treinando equilíbrio, tempo de reação e força, assim como aprender a obter informações necessárias sobre alvos específicos. Beru se juntava à irmã, quando estava bem o suficiente, apostando corrida com Ephyra para ver quem conseguia escalar uma cerca mais rápido ou saltar de um telhado para o outro fazendo menos barulho. Elas passaram muitas noites roubando, perseguindo alvos potenciais para descobrir seus vícios e hábitos. Depois de anos de treinamento e fugas por um triz, Ephyra sabia como entrar e sair das situações perigosas em que se metia sendo Mão Pálida.

Beru retribuiu com um sorriso fraco.

O sorriso de Ephyra se apagou ao ver o sofrimento nos olhos da irmã.

— Vamos lá — disse ela, suavemente.

Beru afastou o cobertor grosso do corpo. Embaixo dele, ela tremia, sua pele morena em um tom acinzentado sob a luz fraca. Rugas de cansaço marcavam a região abaixo de seus olhos vermelhos.

Ephyra franziu as sobrancelhas, virando-se para o caixote de madeira ao lado da cama de Beru, onde havia uma tigela rasa. Ela abriu o compartimento no punho da adaga e derramou o conteúdo do frasco ali.

— Deixamos passar tempo demais.

— Está tudo bem — Beru sibilou entredentes. — Eu estou bem. — Ela desenrolou a faixa de algodão de seu pulso direito, revelando a mão escura que marcava sua pele.

Ephyra pressionou sua mão na tigela, untando-a com o sangue fresco. Colocando a palma de sua mão ensanguentada sobre a marca escura na pele da irmã, ela fechou os olhos e se concentrou no sangue, guiando o *esha* que tirou do sacerdote e conduzindo-o para Beru.

O sangue que Ephyra tirava de suas vítimas agia como um condutor para o *esha* que extraía deles. Se fosse uma curandeira com treinamento adequado, saberia os padrões corretos de ligação que prenderiam o *esha* das vítimas a Beru, e não precisaria usar a ligação do sangue.

Mas, por outro lado, se tivesse sido treinada de forma adequada, não sairia por aí matando. Curandeiros com a Graça do Sangue faziam um juramento que os proibia de tirar o *esha* de outra pessoa.

Mas essa era a única maneira de manter sua irmã viva.

— Prontinho — disse Ephyra, pressionando um dedo na pele de Beru, que estava começando a perder aquele preocupante tom cinzento. — Bem melhor.

Por enquanto. Beru não falou, mas Ephyra viu as palavras nos olhos da irmã. Beru esticou o braço e abriu a gaveta na mesinha de cabeceira, pegando uma caneta-tinteiro preta e fina. Com movimentos cuidadosos e certeiros, ela pressionou a ponta contra o pulso, desenhando uma linha fina e pequena, que se juntou a treze outras, permanentemente marcadas com tinta alquímica.

Catorze assassinatos. Catorze vidas abreviadas para que Beru pudesse viver.

Ephyra notava o jeito que Beru marcava a própria pele depois que ela marcava outra vítima. Percebia como a culpa consumia a irmã depois de cada morte. As pessoas que Ephyra matava estavam longe de ser inocentes, mas aquilo não parecia importar para Beru.

— Talvez essa seja a última vez que precisamos fazer isso — disse Ephyra em voz baixa.

Esse era o verdadeiro motivo de terem ido para Pallas Athos. Em algum lugar naquela cidade de fé decaída e templos em ruínas, havia uma pessoa que sabia como curar Beru para sempre. Essa era a única coisa que Ephyra desejara nos últimos cinco anos.

Beru desviou o olhar.

— Eu também trouxe outra coisa para você — Ephyra disse, suavizando a voz. Enfiando a mão na bolsa pendurada no cinto, ela pegou a tampa de uma garrafa de cristal que encontrou no chão do quarto do sacerdote. — Achei que você podia usar na pulseira que está fazendo.

Beru pegou a tampa da garrafa, virando-a nas mãos. Parecia uma pequena joia.

— Você sabe que não vou deixar nada acontecer com você — disse Ephyra, cobrindo a mão da irmã com a sua.

— Eu sei. — Beru engoliu em seco. — Você sempre se preocupa comigo. Às vezes, acho que é só isso que você faz. Mas sabe de uma coisa? Eu me preocupo com você também. Sempre que você sai.

Ephyra bateu o dedo no rosto da irmã como repriminda.

— Eu não vou me machucar.

Beru passou os dedos sobre as catorze marcas de tinta no seu pulso.

— Não é isso que quero dizer.

Ephyra afastou a mão.

— Vá dormir.

Beru se virou e Ephyra se deitou ao lado dela. Ficou ouvindo a respiração tranquila da irmã, pensando naquela preocupação não nomeada. Ela também se preocupava, em noites como aquela, quando sentia o coração da vítima ficar cada vez mais lento, até parar de vez, quando arrancava os últimos resíduos de vida deles. Os olhos escureciam, e Ephyra sentia um alívio doce e saciado, e, em igual medida, um medo profundo e inevitável — de que matar monstros a estava transformando em um deles.

2

HASSAN

Hassan ergueu sua túnica enquanto subia a estrada sagrada. O criado que lhe emprestara a roupa era um pouco mais alto que ele, fazendo com que o tecido pendesse estranhamente em volta do seu corpo. Não estava acostumado com as vestes usadas em Pallas Athos. O jeito que se abriam e serpenteavam ao seu redor fazia com que sentisse saudade da firmeza do brocado de Herat, das roupas fechadas, que cobriam seu peito e pescoço.

Mas ele chamaria atenção demais se estivesse vestindo as próprias roupas, e todo o esforço para sair da *villa* de sua tia sem ser notado teria sido em vão se fosse reconhecido nas ruas. Isso para não mencionar o perigo que correria.

De qualquer forma, aquele havia sido o argumento de tia Lethia quando Hassan pedira para deixar os confins da sua casa na montanha.

— Você veio para esta cidade por questões de segurança — ela insistira. — As Testemunhas não têm certeza se o príncipe de Herat escapou deles em Nazirah, e eu quero manter as coisas assim pelo tempo que conseguirmos. O Hierofante é influente até mesmo aqui, e eu temo que, se seus seguidores souberem que você escapou, tomem para si a missão de capturá-lo para entregá-lo a ele.

Passadas duas semanas daquela discussão, Hassan decidira resolver a questão por conta própria. Sua tia fora passar a tarde na cidade, e Hassan aproveitara a chance. Ele descobriria o que estava acontecendo em seu reino desde que fora embora — todas as coisas que a tia não sabia ou não queria contar a ele.

A tarde estava quente, e a Estrada Sagrada estava repleta de atividades. Oliveiras, o símbolo de Pallas Athos, ladeavam as ruas desde a marina até a ágora, subindo até o Templo de Pallas, no ponto mais alto da cidade. Pórticos colunados abriam-se para lojas, tavernas e banhos públicos nos dois lados da estrada.

O mármore frio e as austeras pedras calcárias dessa cidade faziam Hassan sentir saudades das cores intensas da capital de Herat, Nazirah — tons de dourado, ocre e carmim, além de tons fortes de verde e azul vívido.

— Você aí! Pare!

Hassan congelou. Ele mal tinha andado um quilômetro e meio desde a *villa* e já tinha sido pego. Arrependimento e constrangimento arderam dentro dele.

Mas quando se virou em direção à voz, percebeu que não era com ele que estavam falando. Um açougueiro, parado ao lado de uma banca no mercado, gritava com outra pessoa na rua.

— Ladrão! Pare!

Várias pessoas pararam, olhando em volta. Mas um menino franzino continuou correndo e, antes que Hassan pudesse decidir o que fazer, o garoto se chocou contra ele.

Hassan cambaleou para trás, mas conseguiu segurar o menino, evitando que ambos caíssem na rua pavimentada.

— Ladrão! Ladrão! — gritou o açougueiro. — Aquele é o ladrão!

Hassan segurou o garoto pelos ombros, analisando sua calça esfarrapada no joelho e o rosto imundo. Ele segurava um pacote de papel pardo contra o peito. Seus traços e a pele cor de bronze demonstravam que ele era, sem a menor sombra de dúvida, um heratiano — ali estava uma criança da sua terra natal. Hassan olhou para o açougueiro que vinha na direção deles com o rosto vermelho.

— Achou que fosse escapar, não é? — o açougueiro perguntou ao garoto. — Você não vai gostar nada do que fazemos com ladrões nesta cidade.

— Eu não sou um ladrão! — o garoto exclamou, afastando-se de Hassan. — Eu paguei por isso.

Hassan se virou para o açougueiro.

— É verdade?

— O garoto me entregou algumas moedas sem valor, nem metade do preço desse corte! — respondeu o açougueiro, indignado. — Achou que eu não fosse notar e que você poderia escapar, não é mesmo?

O garoto negou com a cabeça.

— Me desculpe! Achei que fosse o suficiente. Eu contei, mas o dinheiro é muito diferente aqui e eu me confundi.

— Parece que foi um simples mal-entendido — Hassan declarou, oferecendo o seu melhor sorriso diplomático. Ele pegou a bolsa de moedas pendurada em seu cinto. — Eu pago o restante. Quanto deu?

O açougueiro olhou para o garoto.

— Três virtudes.

Hassan contou três moedas prateadas com a marca da oliveira de Pallas Athos e as entregou ao açougueiro. O homem bufou ao pegar o dinheiro.

— Vocês, refugiados, acham que podem viver da nossa caridade para sempre.

Hassan ficou com raiva. Uma pequena parte sua desejou poder revelar quem realmente era para aquele açougueiro, poder castigá-lo publicamente por dizer tais coisas para o príncipe de Herat. Em vez disso, com um sorriso no rosto, declarou:

— Sua caridade inspira a todos nós.

O açougueiro tensionou o maxilar, como se não soubesse ao certo se Hassan estava caçoando dele ou não. Resmungando e acenando com a cabeça, ele voltou para sua tenda.

Assim que o açougueiro se virou, o garoto se afastou de Hassan. O príncipe o segurou pelo ombro.

— Calminha aí. Ainda não acabamos. Você não se confundiu com as moedas de verdade, não é?

O garoto lançou um olhar raivoso.

— Tudo bem — disse Hassan, gentil. — Tenho certeza de que você teve um bom motivo.

— Eu queria comprar isso para a minha mãe — respondeu o garoto. — Ensopado de carneiro é o prato favorito dela. Mas nós não comemos desde... desde que deixamos a nossa casa. Achei que se eu preparasse para ela, faria com que se sentisse como se tivéssemos voltado para lá, e talvez ela não chorasse tanto.

Hassan não conseguiu deixar de pensar na própria mãe, que *estava* em casa, embora fosse capaz de qualquer coisa para tê-la ali com ele. Para confortá-la, do mesmo jeito que aquele garoto, que devia ter pouco mais de dez anos, queria fazer com a mãe dele. Para dizer a ela que tudo ficaria bem. Ou para talvez ouvi-la dizer isso. Se é que ainda estava viva. *Ela está*, pensou. *Ela* tem *que estar.*

Ele engoliu em seco, olhando para o garoto.

— Melhor levarmos isso para ela, então. Vocês estão no acampamento, não estão?

O garoto assentiu. Juntos, eles seguiram, a expectativa de Hassan crescendo a cada passo enquanto cruzavam a última parte da Estrada Sagrada. A Cidade Alta de Pallas Athos foi construída nas colinas, em três camadas, uma em cima da outra, como uma grande coroa. O Portão Sagrado dava as boas-vindas à camada mais alta, sobre a qual a ágora se abria, oferecendo uma visão completa de toda a cidade.

Acima, a construção de mármore do Templo de Pallas brilhava. Era muito mais grandioso do que os templos em Nazirah. Degraus brancos e amplos levavam até o pórtico do templo, ladeados por fileiras de colunas. Luzes se espalhavam pelas portas maciças como um farol.

Aquele era um dos seis grandes monumentos do mundo, onde o fundador da cidade, o profeta Pallas, orientara os sacerdotes que governavam, espalhando suas profecias mundo afora. De acordo com *A história das seis cidades proféticas*, pessoas de todo o continente de Pélagos costumavam peregrinar até a ágora da

Cidade da Fé para se abençoar com o óleo da crisma, deixando ofertas de incenso e ramos de oliveira nos degraus do templo.

Mas nenhum peregrino pisou naqueles degraus nos cem anos que se passaram desde o desaparecimento dos Profetas. As estruturas da ágora — as despensas, os banhos públicos, as arenas e os dormitórios dos acólitos — começaram a ruir, e o mato tomou conta do lugar.

Mas agora o local estava cheio de gente e repleto de atividades novamente. Duas semanas depois do golpe, refugiados heratianos tinham se reunido ali sob a proteção do Arconte Soberano e do Conclave dos Sacerdotes de Pallas Athos. Foi por isso que Hassan deixara a *villa* — para finalmente ver com os próprios olhos os outros que, assim como ele, tinham conseguido fugir de Nazirah. Pessoas como aquele garoto.

O cheiro terroso de madeira queimada preencheu seu nariz assim que ele e o garoto passaram pelo Portão Sagrado, entrando na vila improvisada. Tendas, telheiros e abrigos malconstruídos enchiam o espaço entre as estruturas gastas pelo tempo. Retalhos de pano e escombros cobriam o chão de terra batida. O choro de crianças e o tom brusco de discussões enchiam o ar. Bem à frente, uma longa fila de pessoas saía de uma estrutura colunada, carregando jarros e baldes cheios de água, movendo-se cuidadosamente para garantir que nenhuma gota do precioso líquido fosse desperdiçada.

Hassan parou, analisando tudo que estava vendo. Ele não sabia ao certo o que esperara encontrar na ágora, mas não era *aquilo*. Pensou, envergonhado, nos jardins pristinos e nos aposentos palacianos da *villa* de sua tia, enquanto ali, a menos de dois quilômetros de distância, seu próprio povo estava espremido em ruínas decrépitas.

Apesar da desordem generalizada, Hassan sentiu uma onda de familiaridade. Aquela multidão era formada por colonos de pele escura do deserto e pessoas bronzeadas do delta, como ele. Hassan pensou que nunca poderia andar tão casualmente em um lugar como aquele se estivesse em casa. Havia celebrações como o Festival da Chama e o Festival das Enchentes, obviamente, mas até mesmo naquelas ocasiões, Hassan e o resto da realeza se mantinham afastados do caos e da multidão, assistindo a tudo dos degraus do palácio ou na embarcação real no rio de Herat.

Uma alegria e uma estranha agitação tomaram conta dele. Aquela não era apenas a primeira vez que estava vendo seu povo desde o golpe — era a primeira vez que tinha contato como se fosse um deles.

— Azizi! — uma voz preocupada cortou a multidão que cercava a fonte. Uma mulher com cabelo escuro trançado se aproximou deles, seguida por outra de cabelo grisalho segurando um bebê no colo.

Azizi acelerou o passo em direção à mulher de cabelo escuro, que claramente era sua mãe. Ela o abraçou carinhosamente. Depois, se afastou e começou a gritar com o menino, com lágrimas nos olhos, antes de lhe dar mais um abraço.

— Desculpe, mãe. Desculpe. — Hassan ouviu quando se aproximou. Azizi parecia triste.

— Eu disse para não sair da ágora! — a mãe brigou. — Podia ter acontecido alguma coisa com você.

O menino parecia estar lutando contra as lágrimas.

A mulher mais velha deu um passo à frente para apoiar a mão no ombro de Hassan.

— Onde você o encontrou?

— No mercado, do lado de fora dos portões — respondeu Hassan. — Ele estava comprando cordeiro.

A mulher fez um som suave enquanto a criança em seus braços tentava se afastar.

— Ele é um bom garoto. — Então, abruptamente, perguntou: — Você também é um refugiado?

— Não — Hassan mentiu rapidamente. — Eu só estava no lugar certo, na hora certa.

— Mas você é de Herat.

— Sou — ele concordou, tentando não levantar suspeitas. — Eu moro na cidade. Vim até aqui para saber se há mais notícias de Nazirah. Eu... Tenho família lá. Preciso saber se estão bem.

— Sinto muito — a mulher respondeu com um tom grave. — Muitos de nós não sabem o que aconteceu com os entes queridos. As Testemunhas impediram quase todos os navios de entrar e sair do porto. As únicas informações que temos vêm de quem consegue escapar pelo Leste, pelo deserto e pelo Mar do Sul.

Hassan sabia exatamente como era. Em seus aposentos na *villa*, possuía um caderno com capa de couro preenchido com todas as informações que conseguira obter sobre o que tinha acontecido com sua cidade. Ele ainda não descobrira o que acontecera com seus pais. Não sabia se era porque tia Lethia não sabia mesmo ou se ela estava tentando protegê-lo da verdade.

Hassan não queria ser protegido. Só queria *saber*, de um jeito ou de outro. Ele se preparou e perguntou:

— E quanto ao rei e à rainha? Há alguma notícia sobre o que aconteceu com eles?

— O rei e a rainha ainda estão vivos — a mulher respondeu. — O Hierofante está mantendo eles como prisioneiros em algum lugar, mas já foram vistos em público pelo menos duas vezes desde o golpe.

A respiração de Hassan ficou ofegante. Parecia que ia desmaiar. Ele precisava tanto ouvir aquelas palavras. Seus pais ainda estavam vivos. Ainda estavam em Herat, embora à mercê do líder das Testemunhas.

— Não há notícias do príncipe — a mulher continuou. — Ele não foi visto em Nazirah desde o golpe. Simplesmente desapareceu. Mas muitos acreditam que ele sobreviveu. Que conseguiu fugir.

Foi simplesmente uma questão de sorte Hassan não estar em seus aposentos quando o Hierofante atacou o palácio. Ele adormecera na biblioteca em cima de um exemplar de *A queda do império novogardiano,* e acordara com os gritos e o cheiro azedo de fumaça. Um dos guardas de seu pai o encontrara lá e o ajudara a fugir pelos muros do jardim, levando-o até o porto e dizendo que seus pais o estavam esperando em um dos navios. Quando Hassan percebeu que o guarda mentira, já estava navegando para longe da própria cidade e do farol erguido como uma sentinela no porto.

— E o que o Hierofante está fazendo com o rei e a rainha? — Hassan perguntou.

A mulher balançou a cabeça.

— Eu não sei. Alguns dizem que mantém eles vivos para controlar a população. Outros dizem que ele está usando o rei e a rainha para demonstrar seu poder. Tanto para seus seguidores quanto para os Agraciados em Nazirah.

— Seu poder? — repetiu Hassan, sentindo que ela estava se referindo a algo mais do que o domínio que o Hierofante parecia ter sobre seus seguidores.

— As Testemunhas alegam que o Hierofante é capaz de impedir que os Agraciados usem suas habilidades — a mulher revelou. — Que simplesmente por estarem em sua presença, os Agraciados perdem seu poder. Os seguidores acreditam que, se provarem seu valor, o Hierofante os ensinará a adquirir esse poder também.

O maxilar de Hassan tensionou. Pensar em sua mãe e seu pai sendo sujeitados àquele tipo de demonstração o fazia ferver de raiva. Ele não conseguiu parar de imaginar — sua mãe, altiva e orgulhosa, recusando-se a se curvar. Seu pai, gentil e pensativo, escondendo o próprio medo em prol de seu povo. O Hierofante, diante de ambos, o rosto oculto por uma máscara dourada.

Hassan nunca havia visto o homem que roubara seu país, mas as pessoas falavam sobre a máscara que ele usava — dourada, um sol negro entalhado no centro da testa, ocultando seu rosto e sua identidade.

Nos últimos cinco anos, relatos construíram uma imagem do homem mascarado. Um estrangeiro, pregando pelas regiões orientais de Herat. Um orador habilidoso, capaz de silenciar um ambiente com um gesto ou incitar uma revolta com uma palavra. Diziam que o Hierofante fora nada além de um acólito do Templo de Pallas, mas que dera as costas aos Profetas, começando a espalhar a própria mensagem. Ele pregava para o povo das cidades que os poderes dos Agraciados eram anormais e perigosos, e sua mensagem começou a atrair outros, ávidos para culpar os Agraciados por todo mal que sofreram na vida.

Hassan ainda conseguia se lembrar de como seu pai ficara preocupado com os casos de violência contra os Agraciados que chegavam dos quatro cantos do reino — e mesmo em Nazirah. Em todos os ataques, os criminosos disseram a mesma coisa: o Hierofante ordenara que profanassem o templo da aldeia. O Hierofante mandara queimar a casa do curandeiro. O Hierofante dissera a eles que estavam purificando o mundo dos Agraciados.

O Hierofante.

— Você devia conversar com os acólitos de Herat — disse a mulher, fazendo um gesto para o Templo de Pallas. — Eles estão ajudando os outros refugiados. Se sua família chegou até aqui, eles saberão.

Hassan abriu a boca para agradecer, mas um grito de gelar o sangue cortou o ar. As pessoas à sua volta congelaram. Sem parar para pensar, Hassan correu pela multidão em direção ao templo. Dois garotos passaram correndo por ele na direção oposta.

— Chamem as Sentinelas! Chamem as Sentinelas! — berrou um deles.

Cada vez mais alarmado, Hassan correu ainda mais rápido até chegar aos degraus do Templo de Pallas. Uma multidão se formou ali, como se estivesse esperando para subir.

— Saia daí, velhote! — ladrou uma voz dos degraus superiores.

Hassan esticou o pescoço para ver quem tinha falado. Mais de vinte homens estavam parados nos degraus do templo, segurando martelos, bastões e porretes. Eles usavam túnicas com um padrão de preto e dourado em volta do punho e da bainha e estavam sem capuz, revelando seus cabelos curtos. O que falara tinha uma barba grisalha e rala.

Testemunhas — seguidores do Hierofante. Bastava olhar para eles para o sangue de Hassan ferver nas veias, e ele se viu abrindo caminho até ficar na frente da multidão. No alto dos degraus, um idoso usando a túnica verde-clara e dourada dos acólitos de Herat estava parado, enfrentando as Testemunhas.

— Este templo é um refúgio sagrado para os necessitados — o idoso afirmou, sua voz mais tranquila do que a do barbudo. — Não permitirei que o profanem em nome de suas mentiras e do seu ódio.

— As únicas pessoas buscando refúgio aqui são os Agraciados — sibilou o barbudo. — Eles mancham a energia sagrada do mundo com seus poderes anormais.

Aquelas últimas palavras pareceram ser direcionadas a duas das outras Testemunhas. Eram mais jovens. Um, baixinho e com rosto redondo; o outro, alto e magrelo. O mais baixo agarrou a picareta em suas mãos trêmulas. Parecia quase com medo. Mas o rapaz alto ao seu lado permanecia estranhamente calmo, a não ser pelos seus olhos cinzentos, que brilhavam de animação. Em vez das vestes pretas e douradas, os dois usavam túnicas brancas. Iniciados, em vez de membros plenos.

O restante das Testemunhas parecia estar aguardando que eles fizessem alguma coisa.

A voz do barbudo ficou ainda mais alta ao continuar:

— Esta cidade é a prova da corrupção dos Agraciados. Homens que se autodenominam sacerdotes passam seu tempo cedendo aos vícios da carne e exigindo tributos do povo. Um assassino Agraciado está solto pelas ruas, tirando vidas. E agora esses Agraciados vieram covardemente para cá, fugindo do Imaculado e de sua verdade.

O Imaculado. Hassan conhecia essa expressão. Era como as Testemunhas se referiam ao Hierofante.

— O Acerto de Contas está chegando — o homem continuou. — Seus reis corruptos e falsos sacerdotes logo cairão, assim como as abominações que ocupavam o trono de Herat. E o Imaculado recompensará seus seguidores, até mesmo seus mais novos discípulos. Aqueles que provarem o comprometimento com sua mensagem conquistarão a honra de usar sua marca. — A Testemunha puxou sua manga. Queimado nas costas varicosas de sua mão estava o símbolo de um olho com um sol negro no lugar da pupila. — Essa é sua chance de mostrar a ele a devoção à nossa causa e conquistar sua marca. Façam essas aberrações temerem o nome dele. Mostrem a verdade da corrupção em que vivem. Mostrem para todos, para que não possam deixar de ver!

As outras Testemunhas seguiram o exemplo do homem e puxaram suas mangas para revelar a mesma marca queimada em suas peles.

O velho acólito se aproximou do iniciado com rosto rechonchudo.

— Você não precisa fazer isso — ele disse, gentil. — O Hierofante pregou mentiras, mas você não precisa ouvi-los.

O iniciado rechonchudo segurou a picareta com mais força, seu olhar alternando entre o líder das Testemunhas e a multidão atrás dele.

Ao seu lado, o iniciado alto e magrelo sibilou para o acólito, cheio de nojo:

— Foram seus Profetas que espalharam mentiras. *Eu* vou mostrar minha devoção ao Hierofante. — Sem dizer mais nada, ele se aproximou do acólito e deu uma bofetada em seu rosto. O golpe foi forte suficiente para que o velho caísse de joelhos.

A multidão gritou. O sangue de Hassan ferveu, fazendo-o subir os degraus em direção às Testemunhas. O iniciado magricelo se virou e cuspiu no acólito. A fúria excedeu a razão quando Hassan agarrou o iniciado pelo capuz e acertou um soco bem no meio de seu rosto.

Ele ouviu a multidão ofegar enquanto o iniciado cambaleava para trás.

A Testemunha de barba deu um passo em direção a Hassan, cercando-o.

— Em nome do Hierofante, quem é você?

— Alguém que você não deveria enfurecer — Hassan respondeu. — Mas já é tarde demais para isso.

Ele estava sedento por luta, e as Testemunhas pareciam prontas para lhe dar uma. Eram seguidores dos fanáticos que tomaram seu reino e aprisionaram seus pais. E eram o mais próximo que Hassan teria para descontar toda raiva que sentia do Hierofante naquele momento.

O iniciado magrelo se aproximou dele, seus lábios retorcidos de nojo.

— Mais um Agraciado nojento defendendo o poder ilícito que tem sobre o resto de nós. Os Profetas o amaldiçoaram quando lhe concederam a sua Graça.

Hassan foi tomado pela raiva — e vergonha. Porque ele *não era* Agraciado. Embora esse fato não diminuísse a raiva que sentia das Testemunhas e da ideologia deturpada que seguiam. Ele queria corrigir o iniciado — e, ao mesmo tempo, queria ser temido por ele, ser considerado um dos Agraciados escolhidos.

Nas Seis Cidades Proféticas, e além delas, os Agraciados eram reverenciados por suas habilidades. Os primeiros Agraciados receberam seus poderes diretamente dos Profetas. Embora apenas alguns poucos milhares de Agraciados nascessem por ano, muitos deles ocupavam posições de poder.

Todos os reis e rainhas que já ocuparam o trono de Herat até então eram dotados de uma Graça. Hassan passara grande parte de sua vida desejando que uma das quatro Graças do Corpo se manifestasse nele. Ser capaz de curar com a Graça do Sangue ou prever o futuro com a Graça da Visão. Ser como seu pai, com a Graça da Mente, e ter a habilidade de criar objetos impregnados de *esha*, capazes de coisas incríveis. Ou como sua mãe, cuja Graça do Coração a tornava forte como um touro, rápida como uma víbora, capaz de enxergar no escuro e ouvir um coração batendo a mais de trezentos metros de distância.

Com o passar dos anos, o desejo de Hassan foi ficando cada vez mais desesperado. Embora houvesse relatos de pessoas que manifestaram a Graça aos dezessete anos, seus pais e avós descobriram a deles antes dos doze. Agora, aos dezesseis, Hassan tinha perdido as esperanças de ser um Agraciado. As palavras do iniciado trouxeram toda aquela vergonha da infância para a superfície.

Ele partiu para cima do magrelo, a fúria servindo como combustível de suas ações. Estendeu os braços, suas mãos flexionadas e prontas para se fecharem no pescoço de seu oponente. Mas algo colidiu contra a lateral do seu corpo e, quando Hassan se virou, viu o iniciado rechonchudo em cima dele.

Ele atacou Hassan novamente, que conseguiu se desviar, apoiando-se em um dos joelhos. Quando olhou para cima, viu o magrelo alto segurando as vestes do velho acólito.

— O Hierofante saberá a força da minha devoção! — gritou o iniciado, pegando uma faca de lâmina brilhante em seu cinto. — Os Profetas se foram, e os Agraciados serão os próximos!

— *Não!* — Hassan exclamou, saltando na direção dos rapazes. Ele deu um forte empurrão no acólito, tirando-o do caminho, e partiu para cima do magrelo. Mas o iniciado desviou e se virou para Hassan, a faca brilhando em sua mão.

Embora não tivesse a velocidade e a força provenientes da Graça, sua mãe lhe ensinara a se defender e a lutar. Ele girou nos calcanhares e abriu os braços em direção à faca. A lâmina o cortou abaixo do cotovelo, abrindo a pele desprotegida. Uma dor dilacerante o atingiu, mas ele não permitiu que aquilo tirasse sua concentração. Com a outra mão, Hassan segurou a faca e a afastou de seu corpo.

O magrelo e ele estavam em uma luta corpo a corpo, empurrando-se e forçando a faca para cima. Sangue morno pingou no ombro de Hassan, seu braço inteiro latejante e quente de dor. Ele olhou nos olhos arregalados do iniciado. A raiva profunda e fervente que estava supurando nas últimas duas semanas passaram por Hassan conforme arrancava a faca do seu oponente.

Ele olhou para a lâmina na sua mão, dominado pelo impulso de cravá-la no coração do iniciado. Como se sangue pudesse fazê-lo pagar por toda a dor que essas pessoas e seu líder tinham causado ao seu povo.

Mas antes que pudesse agir, um ataque por trás o lançou para a frente. A faca caiu no chão, e o mundo ficou embaçado quando Hassan bateu com a cabeça nos degraus do templo. Ele cobriu o rosto com as mãos para se proteger das outras Testemunhas que avançavam, brandindo seus porretes.

Mas os golpes não chegaram. Hassan ouviu um grito forte e o som de três corpos caindo nos degraus de mármore.

Quando olhou para cima, viu apenas luz.

Nos degraus, no meio das três Testemunhas caídas, estava uma garota. Ela era indiscutivelmente uma heratiana, mais baixa que Hassan, mas forte, com uma pele marrom-escura e cabelos negros e grossos presos em um coque. As laterais eram cortadas bem rente à cabeça, no estilo dos Legionários de Herat. A luz forte, ele percebeu, era o reflexo do sol da tarde sobre a espada curva que ela segurava nas mãos.

Dois outros espadachins heratianos estavam ao lado dela, olhando atentamente para as Testemunhas, que rapidamente retrocederam.

— Saiam daqui agora — disse ela para as Testemunhas nos degraus. Sua voz era baixa e autoritária. — Se vocês pisarem neste templo novamente, será o último lugar que pisarão.

As Testemunhas, que demonstraram tanta coragem diante do velho acólito e dos refugiados desarmados, não pareceram tão dispostas a enfrentar os Legionários Heratianos Agraciados com suas espadas. Eles fugiram pelas escadas do templo, olhando por cima dos ombros enquanto corriam.

Apenas a Testemunha de barba grisalha ficou para trás. Ele se afastou devagar.

— O Acerto de Contas chegará para todos vocês! — ele gritou para a multidão enquanto se virava para seguir os outros para fora do templo.

— Você os expulsou — disse um dos outros espadachins para a garota.

Ela negou com a cabeça.

— Eles voltarão, como ratos. Mas estaremos prontos para eles.

— Olhem só — disse o outro espadachim, apontando para a escada do templo. — As Sentinelas chegaram. Bem a tempo de perder toda a ação.

Hassan se virou e viu os uniformes azul-claros das Sentinelas enquanto eles marchavam pela multidão que se dispersava. Na época dos Profetas, a cidade e o Templo de Pallas eram protegidos pelos Paladinos da Ordem da Última Luz — soldados Agraciados que serviam aos Profetas. Mas quando os Profetas desapareceram, o mesmo aconteceu com a Ordem, e agora a proteção da cidade estava a cargo das Sentinelas, uma guarda formada por mercenários sem nenhuma Graça, que lutavam para quem pagasse mais.

— Você está bem? — perguntou a heratiana.

Hassan levou um tempo para perceber que a pergunta era direcionada a ele. Virando-se, ele seguiu o olhar da garota até o ferimento em seu braço. Estava feio, coberto de sangue seco.

— Foi só um arranhão — ele respondeu. A raiva tinha exercido algum controle na dor, mas olhar para o ferimento o fez se sentir tonto. A explosão de raiva anterior tinha se dissipado e agora não passava de um leve calor. Sentiu que logo ficaria com dor de cabeça.

— O que você fez foi muito idiota — ela declarou. Com um movimento rápido e certeiro, embainhou a espada de lâmina curva em seu cinto. — Idiota, mas corajoso.

Ouvi-la dizer que o achava corajoso fez o estômago de Hassan dar cambalhotas.

— Eu nunca o vi aqui no acampamento — ela comentou, inclinando a cabeça.

— Não sou refugiado — ele disse. — Eu estudo aqui.

— Estuda aqui — a garota repetiu. — Academo é bem longe daqui, não é?

Hassan foi salvo de responder quando o velho acólito apareceu ao seu lado.

— Emir! — a garota exclamou. — Você não está ferido, está?

O acólito fez um gesto com a mão.

— Não, não, estou muito bem, Khepri. Não precisa se preocupar. — Ele se virou para Hassan. — Creio que você deixou cair uma coisa. — Ele estendeu a mão. Na sua palma calejada estava a bússola de Hassan.

Ele a pegou.

— Minha bússola!

— Não pude deixar de notar que ela tem um comportamento peculiar — Emir comentou. — Ela aponta para o farol de Nazirah, não é?

Hassan assentiu devagar. O farol era o símbolo de Nazirah, a Sábia, cujo nome foi dado à capital de Herat e cuja profecia levou ao fundamento da cidade.

O pai de Hassan fizera aquela bússola e dera de presente a ele no dia de seu aniversário de dezesseis anos. Ele dissera que sabia que o filho a manteria em segurança e que, quando a hora chegasse, saberia manter o reino em segurança também. Antes daquele momento, Hassan tinha abandonado a esperança de suceder seu pai como rei de Herat.

— Eu não posso. — Hassan soluçara ao falar com seu pai. — Eu não sou... Eu não fui abençoado com nenhuma Graça. Mesmo que os sábios digam que ainda há tempo para ela se manifestar, você e eu sabemos que já é tarde demais.

O pai traçara o farol entalhado na bússola com o polegar.

— Quando a Profetisa Nazirah fundou esta cidade, ela teve a visão deste farol, um marco de aprendizagem e razão. Ela previu que, enquanto o farol de Nazirah existisse, a linhagem de Seif governaria o reino de Herat. A sua Graça pode se manifestar amanhã. Ou nunca — ele dissera. — Mas Agraciado ou não, você é meu filho. O herdeiro da linhagem de Seif. Se em algum momento você perder a fé em si mesmo, esta bússola a trará de volta.

Com as palavras do pai ecoando em sua cabeça, Hassan guardou a bússola e se deparou com o olhar curioso do acólito. Seria um simples interesse em seus olhos ou estaria ele desconfiando de alguma coisa? Teria ele reconhecido Hassan?

— Nazirah? — perguntou a heratiana. — Você é de lá?

— É do meu pai — respondeu. Não era mentira. — Ele nasceu lá.

Pensar no pai fez Hassan sentir um peso no peito. O que ele diria se tivesse visto sua reação? Sentiu a vergonha tomá-lo ao perceber como permitira que sua raiva assumisse o controle.

— É melhor... É melhor eu ir.

— Você devia procurar um curandeiro — a heratiana sugeriu. — Há alguns aqui no acampamento. Tenho certeza de que eles ficariam muito felizes de cuidar do seu braço, principalmente se soubessem como você...

— Não — Hassan interrompeu. — Eu agradeço. É muita gentileza, mas preciso voltar.

A tarde estava caindo e a noite chegando, e Hassan sabia que tinha menos de uma hora antes que os servos da tia o chamassem para o jantar e percebessem que ele não estava em seus aposentos. Ele precisava de tempo para voltar e esconder o ferimento.

— Bem — disse o acólito em um tom caloroso. — Talvez você volte.

— Sim — Hassan respondeu, olhando para a heratiana. — Quer dizer, eu vou tentar.

Ele saiu apressado pelo templo e voltou para a Estrada Sagrada. Mas quando estava chegando ao portão, virou-se e olhou para a ágora e para o acampamento improvisado espremido abaixo do Templo de Pallas. Atrás dele, o sol estava se pondo acima do mar turquesa, e Hassan viu as primeiras fogueiras serem acesas, ganhando vida e emitindo fumaça para o céu, como orações.

3

ANTON

Algo acontecera na taverna Jardim de Tálassa.

Sempre havia mais Sentinelas nas ruas quando Anton passava pelos portões que separavam a Cidade Baixa da Cidade Alta. Mas, naquele dia, havia muito mais do que algumas. Dezenas de Sentinelas com uniformes azul-claros e emblemas da oliveira branca cercavam as tavernas e banhos públicos em volta da praça Elea. Um esquadrão completo estava do lado de fora do Jardim de Tálassa com suas espadas ao lado do corpo.

Anton abriu caminho, passando por lojistas e outros curiosos que cochichavam entre si, até conseguir ver um grupo pequeno de pessoas usando o mesmo uniforme verde-oliva que o dele.

— Até que enfim! — uma voz animada exclamou, pegando o pulso de Anton e o levando através da multidão até o muro externo do Jardim de Tálassa. — Você escolheu um péssimo dia para chegar atrasado ao trabalho.

— Oi, Cosima — cumprimentou Anton, piscando para a colega. — O que está acontecendo?

Cosima tragou seu cigarro e soprou uma nuvem espessa de fumaça valeriana bem na cara dele, seus olhos castanho-claros se iluminando.

— Um assassinato.

— O quê... *Aqui?* — Anton perguntou. — Um hóspede?

Cosima assentiu, batendo as cinzas do cigarro.

— *Um sacerdote.* Armando Curio.

— Quem?

Ela revirou os olhos.

— Claro. Eu esqueço que você não é daqui. Curio é um dos sacerdotes do Templo de Pallas. Mas ele tem uma reputação diferente por aqui.

Não era incomum que houvessem membros da classe dos sacerdotes com uma reputação ruim no Jardim de Tálassa. Desde a fundação da cidade, salões de aposta, casas clandestinas de jogos e outras atividades ímpias foram restringidas à Cidade Baixa, onde Anton morava. A Cidade Alta, onde os sacerdotes e as classes mais altas viviam, devia ser o modelo de virtude e devoção. Talvez tenha sido, um dia. Mas agora, a classe dos sacerdotes parecia se interessar apenas pelo próprio enriquecimento, cedendo aos próprios vícios e desejos em lugares como o Jardim de Tálassa — lugares onde tais indulgências se ocultavam sob um véu de respeitabilidade.

Cosima tragou o cigarro novamente.

— Acho que não foi surpresa nenhuma o motivo de ele ter sido escolhido.

Anton a olhou, severo.

— Como assim, "escolhido"?

— Estão dizendo por aí — revelou ela, usando o mesmo tom que usava quando queria que ele prestasse atenção em cada uma de suas palavras — que foi a Mão Pálida que o matou.

— Quem está dizendo?

Cosima balançou a mão vagamente pela fumaça.

— Stefanos disse que viu quando tiraram o corpo. A marca da mão branca estava em volta do pescoço, exatamente como as vítimas de Tarsépolis.

— Stefanos é um idiota — respondeu Anton automaticamente.

Mas sentiu sua pele formigar. Aquela era a primeira vez que Anton ouvia falar sobre a Mão Pálida estar em Pallas Athos, mas escutara rumores sobre mortes misteriosas, assinaladas por uma marca única de mão branca, quando morava nos arredores de Tarsépolis. Ouvira rumores semelhantes em Cárites, há quase cinco anos.

Todos diziam a mesma coisa — que a Mão Pálida só matava aqueles que mereciam.

— Por que você acha que ela o escolheu? — Anton perguntou. — O que ele fez?

— O de sempre — respondeu Cosima.

Isso significava saquear as riquezas dos templos da cidade para oferecer festas luxuosas, onde sacerdotes se banqueteavam, bebiam e se satisfaziam com quaisquer homens ou mulheres que os atraíssem.

— E pior — ela continuou. — Curio tinha a Graça da Mente, e todo mundo dizia que ele era um alquimista muito talentoso. Só que ele não fazia remédios ou poções de sorte. Dizem por aí que a especialidade dele era uma bebida que deixa a pessoa dócil e obediente. Dizem que ele costumava ir até a Cidade Baixa à procura de garotos e garotas e dizia que eles tinham sido escolhidos para servir o templo. Então ele os drogava e, bem...

Anton sentiu um aperto no estômago. Ele sabia que tipos de coisas horríveis os homens poderosos faziam com pessoas vulneráveis.

— O que vocês dois estão cochichando aí?

Anton se virou e viu que Stefanos se aproximava. Com um sorriso afetado e postura arrogante, Stefanos era um atendente pessoal em Tálassa, e os hóspedes pareciam adorá-lo tanto quanto o restante da equipe o detestava. Ele estava sempre vigiando a cozinha, exigindo provar a comida para se certificar que tudo estivesse perfeito e se gabando em alto e bom som sobre os sacerdotes ou mercadores ricos que atenderia naquela noite. Sua única qualidade redentora era sua capacidade de perder quantias enormes de dinheiro para Anton nos jogos de Cambarra depois do trabalho.

Anton não ficou surpreso quando viu que Stefanos estava usando aquele assassinato como uma oportunidade de parecer importante.

Mesmo assim, estava curioso.

— Cosima disse que você viu o corpo.

Stefanos olhou para Anton, seus lábios grossos esticados em um sorriso.

— É mesmo?

— E então? — Anton perguntou, levantando as sobrancelhas. — Você viu?

Stefanos apoiou um braço nos ombros de Anton.

— Olha, eu já vi muita coisa estranha na minha vida. Mas aquilo? Lá dentro? Foi, de longe, a coisa mais amaldiçoada por Társeis que já vi. O cara não tinha nenhum arranhão. Só um *toque,* e ele estava... — Ele fez um gesto simulando um corte na garganta. — Isso faz a gente parar para pensar... talvez seja hora de abrirmos nossos olhos e percebermos o quanto esses Agraciados são perigosos.

Anton estremeceu involuntariamente.

— Você é um idiota — disse Cosima para Stefanos, ecoando o sentimento que Anton expressara antes.

Stefanos olhou para ela e sibilou:

— Você entenderia se também tivesse visto.

— Você parece pronto para raspar a cabeça como aqueles outros fanáticos encapuzados — Cosima disse, soprando outra nuvem de fumaça.

— Os Profetas não estão mais aqui para controlar os Agraciados — Stefanos respondeu. — Nós já vimos o tipo de coisa que os sacerdotes fazem por aqui, só porque são Agraciados e se acham melhores do que nós. E agora temos pessoas como essa tal de Mão Pálida andando por aí, matando quem quiser com esses seus poderes anormais.

— Espere, então você está dizendo que Curio mereceu ou que a Mão Pálida deve ser detida? — Cosima perguntou objetivamente.

Os olhos de Stefanos brilharam.

— Estou dizendo que talvez as Testemunhas estejam certas. Talvez seja hora de o mundo finalmente se livrar dos Agraciados.

Anton sentiu um nó na garganta. Stefanos era irritante, mas nunca sentira medo dele antes. Agora, no entanto, a expressão sombria do colega causava arrepios. Ele não sabia — não tinha como saber — que Anton era uma das pessoas que ele e as Testemunhas queriam apagar da face da Terra. Que assim como outros sacerdotes de Pallas Athos e a Mão Pálida, Anton era um Agraciado.

Cosima deu um soco no ombro de Stefanos.

O garoto deu um salto para trás, segurando o próprio braço.

— Ai! Por que você fez isso?

— Para fazer você calar a boca e parar de falar besteira — Cosima respondeu. — E depois? Você vai queimar um relicário para provar sua devoção ao Hierofante? Dizem por aí que todos os que se juntam às Testemunhas precisam cometer um ato de violência contra um Agraciado.

— Eles estão enfrentando os Agraciados — Stefanos respondeu. — Alguém precisa fazer isso.

— Sério? — perguntou Cosima. — E aquela história que Vasia nos contou na semana passada no jogo de Cambarra? Sobre o homem que assassinou os próprios filhos Agraciados no meio da madrugada para provar seu valor para as Testemunhas. Ou você acha que aquelas crianças mereceram isso só porque eram Agraciadas?

— É só boato — Stefanos sibilou. — Não aconteceu de verdade.

— Vamos lá — Cosima respondeu rispidamente. — Esse Hierofante fez as pessoas tatuarem olhos em chamas na pele e as convenceu de que os Agraciados estão corrompendo o mundo. Você realmente acha que lunáticos desse tipo não fariam uma coisa dessas?

— Tanto faz — Stefanos respondeu.

Com um último grunhido, ele foi embora e seguiu para o grupo seguinte de funcionários do Tálassa para contar sua história. Cosima olhou para Anton com ar de preocupação assim que Stefanos se afastou.

Anton forçou um sorriso.

— Esse cara é mesmo um idiota.

— Era de se imaginar que ele engoliria toda essa merda que as Testemunhas pregam — Cosima comentou, jogando a ponta de seu cigarro no chão. — Elas são exatamente como ele, inventando toda aquela merda para chamar atenção. Puxando o saco de qualquer um que tenha poder.

— É — Anton concordou, tentando dar uma risada. Soou falsa aos seus ouvidos, mas Cosima pareceu não notar.

— Vamos — ela chamou, dando um soquinho de brincadeira na cabeça de Anton. — Vamos entrar antes que a gente leve bronca. Ou que *eu* leve uma bronca. De algum jeito, você nunca leva.

Anton abaixou a cabeça com o golpe da garota.

— É porque todo mundo gosta de mim.

— Não consigo imaginar o motivo.

Os sons alegres da preparação do jantar os envolveram quando atravessaram a cozinha até a pia dos garções para lavar as mãos. Anton abriu a torneira de cobre, deixando a água morna encher o fundo da pia enquanto tentava se esquecer da Mão Pálida e das Testemunhas. Aquilo não tinha nada a ver com ele. Ninguém na cidade sabia que era um Agraciado. Não havia motivo para isso mudar.

— Ah, Anton! — uma voz animada exclamou atrás dele. — Eu estava te esperando.

— Ah, *estava?* — Cosima perguntou em tom de provocação.

As bochechas rechonchudas de Darius imediatamente ficaram rosadas. Ele era o mais novo e mais jovem garçom de Tálassa, e se apegara a Anton quase que imediatamente. O que não seria problema para ele, a não ser pelo fato de Darius se atrapalhar todo em seu trabalho sempre que Anton aparecia. Não se passava um dia sequer sem que Darius derrubasse uma bandeja ou esbarrasse em uma mesa quando Anton estava por perto.

— É... É só por causa de uma hóspede — Darius gaguejou, evitando os olhos de Anton. — Ela está perguntando por você.

— Uma *hóspede?* — Cosima cantarolou, alegre. — Perguntando por Anton? Que tipo de hóspede?

Tirando alguns clientes regulares que às vezes buscavam algo mais do que apenas um jantar, ninguém nunca visitava Anton em Tálassa. O que era uma grande decepção para Cosima, que sempre queria meter o nariz onde não era chamada.

— Hum — disse Darius, mordendo seu lábio inferior. — Uma mulher? Ela parecia rica?

— É claro que ela é rica — Cosima comentou com desdém. — O que ela queria?

— Eu não sei? — Darius lançou um olhar para Anton, como se desconfiasse que ele soubesse a resposta.

Anton olhou para a espuma em seus dedos.

— Obrigado, Darius. — Ele se virou, dando seu sorriso mais charmoso. — Melhor você ir. Não deixe Arctus brigar com você por minha causa.

Darius assentiu, suas bochechas ficando ainda mais vermelhas, e se apressou para sair, esbarrando em uma bandeja de sobremesas cobertas com mel ao ir embora.

Anton estendeu as mãos para enxugá-las, mas Cosima pegou a toalha antes que ele conseguisse alcançá-la, olhando-o de esguelha.

— Quem deve ser essa hóspede, hein? Você está tentando me enganar? Bancando o *empreendedor* nas horas vagas?

— Um garoto respeitável como eu? — Anton perguntou, com olhos arregalados e ar de inocência, pegando a toalha das mãos de Cosima.

— Poxa, você não vai me contar nada?

Ele abriu um sorriso e jogou a toalha no cesto.

— Pensei que você achasse meu ar misterioso um charme.

— Você está me confundindo com o Darius. — Cosima deu uma risada debochada. — Aquele pobre garoto tonto.

Anton piscou e passou por ela.

— Te vejo mais tarde no jogo de Cambarra.

Antes que ela pudesse responder, Anton saiu pela cozinha, desviando-se de um garçom com uma pilha de cestos de pão e seguindo pela porta. Luzes incandescentes brilhavam no pátio cheio de mesas e cadeiras. Passarelas e passadiços elevados se cruzavam sobre lagos cintilantes, sombreados por árvores de folhas grandes e coberturas de tecido dourado e rosa.

Quando ele entrou no jardim, sentiu o zunido baixo e crescente que sempre o envolvia quando estava no meio da multidão. Ele se preparou para o ataque de cada *esha* emanando de cada pessoa sentada no pátio, desde comerciantes, sacerdotes e dignitários estrangeiros tomando vinho alquímico até os garçons que circulavam entre eles, carregando bandejas com cordeiro, e as dançarinas que os provocavam com sedas brilhantes. Por baixo da cacofonia das conversas e da melodia gentil dos músicos que tocavam lira havia isto: o pulsar do mundo que apenas Anton era capaz de ouvir.

Bem, não *apenas* Anton. Havia outros como ele, com a Graça da Visão, embora poucos fossem tão sintonizados às vibrações da energia sagrada do mundo. Anton cresceu acostumado a bloquear aquilo, ignorando o fluxo e refluxo de *esha*, mas naquela noite, quando atravessou os jardins, permitiu-se absorver tudo aquilo. Estava procurando por uma pessoa em particular.

Ele sentiu quase imediatamente — o sino alto e claro ecoando dentro dele. Pertencia, ele sabia, à mulher que estava sentada na mesa do outro lado do pátio, no canto, observando atentamente sua aproximação.

Ninguém estranharia a presença daquela mulher em Tálassa, arrumada como estava, com um vestido elegante em um profundo tom de roxo e um colar de esmeralda adornando seu longo pescoço. Mas, para Anton, ela se destacava como um ás de coroas em uma jogada de Cambarra. Ela estava exatamente como da última vez que Anton a vira — o mesmo cabelo preto-azulado preso em um coque complexo, o mesmo rosto sombrio e arredondado que não indicava sua idade. O mesmo *esha*, que parecia o tilintar de sinos de prata.

— Jantando sozinha? — perguntou ele assim que chegou à mesa dela.

— Na verdade — começou a mulher —, meu convidado acabou de chegar.

Quando se conheceram, ela se apresentara como sra. Tappan, mas Anton sabia muito bem como a mulher inventava nomes com facilidade. Ele não sabia qual era seu nome verdadeiro, e ela nunca lhe dissera. Também não sabia o que exatamente ela queria com ele. Em seus momentos mais sentimentais, conseguia se convencer de que ela realmente queria ajudá-lo. Mas, com mais frequência, achava que a mulher só se divertia com seus joguinhos.

E, para ele, tudo bem. Anton gostava de jogar.

— O que você quer?

Ela pousou as mãos cruzadas sobre a mesa de mármore.

— Ouvi dizer que o cordeiro aqui é divino.

— Você sabe o que eu quis dizer.

— Passei na sua linda casinha ontem à noite — ela comentou, como se não o tivesse escutado. — Que pena que não consegui encontrá-lo. Fazendo hora extra, imagino?

Anton não ficou surpreso com o fato de a Mulher Sem Nome ter tentado encontrá-lo em casa, nem de saber onde ele morava.

— Embora eu me pergunte por que, com este emprego respeitável, você não tenha escolhido um lugar um pouco menos... *aconchegante*.

— Acabei de começar a trabalhar aqui — Anton mentiu. — Mal consegui pagar o aluguel do mês passado.

O olhar da mulher revelou que ela percebeu a mentira na hora, mas ele não lhe daria a satisfação de dizer a verdade em voz alta. Ele podia pagar por um lugar melhor, mas preferia manter o lugarzinho na Cidade Baixa porque seria mais fácil deixar tudo para trás se fosse necessário. Estava em Pallas Athos havia seis meses, mais tempo do que já passara em qualquer lugar desde que era criança, mas aquilo não significava que a cidade era seu lar.

— O que você quer? — ele insistiu.

Ela suspirou, como se sua falta de decoro fosse uma decepção.

— Pegue uma taça de vinho para mim e então vamos conversar. Algo de Endarrion, se você tiver. Nada local. O vinho daqui é horrível.

Anton se virou, atravessando o pátio e seguindo para a adega. Quando chegou ao alto da escada, parou, pensando se deveria ou não simplesmente continuar andando, sair da taverna e seguir pelo labirinto de ruas, onde poderia despistá-la e se perder.

Não importaria. Ela simplesmente o localizaria de novo.

A primeira vez que fizera isso fora um ano antes, em uma casa clandestina de jogos localizada em uma cidade à beira do canal, ao sul de Tarsépolis. Anton passara seis noites seguidas na mesa de jogos, no térreo, enchendo os bolsos com o dinheiro que ganhava dos ricos que iam beber e jogar antes de subirem para aproveitar as garotas e garotos nos quartos.

Mas na sétima noite em que Anton se sentou à mesa de jogos, ele se deparou com uma mulher elegante que nunca vira antes.

Mesmo naquela época, seu *esha* era diferente, diferente do coro dos outros que vibravam dentro do salão de jogos repleto de fumaça. O som o fez pensar em prata: brilhante, mas enganosa. Ela lhe servira uma bebida e dera as cartas para uma partida de Cambarra, como se estivesse esperando por ele. Anton sentira vontade de se levantar e ir embora imediatamente, mas, com uma olhada rápida, percebeu dois guardas ao seu lado.

— Diga-me — a mulher pediu —, quanto você ganhou na minha mesa de jogos nessas últimas noites?

Ele a encarou, atônito.

— Eu não estou trapaceando.

— Eu não disse que estava. Perguntei quanto você ganhou.

— Por quê? — Anton questionara. — Você quer me fazer uma proposta melhor?

Ela levantou uma das sobrancelhas, divertindo-se.

— Diga-me o seu nome.

— Eu não sou ninguém.

Ela apenas sorriu, e Anton se sentiu nu sob o olhar daquela mulher.

— Anton — ele respondeu, por fim.

— E quantos anos você tem, Anton?

Sua família nunca contara seus aniversários. Quinze, talvez? Ele sabia que já fazia quatro anos desde que fugira da casa do pai e da avó.

— Tenho idade o suficiente.

A resposta a divertira ainda mais.

— Idade o suficiente? Para fazer o quê?

— Acho que você não veio aqui para me repreender ou fazer perguntas.

— Por que, então? Para puni-lo?

— Não. — Anton manteve a voz firme. — Para me usar.

Ele se lembrou de como o líquido em seu copo cintilara como cobre enquanto ela tomava um gole lento.

— E qual é o melhor uso que posso fazer de você, Anton?

— Esta é uma casa clandestina de jogos, não é?

— Você está oferecendo seus serviços? — ela perguntara. — Seduzir homens ricos e bêbados, bancar o brinquedinho deles?

— Por quê? — ele retrucara, abrindo um sorriso. — Você não acha que eu seria bom nisso?

Ela dera uma risada ao ouvir aquilo, um som que o lembrava do *esha* da mulher, límpido como um sino.

— Acredito que esse seria um enorme desperdício das suas *habilidades*.

Anton sentiu um frio na espinha.

— Você está enganado. Eu não quero usá-lo, Anton. Eu quero ajudá-lo.

— Como? — Anton perguntara, sem acreditar nela por um segundo sequer. Ninguém ajudava ninguém sem obter alguma coisa em troca. Os últimos quatro anos lhe ensinaram aquilo.

— Essa casa de jogos é só uma diversão — dissera ela com desdém. — Meu negócio de verdade é uma agência de cristalomancia.

— Você é uma caçadora de recompensas.

Ela estalou a língua.

— Não gosto desse nome. Faz com que tudo pareça terrivelmente mercenário.

Caçar recompensas *era* um negócio mercenário. Aquele tipo de agência ganhava quantidades enormes de dinheiro usando a Graça da Visão para rastrear criminosos, prendê-los e pegar o dinheiro da recompensa para entregá-los a quem quer que fosse, policiais ou governantes que quisessem levá-los a julgamento. Mas também havia o dinheiro que ganhavam com casos de qualquer pessoa disposta a pagar para localizar alguém, criminosos ou não. Por um preço alto, um caçador de recompensas era capaz de encontrar qualquer pessoa desejada — pessoas que, como Anton, não queriam ser encontradas.

— E você está aqui para...? — Ele sentira um medo no fundo da barriga ao pensar que ela havia sido enviada para encontrá-lo. Sua avó era pobre e miserável demais para fazer negócios com aquela mulher elegante, cosmopolita e, ainda por cima, caçadora de recompensas. Mas havia outra pessoa que poderia fazer isso.

— Ninguém me deu o seu nome — ela dissera. — Mas agora estou curiosa para saber quem você acha que faria isso. Uma amante abandonada, talvez? Você parece ser do tipo que não toma muito cuidado com corações, a não ser o seu.

Os batimentos de Anton desaceleraram.

— Então por que você está me contando isso?

— Eu já disse que quero ajudá-lo. — Colocando seu copo na mesa, ela se inclinara para ele e dissera com a voz sedosa: — Eu sei o que você é. Está na hora de parar de se esconder.

Aquele simples pensamento tinha acendido nele a vontade de sair correndo da casa clandestina.

Mas não foi o que ele fez. Não naquela noite.

Os músicos de lira de Tálassa estavam terminando a música quando ele retornou ao pátio com um jarro de vinho tinto de uma região próxima a Endarrion.

Com o aplauso do público ao redor estalando em seus ouvidos, Anton serviu o vinho na taça de cristal.

— Sente-se — ordenou a Mulher Sem Nome, fazendo um gesto para a cadeira vazia a sua frente.

Anton se acomodou com as costas eretas enquanto o som de garfos arranhando pratos, conversas indistintas e as primeiras notas alegres de uma nova música preenchiam o silêncio entre eles.

— Este lugar certamente é melhor do que as espeluncas onde já te encontrei antes — ela comentou em tom de aprovação. — Parece que você está se saindo muito bem. Um emprego, um teto sobre sua cabeça. Amigos que têm empregados em vez de prostitutas.

Ele deu de ombros. No papel, pelo menos, Anton era um membro funcional da sociedade.

Ela riu, girando o pulso e fazendo a luz refletir no vinho tinto em sua taça.

— Mesmo assim, é impossível negar que você está desperdiçando seus talentos.

Anton soltou o ar e quase riu.

— Vamos começar com isso de novo?

Ela era uma das quatro pessoas no mundo que sabia que Anton tinha a Graça da Visão. Fora ela, afinal de contas, que lhe dera a primeira lição de cristalomancia, ensinando-o como se concentrar nas vibrações da energia sagrada ao seu redor, como usar um ímã em águas encantadas para procurar a frequência do *esha* específico de alguém. Sua primeira e única lição.

— Tenho um trabalho para você.

— Não estou interessado — ele respondeu imediatamente.

— Você ainda não ouviu do que se trata.

— Não importa — ele disse. — Você já sabe a minha resposta.

— Eu sei — ela concordou, tomando mais um gole de seu vinho. — Mas esse não é um trabalho qualquer. Você é o único que pode fazê-lo.

A Graça da Visão era a mais rara das Graças, e até mesmo os que a possuíam tinham um limite para o que suas previsões podiam encontrar. Mas antes de dar a Anton sua primeira e única lição de cristalomancia, ela dissera que vira nele a capacidade de grande poder — talvez até maior que o dela. Às vezes, ele achava que também conseguia sentir aquele poder. O modo como conseguia sentir o *esha* sem nem tentar, como sabia quando alguém era Agraciado ou não, como conseguia diferenciar facilmente as frequências. Era instintivo.

— Mas você sabe que eu *não consigo* fazer isso — Anton respondeu. — Você sabe desde aquele dia.

O dia em que ela tentara dominar a capacidade dele, e Anton acabara com os pulmões cheios de água, percebendo que seu poder trazia consigo a sombra de outra coisa — pesadelos que o levavam de volta ao passado que ele acreditava ter deixado para trás. Os pesadelos que apareciam sempre que Anton tentava usar sua Graça. A Mulher Sem Nome vira o que aquilo tinha feito com ele e o tirara das águas cristalomantes, observando seu esforço para conseguir respirar.

Foi então que ele começou a fugir novamente, mesmo sabendo que ela também era Agraciada e o encontraria de novo. E de novo. E de novo. Afinal de contas, era isso que ela fazia. Nos canais de Valletta, em Endarrion, nas cidades costeiras de Pelagos — e, agora, em Pallas Athos. Ele não tinha dúvidas de que ela o seguiria pelas Seis Cidades Proféticas se fosse preciso. Àquela altura, as visitas da Mulher Sem Nome eram esperadas. Não era exatamente uma questão de confiança, mas, nos últimos anos, ela se tornara uma das únicas coisas com a qual Anton podia contar. Antes dela, a única invariável de sua vida era deixar tudo para trás.

Todas as vezes que ela o encontrava, fazia a mesma proposta: aprender a usar sua Graça. Todas as vezes, Anton dava a mesma resposta.

Desde aquele dia na fonte de cristalomancia, ele fez de tudo para construir um muro entre ele e sua Graça. Aprendera a controlar os pesadelos. Mas, no momento em que tentava usar o poder, eles mostravam os dentes de novo, como lobos sedentos de sangue.

A Mulher Sem Nome tomou outro gole de seu vinho.

— Um dia, Anton, você terá que superar esses seus medinhos tolos.

— Já terminou? Porque, por mais divertido que seja esse encontro, eu realmente preciso voltar ao trabalho. — Ele começou a se levantar, mas a mulher estendeu a mão e a pousou sobre a dele, fazendo-o parar.

— Eu ainda não terminei. — O tom dela mudou. Toda a provocação desapareceu. Seus olhos escuros se fixaram nos dele. — Você realmente acha que vim até a Cidade da Fé só para ouvir uma recusa?

Anton retorceu a mão que estava embaixo da dela.

— Então, se não é para um trabalho, por que você está aqui?

— É para um trabalho — ela retrucou. — *Você* é o trabalho.

Anton congelou. O que ele mais temia, a suspeita que sentira na primeira vez que a Mulher Sem Nome o encontrara, tornara-se realidade.

— Alguém lhe deu meu nome?

As pessoas da outra mesa começaram a rir, mas a atenção da mulher estava toda nele. Ela assentiu.

— Você sabe quem?

O coração de Anton bateu dolorosamente.

— Não.

— Você está mentindo.

A mão dele ficou molhada de suor, mas o resto de seu corpo estava gelado. Ela estava certa. Anton sabia exatamente quem tinha lhe dado seu nome. A única outra pessoa do mundo que o procuraria.

— Ah — disse a Mulher Sem Nome, por cima da borda da taça. — Minha nossa. Você está com medo. Você está *aterrorizado*.

Anton contraiu o maxilar, sua respiração quente e acelerada conforme segurava a beirada da mesa.

— Você não pode permitir que ele saiba. Não pode contar onde estou. Por favor.

— Posso dizer que a informação dele estava errada — ela respondeu. — Ele sabe que só posso fazer o trabalho se o nome estiver certo. Vou simplesmente dizer que ele me deu o nome errado.

Anton negou com a cabeça.

— Não. Não faça isso. Ele vai saber que você está mentindo.

— Eu minto muito melhor do que você.

Uma sensação congelante queimou sua garganta.

— Não importa. Ele saberá.

— Se eu recusar esse trabalho, ele irá simplesmente contratar outra pessoa — ela disse, gentilmente. — Talvez já tenha até feito isso. A Agência de Cristalomancia da sra. Tappan talvez seja a melhor, mas existem outros dispostos a enforcar a própria mãe para receber o dinheiro que ele ofereceu.

A mente de Anton tentou compreender o que ela estava dizendo. Aparentemente, o homem que o procurava tinha oferecido uma grande quantia de dinheiro — o suficiente para contratar uma caçadora de recompensas com a reputação de pegar apenas casos que ninguém conseguia resolver. Anton deveria estar surpreso, mas não estava. Apesar de sua origem humilde, aquele homem sempre soube como jogar para ganhar a melhor recompensa.

— Um deles *vai* encontrar você, Anton. Se é que já não encontraram.

Ele estava vivendo um pesadelo, com onze anos de idade, a água gelada entrando em seus pulmões enquanto mãos o seguravam embaixo da água escura.

Afastou-se da mesa com um movimento rígido.

— Anton. — A Mulher Sem Nome agarrou-o pelo pulso com uma força inesperada. — Existem pessoas que podem ajudá-lo... a resolver isso tudo. Você não precisa fugir de novo.

Ele mal conseguia ouvir as palavras da mulher sobre as batidas enlouquecidas do próprio coração. Livrando-se da mão dela, Anton correu pelo pátio, desviando-se dos garçons e clientes alegres e subindo pela escada que levava até o telhado.

Ele subiu, a náusea crescendo como uma onda. Mas enquanto continuasse se movendo, subindo, ela não o alcançaria.

Não havia água.

Não havia gelo.

Apenas medo.

O ar cálido da noite o recebeu quando ele chegou ao telhado. Acima, iluminado pelo brilho de uma centena de fogueiras, o Templo de Pallas se erguia sobre o resto da cidade. Anton foi até a beira do telhado. O balaústre de mármore estava frio e sólido sob suas mãos quando ele olhou para além do pórtico de Tálassa, para a fonte e as oliveiras no centro da praça Elea. Para o pavimento pálido e comprido da Estrada Sagrada que levava até o Templo de Pallas, passando pelos portões principais e descendo até a Cidade Baixa, onde as ruas eram mais estreitas e escuras, cheias de promessas e perigos.

Antes de conseguir seu minúsculo apartamento ali, Anton passara muitas noites dormindo em telhados e calhas, como um pássaro empoleirado. Lá de cima, ele conseguia ver tudo que acontecia na parte de baixo, e nada podia alcançá-lo.

Ele ainda tinha medo, mas o medo por si só não seria capaz de matá-lo.

Afinal de contas, era um sobrevivente. O homem que estava atrás dele, que dera seu nome à Mulher Sem Nome — Anton não o vira depois daquele dia, no gelo, a água tão fria e a escuridão o cercando. Às vezes, se sentia preso naquele pesadelo, na lembrança do que aquele homem tentara fazer.

Mas ele não era mais aquele garoto assustado e submerso. Deixara aquele garoto morrer.

4

JUDE

O sol estava começando a se pôr sobre o forte de Cerameico enquanto Jude passava pela extensa sequência de *koah* aos pés da cachoeira mais alta do vale. Ele estava se equilibrando em uma perna só, sem esforço, seus braços abertos e se cruzando de forma fluida no ritmo de sua respiração. Aquela sequência de *koah* envolvia cinco elementos — equilíbrio, audição, visão, velocidade e foco. A rocha estreita não oferecia muito espaço para erro, mas era por isso que Jude gostava daquele lugar. Quando o foco estava em seu equilíbrio, seu corpo e sua Graça, todos os seus pensamentos se dissipavam como a névoa da manhã.

— Bem que pensei que fosse encontrá-lo aqui. — Uma voz se elevou sobre o som da água da cachoeira, perfeitamente clara para a audição intensificada pela Graça de Jude.

Ele terminou a quinta forma do *koah,* jogando todo seu peso para a frente, enquanto suas mãos formavam um triângulo diante de si. Voltou para a postura de descanso, seu olhar encontrando o outro Paladino parado na parte de baixo.

— Você me conhece muito bem.

Os olhos azuis de Penrose se iluminaram com um sorriso.

— Parece que seu Ano de Reflexão não o livrou dos velhos hábitos.

Ela falou em tom de brincadeira, mas Jude sentiu uma pontada de vergonha ao pensar na verdade por trás de suas palavras. Ele saltou da pedra e pousou levemente ao lado dela, na beira do lago.

— Eu já ia voltar.

— Você sempre vem aqui quando está nervoso — ela declarou enquanto os dois caminhavam de volta para o forte.

Jude ficou tenso. Ela realmente o conhecia bem demais.

— Não se preocupe, Jude — disse Penrose. — Qualquer um ficaria. Principalmente depois de tudo que aconteceu em Nazirah.

Ele engoliu em seco.

— A ameaça do Hierofante é inegável agora. Antes de eu partir para o meu Ano de Reflexão, as Testemunhas não passavam de um pequeno grupo de radicais. Ou era o que eu pensava.

— Quando eles estavam morando no deserto de Seti, não tínhamos como saber quantas pessoas haviam se juntado ao Hierofante — concordou Penrose.

Alguns anos antes, as Testemunhas e seu líder mascarado tinham ido morar em um templo abandonado no meio do deserto de Seti — um templo ainda mais antigo que os Profetas. Era uma das poucas construções remanescentes de uma religião antiga, quando as pessoas cultuavam um deus único e todo-poderoso da criação.

A Ordem da Última Luz estava monitorando as atividades do Hierofante e os boatos sobre ele. Um dos rumores dizia que o Hierofante fora um acólito que renunciara os Profetas e começara a pregar contra eles. Outro dizia que ele tinha convencido um esquadrão inteiro de soldados heratianos Agraciados a usar suas espadas uns contra os outros. De acordo com seus discípulos mais fervorosos, o Hierofante era tão íntegro e tão puro que os Agraciados perdiam todos os poderes simplesmente ao estar no mesmo aposento que ele.

Jude e o restante da Ordem duvidavam muito que tais boatos fossem verdadeiros, mas eles demonstravam a natureza poderosa dos seguidores do Hierofante. Ele não era simplesmente um homem com ideias perigosas — ele se *transformara* em uma ideia, uma nova imagem para ser cultuada e seguida agora que os Profetas haviam partido.

— Nenhum de nós acreditou que eles tomariam uma das Seis Cidades Proféticas — continuou Penrose. — Nós subestimamos a crença fervorosa de seus seguidores nas mentiras que ele conta.

— "O enganador enreda o mundo em mentiras" — Jude recitou.

— "E os ímpios caem sob a mão pálida da morte" — continuou Penrose. — Os corpos encontrados com a marca da mão branca provam isso. Os dois primeiros arautos estão aqui. A Era da Escuridão está chegando.

— Então como este pode ser o momento certo para eu me tornar o Guardião?

Ele não tinha a intenção de fazer a pergunta em voz alta, mas esse pensamento não saía da sua cabeça desde o momento em que voltara para Cerameico. Mas assim que perguntou, soube que precisava de uma resposta.

— Dois dos três arautos chegaram. Não é só de um aviso do que está por vir. Um deles, ou todos, pode trazer a Era da Escuridão. Precisamos encontrar o Último Profeta antes que isso aconteça. E deveria ser o meu pai. Não eu. Não *agora*.

— Ou talvez seja exatamente por isso que seu pai quer fazer agora — retrucou Penrose. — O tempo está se esgotando. Nossos acólitos estão procurando pelos sinais, mas nós ainda não recebemos nenhuma notícia da nossa rede de cristalomancia. Talvez seu pai esteja desesperado o suficiente para tentar uma nova abordagem.

Eles subiram a colina. Abaixo, as torres em espiral do Forte de Cerameico cortavam bolsões de névoa presos pelas montanhas ao redor. Cachoeiras fluíam pela superfície de uma garganta estreita, passando pelos arcos delgados das pontes e passadiços da fortaleza.

Jude olhou para seu lar, pensando nas palavras de Penrose.

— Você acha que o meu pai quer que eu deixe Cerameico? Para que eu tente encontrar o Profeta?

Com exceção do Ano de Reflexão, quando o herdeiro do Guardião da Palavra se recolhia, sozinho, nas Montanhas de Gallian para afirmar sua fé e seu compromisso para com os Sete Profetas, os Paladinos não saíam do forte de Cerameico havia cem anos. Mas o desespero da Ordem para encontrar o Último Profeta era cada vez maior. Talvez a única forma de fazer isso fosse que Jude e sua Guarda, assim que ele a escolhesse, saíssem de Cerameico em busca do Profeta.

— É com isso que você está preocupado? — perguntou Penrose. — Em deixar Cerameico?

— Não. — Sua preocupação era deixar Cerameico em busca do Último Profeta e fracassar. Porque, apesar do que Penrose dissera sobre ser a hora certa e sobre suas dúvidas serem esperadas, ele sabia que ela estava errada. Suas dúvidas não tinham começado quando descobrira que Nazirah havia sido tomada nem quando ouvira sobre os assassinatos da Mão Pálida.

Elas começaram quando Jude tinha dezesseis anos e percebeu que havia coisas que ele queria e que um Guardião da Palavra jamais poderia ter. Quando sentira pela primeira vez aquela dor que o pressionava em momentos silenciosos e solitários. Quando Jude fechava os olhos, desesperado pelo calor de outra pessoa, pelo toque de outra pele. Um Guardião não deveria desejar a pele, o calor e a respiração de outra pessoa, mas Jude desejava. E nada, nem todo seu treinamento, o Ano de Reflexão, a oração desesperada aos Profetas de outrora, mudara aquele desejo.

Eles cruzaram a ponte que levava ao forte. Acima, pranchas finas de madeira ligavam os leitos do rio. Sobre elas, Paladinos se equilibravam, suas silhuetas contornadas pela névoa que se levantava com as cachoeiras. Cada um deles carregava um longo bastão, que era usado para defesa, bloqueio e ataque. Alguns estavam empoleirados quase nos pontos mais altos da torre, e outros mal acima da água. Cair de uma das pranchas significaria morte certa, mas a Graça do Coração fazia os pés dos Paladinos firmes e certeiros, capazes de saltar de uma prancha para outra em uma dança perigosa.

— Então é com a escolha da Guarda amanhã? — Penrose perguntou. Sua voz de repente assumiu um tom mais urgente. — Você já sabe quem vai escolher, não sabe?

A primeira obrigação crucial do Guardião era escolher os seis outros Paladinos que serviriam ao seu lado. A guarda faria um juramento especial que os obrigaria a servir ao lado de Jude pelo resto da vida. Ser escolhido como membro da Guarda — servir como conselheiro e companheiro do Guardião — era a maior das honras para um Paladino. Era, também, uma grande responsabilidade. Quebrar o juramento da Guarda Paladina significava mais do que o exílio: significava a morte.

— Preocupada que eu não escolha você? — Jude provocou.

Ele sempre soube que Penrose seria uma entre os seis escolhidos. Ela o conhecia desde que ele nasceu, e, embora Jude tivesse sido criado e treinado por diversos servos e Paladinos ao longo dos anos, ela era a pessoa de quem era mais próximo. Ela o ensinara a controlar sua Graça, orientando-o no treinamento de *koah* quando ele ainda era bem novo. Não havia família na Ordem da Última Luz, mas, se houvesse, Penrose seria a dele.

— Não foi isso que eu quis dizer — disse Penrose, ainda com o tom de urgência. — Eu não vim te procurar para ver como você está. Eu vim te contar uma coisa.

A audição aprimorada pela Graça fez Jude ouvir as batidas aceleradas do coração dela. A preocupação cresceu em seu próprio peito.

— Sobre a escolha da Guarda?

— Só quero garantir que, quando a hora chegar, você fará a melhor escolha. Que não vai permitir que seu julgamento seja influenciado por...

Jude não ouviu o que ela disse em seguida. Escutou um som e sentiu um movimento atrás de si. Mais rápido que o pensamento, ele saltou para o lado para evitar o golpe que vinha em sua direção. Um lampejo de movimento do atacante foi tudo que ele viu, mas foi mais que o suficiente. Usando seus reflexos aprimorados pela Graça, Jude usou o pilar da ponte como alavanca e saltou sobre o desconhecido. Enterrando os calcanhares no chão, ele estendeu o braço para trás e acertou um soco no peito do outro homem.

Com um gemido, o atacante caiu no chão.

— Bem, acho que você não perdeu completamente seus reflexos na minha ausência.

O reconhecimento o cortou como uma faca quando Jude olhou para a pessoa aos seus pés. Hector Navarro não era mais o garoto franzino que tinha sido criado com ele. Seus ombros e tórax tinham ficado largos sobre a cintura fina e as pernas musculosas. Uma sombra de pelos cobria o maxilar que ficara mais definido com o tempo. Mas o sorriso irritante e convencido que tinha provocado inúmeras brigas com os outros jovens na Ordem continuava ali.

O sorriso que Jude não via fazia mais de um ano. O sorriso que não sabia se voltaria a ver.

— Você está aqui — disse Jude com voz fraca. Era isso, ele percebeu, que Penrose estava ensaiando lhe dizer.

Mas antes que pudesse falar ou fazer qualquer outra coisa, além de se deleitar com a visão do amigo, Hector saltou e girou para ficar cara a cara com Jude. Então eles começaram a lutar de novo — soco atrás de soco, a velocidade e a força da Graça se enfrentando em uma coreografia coordenada que tinham aprendido um com o outro, anos antes.

Jude riu enquanto desviava do punho de Hector e passava a perna por baixo dele. Hector saltou no momento exato, prevendo o movimento de Jude antes mesmo que ele soubesse. Os movimentos ágeis deram lugar a uma lutinha com socos de brincadeira, então eles se abraçaram de forma desajeitada, entre empurrões.

— Eu não entendo — disse Jude, sua voz leve por causa da adrenalina e do riso, além do peso da enorme mão de Hector em seu pescoço. — Quando voltei do meu Ano de Reflexão, você tinha partido. Os outros disseram que você tinha ido embora, que tinha decidido não prestar o juramento.

Ele não acrescentou que nenhum deles ficara surpreso com isso. Hector estava sob a tutela da Ordem desde os treze anos, e sua amizade com Jude fora tão inevitável quanto improvável. Mesmo quando ainda era um menino, Jude se esforçara para preservar as virtudes incutidas em si pela Ordem, ao passo que Hector era mais agitado e problemático. Enquanto Jude adorava passar as manhãs em silêncio contemplativo, treinando por horas a fio e demonstrando sua devoção aos Profetas, Hector nunca pareceu adepto à vida regimentada de um Paladino.

Embora ele sempre tivesse dito que assumiria o manto da Ordem da Última Luz, parte de Jude nunca acreditara.

Mas agora Hector estava ali. Ele tinha *voltado*.

— Mudei de ideia — Hector revelou. Como se fosse simples assim. Seus lábios se abriram em um sorriso leve e debochado, o tipo de sorriso que usava para convencer Jude a seguir seus planos e travessuras, mesmo sabendo que não devia. — Achei que, se Jude Weatherbourne acreditava em mim, eu tinha que fazer jus a isso.

Jude o empurrou de novo e Hector abaixou a cabeça. Eles logo recomeçaram a brincadeira juvenil. Mas era *bom* estar com Hector novamente, depois de todo aquele tempo. Como se todas as preocupações com as Testemunhas, a Mão Pálida e o Profeta pudessem ser tiradas de seus ombros pelas mãos habilidosas dele.

— Penrose, diga a Jude que ele precisa aprender a lutar antes de se tornar um Guardião da Palavra! — Hector exclamou com a respiração pesada, rindo.

Jude olhou para Penrose e percebeu que ela não estava mais os observando com seu olhar treinado de vaga desaprovação. Em vez disso, ela estava ereta, com os ombros empertigados e olhando fixamente para algo atrás dele.

Jude não precisou seguir o olhar dela para saber que seu pai tinha chegado. Ele se afastou de Hector e parou ao lado da amiga.

— Filho — disse o capitão Weatherbourne.

— Capitão Weatherbourne — Jude respondeu, um pouco ofegante por causa da luta.

Toda a alegria do reencontro desapareceu sob o olhar de seu pai. Theron Weatherbourne continuava tão intimidador quanto fora na infância do filho. Ele tinha o mesmo rosto de pedra, mas seu cabelo adquirira um tom grisalho no último ano. Assim como Penrose e Jude, o homem usava um manto azul-escuro sobre o peito largo, preso em um ombro por um broche no formato de estrela de sete pontas transpassada por uma espada. Um cordão de ouro envolvia sua nuca, preso ao colarinho.

— Vejo que já foi informado sobre o retorno de Navarro. — Ele fez um gesto com a cabeça em direção a Hector.

— Senhor — disse Hector, curvando a cabeça e levando a mão ao peito.

— Venha, Jude — disse o capitão Weatherbourne. — Temos um assunto para discutir.

Jude sentiu a apreensão crescer em seu peito enquanto o capitão Weatherbourne se afastava. Era raro seu pai o procurar daquela forma. O relacionamento deles era baseado no dever, em vez de afeto. O juramento paladino proibia que tivessem filhos, a não ser pelo Guardião da Palavra, cujo dever era realizar o Ritual da União Sagrada para produzir um herdeiro. A criação de Jude fora feita principalmente pelas mãos dos criados da Ordem e de Paladinos, como Penrose.

O capitão Weatherbourne manteve um ritmo acelerado enquanto conduzia Jude por um caminho íngreme que serpenteava todo o forte, passando por arcos ornamentados que imitavam as curvas suaves das árvores que se estendiam sobre eles.

— É sobre Hector? — Jude perguntou, lembrando-se das palavras de aviso de Penrose. Estava claro que ela achava que Jude escolheria o amigo para servir na Guarda Paladina... e que ela não aprovava tal escolha. O pai provavelmente pensava o mesmo.

— Não — o capitão Weatherbourne respondeu. — Mas o fato de você achar que um criado errante da Ordem deva ser sua maior preocupação na noite de sua cerimônia me faz pensar que talvez seja necessário discutirmos o assunto.

Jude baixou o olhar, constrangido.

— Hector não disse a ninguém por que deixou a Ordem — continuou o capitão Weatherbourne. — Nem o porquê de sua volta. Muito menos o que fez enquanto esteve longe.

Jude sabia que havia muitas perguntas sem respostas sobre Hector, mas não podia negar que vê-lo no Forte de Cerameico trouxera uma onda de alívio.

— Eu confio nele — declarou Jude em voz baixa. — Seja lá o que estivesse fazendo, seja já o que precisasse resolver, ele voltou.

Ele voltou para mim.

O capitão Weatherbourne olhou para ele enquanto cruzavam outra ponte delgada, passando pela névoa de uma cachoeira. Uma luz se rompeu entre eles quando Jude encontrou seu olhar. No dia seguinte, tomaria o lugar do pai como Guardião da Palavra. Se estivesse pronto, verdadeiramente pronto, então isso significava que suas decisões, seu julgamento, tinham que ser confiáveis. Incluindo seu julgamento sobre Hector.

O homem balançou a cabeça.

— Todos nós fazemos o mesmo juramento. De abrir mão dos desejos mundanos. De servir os Profetas acima de tudo. Acima da nossa própria vida. Acima do nosso coração.

— Eu sei — Jude respondeu. — Se Hector está aqui, significa que ele está pronto para fazer isso. Eu sei disso. Ele não brincaria com esse assunto.

— Não estou falando de Hector.

Jude sentiu o rosto esquentar. A vergonha o deixou vulnerável, expondo suas partes mais delicadas e frágeis.

— Mesmo quando vocês eram crianças, estava nítido que tinham uma ligação — declarou o capitão Weatherbourne. — Você mantinha distância dos outros pupilos, mas não dele.

A boca de Jude ficou seca.

— Você... Você nunca disse nada. Você nunca...

— Você não é o primeiro Paladino, nem mesmo o primeiro Guardião da Palavra, a se apegar a alguém. É para isso que serve o Ano da Reflexão, afinal. Para superar todas as suas dúvidas. Então, você superou?

Jude não sabia como responder.

— Diga-me — disse o capitão Weatherbourne. — Quem ele vai substituir?

— O que o senhor quer dizer?

— Você já sabe quem vai escolher para a Guarda amanhã — o pai explicou. — Eu te conheço. Você já sabe desde que voltou das montanhas. Diga-me, qual dos seis nomes você vai tirar da lista para colocar o de Navarro?

Jude ficou em silêncio por um longo tempo.

— Nenhum deles — respondeu, por fim.

— Então você tem sua resposta.

O rio trovejava embaixo deles enquanto cruzavam uma rocha alta e saliente sobre a qual o Templo dos Profetas se erguia. A água fluía por cada parte da rotunda da construção, escorrendo pela parte da frente do rochedo. Eles subiram a escada que levava à entrada do templo. No arco principal, pararam para mergulhar os dedos nas tigelas com óleo consagrado e se untaram antes de passar pela porta.

Havia sete arcos abertos nas paredes do templo, cercando um santuário dominado por um grande lago de pedra no formato de uma estrela de sete pontas. Em volta do lago, degraus de mármore levavam a um pálido altar prateado. As paredes do templo se erguiam, altas, revestidas de pedras cinza-ardósia, verde-tempestivo, vermelho-profundo e preto-intenso, algumas pequenas como pupilas e outras chegando ao tamanho do punho de Jude. Elas brilhavam sobre ele como milhares de olhos feitos de joias. As pedras do oráculo.

Havia cópias escritas das profecias em todas as bibliotecas do mundo, mas apenas o Templo dos Profetas continha as verdadeiras pedras do oráculo. Cada uma das pedras tinha sido incrustada em uma fonte de cristalomancia por um dos Profetas, preservando suas visões do futuro. Às vezes, essas visões vinham como sonhos; em outras, por meio de um transe profético. As pedras do oráculo continham o registro das profecias que davam forma ao curso da civilização e guiavam o povo por tempos turbulentos e de guerra.

Os membros da Ordem da Última Luz eram os confiáveis guardiões dessas profecias, mesmo agora, cem anos depois do desaparecimento dos Sete Profetas. Mesmo agora que todas as profecias tinham se realizado.

Todas, menos uma.

— Amanhã é um dia importante, Jude. Agora, mais do que nunca, você não pode se distrair — declarou o capitão Weatherbourne, subindo os degraus até o altar que ficava acima das águas encantadas. Ele ergueu uma caixa de prata que estava sobre o altar e voltou para perto de Jude. O homem estendeu a caixa e o filho, hesitante, a abriu.

Uma pedra lustrosa e perolada brilhou levemente lá dentro. Era maior que o punho de Jude e estava envolta por complexas espirais. Uma grande fenda a marcava, quase partindo-a ao meio.

Jude tocou a pedra com reverência. Aquela era a última pedra do oráculo que os Profetas criaram. Ela continha a última profecia. A profecia que a Ordem da Última Luz manteve em segredo durante um século. A profecia que ainda estava incompleta.

— A profecia está se desdobrando — disse o capitão Weatherbourne. — Os arautos vieram. A Era da Escuridão está quase chegando. Se não encontrarmos o Último Profeta em breve... — Ele não precisou concluir o pensamento.

Jude afastou o olhar da pedra do oráculo e se concentrou no rosto do pai.

— Você é o Guardião da Palavra, pai. Se a profecia ainda está se desdobrando, se a Era da Escuridão se aproxima, eles precisam de *você*. Quando encontrarmos o

Profeta, ele precisará de alguém com mais experiência, com mais conhecimento, alguém...

— Chega — interrompeu ele. — Eu sou o Guardião da Palavra há trinta e três anos. Protegi o segredo da última profecia, assim como os Guardiões que vieram antes de mim. Mas meu dever nunca foi brandir a Espada do Pináculo para proteger o Último Profeta.

— Eu não entendo.

— Minha missão está concluída — disse o capitão Weatherbourne, seus olhos brilhando com alguma emoção que Jude nunca vira antes. — Eu produzi o herdeiro da linhagem Weatherbourne. Você, Jude. É você que está destinado a proteger o Último Profeta. Eu soube naquele dia, dezesseis anos atrás, quando o céu se iluminou.

Jude estremeceu. Ele também se lembrava daquele dia. Ainda se lembrava do vento frio fustigando seu rosto e de como se sentira pequeno na sombra dos monólitos. E, lá em cima, o céu iluminado como uma gloriosa chama, com faixas violetas, vermelhas e douradas cruzando o espaço, sua dança luminosa atraindo a Terra abaixo. Para os que conheciam o segredo da última profecia, aquele dia significara promessa e esperança. A promessa de que o Último Profeta chegara para concluir a última profecia e lhes mostrar como impedir a Era da Escuridão.

Naquele momento, Jude soubera, com uma certeza que ainda o surpreendia, que aquela coisa brilhante, imensa e envolvente estava clamando por ele.

— Você era só uma criança — seu pai continuou. — Mas foi ali que eu soube. Era como se o Profeta estivesse esperando por você. Quando ele finalmente chegou, o *esha* dele chamou por você. É você que deve ser o Guardião dele, mantê-lo em segurança para que ele possa salvar todos nós.

Jude se sentiu paralisado. Seu pai acreditava nele. Assim como a Ordem. *Todos sabem que você está destinado a grandes feitos*, Hector costumava dizer. Aquilo devia tê-lo deixado orgulhoso. Mas era como se ele estivesse escalando uma torre enorme durante toda a sua vida, em direção a um farol de luz, um passo após o outro, e agora que seu destino estava ao seu alcance o farol tivesse se apagado diante dos seus olhos, deixando apenas o abismo negro do desconhecido.

— Foi isso que eu vim dizer a você, filho — seu pai declarou. O rosto dele estava radiante com luz e esperança. — Depois de dezesseis anos, nossa busca acabou. O Último Profeta foi encontrado.

5

HASSAN

Depois de quase não chegar a tempo para o jantar, após sua primeira aventura até a ágora, Hassan não conseguiu parar de pensar no que tinha acontecido — as Testemunhas, o acólito heratiano que talvez o tivesse reconhecido e, acima de tudo, a Legionária acima dele nos degraus do templo, como uma heroína profética de alguma história, empunhando sua espada de lâmina curva.

Ele sabia que precisava voltar e, quando fizesse isso, queria mais do que uma ou duas horas roubadas.

A oportunidade chegou logo no dia seguinte.

— Não fique chateado, Hassan, mas eu vou jantar fora hoje à noite.

Hassan ergueu os olhos do livro *A história das seis cidades proféticas* e se deparou com a tia parada na grande porta que dava para a varanda. Lethia Siskos era a irmã mais velha de seu pai, embora houvesse pouca semelhança entre os dois. Lethia era uma mulher alta e magra, cujo rosto sério e enrugado contrastava com os traços mais calorosos e suaves do irmão. Mas os dois tinham olhos com o mesmo tom de verde dos rios — e, quando Lethia pousava o olhar em Hassan, era quase como se o pai o estivesse vigiando.

Lethia se casara com o antigo Arconte Soberano de Pallas Athos bem antes de Hassan nascer, mas ela e seus dois filhos visitavam o Palácio de Herat com frequência quando ele era pequeno. Hassan sempre esperara ansiosamente por sua visita. Assim como ele, Lethia e os filhos não eram Agraciados, e sua presença no palácio sempre fizera com que se sentisse menos sozinho.

— Eu não fico chateado — ele respondeu automaticamente, marcando a página antes de fechar o livro.

— Então não fique emburrado.

— Aonde você vai? — perguntou Hassan, calculando mentalmente quanto tempo teria enquanto ela estivesse fora.

— O Arconte Soberano e sua esposa me convidaram para jantar na propriedade deles — respondeu Lethia, recostando-se no balaústre da varanda. — Parece que houve um escândalo envolvendo o assassinato de um sacerdote em uma das tavernas da Cidade Alta. Estão dizendo que o crime está ligado a assassinatos cometidos em outras cidades. O Arconte está bem preocupado com tudo isso.

— Ele se preocupa com um assassinato enquanto as Testemunhas estão governando Nazirah? — perguntou Hassan, esquecendo-se momentaneamente dos planos de ir escondido à ágora. — Ele já lhe deu uma resposta?

Lethia franziu as sobrancelhas.

— Ainda não. Ele diz que se solidariza com o que aconteceu em Nazirah, mas que está enfrentando a represália do povo por ter permitido a entrada de refugiados na ágora.

Hassan se lembrou do modo como o açougueiro tratara Azizi.

— O Templo de Pallas acolhia os peregrinos vindos de toda parte de Pelagos. Por que isso mudou?

— Porque já faz cem anos desde a última vez que Pallas Athos recebeu peregrinos — Lethia respondeu. — Os sacerdotes não estão mais interessados em nada que não seja proteger as próprias riquezas e o próprio poder. A única coisa com a qual se importam é manter a população satisfeita o suficiente para não reclamarem da ganância deles.

— Nesse caso, o Arconte deveria puni-los — retrucou Hassan. Era isso que *ele* faria, se estivesse em Herat. A corrupção crescia em todas as cidades, por todos os lugares, e a única forma de acabar com ela era remover aqueles que abusassem do próprio poder. — Ele deveria demitir os piores criminosos de seus cargos. E, ao fazer isso, deveria confiscar os bens dos criminosos e usar para alimentar os refugiados.

— Você falou como um verdadeiro príncipe — disse Lethia. — Mas Pallas Athos não é Herat. O Arconte Soberano não tem o poder de tirar os sacerdotes das suas posições. Eles foram originalmente escolhidos pelo próprio Pallas.

— Mas Pallas não está mais aqui. Nenhum dos Profetas está.

— E os sacerdotes afirmam que os escolhidos de Pallas são responsáveis por escolher os próprios sucessores, depois que os Profetas desapareceram.

— A receita perfeita para a corrupção — comentou Hassan com amargura. Aqueles que abusavam do poder continuariam o ciclo vicioso, recompensando aqueles que os colocaram no poder.

— Pedi várias vezes ao meu marido para contestar esse método, antes de ele morrer. Para criar um novo sistema enquanto ainda era o Arconte — Lethia revelou. — Ele nunca me ouviu, assim como todas as vezes em que tentei aconselhá-lo. A corrupção dos sacerdotes está entranhada na cidade. Eles farão qualquer coisa para manter o poder, por mais fútil que isso seja.

Hassan sentiu seu estômago revirar. Ele sabia, quando chegou àquela cidade, que os sacerdotes eram corruptos e que só pensavam neles mesmos, e que o Arconte Soberano no poder não passava de um fantoche ineficaz. Fora um tolo ao acreditar que o ajudariam.

— Será que os sacerdotes não percebem que as Testemunhas são uma ameaça para eles? — Hassan perguntou, sua raiva crescendo. — Se as Testemunhas conseguirem se manter em Nazirah, as outras cidades serão as próximas. Eles já estão agindo de forma bem violenta aqui mesmo, nas ruas desta cidade.

— E como é que você sabe disso, príncipe Hassan?

— Eu... — Ele parou de falar, percebendo que, se quisesse manter sua visita à ágora em segredo, deveria ter cuidado com suas palavras. — Eu ouço a conversa dos criados. Eles estão preocupados com o que está acontecendo aqui em Pallas Athos. As Testemunhas queimaram um santuário algumas semanas atrás, na Cidade Baixa. Eles foram vistos ontem mesmo do lado de fora do Templo de Pallas.

Lethia o olhou atentamente, e então suspirou.

— Sei como você está preocupado com tudo isso, Hassan. E eu concordo com você. Claro que concordo. Nazirah é a minha cidade também, mesmo que eu tenha morado lá três décadas atrás. Sei como está preocupado com seus pais. Eu também me preocupo com meu irmão e com a rainha.

Hassan estava fervendo de raiva, mais de si mesmo do que do Arconte.

— Deve ter alguma coisa que eu possa fazer. Alguma coisa para convencê-los, para convencer qualquer pessoa a ajudar o meu povo. Eu me sinto tão... inútil.

Ele passou os dedos por cima do bolso da camisa, onde estava a bússola que seu pai lhe dera, bem perto do coração. Seu pai era a única pessoa que nunca duvidara, nem por um segundo, que Hassan seria capaz de governar um dia. Pensar na fé que seu pai depositava nele fez um amargor lhe subir pela garganta.

— Meu pai nunca deveria ter me nomeado seu herdeiro.

A voz de Lethia ficou mais suave enquanto se aproximava.

— O que as Testemunhas fizeram não foi sua culpa.

— Mas eu não fui capaz de impedi-los.

— E se você fosse Agraciado, teria conseguido?

Ele não respondeu. Sua tia estava certa, é claro. Os Agraciados eram poderosos, mas não eram invencíveis. Ser Agraciado não impediu que seus pais fossem capturados. Os Agraciados tinham poder, sim, mas também era por isso que as Testemunhas queriam acabar com eles. E se os boatos sobre a capacidade do Hierofante de bloquear as Graças fossem verdadeiros, não teriam como se proteger. Hassan sentiu um medo enorme ao pensar nisso.

Lethia afastou o olhar dele.

— Você deveria ficar feliz, príncipe Hassan, por seu pai não lhe ter negado seu direito de nascença.

As palavras pairaram entre eles. Como primogênita da rainha de Herat, Lethia deveria ter sido a herdeira na linha de sucessão para o trono, quando sua mãe morreu. Mas assim como Hassan, Lethia não era Agraciada. Em vez de ser nomeada rainha, Lethia foi obrigada a se casar com o velho Arconte Soberano de Pallas Athos. Um homem que, pelo que Hassan sabia, nunca tinha se importado muito com a esposa ou com suas consideráveis habilidades políticas. Quando ele morreu, seu título não passou para os filhos de Lethia, já que eles também não eram Agraciados.

— Uma vez eu perguntei para minha mãe se ela considerara, alguma vez, me nomear sua herdeira — Lethia disse. — E ela só respondeu que o dia mais feliz da vida dela foi quando a Graça do seu pai se manifestou.

Hassan engoliu em seco, sem saber o que dizer. Lethia não se tornara rainha de Herat só porque não era Agraciada. Agora, apesar de ele também não ser, Hassan era o herdeiro.

— Acho que eu não deveria ser tão dura com ela — continuou Lethia. — Minha mãe foi criada naquelas décadas tumultuadas logo depois que os Profetas desapareceram, quando as pessoas temiam se afastar de qualquer tradição. Mas, agora, as coisas estão começando a mudar. Você é a prova disso.

Hassan fez que não com a cabeça.

— Eu não mereço esse direito de nascença se não consigo fazer nada para ajudar o meu povo.

— Eu também gostaria de poder fazer mais. Vou falar com o Arconte novamente hoje à noite, mas não tenho muitas esperanças.

Hassan fechou os olhos.

— Obrigado por tentar.

Ela passou a mão no ombro dele e se virou para descer a escada que levava ao pátio central.

Hassan voltou para dentro, sua mente retornando para a ágora e para as condições que tinha visto nos campos de refugiados. Talvez ele ainda não pudesse fazer nada por seu povo, mas poderia fazer algo para os que estavam ali.

— Vou passar a noite na biblioteca — anunciou para os criados na sala de estar. — Não quero ser interrompido. Podem deixar o meu jantar aqui.

Felizmente, os criados já tinham se acostumado com ele àquela altura e sabiam que não era incomum que se trancasse na biblioteca por horas a fio. Era como ele passava a maior parte do seu tempo em Nazirah também — enterrado nas histórias das Seis Cidades Proféticas, aprendendo ao máximo tudo que podia sobre os recursos do seu país, sobre guerra e diplomacia —, até já ter lido mais do que seus tutores da Grande Biblioteca.

Mas agora Hassan estava cansado de tentar se armar com histórias e fatos. Ele queria *agir*. Então, pegando um livro na biblioteca, saiu para a varanda e se sentou ao sol no jardim. Quando teve certeza de que os criados tinham se afastado, foi até a parte mais baixa do muro do jardim e o pulou, saindo do terreno da *villa*.

Estava se tornando perito em fugir escondido.

Os refugiados ignoraram totalmente a presença de Hassan enquanto ele entrava na ágora, cada um cuidando dos próprios assuntos com uma resignação sombria. Ele passou por uma longa fila de pessoas esperando para pegar água de uma fonte, vendo crianças com cerca de seis e sete anos carregando jarros até suas barracas, muitas descalças. Nuvens de poeira deixavam o ar pesado enquanto grupos de mulheres batiam na lona de suas barracas com varas. Outra mulher tentava tirar a sujeira de seu próprio abrigo com a vassoura, carregando um bebê nas costas.

O som de madeira batendo contra madeira atravessou a barulheira. O olhar de Hassan foi atraído para uma arena aberta cercada de colunas caindo aos pedaços, onde um grupo de pessoas assistia a três pares de lutadores.

Os olhos de Hassan se concentraram no último par — um deles era a mesma Legionária que o salvara das Testemunhas no templo. Em vez da espada heratiana de lâmina curva, ela brandia uma espada de madeira para treinamento que parecia ter sido entalhada em um galho de oliveira.

— Proteja o lado esquerdo, Faran! — gritou um espectador para o oponente dela, enquanto a Legionária dava um golpe certeiro.

O oponente gemeu, ajustando os movimentos de acordo com a orientação. A Legionária fingiu ir para a esquerda novamente, e então o golpeou pela direita. Depois de mais alguns ataques, ela o desarmou e ele caiu de costas no chão.

— Acabamos — a garota declarou, ajudando o oponente a se levantar antes de jogar a espada de treino para ele. — Da próxima vez, segure bem sua arma.

Seus olhos se afastaram do oponente e pousaram em Hassan, que estava atrás dele.

— Você voltou — disse ela, inclinando a cabeça. — Como está o braço?

— Está bem. — Seus olhos fizeram com que ele se sentisse uma mosca presa no mel. Ela não era bonita como as filhas delicadas da corte, nem sedutora como as dançarinas heratianas. Ela era *instigante*. Com um maxilar definido e musculoso, ela emanava força; não uma força apenas física, mas espiritual também, uma confiança que Hassan achava intimidadora.

— Qual é mesmo o seu nome? — ela perguntou. Algumas mechas de cabelo tinham se soltado do coque e caíam sobre suas bochechas.

— Hum... Cirion. — Despreparado para dar um nome que não era o seu, Hassan acabou escolhendo o primeiro que lhe veio à mente: o nome de seu primo, filho mais velho de Lethia.

— E você está aqui para procurar confusão, Cirion? Não tem matéria suficiente para estudar?

Hassan quase se esqueceu de que tinha falado que estudava em Academo.

— Acho que não.

— Ou talvez você queira uma aula — ela continuou, com um tom malicioso.

— Aula?

— Isso. Estou treinando os outros refugiados. As Sentinelas têm sido praticamente inúteis para manter o acampamento em segurança, então nós decidimos assumir a responsabilidade.

— Ah — disse Hassan. — Bem, acho que eu não deveria...

— Ah, vamos lá — ela insistiu, cutucando o ombro dele. — Se você vai nos interromper, pode pelo menos aprender alguma coisa. Talvez assim da próxima vez eu não precise salvá-lo.

Uma risada escapou dos lábios de Hassan. Ninguém nunca falava assim com ele no palácio.

— Ah, não sei, não.

— O que pode dar errado? — ela provocou. — Vou pegar leve com você.

Ele não conseguiu resistir ao brilho confiante nos olhos dela.

— Está bem. Desde que você pegue leve.

Ela se afastou, olhando-o por cima do ombro com um sorriso.

— Meu nome é Khepri, aliás.

Ele a seguiu enquanto passavam por duas duplas de refugiados em treinamento, onde havia uma prateleira com espadas de madeira. Ela pegou uma e jogou a outra para Hassan.

Ele a pegou com uma das mãos e viu o brilho de surpresa nos olhos da garota.

Os dois se posicionaram entre as outras duplas de lutadores na arena. A expressão de Khepri era de determinação confiante quando ela se afastou e assumiu uma postura defensiva, convidando Hassan a fazer o primeiro ataque.

Hassan sentiu um sorriso se abrir em seu rosto quando assumiu a posição de ataque. Já fazia um tempo desde a última vez que treinara, mas era bom usar seu corpo daquele jeito. Mesmo que não tivesse a Graça do Coração, ele sempre gostara da estratégia e da força se unindo em prol de uma causa comum. Sua mãe o ensinara bem a se defender em uma luta de espadas contra qualquer pessoa sem a Graça do Coração.

Na maioria dos dias, ele fazia de tudo para não pensar em onde estava sua mãe ou no que estaria acontecendo com ela como prisioneira do Hierofante. Mas se os treinos tinham lhe ensinado alguma coisa, era que sua mãe era uma lutadora. Onde quer que estivesse, estaria lutando.

— Não vou usar *koahs* — Khepri avisou.

— Justo.

Assim, ela não teria a vantagem esmagadora da força, da velocidade e dos sentidos aprimorados de uma Agraciada.

Khepri riu.

— Ah, não será *justo*. Mas talvez seja um pouco mais interessante.

Hassan desferiu o primeiro golpe, uma pancada forte na base, enquanto mantinha sua guarda firme. Era um teste — queria ver como ela reagiria.

Ela se desviou e então, passando por baixo da espada dele, contra-atacou. Hassan defendeu — e viu outro brilho de surpresa nos olhos de Khepri.

— Você mentiu! — ela exclamou, parecendo encantada. — Você não é um estudioso de mãos macias. Você já lutou.

— Nem todos os estudiosos têm mãos macias — respondeu Hassan, enxugando o suor da testa.

Ela atacou novamente, mais rápido que antes. A força do impacto empurrou Hassan para trás, fazendo-o se desequilibrar.

Khepri não hesitou. Ela atacou mais uma vez, aproveitando a vantagem. Hassan se afastou com um giro, suas espadas de madeira vibrando. Eles se separaram, recuperando o centro. Khepri não pareceu chateada pelo fracasso de seu golpe. Na verdade, ela parecia feliz, e Hassan teve a sensação de que a garota estava apenas começando.

Ele partiu para cima dela e atacou novamente, a espada de Khepri encontrando a dele enquanto seus olhares se mantinham fixos um no outro. Estava começando a sentir o estímulo da competição correr em suas veias. Queria impressioná-la, mostrar a ela que era capaz de acompanhar o ritmo. Eles trocaram alguns golpes, ataques e reações, as espadas girando e batendo em ritmo constante. Hassan sentia a euforia correr pelo corpo. Mas, mesmo enquanto defendia todos os golpes dela, conseguia ver que Khepri estava só se divertindo. Brincando com ele, até. Subestimando-o.

Não podia aceitar aquilo. Com o ataque seguinte, ele a fez andar para trás e fingiu tropeçar na direção dela. Quando Khepri aproveitou a vantagem do aparente erro, Hassan deu um passo e a desequilibrou.

Ela cambaleou, apoiando-se na própria espada para não cair de costas.

Hassan a observou, sua espada apontada para o peito dela, com um sorriso vitorioso nos lábios. Ela deu impulso e ele bloqueou o golpe com sua espada.

— Muito bem — disse Khepri, suas espadas cruzadas entre eles. — Você não é ruim nisso.

E, então, enquanto Hassan registrava o sorriso no rosto dela, Khepri deu um chute, arrancando a espada da sua mão e o empurrando para o chão.

Hassan caiu com um gemido, seu quadril preso entre os joelhos dela.

A expressão radiante de triunfo iluminava o rosto de Khepri.

— Mas eu ainda sou melhor.

Ele queria dar uma resposta inteligente, mas Khepri estava ofegante, e o efeito daquilo... o distraiu. Seu rosto começou a esquentar, mas, antes que ficasse realmente constrangido, a garota saiu de cima dele. Hassan não conseguiu decidir se estava aliviado ou decepcionado.

Ela ofereceu a mão e facilmente o puxou para ficar de pé. A força da Graça.

— Você disse que não usaria a sua Graça — Hassan comentou.

— A luta acabou.

— Então eu quero uma revanche.

Ele estava começando a gostar do som de sua risada.

— Acha que vai lutar melhor no segundo round?

— Você não condenaria um homem por ter esperança, certo?

— A esperança nunca deve ser condenada — ela retrucou, e havia algo inesperadamente suave em sua voz, precioso, como um lírio florescendo na beira do rio. — Que tal um jantar?

Hassan não esperava aquilo. Ele pensou em como queria passar mais tempo ali — com os refugiados, é claro, mas com Khepri, também.

— Seria ótimo.

Ela sorriu e Hassan percebeu que eles ainda estavam de mãos dadas. Khepri também pareceu notar, mas, em vez de soltar, ela virou sua mão e passou os dedos pela palma. Hassan sentiu a pele pinicar e o rosto esquentar de novo.

— Bem macia, na minha opinião — ela murmurou, olhando para cima com um sorriso. — Você precisa criar alguns calos se quiser me derrotar da próxima vez.

Ela soltou sua mão e se ocupou com as espadas de treino, enquanto Hassan a olhava. Ele balançou a cabeça e, enquanto o sol mergulhava no mar, eles saíram juntos.

O cheiro de fumaça preenchia o ar enquanto seguiam até o outro lado da ágora, onde as fogueiras estavam começando a brilhar. Conforme se aproximavam da barraca que Khepri compartilhava, Hassan viu rostos conhecidos: Azizi, sua mãe e a irmãzinha. Eles, assim como a idosa com quem Hassan conversara no dia anterior, deram as boas-vindas a ele e logo lhe ofereceram a tarefa de descascar e tirar a semente das abóboras.

— Você tem sorte — comentou a mãe de Azizi, que se apresentara como Halima. — Esta é a segunda vez que temos verduras frescas desde que chegamos aqui.

Hassan franziu as sobrancelhas, lembrando as refeições fartas que tinha na *villa* da tia sem nem parar para pensar duas vezes.

— De onde vem a comida?

— Os acólitos do templo doam boa parte — ela revelou. — O suficiente para nos manter vivos, por enquanto. Alguns garotos foram às montanhas próximas para caçar pequenos animais e pássaros. Agora é verão, mas temo o que acontecerá quando chegar o inverno.

— Ainda faltam alguns meses para isso — respondeu Hassan, surpreso. Ele pensou em quantos outros refugiados acreditavam que levaria meses até voltarem para casa.

O jantar parecia ser comunal — cada fogueira era compartilhada por cinco ou mais famílias que reuniam seus recursos, e as crianças novas demais para ajudar eram vigiadas por um dos adultos. Naquela noite, era a vez de Khepri ajudar com os pequenos. De vez em quando, Hassan desviava o olhar da tarefa e observava as crianças subindo nela — escalando pelas costas e pulando no colo, enquanto Khepri matinha uma paciência admirável.

Conforme escurecia, todos começaram a se reunir em volta da fogueira para comer. Embora Hassan tenha comido muito pouco, deixando a maior parte para os outros, não conseguia se lembrar da última vez que apreciara tanto uma refeição — abóbora assada e lentilhas com pimenta, servida com pão recheado com nozes e figos. Era bem mais simples do que os pratos extravagantes com os quais estava acostumado no palácio real, mas tudo tinha um gosto e cheiro tão caseiros que ele sentiu um aperto no coração.

Ter aquele pedacinho de Herat fez com que ele quisesse tudo de volta — queria sentir o perfume dos lírios azuis e do pão fresco, sentir a lama do rio entre seus dedos, o gosto doce do vinho de romã, ouvir o som dos sinos e tambores clamorosos dos acadêmicos em formação marchando pela estrada Ozmandith.

Durante a refeição, Hassan aprendeu mais sobre como era a vida daquelas famílias desde que fugiram de Nazirah. A ágora já estava superlotada, com duas ou três famílias dividindo abrigos construídos para apenas uma. A única fonte de água que abastecia todos os acampamentos ficava perto do Portão Sagrado, o que significava que grande parte do dia era gasto em enormes filas, e nunca havia água suficiente para lavar e cozinhar, o que provocou uma epidemia de piolhos logo no início. A maioria dos refugiados viera para Pallas Athos com pouco mais do que a roupa do corpo, então até mesmo algo simples como sabão ou tigelas era difícil de encontrar.

Mesmo assim, apesar das dificuldades e do esforço quase nulo que os sacerdotes de Pallas Athos tinham feito para dar as boas-vindas aos refugiados, existia um senso de perseverança e esperança. O desespero pairava como uma tempestade sobre eles, mas, sem dúvida, havia amor e carinho na forma como tratavam uns aos outros.

Depois que terminaram de comer, Hassan e Khepri se sentaram à luz da fogueira. Azizi e as outras crianças heratianas começaram a cantar e a correr em círculos ao redor das chamas brilhantes.

— Eu conheço esse jogo! — exclamou Hassan, grato porque, apesar de tudo pelo qual aquelas crianças passaram, elas ainda conseguiam brincar, implicar e rir como as crianças em sua cidade faziam.

Ao seu lado, Khepri deu uma risada.

— Toda criança heratiana brinca disso.

— Eu não brinquei — Hassan revelou. — Mas eu ficava olhando pela janela da sala de estudos enquanto as outras crianças brincavam nas fontes do pátio.

— Pela janela? — ela perguntou, incrédula. — Você foi trancafiado em uma torre quando era criança?

Hassan riu, um pouco constrangido.

— Mais ou menos.

— Tudo bem, então — declarou Khepri, levantando-se abruptamente.

Hassan piscou quando ela estendeu uma das mãos para ele.

— Levanta. Nós vamos brincar.

Ele riu, e Khepri o puxou para deixá-lo de pé. Fazendo uma concha com a mão em volta da boca, ela gritou:

— Dona íbis e dona garça, estou para chegar!

— Crocodilo, crocodilo, em paz queremos ficar! — as crianças responderam.

Khepri sorriu para Hassan e os dois correram em direção às crianças, que gritaram, riram e se espalharam pelo acampamento. Khepri pegou uma menininha e a levantou no ar, e a criança deu gritinhos de prazer. Quando Khepri a colocou no chão, a garotinha gritou:

— Dona íbis e dona garça, estou para chegar!

Hassan se deixou levar pelo jogo infantil, pela liberdade de correr, pela emoção de ser pego. De alguma forma, dez minutos depois, todas as crianças estavam correndo atrás dele. Elas o pegaram, o derrubaram no chão e começaram a subir nele.

— Eu me rendo, eu me rendo! — Hassan exclamou, lágrimas de riso escorrendo de seus olhos enquanto Azizi dava a volta da vitória em torno dele.

— Deixem ele se levantar, crocodilos — disse Khepri, abrindo espaço entre as crianças para ajudar Hassan a ficar de pé. Ela não conseguiu esconder o riso da voz quando perguntou: — Tudo bem?

— Tudo bem.

— Aqui, tem um... — Khepri tirou um galho do cabelo de Hassan. — Prontinho.

Hassan sentiu seu rosto arder novamente.

— Você não me avisou que esse jogo é mais difícil que um treinamento com os Legionários.

Khepri riu, cruzando seu braço com o dele e o afastando das crianças. Um coro de *aaaaaaah* os seguiu enquanto caminhavam em direção a um afloramento coberto de grama.

— Vocês vão se *beijar*? — perguntou uma garotinha.

— *Eca!* — Azizi exclamou.

Hassan deu uma risada, o grito das crianças ficando para trás enquanto ele e Khepri subiam o afloramento. O lugar tinha vista para a ágora de um lado e para toda a cidade de Pallas Athos do outro.

— Juro que essas crianças são piores que meus irmãos — resmungou Khepri, sentando-se na grama.

— Seus irmãos implicam muito com você? — Hassan perguntou, acomodando-se ao lado dela.

— Sem parar. — Ela soltou o ar, então Hassan pôde ver: aquela pequena mudança na expressão que lhe disse que seus pensamentos estavam em Nazirah.

Com um movimento impulsivo, pegou a mão dela.

— Eles ainda estão em Nazirah, não estão?

Os olhos dela se anuviaram de tristeza.

— Toda minha família está lá.

Ele queria saber tudo que estava escondido por trás daquele olhar.

— Como você escapou?

Ela olhou para a mão dele, mas não a afastou.

— Meus irmãos estavam alistados nos Legionários também, assim como eu. Nós encontramos um navio mercante de Endarrion, que concordou em nos levar clandestinamente. Mas, na noite em que devíamos partir, as Testemunhas estavam no porto. Elas revistaram o navio enquanto nos escondíamos lá dentro. Sabíamos que iam nos encontrar, então meus irmãos se entregaram. Eles conseguiram evitar que as Testemunhas me achassem. Meus irmãos se sacrificaram para que eu ficasse livre. — Ela olhou para Hassan com o mesmo lampejo de força que ele vira quando se conheceram. — Eu acordo todos os dias com isso na cabeça.

Hassan pensou na própria família, na mãe e no pai que ainda estavam presos, à mercê de pessoas que achavam que eles eram uma aberração da natureza. Ele conhecia o fardo de estar em segurança enquanto seus entes queridos não estavam. Sabia como o medo e a raiva sufocavam durante todas as horas do dia. Sabia que, mesmo durante o sono, a mente nunca se cansava de se torturar com todas as coisas terríveis que podiam estar acontecendo, e todas as coisas que deviam ter sido feitas de forma diferente para evitar o acontecido.

Ele queria que houvesse uma forma de contar tudo isso a ela sem revelar sua identidade. Aquela era uma tristeza que ambos carregavam, e ele sentia um peso de culpa no peito por esconder isso de Khepri.

— Sinto muito — ele disse, odiando aquelas palavras inadequadas. Olhou por cima do ombro de Khepri, para o acampamento e para as crianças que ainda corriam por lá, rindo e fugindo das tentativas dos pais de levá-los para a cama.

— Foi por isso que eu vim para cá — disse Khepri depois de um tempo. — Eles estão aceitando refugiados em Cárites também, mas eu vim para *cá*. Onde o príncipe Hassan está.

Hassan ficou sem palavras por alguns momentos.

— Como... Como você sabe disso?

— A tia dele era a esposa do último Arconte Soberano — respondeu Khepri. — E se o príncipe Hassan sobreviveu ao golpe, como todos dizem, é para cá que ele deve ter vindo, onde tem família e aliados. Eu tenho certeza.

O coração de Hassan estava batendo tão forte que ele tinha certeza de que Khepri poderia ouvir. Mas ela não pareceu notar. Seus olhos brilharam ao encarar a cidade abaixo deles. Da fortaleza das Sentinelas e da Academo até o mar de telhados que cobria a ladeira da parte mais baixa. Até a cúpula da estação de trem, na Cidade Baixa, além dos portões da cidade.

— Sinto que aqui é o lugar certo para mim — ela declarou. — Afinal de contas, esta é a Cidade da Fé. Foi isso que me trouxe até aqui. Fé. Quando o Hierofante e as Testemunhas tomaram Nazirah, eu quis acabar com eles, e não me importava o que eu teria que sacrificar para isso. Permiti que meu ódio assumisse o controle.

Hassan sabia exatamente do que ela estava falando. Sentira o impulso quente do ódio no dia anterior, fora do templo, quando enfrentara as Testemunhas. E mesmo assim, na parte mais sombria de seu coração, aquele sentimento sempre surgia quando pensava no Hierofante e em seus seguidores.

— Mas quando ouvi que o príncipe Hassan sobreviveu ao golpe, minha raiva de repente ganhou um novo objetivo. Não consigo explicar, mas... Eu sabia que precisava vir para cá. Eu vim para a Cidade da Fé para encontrar o príncipe e ajudá-lo a recuperar nosso país.

— Você acha que ele é capaz de fazer isso? — perguntou Hassan.

Ele se sentia como um escaravelho indefeso, preso pelo olhar dela, dominado pelo desejo de revelar quem era. Se existia alguém capaz de entender como ele se sentia, a saudade que sentia do país que fora violentamente arrancado dele, esse alguém era Khepri. Aquela garota corajosa que estava procurando por ele desde sua terra natal.

Ela assentiu.

— Eu sei que sim. O capitão do meu regimento dos Legionários Heratianos o conheceu. Ele disse que o príncipe herdou a melhor parte de seus pais. A força e a coragem da rainha, e a sabedoria e a compaixão do rei.

Hassan fechou os olhos. O príncipe que ela descreveu parecia uma pessoa completamente diferente. O que ela pensaria quando descobrisse que o príncipe que ela acreditava ser capaz de salvar o seu povo estava escondido na *villa* da tia, sem planos nem esperanças de libertar seu país?

— E se ele não estiver aqui? — ele perguntou, engolindo em seco. — E se você veio para cá em vão?

O brilho no olhar dela foi fugaz, como um relâmpago iluminando o céu ou um vagalume piscando no leito do rio de Herat.

— Não foi em vão.

Hassan sentiu a mão calejada cobrir a sua e ela se inclinou para ele, que ofegou e fechou os olhos.

— Cirion — ela murmurou suavemente.

Hassan fechou os olhos com força e, se odiando, afastou-se dela. Por mais que quisesse aproveitar aquele momento sem pensar nas preocupações, não podia. Não se fosse uma mentira. Mas não podia contar a verdade. Não agora. A pessoa que ela tinha ido procurar, o sábio e corajoso príncipe de Herat que lideraria o povo para a liberdade — aquele não era Hassan. Ele era apenas mais um refugiado perdido, com medo e esperando desesperadamente que alguém pudesse guiar seu caminho.

6

ANTON

Anton acordou se afogando. Seu peito explodindo, estrelas brilhando sob as pálpebras, um grito soando em sua mente...

Ele abriu os olhos.

Uma corrente de ar. Não era água, mas ar. O ar parado de seu pequeno apartamento, inundando seus pulmões, enquanto Anton se virava no lençol molhado. Ele levou os dedos trêmulos ao pescoço, pressionando-o e contando os batimentos do coração.

Fazia anos desde a última vez que sonhara com o lago. Nos primeiros meses depois que fugiu de casa, o pesadelo o visitava todas as noites. O céu cinzento, a neve, a sombra escura atrás dele enquanto seus pés se arrastavam sobre o lago congelado. O gelo estalando sob seu peso, mãos cruéis o forçando para o fundo enquanto ele se debatia na água congelante.

Agora, enquanto se levantava da cama estreita, Anton se sentiu tão pequeno e vulnerável quanto se sentira naquela água gelada e cortante. Estava agitado, desarmado, sentindo como se a qualquer momento o mundo pudesse ser arrancado sob seus pés, sugando-o novamente para o fundo e para a escuridão.

O vento cálido entrava pela pequena janela, levantando as beiradas da cortina. O luar iluminava seu quarto, lançando sombras ondulantes na parede.

Então Anton percebeu duas coisas. Não tinha deixado a janela aberta antes de dormir.

E havia alguém no quarto com ele.

Ele sentiu o *esha* primeiro, como o farfalhar de asas de mariposas. Não era familiar — não era o *esha* da pessoa que temia, o homem que o procurava. Ele respirou fundo enquanto seus olhos pousavam na sombra do estranho iluminado pela pálida luz do luar.

— Não estou aqui para machucá-lo.

Era a voz de uma garota — baixa e rouca. Conforme Anton a encarava no escuro, viu a máscara de seda que cobria a parte inferior de seu rosto, deixando à mostra apenas os olhos brilhantes que o observavam do outro lado do quarto.

Ele pensou nas opções que tinha. A garota estava ao lado da janela, perto dos pés da cama e em frente à porta. As chances de ele chegar até lá antes dela eram bem pequenas.

Teria que acreditar no que ela estava dizendo.

— O que você quer? — ele perguntou.

Ela inclinou a cabeça.

— Você não sabe quem eu sou?

— Deveria saber?

— O sacerdote que morreu no Jardim de Tálassa também não sabia.

Anton prendeu a respiração. De todas as visitas horríveis que já tinha imaginado receber no meio da noite, a Mão Pálida não era uma delas.

Ele se obrigou a perguntar:

— Você veio aqui para me matar?

Um brilho de diversão surgiu no olhar dela.

— Seria uma morte merecida?

Anton lentamente fez que não com a cabeça.

— Então você não tem nada a temer.

Ele pensou no sonho de novo, no aviso sobre quem o estava procurando, e se perguntou se as palavras da Mão Pálida seriam verdadeiras.

— Se você não está aqui para me matar, então o que está fazendo no meu quarto?

— Estou procurando a sra. Tappan — ela respondeu. — E eu acho que talvez você possa me ajudar a encontrá-la.

Anton ficou surpreso. Não era difícil de acreditar que a sra. Tappan pudesse estar envolvida com uma assassina famosa — mas, normalmente, era *ela* que procurava pelas pessoas.

— Eu não sei de quem você está falando — ele mentiu, virando-se na cama para colocar os pés no chão.

— Esta carta que ela deixou para você no Jardim de Tálassa diz outra coisa. — Na penumbra, Anton a viu segurar um envelope. Ele podia imaginar que tivesse o selo da rosa dos ventos da Agência de Cristalomancia da sra. Tappan. Ela devia ter deixado lá depois que ele fugiu.

— Como você conseguiu isso?

A Mão Pálida se aproximou da cama, ainda segurando a carta.

— É você, não é? Anton?

Ele estendeu a mão para pegá-la, mas a garota afastou a carta.

— Diga onde ela está e você fica com a carta.

— Eu não sei onde ela está.

— Mas você falou com ela na noite passada.

Só havia se passado uma noite? O dia anterior fora como um borrão de pesadelos e lembranças, tão entrelaçados na mente de Anton que ele mal conseguia separar uma coisa da outra.

— Como você sabe disso?

Ele não conseguia ver a boca por trás da máscara, mas teve a sensação de que talvez ela estivesse sorrindo.

— Conheci alguns amigos seus em Tálassa. Disseram que uma mulher jantou com você na noite passada e que tiveram uma conversa que parecia muito interessante. E que você desapareceu logo depois.

Anton amaldiçoou Cosima por sua curiosidade insaciável e sua total incapacidade de manter a boca calada.

— Então? — insistiu a Mão Pálida. — Sobre o que vocês conversaram?

Anton encolheu os ombros.

— Ela só queria ver como eu estava. Se estava tudo bem.

— Você não mente muito bem.

— Eu não sou um mentiroso.

— Então o que você *é*? A sra. Tappan não se envolve diretamente no trabalho. Ela nem mostra o rosto para a maioria das pessoas. Por que ela mostra para você?

Em vez de responder, ele disse:

— Esse não é o verdadeiro nome dela, sabia?

Os nomes tinham uma ressonância particular com o *esha* de seu dono. Era assim que os cristalomantes encontravam seus alvos. Para Anton, a sensação era mais aguda. Ele não conseguia exatamente dizer o nome da pessoa só de sentir seu *esha*, mas sabia quando um nome não combinava. O nome da sra. Tappan nunca combinou com seu *esha* distinto e tilintante como um sino.

— Então qual é o nome dela?

— Eu não sei — respondeu Anton. — Mas não é esse.

— E como você sabe disso? — Toda a postura dela mudou, e seus olhos se arregalaram. — É você, não é? O cristalomante que ela mencionou. É você. Ela disse que você poderia me ajudar. Que nenhum outro cristalomante consegue fazer o que você faz.

Em um estalo, tudo começou a fazer sentido. O trabalho que a Mulher Sem Nome tentara lhe oferecer na noite anterior — era um trabalho para a Mão Pálida.

— Bem, ela mentiu — disse Anton de forma direta. — Eu não sou ninguém. Não posso te ajudar, então é melhor você ir embora antes que eu diga para as Sentinelas exatamente onde podem te encontrar.

Ela não se mexeu.

— Estou falando sério — reforçou ele, passando por ela e indo até a porta. — Você tem dois minutos para sair.

Mesmo sentindo uma pontada de curiosidade — o que a Mão Pálida poderia querer com *ele*? —, não cederia. Os pesadelos já tinham voltado, e sabia que, se usasse sua Graça, eles se tornariam insuportáveis. Não era um caminho que estivesse disposto a seguir, não importavam as ameaças ou promessas que a Mão Pálida fizesse.

Mas o que ela disse em seguida não foi uma ameaça nem uma promessa. Foi uma pergunta.

— Quem é Illya Aliyev?

O choque o deixou congelado. Ele não ouvia aquele nome em voz alta havia mais de cinco anos.

— Onde você ouviu esse nome?

A Mão Pálida estendeu o envelope para ele de novo. Dessa vez, quando Anton tentou pegar, ela permitiu.

O selo já tinha sido aberto, como ele imaginara. Anton pegou a carta e seus olhos se fixaram na primeira linha.

Illya Aliyev. Última transação conhecida: navio fretado de passageiros. Destino: Pallas Athos.

Havia uns dez ou doze parágrafos abaixo da informação, e Anton apenas passou os olhos por eles rapidamente. Um dossiê completo do homem que estava procurando por ele, investigado, redigido e entregue. O homem sobre o qual a Mulher Sem Nome o alertara no Jardim de Tálassa. O homem que assombrava os sonhos de Anton.

Ele deveria agradecer à Mulher Sem Nome por ter se dado ao trabalho de reunir todas as informações para ele. Deveria agradecer por ela tê-lo procurado primeiro, em vez de entregar Anton e receber seu pagamento. Mas ele não se sentia grato, não quando parecia estar sufocando no próprio medo.

Ele simplesmente vai contratar outra pessoa.

O que significava que ele já tinha feito isso. Ele estava *ali*, em Pallas Athos. Provavelmente sabia o local exato onde Anton estava. Podia até estar a caminho naquele instante.

— Se você é um cristalomante tão poderoso como ela diz — começou a Mão Pálida —, por que precisa da ajuda de um caçador de recompensas para encontrá-lo para você?

— Eu não preciso — respondeu Anton, enfiando a carta de volta no envelope e cruzando o quarto com três passos largos. — E não sou nada poderoso.

Ajoelhando-se diante das caixas de vinho que serviam de cômoda, Anton começou a pegar suas roupas. Ele sabia que devia ter deixado Pallas Athos assim que a Mulher Sem Nome lhe informou que Illya estava procurando por ele. Agora iria embora. Iria para um lugar bem longe. Talvez do outro lado de Pélagos, para um porto ao leste de Tel Amot. Para os desertos que se estendiam muito além dele.

— O que você está fazendo? — perguntou a Mão Pálida enquanto Anton atirava as roupas em uma mochila.

— Indo embora.

— É madrugada.

— Então preciso me apressar, não é? — respondeu Anton. — Os navios partem ao alvorecer.

— Está com tanta pressa assim para encontrar essa pessoa?

O som de passos ecoou na rua embaixo da janela de Anton. A Mão Pálida se encolheu nas sombras enquanto Anton caminhava até a janela, mantendo-se oculto pelas cortinas.

Mais passos.

— Você está esperando alguém? — ela perguntou. Anton percebeu o pânico em seus olhos.

Ele puxou um pedaço da cortina para espiar. Havia uns seis homens reunidos na entrada do beco que levava ao seu prédio, iluminado pela luz da lua.

— Quem é? — perguntou a Mão Pálida com um tom urgente.

Anton pressionou as costas contra a parede, a respiração ofegante.

— Mercenários, eu acho.

Eles deviam estar trabalhando para Illya. A sra. Tappan mencionara que tinham lhe oferecido uma quantidade tentadora de dinheiro para encontrá-lo. Se Illya tinha acesso àquela quantidade de dinheiro — e Anton não duvidava que ele dera um jeito —, então ele também tinha o suficiente para contratar alguém para fazer seu trabalho sujo.

A Mão Pálida praguejou baixinho.

— Por que o Conclave simplesmente não mandou as Sentinelas atrás de mim?

— Eu não acho que eles estão aqui por sua causa — ele respondeu devagar.

— Então... Você? Por quê?

Anton engoliu em seco.

— Aquele homem — ele explicou. — Da carta. Illya.

— O homem que você está procurando?

Ele negou com a cabeça.

— Eu não estou procurando por ele. Ele está procurando por mim.

E parecia que o tinha encontrado.

Os olhos da Mão Pálida se fixaram nos de Anton, e ele soube que ela estava planejando algo, assim como soube que ela tinha visto seu desespero.

— Venha comigo — disse ela, de repente.

— O quê?

— Eu conheço um lugar. É seguro. Ninguém vai te encontrar.

Anton hesitou.

— Você tem algum plano melhor?

Ele não tinha. Não era como se Anton tivesse muitos amigos íntimos que o receberiam de olhos fechados caso ele aparecesse no meio da noite pedindo ajuda. E se aqueles mercenários o encontraram ali, certamente o rastreariam até o Jardim de Tálassa. Podiam até já estar vigiando o lugar.

— Vamos lá, garoto. Essa oferta expira no instante em que aqueles homens entrarem aqui.

— Você está trabalhando com ele? — perguntou Anton.

— Trabalhando com...? Está falando desse tal de Illya que está atrás de você? Não. Eu já disse, vim te procurar porque a sra. Tappan disse que você podia me ajudar.

Ela não parecia estar mentindo, mas bons mentirosos raramente demonstravam a falsidade.

— Na minha visão, você só tem duas escolhas: fique aqui esperando para ver o que esses mercenários querem ou venha comigo.

— E fazer o quê?

— Por que a gente não discute isso quando não tiver um bando de homens armados atrás de nós?

Anton considerou suas opções. Confiar na Mão Pálida era uma aposta. Mas as apostas de Anton quase sempre se pagavam.

— Tudo bem. Vamos.

Eles saíram para o corredor.

— Tem outra saída — disse Anton. Ele a levou até o porão do prédio, um espaço apertado, cheio de ratos e teias de aranha. Eles se espremeram pela adega e saíram pelos fundos de um beco.

A Mão Pálida andou bem rente ao prédio. Anton fez o mesmo. Com os ombros colados, eles se agacharam com as costas grudadas na parede, esperando o último homem entrar no prédio.

Anton se acalmou e começou a contar. A Mão Pálida praguejou baixinho.

— O que foi? — Anton perguntou.

— Eles deixaram alguns guardas do lado de fora. Dois homens. Tudo bem. Hora de correr.

O coração de Anton disparou.

— Eles vão nos ver.

A Mão Pálida abaixou a cabeça, procurando alguma coisa no chão.

— Perfeito.

Ela pegou uma pedra do tamanho de seu punho. Medindo seu peso em uma das mãos, ela moveu o braço para trás e a lançou para o outro lado do beco. Estava escuro demais para ver onde caiu, mas o som resultante foi alto o bastante para fazer os guardas se mexerem.

A Mão Pálida não perdeu tempo. Assim que eles viraram as costas, ela agarrou o braço de Anton e começou a correr.

— Ali! — gritou uma voz atrás deles.

Anton queria se virar para ver se o guarda os tinha visto, mas a Mão Pálida o puxou com mais força.

O som de passos rápidos lhe deu a resposta. Os guardas estavam atrás deles.

No fim da rua, a Mão Pálida virou bruscamente à esquerda, e Anton a seguiu enquanto ela costurava pelas ruas estreitas.

— Aqui! — exclamou ela. Anton se virou rapidamente e quase caiu por cima da garota.

Ela abriu a janela de uma loja que tinha na fachada uma placa com o desenho de uma engrenagem. Os passos ficaram mais altos atrás deles. Não tinha escolha. Com a ajuda da Mão Pálida, Anton se içou para a janela. Ele começou a tatear no interior escuro e descobriu que havia uma mesa embaixo da janela que parecia coberta com diversos cabos, engrenagens e vidro. Ele fez uma careta ao ouvir o barulho que fizeram ao pular para dentro.

Quando estavam seguros no interior da loja, fecharam a janela e colaram as costas na parede, escondendo-se. Ficaram ali, no escuro, ofegantes e esperando o som de passos desaparecer.

— Cuidado! — avisou a Mão Pálida quando Anton esticou as pernas, esbarrando em uma mesa.

Ela pegou um globo de vidro no ar e congelou. Os passos apressados dos guardas trovejaram na frente da loja e foram desaparecendo ao longe.

Anton suspirou de alívio.

Ao seu lado, ouviu o som leve de uma batida e então uma luz suave iluminou a loja. Ela piscou e ficou mais forte, e, quando ele se virou, viu que o pequeno globo que a Mão Pálida segurava era, na verdade, uma lâmpada incandescente.

— E agora?

Ela olhou para ele, seu rosto sombreado pela luz do globo.

— Agora você vem comigo.

7

BERU

Na alcova secreta abaixo da cripta de Pisístrato, Beru passou a noite como tantas outras — com uma xícara quente de chá de hortelã e uma esperança fervorosa de que sua irmã voltaria com vida.

Ephyra saíra na calada da noite muitas vezes antes, encarando assassinos, traficantes de escravos e os homens mais depravados das Seis Cidades Proféticas. Mesmo assim, Beru se sentia mais nervosa agora do que em qualquer uma das outras noites. Era bobagem — sabia disso. Não havia nada a temer quando a coisa mais perigosa vagando pelas ruas era você mesmo.

Mas, naquela noite, o medo de Beru era diferente. Porque, naquela noite, a Mão Pálida não havia saído em busca de uma vítima. Ela havia saído em busca de ajuda. Se fosse bem-sucedida, então aquela seria a última vez que Beru teria que esperar e se preocupar.

Um ano depois que a Mão Pálida começara a matar, Beru escolhera a vítima errada. No geral, Ephyra cuidava da seleção de vítimas, mas daquela vez a tarefa ficara a cargo da irmã. O homem que escolhera tinha o hábito de visitar casas clandestinas e deixar suas conquistas literalmente em pedaços. Ninguém parecia se importar, porque as casas clandestinas que ele frequentava ficavam nas áreas mais pobres de Tarsépolis. Mas Beru se importara. Assim como Ephyra.

Então ela saíra, como em tantas noites anteriores, e a Mão Pálida o matara.

Na manhã seguinte, uma carta apareceu por baixo da porta da adega onde as irmãs estavam se escondendo.

Havia uma recompensa pelo homem que você matou ontem à noite. A recompensa deveria ser minha. Da próxima vez, pergunte.

Não havia assinatura, apenas um selo simples de cera com marcas douradas. Uma rosa dos ventos. Quando Ephyra e Beru pesquisaram, descobriram que o símbolo era da Agência de Cristalomancia da sra. Tappan — uma empresa de caçadores de recompensas bastante conhecida em alguns meios.

Beru ficara aterrorizada no início. A mensagem soava como uma ameaça, e ficou claro que aquela tal de sra. Tappan tinha conseguido encontrá-las apesar de ninguém nunca ter visto o rosto da Mão Pálida ou saber seu nome. Beru quis deixar a cidade imediatamente, mas Ephyra preferiu protelar.

— Da próxima vez, *pergunte*? — ela repetiu. — Não é uma ameaça muito inspiradora.

No dia seguinte, descobriram que a carta não era uma ameaça. Era uma oferta. Outra carta apareceu, com um nome e um crime: tráfico de escravos em Endarrion. Uma investigação rápida mostrou que o criminoso em questão também tinha um prêmio por sua cabeça.

Três semanas depois, receberam outro nome.

A misteriosa sra. Tappan parecia estar satisfeita em passar alguns dos seus alvos para a Mão Pálida, sem fazer perguntas. Todos pareciam ser criminosos do pior tipo — assassinos, traficantes de escravos e estupradores.

Ephyra e Beru não conseguiam entender *por que* a caçadora de recompensas as estava ajudando. Na maioria dos casos, a morte do criminoso significava que a recompensa não podia ser coletada. Mesmo assim, os nomes continuavam chegando e, para o alívio de Beru, ninguém as estava perseguindo.

Então, seis semanas atrás, outra carta apareceu por baixo da porta de seu esconderijo em Tarsépolis.

Sei por que estão fazendo isso. E conheço uma cura. Um artefato poderoso conhecido como Cálice de Eleazar.

Não posso encontrá-lo para você, mas conheço alguém que pode. Um cristalomante com a Graça da Visão, mais poderoso do que qualquer um que já vi. Mais poderoso do que eu. Vá para Pallas Athos e espere a minha próxima mensagem.

Tudo que Beru sabia sobre Pallas Athos eram histórias do que a cidade fora em outros tempos — a Cidade da Fé, o centro das Seis Cidades Proféticas. Quando chegaram, ela ficou chocada com o que encontraram. A Cidade Baixa era repleta de apostadores e ladrões, e a Cidade Alta era o lugar onde sacerdotes atacavam crianças e deixavam a cidade apodrecer. A Cidade da Fé acabou sendo o lugar perfeito para a Mão Pálida.

Elas se hospedaram em um mausoléu semidestruído e abandonado de um sacerdote sem importância, e esperaram uma nova mensagem da sra. Tappan.

E esperaram.

E esperaram.

Então, finalmente, naquele dia receberam a resposta. Um mensageiro apareceu no santuário, trazendo um envelope com o selo da rosa dos ventos.

É isso, pensara Beru. A carta que determinaria o destino delas. O cristalomante sobre o qual a sra. Tappan lhes contara, a pessoa pela qual tinham vindo de tão longe para Pallas Athos, finalmente respondera.

A resposta era não.

— Talvez não *exista* nenhum cristalomante — disse Beru.

— Por que a sra. Tappan mentiria para nós? — perguntou Ephyra.

— Por que ela começou a nos ajudar, **para** começo de conversa? Ela é uma caçadora de recompensas.

— O cristalomante existe — insistiu Ephyra. — Ele, ou ela, está *aqui*. E eu vou encontrar.

— Como?

Ephyra olhara para o mensageiro da sra. Tappan, então de partida, com um brilho de determinação nos olhos.

— Fácil. O mensageiro vai me levar até a sra. Tappan, e ela vai me levar até o cristalomante misterioso.

— Ephyra...

A expressão da irmã se suavizou, e ela colocou uma mecha do cabelo de Beru atrás da orelha.

— Isso é importante, Beru. É uma questão de vida ou morte.

Beru olhou nos olhos dela e viu a mais pura esperança brilhando neles.

— Já chegamos tão longe — disse Ephyra.

— Eu sei — respondeu Beru. E era isso que a assustava.

Elas tinham ido longe demais — tinham roubado e matado por muito tempo em nome da sobrevivência. Tinham ido longe demais — catorze vidas tiradas pela Mão Pálida. Tinham ido longe demais. E quão mais longe ainda teriam que ir?

Era essa pergunta que a atormentava agora, cinco horas depois, sentada à mesinha improvisada da cozinha, com conchas, pedras e cacos de cerâmica espalhados ao seu redor. Era isso que Beru sempre fazia quando não conseguia dormir — bijuterias com quinquilharias e qualquer coisa que conseguisse encontrar. Era algo que ela e Ephyra costumavam fazer quando crianças, vendendo colares e pulseiras para comerciantes que passavam pela aldeia delas. Agora, aquela arte era a única fonte de dinheiro que tinham que não envolvia roubar.

O som abafado de passos quebrou o silêncio do amanhecer. Beru ficou paralisada, ouvindo atentamente. A entrada da alcova da cripta era totalmente oculta — só era possível de encontrar se a pessoa já soubesse que existia.

Ela acompanhou o som dos passos enquanto passavam pelo santuário principal e começavam a descer pela escada oculta. Tinha que ser Ephyra. Mas ela claramente trouxera companhia.

Beru ouviu uma batida na porta.

— Sou eu — chamou a voz de Ephyra.

— Prove.

O som do suspiro pesado da irmã passou pela porta.

— Uma vez, quando tinha oito anos, você encontrou uma caixa de tâmaras que nossa mãe ia usar para fazer vinho. Você comeu metade da caixa e, nos três dias seguintes, toda vez que você ia ao banheiro...

Beru destrancou a porta apressadamente e fulminou a irmã com o olhar.

— Satisfeita? — perguntou Ephyra.

— Odeio você — respondeu Beru enquanto a irmã passava rapidamente por ela, entrando no aposento.

Deixando Beru frente a frente com um estranho na porta.

— Então — começou o garoto, olhando pela alcova. — Quer dizer que a Mão Pálida mora literalmente em uma cripta? Um pouco óbvio, não acham?

A única explicação que conseguiu pensar para a presença dele ali era que Ephyra realmente tinha encontrado o tal cristalomante, como disse que faria. O que significava que o cristalomante era um garoto totalmente despretensioso, não muito mais velho que ela. A pele branca e o cabelo claro mostravam que era um estrangeiro em Pallas Athos — provavelmente de algum lugar do norte, talvez do Território Novogardiano. Seus olhos eram escuros e sérios.

Enquanto analisava o garoto, Beru percebeu que ele estava fazendo o mesmo. Seu olhar pousou no braço dela, que ainda estava sobre a tranca da porta. Beru o tinha envolvido com um tecido para que a marca escura da mão permanecesse oculta, mas o próprio recurso acabava chamando atenção.

Ela rapidamente escondeu o braço atrás do corpo e deu um passo para o lado, deixando-o entrar.

— Você aceita chá?

— Você tem vinho? — perguntou ele, esperançoso.

— Sinto muito — respondeu Beru, voltando para o canto da cozinha e servindo o chá de hortelã ainda quente em três xícaras lascadas de barro. Ela abafou uma risada. A situação toda era tão absurda. Havia mais de cinco anos que Ephyra e Beru não recebiam um convidado. Quando ainda moravam na aldeia de Medea, um ponto comercial próximo a Tel Amot, a hospitalidade era uma regra tão inquebrável quanto a lei. A mãe delas jamais aceitaria receber alguém em casa sem servir alguma coisa.

O garoto se sentou em uma almofada perto da mesa frágil de madeira, e Beru colocou a xícara diante dele.

Ele mal a encarou. Seus olhos estavam fixos em Ephyra e, apesar de estar aparentemente relaxado, Beru conseguiu detectar sua cautela. Ephyra também o observava, apoiada na parede, os braços cruzados. Ela se sentou bem no meio daquela competição de quem se encarava por mais tempo.

— Então — ela começou, assoprando seu chá. — Você é o cristalomante?

Foi só quando ouviu a pergunta que o garoto olhou para ela.

— Sou só o Anton.

— Anton — repetiu Beru. Ela olhou para Ephyra. Era perigoso dar qualquer tipo de informação para ele, dizer quem eram. Onde moravam. Mas elas tinham ido a Pallas Athos apenas para encontrá-lo, e não tinham outra escolha. — Meu nome é Beru. Irmã da Ephyra.

— A Mão Pálida tem uma irmã — comentou ele.

— Você tem irmãos, Anton?

— Só um — respondeu ele, bem baixinho.

Beru estreitou os olhos.

— Tudo bem — cortou Ephyra, impaciente. — Chega de papo furado. Você sabe por que te trouxe até aqui.

Anton olhou para ela por cima da borda da xícara.

— Você disse que precisa da minha ajuda. Por quê?

Beru olhou para Ephyra. Se ela estava disposta a confiar naquele garoto — confiar o suficiente para contar aquilo, pelo menos —, então seguiria seu exemplo.

— Você sabe quem eu sou — disse Ephyra. — O que eu tenho feito.

— Acho que é seguro dizer que todo mundo sabe o que você tem feito.

— Sim. Mas ninguém sabe o porquê.

As pessoas cochichavam, aterrorizadas, sobre os corpos encontrados com a marca da Mão Pálida. Cada uma tinha as próprias ideias sobre o que aqueles corpos significavam. Um castigo para os pecadores. Uma perversão da Graça. Nenhuma delas sabia a verdade.

— Eu tiro a vida deles — declarou Ephyra, devagar — para salvar a dela.

Ela olhou para Beru e uma comunicação silenciosa se passou entre as duas: podiam contar o suficiente para aquele garoto, mas não mais do que isso. Não toda a verdade. Era perigoso demais.

— Eu estou doente — revelou Beru. — Há muito tempo. Ephyra usa o *esha* das vítimas para me curar. É a única forma de me manter viva.

— Por que você não vai a um curandeiro?

— Eles não podem ajudar — respondeu Ephyra de forma direta.

Havia outros motivos — o risco de revelar quem ela era, a verdadeira natureza da doença de Beru — tudo aquilo as impedia de procurar a ajuda de qualquer pessoa, exceto das mais inescrupulosas.

— Os curandeiros fazem um juramento. Se soubessem o que eu fiz para manter Beru viva... mesmo que pudessem ajudar, não ajudariam — continuou Ephyra.

— E eu posso?

— Estamos em busca de algo que pode me ajudar — disse Beru. — Um artefato poderoso que dizem expandir o poder da Graça do Sangue. Com isso, talvez Ephyra consiga me curar para sempre, para que eu não adoeça de novo.

— Chama-se Cálice de Eleazar — contou Ephyra, observando-o atentamente. — Você já ouviu falar disso?

Ele negou com a cabeça.

— Mas já ouvi falar sobre as Guerras Necromantes — declarou Ephyra.

Não foi uma pergunta. Todo mundo já tinha ouvido falar sobre as Guerras Necromantes — a guerra mais destruidora da história. Muito antes do desaparecimento dos Profetas, o Rei Necromante formara um exército de ressurgidos — mortos trazidos de volta dos túmulos — para tentar assumir o reino de Herat.

— O Rei Necromante tinha a Graça do Sangue — continuou Ephyra. — A mais poderosa em séculos. Talvez a mais poderosa desde o surgimento das Graças. Mas o poder não era todo dele. Parte daquilo era tirado do Cálice de Eleazar.

Anton a encarou, atônito.

— Então, basicamente — começou ele, devagar —, você me trouxe para a sua cripta para pedir minha ajuda para localizar um artefato antigo que já foi usado para criar um exército de mortos? Eu entendi direito?

Ephyra nem piscou.

— Bem, você consegue?

— Não.

— Você está mentindo.

— Não estou — retrucou Anton, parecendo repentinamente vulnerável. — Eu não... eu não estou mentindo.

— A sra. Tappan disse que você é o único que conseguiria fazer uma coisa assim — continuou Ephyra. — Que você tem a Graça da Visão mais poderosa que ela já viu. *Ela* estava mentindo?

Anton soltou o ar.

— Não, não estava.

— Ela disse que talvez você relutasse.

— Relutasse — repetiu Anton secamente. — Certo.

— Não é assim que você descreveria? — perguntou Beru.

— Não exatamente.

— Você sabe que eu assumi um grande risco ao trazê-lo até aqui — disse Ephyra. — Eu não precisava ter feito isso. Podia ter largado você com aqueles mercenários.

Beru se virou para olhá-la.

— Que mercenários?

— Depois — cortou ela, antes de se virar para Anton: — Só estou dizendo que se esse sujeito que está perseguindo você quer tanto te encontrar, eu não preciso ficar no caminho dele. Na verdade, eu posso até ajudá-lo.

Ela o encarou com o que Beru chamava de olhar da Mão Pálida.

— Ela é sempre tão convincente assim? — perguntou Anton para Beru.

Os olhos de Ephyra brilharam.

— Por que você não pergunta para aquele sacerdote morto o quanto eu posso ser persuasiva?

— Ephyra — interveio Beru. — Me deixe conversar com ele.

Ephyra lançou um olhar questionador para a irmã. Beru assentiu de leve. Elas não iam chegar a lugar algum usando ameaças. Mas Beru acreditava que talvez — *talvez* — conseguisse convencê-lo. Porque, por baixo do sarcasmo e da confiança que ele demonstrava, havia algo que ela reconhecia. Medo.

Ephyra foi até a porta e ficou parada ali por alguns instantes antes de desaparecer escada acima.

Beru voltou sua atenção para Anton.

— Olha, eu não conheço a sua história. Não estou perguntando. Só preciso que você entenda uma coisa.

Anton assentiu. E Beru viu novamente — a sombra do medo passando pelo seu rosto. Não era pânico ou terror — nada tão urgente. Mas um temor profundo e inexorável presente em cada respiração. Ela reconheceu o sentimento só porque também o vivenciava, também o sentia.

— A coisa que eu mais temo na vida — continuou Beru — não é adoecer de novo. Não é morrer. Não é nem que Ephyra morra.

Ela tinha toda a atenção de Anton agora, os olhos escuros do garoto fixos nela.

— Houve um tempo antes de Ephyra se tornar a Mão Pálida. Quando nós éramos apenas duas garotinhas. Órfãs. Tudo que tínhamos era uma a outra. Acho que não era tão diferente de agora.

Ela e Ephyra não falavam mais sobre o passado — havia muita culpa. Mas não se passava um dia sem que Beru pensasse sobre aquilo, perguntando-se se sua vida valia o preço que ela e Ephyra estavam pagando.

— Mas, naquela época, havia uma família — continuou Beru. — Eles nos acolheram em uma aldeia de pescadores na Ilha de Cárites. Eram bons para nós, nos alimentaram, nos deram abrigo. Nos amaram, até. Com o passar do tempo, passaram a nos considerar filhas de verdade. Eles tinham dois filhos. Um garoto da idade de Ephyra e um outro, um pouco mais velho.

Uma lembrança dos meses passados com aquela família ganhou vida em sua mente. Os dois irmãos brincando com espadas de madeira no quintal infestado de cardo. A mãe mexendo uma panela fervente e sentindo o cheiro de limão, ervas e um toque de pimenta. O pai descarregando seu equipamento de pesca na varanda da frente. O canto dos olhos dele se enrugando quando Beru e Ephyra passaram correndo até a torneira e contornaram o galinheiro até chegarem ao jardim. E, na hora do jantar, todos voltavam para casa, um por um, como formiguinhas voltando para o formigueiro.

A lembrança se misturou com imagens dos pais verdadeiros de Beru, até ela não conseguir lembrar se tinha sido sua própria mãe ou aquela outra que trançou flores em seu cabelo e lhe ensinou o jeito certo de pegar uma galinha. Elas eram um retalho iluminado pelo sol no seu passado sombrio. Mas a lembrança que veio em seguida, a lembrança do que Ephyra e ela fizeram àquela família, eclipsou todo o resto.

— Mas alguns meses depois que eles nos acolheram, eu fiquei doente. E não foi a primeira vez. Na nossa antiga aldeia, Medea, eu tive a mesma doença que levou nossos pais, mas eu... eu me recuperei. Achamos que tinha passado, mas então fui pega pela doença de novo. E eu logo percebi que estava morrendo. — Ela parou de falar, engolindo em seco. — O pai saiu de casa para procurar um curandeiro. Mas eu estava piorando muito rápido e, antes que ele voltasse, Ephyra decidiu me curar por conta própria. E funcionou. Eu melhorei. Mas, no mesmo dia, a mãe caiu doente e morreu. Ou pelo menos foi o que achamos.

Embora tivessem se passado anos, Beru ainda sentia uma onda de terror tomá-la por inteiro quando lembrava.

— Depois de algumas semanas, a doença voltou mais uma vez. E mais uma vez Ephyra me curou. Dessa vez, foi o filho mais velho que morreu. Então percebemos o que estava acontecendo. *Nós* estávamos causando aquilo. — Beru estremeceu. — O pai também percebeu. Ele estava louco de tristeza, com medo de Ephyra matar o único filho que lhe restava. Ele nos ameaçou. Ele me ameaçou, pensando que, se me matasse, seu filho e sua esposa voltariam a viver. E Ephyra... Ela...

A lembrança voltou com uma força nauseante. O pai partindo para cima de Beru. Ephyra batendo as mãos no peito dele para impedir. A marca da mão pálida que brilhou na pele do homem.

— Ela o matou — sussurrou Beru. — Foi por instinto. Ela estava me protegendo e não sabia controlar os próprios poderes.

— O que aconteceu com o outro garoto? — perguntou Anton. — O filho mais novo?

Beru balançou a cabeça.

— Não sabemos. Depois que o pai morreu, nós fomos embora. Quando eu fiquei doente de novo, nós decidimos. Não íamos mais tirar a vida de um inocente. Não por minha causa. Foi quando Ephyra se tornou a Mão Pálida.

— E é esse o seu maior medo? — perguntou Anton devagar. — Que mais pessoas inocentes morram por sua causa?

Ela assentiu, mas não contou para ele o resto. Que inocente ou culpado, não importava — cada vida que a Mão Pálida tirava era um peso em sua consciência.

— Minha doença está piorando. Cada vez mais rápido agora. Antes, levava meses até a fraqueza voltar, depois que Ephyra me curava. Agora são semanas. Eu sei que um dia, e não vai demorar muito, nós ficaremos tão desesperadas quanto estávamos na aldeia de pescadores. E não vai mais importar se alguém fez ou não fez alguma coisa. Só que a vida deles vai poder salvar a minha.

— Mas se vocês encontrarem o Cálice de Eleazar... — começou Anton.

— Então ninguém mais precisará morrer.

Então, Beru pensou, *estaremos livres.*

— E você não precisará mais sentir medo — concluiu Anton, baixinho.

Beru concordou com a cabeça. Sabia que Ephyra ficaria zangada por ela ter contado a história inteira. Elas não tinham motivos para confiar nele.

E mesmo assim, apesar de tudo, Beru sentiu que podia confiar. Ou que, pelo menos, Anton entendia um pouco do que elas tiveram que enfrentar. Ela percebeu que ele também era atormentado pelo passado. Talvez entendesse como era — que quanto mais perseguiam a liberdade, mais distante ela parecia.

— Então — disse Beru. — Você vai nos ajudar?

Anton a encarou por um longo momento, seus lábios contraídos.

— Eu não sei. Eu nem sei se *consigo*. Faz muito tempo desde que usei a minha Graça e... bem, vamos dizer que vocês não são as únicas com um passado que preferem esquecer.

— Você sabe que ela não estava falando sério — comentou Beru. — Quando disse que te entregaria para as pessoas que estão atrás de você. Ela não faria isso. Ela não é assim.

Anton se encolheu, quase dando de ombros.

— Não precisa decidir agora. Mas acho que você não vai querer voltar para casa se aquelas pessoas ainda estão lá te procurando. Pode ficar aqui por um tempo, se quiser.

Ela percebeu a hesitação de Anton. Mas parecia que o cansaço havia vencido, porque ele assentiu e ajudou Beru a arrastar as almofadas para perto da mesa, criando uma cama improvisada.

— Descanse um pouco — ela disse. Depois de esperar até ele ter se acomodado e fechado os olhos, ela foi até a porta e a abriu.

Ephyra estava do outro lado.

— O que você...?

Beru levou o dedo aos lábios, empurrando Ephyra pela passagem escura que levava até o mausoléu e fechando a porta atrás delas.

— O que você contou para ele?

— Eu contei sobre a família — respondeu Beru. Ela não precisava especificar qual família. As irmãs quase nunca falavam sobre eles, mas a lembrança estava sempre presente, assombrando cada segundo dos seus dias.

— E mais nada?

— Claro que eu não contei mais nada — disse Beru. — Mas ele não é burro, Ephyra. Em algum momento, vai começar a fazer perguntas.

— Então, até encontrarmos o Cálice, não podemos deixá-lo ir embora. É perigoso demais.

— E se ele decidir não nos ajudar? — perguntou Beru. — Não podemos mantê-lo aqui para sempre.

— Não vamos — disse Ephyra, um tom sombrio e conclusivo em suas palavras.

Beru se afastou.

— Você não pode simplesmente *matá-lo*, Ephyra!

— Eu sou a Mão Pálida. Farei o que for preciso.

Beru se afastou, seguindo pela passagem escura de pedra.

— Beru, espere...

— Eu não quero falar com você agora.

Ela amava a irmã mais do que qualquer outra pessoa no mundo. Sabia que Ephyra sentia o mesmo. Que faria qualquer coisa por ela.

Mas era exatamente isso o que mais assustava Beru.

Ela não conseguia deixar de sentir que, o que quer que acontecesse a partir daquele momento, haveria apenas dois finais possíveis: ou Ephyra perderia Beru ou Beru a perderia.

8

ANTON

Anton sonhou, mas não foi com o lago. Sonhou com rostos ocultos por capuzes, olhos com pupilas de sóis negros. Viu marcas de mãos pálidas queimadas em sua pele.

— Garoto! Ei... Garoto! Acorde!

Anton se levantou, pronto para fugir. Seu olhar pousou na Mão Pálida, agachada ao lado da cama de almofadas improvisada e parecendo meio incerta.

A lembrança das últimas horas voltou à sua mente. A Mão Pálida em seu apartamento. Fugir dos homens contratados por Illya. Adormecer na alcova escura e úmida em um mausoléu destruído.

— Você estava tremendo — ela disse. — Teve um sonho ruim?

— Existe outro tipo de sonho? — Ele esfregou os olhos. — Por quanto tempo eu dormi?

— Algumas horas — ela respondeu. — Estamos no meio da tarde.

— Onde está a sua irmã?

— Ela saiu para pegar comida — respondeu Ephyra.

Anton franziu a testa e ela riu.

— Ah, pare com isso. Você está com medo de ficar sozinho comigo?

— Não estou com medo. É só que ela é bem mais legal que você.

Ephyra riu de novo. Seu jeito de rir era inesperado — alto, solto e aberto.

— Isso não significa nada. Ela já deve estar voltando, se isso te deixa tranquilo. Você pretende ficar por aqui?

Anton cruzou os braços.

— E eu tenho escolha?

— Não estamos te prendendo — disse Ephyra. — Mas, se não me falha a memória, eu salvei a sua vida ontem à noite.

— Ah, por favor. Eu ouvi o que você disse — retrucou Anton. Diante do silêncio de Ephyra, ele continuou: — Quando você estava conversando com sua irmã na escada, hoje mais cedo? Vocês devem ter achado que eu estava dormindo.

A expressão dela não mudou. Ephyra continuou olhando para ele, os braços cruzados.

— Você acha que é perigoso demais me deixar ir embora. — Ele engoliu em seco. — Você me trouxe aqui sabendo que não ia me deixar sair vivo.

Beru talvez acreditasse que a irmã não era capaz de fazer algo daquele tipo, mas Anton conhecia bem o gosto do desespero, como o sentimento podia aprisionar com suas garras e obrigar qualquer um a sacrificar até mesmo as coisas que acreditava ser importantes. Ele estivera sozinho desde os onze anos e, durante aquele tempo, vendeu partes de si mesmo — dignidade, virtude, uma consciência tranquila, se é que chegou a ter alguma dessas coisas — para salvar o todo. E nunca hesitou.

Então, quando Ephyra ameaçou entregá-lo para as pessoas que o caçavam, quando disse para a irmã que talvez o matasse caso ele não as ajudasse, Anton acreditou.

— Você sabe por que eu te trouxe aqui — disse Ephyra. — Preciso da sua ajuda para manter a minha irmã viva.

— E se eu recusar? Você vai me deixar ir embora?

Antes que ela pudesse responder, o som de passos ecoou pela escada secreta. Um minuto depois, a porta se abriu e Beru entrou carregando um cesto de batatas e pão ázimo.

Ela parou desajeitadamente na porta e olhou de um para o outro.

— O que houve? — perguntou com preocupação na voz.

O olhar de Ephyra estava fixo em Anton. Cheio de expectativa.

Ele sabia a resposta que tinha que dar. Seus olhos encontraram os de Beru.

— Decidi que vou ajudar vocês.

Já fazia quase um ano desde que Anton usara sua Graça pela última vez, mas, assim que entrou na fonte de cristalomancia, sentiu o coração acelerar de forma familiar. O choque da água fria em suas pernas o fez ofegar. Ele já estava tremendo. Na mão esquerda, Anton segurava o único presente que já tinha recebido nos seus dezesseis anos de vida, dado pela Mulher Sem Nome na última vez que se encontraram. Uma magnetita, mais ou menos do tamanho de uma maçã, lisa, cinzenta e completamente comum.

Pelas extremidades de sua consciência, sentiu o *esha* das irmãs que estavam no mausoléu vazio com ele. O de Ephyra — a mesma vibração agitada que sentira quando ela entrara em seu quarto. E o de Beru. Havia alguma coisa estranha no *esha* dela. Anton notara pela primeira vez na cripta. Uma nebulosidade esquisita, como o tilintar abafado de um sino. Como se não fosse mais um som inteiro e contínuo.

— Eu nunca vi ninguém praticar cristalomancia antes — comentou Ephyra atrás dele. — Como funciona?

Anton não tinha muita experiência. Tudo que sabia sobre as especificidades da Graça da Visão, aprendera com a sra. Tappan. E não fora o suficiente.

— Cada uma das quatro Graças do corpo possui um jeito diferente de interagir com o *esha* — ele explicou. — Você, por exemplo, pode dar e tirar o *esha* de seres vivos por ter a Graça do Sangue. As pessoas com a Graça do Coração conseguem acentuar o próprio *esha* para ficarem mais fortes e mais rápidos. Alquimistas e artífices, com a Graça da Mente, conseguem impregnar materiais comuns com *esha*, fazendo coisas impossíveis. Luzes incandescentes que brilham sem fogo ou vinho que cura enjoo marítimo, por exemplo.

— Mas a Graça da Visão não permite que você doe, acentue ou transforme seu *esha* — declarou Ephyra.

— Não. Eu não consigo manipular o *esha*, mas posso senti-lo. Todo *esha* do mundo vibra em frequência diferente. Consigo sentir todas essas vibrações. Até mesmo agora. A cristalomancia permite que eu os dedilhe, que procure pelos padrões do *esha* que fluem por todo o mundo. Normalmente, os cristalomantes são capazes apenas de encontrar pessoas. Mas o que vocês estão procurando, um artefato que já foi usado para levantar os mortos, é algo que só um artífice poderia ter feito, o que significa que ele está impregnado de *esha*.

— Então, já que todos os artefatos são impregnados de *esha*, você pode encontrá-los? — perguntou Beru.

— Não é bem assim — disse Anton. — Cristalomantes precisam de uma coisa importante para encontrar um artefato ou uma pessoa: seu nome. O nome de uma pessoa liga seu *esha* a ela. É por isso que temos o Dia da Nomeação. Mas já a maioria dos artefatos e objetos cotidianos não tem nomes. Só que os mais raros têm, porque os nomes ajudam a ligar o *esha* aos artefatos, tornando-os mais poderosos.

— Como o Cálice de Eleazar — concluiu Ephyra.

— Exatamente — ele confirmou, olhando para baixo. Anton não disse que tudo aquilo era uma teoria. Se a maioria dos cristalomantes tinha o mesmo tipo de habilidade que ele, poderiam ter ficado ricos ao rastrear artefatos perdidos e poderosos das antigas profecias.

— E para que serve a água e a pedra? — perguntou Beru.

— É uma forma de focar e direcionar a minha Graça. Como acontece com os movimentos do *koah* para a Graça do Coração. Ou os padrões de ligação da Graça do Sangue.

A tranquilidade de uma fonte de cristalomancia, a Mulher Sem Nome o ensinara, ajudava o cristalomante a se concentrar. As ondulações da magnetita ecoavam as vibrações do *esha,* amplificando-as para que o cristalomante treinado pudesse analisá-las.

Anton caminhou até o centro do lago, respirou fundo e atirou a pedra na água. Na mesma hora, ela começou a borbulhar e a ondular.

Ele fechou os olhos e seguiu as ondulações pelas correntes de *esha* que formavam o mundo. Permitiu que as ondulações o tomassem por inteiro, que a consciência do seu próprio corpo, do seu próprio *ser,* desaparecesse e se soltasse enquanto ele alcançava o tecido trêmulo do planeta. Não direcionou o *esha,* apenas permitiu que o *esha* o direcionasse, deixando-se puxar para cada vez mais fundo nas correntes ondulantes e pelos caminhos sinuosos da energia sagrada. Mas conforme as correntes o puxavam, algo mais apareceu.

A lembrança. O lago.

Mãos o agarraram. O gelo o envolvia. *Não, não, não!* Conseguiria afastar a lembrança, disse para si mesmo. Podia fazer aquilo. Anton sentiu o caminho através da corrente, como se estivesse sendo puxado por um fio condutor, entrelaçado com milhares de outros fios que se uniam.

Ele cambaleou, a água borbulhando.

Sentiu a bocarra escura do lago congelado faminta por ele. As águas ficaram turbulentas, como se estivessem sendo açoitadas por uma tempestade poderosa. Ele caiu, espirrando água e ofegando enquanto o líquido cobria seu corpo. A fonte de cristalomancia se transformou em gelo rachado, e as colunas quebradas se transformaram em fileiras de árvores gigantescas.

Ele estava com neve até os joelhos, lágrimas salgadas queimando seus olhos, preso e lutando, lutando, lutando.

— *Pare!* — ele implorou. — *Pare com isso, por favor!*

Estava livre, correndo no meio do lago, o vento fustigando seu rosto, uma risada ecoando atrás dele. Correu enquanto o gelo rachava sob seus pés, correu e correu e correu, mas ele não conseguiria escapar do abismo crescente do lago.

Anton afundou nas águas geladas. Dedos pressionaram sua pele. Acima dele havia um rosto, a boca escancarada em um sorriso.

A água gelada cortava sua pele. Seus pulmões se contraíram dolorosamente. Não havia sinal da superfície enquanto se debatia nas águas escuras ao seu redor. Ele estava flutuando; estava afundando. Seus pulmões sucumbiram à pressão. As batidas de seu coração desaceleraram. Seus olhos se fecharam.

Havia apenas uma coisa agora. Não era água nem frio. Também não era aquele terrível rosto sorridente. Havia apenas a sua Graça, ressoando pelos seus ossos, enchendo suas veias, envolvendo-o com frio, dedos ossudos puxando-o cada vez mais para o fundo, fundo, fundo até a escuridão, até o poço escuro, e ele sabia que, se abrisse os olhos, conseguiria ver a coisa que queria consumi-lo, que queria destruí-lo, que queria...

Anton acordou.
 O mausoléu estava em silêncio. Metade dele ainda estava na fonte de cristalomancia, seu corpo curvado sobre a borda. Os raios de sol entravam pelo telhado quebrado acima dele.
 Beru se ajoelhou ao lado dele com uma expressão preocupada. Ephyra apareceu atrás dela, observando tudo com uma impaciência maldisfarçada.
 — Funcionou? — perguntou ela.
 Ele negou com a cabeça, saindo da piscina cristalomante.
 — Não. Sinto muito.
 — O que houve? — perguntou Beru.
 Por um momento, o rosto dela pareceu contorcido em um grito medonho, mas, quando Anton piscou, sua expressão estava normal de novo. Preocupada.
 — Eu... Eu tentei explicar para vocês. Não posso usar minha Graça sem ver... — Ele parou de falar, tentando encontrar as palavras.
 Sem ver meu irmão me segurando embaixo d'água.
 A lembrança do lago apareceu em sua mente como dentes à mostra.
 — Sem ver o quê? — pressionou Ephyra.
 Ele se levantou.
 — Sinto muito. Eu não vou contar a ninguém sobre vocês. Nunca vou mencionar vocês, mas eu não posso... Isso foi um erro. Desculpem.
 Ele saiu correndo para longe da fonte de cristalomancia, tropeçando nas pedras soltas e nos destroços das paredes do mausoléu dilapidado, enquanto Ephyra gritava:
 — O que você viu?
 As palavras o perseguiram no ar noturno, ecoando em sua mente bem depois que o mausoléu desapareceu de vista.
 Anton achou que tivesse deixado o passado para trás, mas ele viera procurá-lo. E agora ele sabia. Ainda era aquele menino medroso que quase se afogara. Sempre seria.

9

JUDE

Jude acordou antes de o sol nascer na manhã em que se tornaria Guardião da Palavra. Ele mal tinha dormido e estava nervoso e ansioso, as palavras de seu pai ecoando na mente.

O Último Profeta foi encontrado.

A espera de cem anos acabara. A busca de dezesseis anos também. O Último Profeta aguardava Jude na Cidade da Fé.

Uma batida brusca na porta de seu dormitório o arrancou dos pensamentos sobre o Profeta. Ele levantou da cama e abriu a porta. Seus olhos se arregalaram ao ver Hector do outro lado.

— O que você está fazendo aqui? — perguntou Jude.

Hector levantou as sobrancelhas.

— Não acredito que bastou um ano para você esquecer a nossa rotina.

Jude piscou. Antes de sua partida para o Ano da Reflexão, ele e Hector costumavam acordar cedo para praticar os *koahs* enquanto o sol surgia no céu. Mas, naquela época, era sempre Jude que tinha que arrancar um Hector relutante da cama, na penumbra antes do alvorecer.

Hector sorriu como se tivesse lido seus pensamentos.

— Achei melhor vir te acordar, para variar um pouco. Mas já entendi que nunca vou conseguir acordar primeiro.

— Hoje é o dia da cerimônia — disse Jude.

Quando o sol subisse no vale, os Paladinos se reuniriam no Círculo das Pedras, o complexo de monólitos que contemplava o resto do forte, para testemunhar a escolha de Jude dos seis outros que serviriam à Guarda Paladina e iriam com ele ao encontro do Profeta.

— Temos tempo — disse Hector.

Ele esperou do lado de fora enquanto Jude vestia o uniforme Paladino completo — botas macias e flexíveis, calça justa cinza-chumbo, uma camisa engomada abotoada na lateral, sobreposta por uma armadura forjada com a Graça, fina como seda, e um manto azul-escuro preso nos ombros. Depois daquele dia, ele usaria aquele uniforme não apenas como um membro da Guarda Paladina, mas como seu líder.

— Pronto? — perguntou Hector quando Jude apareceu.

— Para os *koahs*? Sim. Para o resto...

— Você vai se sair bem — afirmou Hector, abrindo um sorriso enquanto atravessavam a fortaleza silenciosa, seguindo até a cachoeira mais alta do vale. — O que mais o seu pai disse sobre o Último Profeta?

Na noite anterior, o capitão Weatherbourne reunira todos os Paladinos no grande salão para dar as boas-novas.

— Ele foi encontrado por um acólito — respondeu Jude. — Um dos nossos. Meu pai diz que confia mais naquele homem do que em qualquer outro.

Havia muitos acólitos que ainda serviam aos templos dos Profetas, mesmo agora que estavam vazios. Os acólitos não tinham autoridade; eles simplesmente mantinham os templos e ajudavam na execução de nomeações, casamentos e funerais para o povo. Um pequeno número desses acólitos, espalhados pelas Seis Cidades Proféticas, fizera juramentos secretos à Ordem da Última Luz. Esses tinham uma missão diferente, secreta — procurar sinais do Último Profeta e alertar a Ordem em Cerameico caso descobrissem algo. Eles passavam essa missão para seus aprendizes, escolhendo criteriosamente entre aqueles que demonstravam maior devoção ao legado dos Profetas.

— O acólito mandou uma mensagem ontem pela rede de cristalomancia, dizendo que encontrou o Profeta em Pallas Athos — continuou Jude. — Ele disse que todos os sinais se encaixam, mas nada além disso, nem mesmo seu nome. É mais seguro assim. Não podemos arriscar que ninguém saiba por que estamos em Pallas Athos. *Quem* estamos procurando.

Esse foi o verdadeiro motivo pelo qual a última profecia fora mantida em segredo por tanto tempo. Para evitar que alguém que não fosse da Ordem da Última Luz começasse a procurar o Profeta.

— Não acredito que o Profeta está em Pallas Athos — disse Hector. — Como é mesmo aquele ditado sobre o destino e a ironia serem amigos?

— Meu pai diz que isso era esperado. O Último Profeta finalmente é encontrado na mesma cidade em que seus predecessores se foram, cem anos atrás.

— Então a Ordem da Última Luz retornará à Cidade da Fé. Acho que isso significa que você vai partir em breve.

— Esta noite — confirmou Jude. — Vamos deixar a fortaleza e acampar em Delos até a manhã.

A jornada deveria levar cinco dias no total. Quando chegassem à angra oculta de Delos, um navio com velas tecidas com o poder da Graça os levaria pela costa rochosa até o Mar de Pélagos para atracarem em Pallas Athos.

Jude crescera ouvindo histórias sobre a cidade no alto da montanha, a cidade onde a Ordem da Última Luz servira os Profetas por mais de dois milênios. Ele esperara que, um dia, pudesse ver as colunas de mármore com os próprios olhos. Que talvez caminhasse pela trilha de pedra calcária da Estrada Sagrada, seguindo as fileiras de oliveiras até os degraus do Templo de Pallas. A Cidade da Fé o atraía desde as histórias paladinas, e agora, finalmente, ele iria ao encontro do seu destino.

— Então é isso, não é? — perguntou Hector, encarando o forte lá embaixo. — Todos os Paladinos estão reunidos para ver você se tornar o Guardião da Palavra e escolher a Guarda Paladina. Você sabe quem vai escolher?

— Tive a vida toda para pensar nisso.

— Penrose, é claro.

— É claro. — Jude hesitou, olhando para Hector. — Mas, às vezes, as pessoas podem surpreender.

Hector desviou o olhar.

— Você não é o único surpreso com a minha volta.

Jude sentiu um desconforto frio. Não queria ser mais um entre os que duvidavam de Hector.

— Eu tinha esperanças — respondeu.

Eles chegaram aos pés da cachoeira mais alta, o mesmo lugar onde Penrose encontrara Jude no dia anterior. Ele passara quase todas as manhãs de sua adolescência naquele lugar, com Hector. Era para onde ia quando precisava colocar seus pensamentos em ordem. A queda d'água e a vista do rio e do vale acalmavam sua mente. Estar ali com Hector, na manhã que se tornaria Guardião da Palavra, parecia certo.

Ele olhou para o amigo novamente e não conseguiu segurar a pergunta:

— Por que você foi embora?

As palavras ficaram pairando entre eles como uma folha ao vento. Um longo momento se passou, e Jude achou que Hector talvez não fosse responder.

Mas, então, com a voz baixa contra o som da cachoeira, ele disse:

— Eu precisava de respostas. Respostas que eu não conseguiria aqui.

Jude sentiu um aperto no peito ao ouvir aquelas palavras. Palavras que o magoavam, mas ele não entendia bem o porquê. Ele tinha tantas outras perguntas — para onde Hector fora, quais respostas ele procurava, o que o fizera voltar. Ele deu um passo em direção ao amigo.

— E você as encontrou?

Os olhos de Hector estavam negros como o céu noturno.

— Espero que sim. Acho que sim. Eu quero estar aqui, Jude.

Ele não conseguia afastar os olhos. Queria saber tudo, sobre cada segundo que Hector passara longe dele. Mas permitiria que o amigo guardasse aqueles segredos. Não importava que Hector tivesse partido, mas sim que retornara.

— Aqui é o seu lugar — Jude afirmou. — É o seu lugar desde o dia que os acólitos o trouxeram para cá.

Os acólitos da Ordem encontraram Hector na Ilha de Cárites. Órfão aos treze anos, ele havia se refugiado no Templo de Keric. Sua Graça já tinha se manifestado àquela altura, e os acólitos o levaram até o forte de Cerameico quando descobriram que ele possuía a Graça do Coração. Jude sempre sentira que o destino tinha levado Hector para a Ordem. Para ele.

Talvez tenha sido necessário Hector deixar Cerameico para perceber que aquele era seu lugar.

Um sorriso pequeno, triste, passou pelo rosto dele.

— As coisas sempre foram muito fáceis para você, não é? — Hector balançou a cabeça, rindo. — Você sempre teve tanta certeza. Sobre tudo.

Não, não tenho, Jude pensou, desesperado. Estava prestes a se tornar o Guardião da Palavra. O Profeta fora encontrado; Jude o conheceria dentro de alguns dias. Mas as mesmas dúvidas o perseguiam, e elas pareciam cada vez maiores. Parte dele estava feliz por Hector não perceber — mas outra parte gostaria de não ter que carregar aqueles sentimentos sozinho.

— É por isso que você sempre foi melhor nos *koahs* do que eu — Hector comentou, saltando para uma rocha abaixo da cachoeira. — Mas eu ainda luto melhor.

— Vamos ter que testar essa afirmação — respondeu Jude, pulando na pedra ao lado.

— A hora que você quiser.

Eles começaram a se mover lentamente pelos dez *koahs*-padrão. As sequências específicas de respiração e movimento despertavam a força da Graça que tinham, fortalecendo seus corpos físicos. Havia *koahs* para força, equilíbrio, velocidade, para cada um dos cinco sentidos, para resistência e para concentração. Cada um tinha três partes: respiração, movimento e intenção — o propósito inabalável subjacente a tudo aquilo, o principal motivo para alguém tirar o *esha* do mundo e canalizá-lo com a própria Graça. Quanto maior o comprometimento com essa intenção, mais poderosa a Graça do Coração seria.

Era isso que Hector queria dizer. A intenção e o propósito de Jude para utilizar a Graça era sua devoção à Palavra dos Profetas. Ele tentava pensar apenas nisso enquanto passava pela segunda sequência fluida, sua Graça se aquecendo dentro dele.

Mas não podia negar que era difícil com Hector tão próximo. Aquele era o único momento em que Jude podia vê-lo assim — concentrado, atento, inabalável. Quando praticavam os *koahs*, faziam com uma lenta deliberação, cada movimento ritmado com a respiração, cada postura de forma perfeita. Não era como os *koahs* rápidos durante uma luta — esses eram quase como uma meditação, como uma forma de aumentar a conexão com a energia sagrada do mundo.

Enquanto ele e Hector se moviam para a postura de ataque, erguendo um braço e alongando o outro para trás, Jude imaginou que as ondas invisíveis e desconhecidas do *esha* fluíam entre eles, conectando-os.

O céu começou a clarear no leste quando terminaram a última sequência de *koahs*.

— O sol já vai nascer — comentou Hector quando assumiram a postura de descanso, suas mãos pressionadas contra o peito. — Acho que chegou a hora.

Eles desceram o caminho até o forte em silêncio. Normalmente, já estaria fervilhando com atividades àquela hora da manhã, os criados fazendo suas tarefas nas cozinhas, nos estábulos e no arsenal, e os Paladinos começando a prática no pátio de treinamento. Mas, naquela manhã, os alojamentos estavam vazios e as cozinhas, silenciosas. Todos estavam reunidos no Círculo de Pedras, esperando por Jude.

— Navarro.

Jude ergueu o olhar e viu Penrose esperando por eles na pedra que marcava a entrada do Círculo. Ela pareceu surpresa por ver Hector ali.

— Você deve se juntar aos outros — disse Penrose.

Hector olhou para Jude mais uma vez e então se afastou do amigo, caminhando em direção ao Círculo.

Jude procurou pelo brilho crítico nos olhos de Penrose.

— Você também deve ir — ele disse.

Penrose hesitou. Por um instante, pensou que ela fosse pressioná-lo em relação a Hector. Ela claramente quis fazer isso no dia anterior. Mas tudo que Penrose respondeu foi:

— As escolhas que você fizer a partir de agora não são mais suas. São as escolhas do Guardião da Palavra, que jurou proteger o Último Profeta.

— Eu sei.

As palavras de Penrose soaram como um aviso, e ele não sabia como atendê-lo.

— Que a luz dos Profetas o guie — declarou Penrose, afastando-se para se juntar aos outros Paladinos.

A apreensão de Jude cresceu quando ele olhou para os enormes monólitos dos Sete Profetas que cercavam o Círculo de Pedras. Endarra, a honesta, com uma coroa de louros; Keric, o caridoso, oferecendo uma moeda; Pallas, o fiel, segurando um galho de oliveira; Nazirah, a sábia, carregando a tocha do conhecimento; Tarseis, o justo, segurando uma balança; Behezda, a misericordiosa, com as mãos estendidas; e o Viajante sem rosto. Sete estátuas para os sete homens e mulheres mais sábios da Antiguidade, que procuraram o conhecimento do destino do mundo para que pudessem servir melhor ao seu povo. Que tinham dado ao povo o poder das Quatro Graças do Corpo. Que tinham vivido por mais de dois mil anos, guiando o seu destino.

Às sombras deles, havia quatrocentos dos mais poderosos guerreiros Agraciados, vindos da estepe de Inshuu até o delta de Herat, seus mantos azul-escuros presos ao peito, o brilho prateado da leve armadura cintilando à luz do amanhecer.

Jude sentiu seus olhos pousados nele enquanto cruzava o silencioso Círculo de Pedras, arrastando o peso dos olhares a cada passo. Com as próprias dúvidas pairando em sua mente, ele não pôde deixar de se perguntar o que os outros Paladinos viam — um garoto ou um líder digno do manto do Guardião da Palavra?

Ele seguiu para seu lugar ao lado do pai quando o sol apareceu atrás das montanhas, emitindo luz pelo arco que marcava o canto oeste do Círculo de Pedras, banhando tudo com seu brilho dourado.

— Hoje — o pai de Jude proclamou —, nós nos reunimos no Círculo de Pedras para consagrar Jude Adlai Weatherbourne como Guardião da Palavra e capitão da Guarda Paladina.

Os Paladinos abaixaram a cabeça em uma reverência, encostando a testa no cabo de suas espadas.

O capitão Weatherbourne se virou para Jude.

— Você jura cumprir as obrigações do seu cargo, exercer as virtudes da castidade, austeridade e obediência, devotando o seu ser, a sua Graça e a sua vida à Ordem da Última Luz?

As mãos de Jude tremeram, mas sua voz se manteve firme.

— Eu juro.

Seu pai ergueu um colar de ouro retorcido e declarou:

— Este colar foi feito como símbolo da nossa obediência à vontade dos Profetas. Com isso, você se compromete a servir ao Último Profeta, a preservar o legado dos Sete e a verdade da Palavra deles.

Ele colocou o artefato de ouro retorcido em volta do pescoço de Jude, fechando-o. O metal pareceu pesado e frio contra sua pele.

Em seguida, seu pai pegou um relicário de prata e estanho, erguendo a tampa delicada e mergulhando os dedos lá dentro.

— Este óleo foi consagrado pelos grandes alquimistas para fortalecer a nossa conexão com o *esha* que flui por cada um de nós.

Jude fechou os olhos e sentiu o pai untar o meio de sua testa com o óleo gelado.

— Com isso, eu o consagro, Jude Adlai Weatherbourne, como o Guardião da Palavra e capitão da Guarda Paladina.

Jude olhou para o rosto do pai, que mesmo naquela ocasião solene não conseguia esconder completamente o orgulho que sentia do filho. No dia anterior, seu pai falara sobre o destino de Jude com convicção — como ele soubera, quando Jude ainda era apenas um menino, que aquele momento chegaria. Ele fechou os olhos, perguntando-se se o pai ainda o olharia da mesma forma se tivesse conhecimento da fraqueza enterrada em seu coração.

Por fim, ele ergueu a Espada do Pináculo, ainda em sua bainha.

— Esta espada foi forjada para fortalecer a Graça do primeiro Guardião da Palavra. Ela deve ser empunhada com um único e exclusivo objetivo: proteger o Último Profeta.

Jude sentiu suas mãos ainda mais trêmulas quando o pai lhe entregou a espada. Quando seus dedos se fecharam no cabo entalhado e na bainha, Jude sentiu a Graça crescer dentro dele, como se estivesse praticando um *koah*. O pai a carregara consigo por mais de três décadas, como uma companheira constante. Assim como todos os Guardiões da Palavra antes dele. Nas mãos de Jude, a expectativa e a promessa eram outras, e ele ansiava desesperadamente que soubesse cumprir o juramento. Mais um peso que não sabia se era capaz de suportar.

Jude respirou fundo e deu um passo para a frente, olhando para o mar de rostos diante dele.

— Como capitão da Guarda Paladina, é meu dever convocar os serviços de seis Paladinos que se juntarão a mim como protetores do Último Profeta. Eu convoco Moria Penrose.

Penrose apareceu no meio da multidão, dando passos largos entre as grandes pedras do círculo interior e parando diante de Jude. Ela se ajoelhou, oferecendo a ele sua espada embainhada.

— Moria Penrose, eu a nomeio servidora da Palavra e protetora do Último Profeta — declarou Jude, desembainhando a espada de Penrose e encostando a lâmina no ombro dela. — A sua obrigação para com o Profeta deve ser a sua vida, e você não deve viver se não for para servir. Você jura cumprir este dever sagrado?

— Eu juro.

O capitão Weatherbourne fechou um colar de prata em volta do pescoço de Penrose e falou novamente:

— Levante-se e tome seu lugar ao lado do Guardião da Palavra.

Em seguida, foi a vez de Andreas Petrossian, o Paladino mais velho que escolheu, conhecido por sua honestidade crua e mente prática. Depois Yarik e Annuka, um casal de irmãos que se juntou à Ordem depois que sua tribo, na estepe de Inshuu, se separou. Os dois eram lutadores mortais sozinhos, mas quando uniam forças, se tornavam realmente imbatíveis.

O quinto a se juntar à Guarda foi Bashiri Osei, um homem gigantesco que, como Hector e tantos outros, foi criado sob a tutela da Ordem, encontrando um novo propósito e um novo lugar depois de uma infância marcada pelo sofrimento.

E então chegou a hora de Jude fazer a última escolha, chamar o último membro da Guarda que ficaria ao seu lado quando ele enfrentasse seu destino. Jude olhou para a multidão e deixou seu olhar se demorar em Hector, seus pensamentos voltando para um tempo que parecia tão distante, como se fosse em outra vida.

Era a última noite que passaram juntos, na véspera da partida de Jude para o início do seu Ano de Reflexão. Hector roubara um jarro de vinho das despensas da Ordem, e ele e Jude saíram escondidos do forte, indo até a ponte Andor, com vista para o rio.

Eles conversaram, brincaram e implicaram um com outro, até que finalmente Hector se virara para ele e perguntara, com os olhos brilhando:

— O que você faria se pudesse fazer o que quisesse? Se não tivesse que se tornar o Guardião da Palavra. Se fosse um zé-ninguém?

Se qualquer outra pessoa em sua vida tivesse feito aquela pergunta, Jude a teria considerado nada menos do que uma traição à Ordem. Ele só tinha um objetivo na vida e, mesmo aos dezoito anos, prestes a partir sozinho, afastando-se do pai e de todos os Paladinos pela primeira vez, sabia que precisava se dedicar completamente àquilo. No entanto, embora seu destino fosse o único futuro que teria, ainda parecia muito distante, como um farol brilhando ao longe. E algo no jeito de Hector sorrir sob o luar suave e no jeito que estavam tão próximos ali, na ponte, fez com que Jude respondesse:

— Eu iria para o oásis de Al-Khansa. Tomaria vinho de romã, andaria montado em elefantes e jogaria botões azuis de lírio no rio caudaloso.

Ele não sabia de onde aquilo viera. Nunca pensara de cruzar o mundo e seguir para Al-Khansa. Para ser sincero, a ideia de estar tão perto de um elefante o assustava. Mas, de alguma forma, sorrindo para Hector, aquela parecia ser a única resposta possível.

— E você? — ele perguntara.

Hector dera uma risada profunda.

— Eu iria com você, é claro.

Jude jamais se esqueceu daquele momento na ponte, e do jeito que Hector entrelaçara o próprio futuro com o dele. Como se as coisas tivessem sempre que ser assim. Al-Khansa foi uma fantasia boba, mas pensar em Hector ao seu lado, não.

Jude dissera ao pai que não substituiria ninguém de sua lista por Hector, e dissera a verdade. Porque não havia um sexto nome. Apenas um espaço vazio que

Jude sempre manteve ali, esperando que um dia a pessoa que sempre estivera ao seu lado pudesse ocupá-lo.

Ele respirou fundo e chamou o último nome:

— Eu convoco Hector Navarro.

Jude não conseguiu ver a expressão no rosto do amigo quando ele saiu do meio da multidão para se ajoelhar diante dele, como os outros fizeram. As palavras do ritual, agora ditas suavemente sobre a cabeça de Hector, carregavam o peso de questões verdadeiras.

O coração de Jude disparou quando chegou ao fim.

— Você jura cumprir este dever sagrado?

Hector ergueu a cabeça, olhando nos olhos de Jude. A grandiosidade do momento pairava sobre eles, embargado, vasto.

Então Hector respondeu:

— Eu juro.

Ele se levantou e o pai de Jude prendeu o colar prateado em seu pescoço, marcando-o como o sexto e último membro da Guarda Paladina.

— Levante-se e tome seu lugar ao lado do Guardião da Palavra.

E Hector foi.

Sobre o ombro do rapaz, o rosto do pai de Jude denotava preocupação. Mas não importava o que ele achava, Jude sabia que o lugar de Hector era ali, ao seu lado, pelo resto de suas vidas. Não poderia ter escolhido mais ninguém.

O pai afastou o olhar, observando o resto dos Paladinos.

— Os sete protetores do Último Profeta estão diante de vocês, uma nova Guarda Paladina convocada para assumir o seu lugar ao lado do Guardião da Palavra. Ergam suas espadas e jurem neles sua fé.

Um mar de espadas se ergueu no ar.

Jude olhou para o lado, Penrose à esquerda e Hector à direita. E à frente, a Cidade da Fé e seu destino.

10

EPHYRA

A cripta não deveria estar vazia.

Ephyra ficou parada no portal apodrecido. Não importava quantas vezes passasse os olhos pelo piso frio de mármore e pelos lençóis carcomidos por traças, Beru nunca se materializava.

Já estava quase no meio da manhã. Era quando Ephyra costumava voltar do treino ou da investigação de sua próxima vítima. Elas normalmente tomavam o café da manhã juntas, atirando pedacinhos de pão para a outra pegar com a boca, discutindo sobre quem era melhor batedora de carteira (era Beru). Às vezes, Beru saía cedo para ir ao mercado vender as bijuterias que fazia, mas todas as suas contas, conchas e outras quinquilharias ainda estavam na mesa.

Beru não estava em lugar nenhum. Se Ephyra não tivesse certeza de que Anton tinha se enfiado em uma taverna imunda na região da marina, estaria convencida de que o garoto levara as Sentinelas até ali. Sentiu seu estômago revirar só de pensar naquela possibilidade — espadachins invadindo a cripta no meio da noite e levando Beru. Mas não havia sinal de luta na cripta, e nada estava fora do lugar na parte de cima, no mausoléu.

Então, surgiu outro medo — o medo que Ephyra tentava desesperadamente enterrar sempre que aparecia. O medo de que ninguém tivesse apanhado Beru. Que ela tivesse ido embora por livre e espontânea vontade.

— Pelo amor de Endarra, você me assustou!

Ephyra se virou ao ouvir a voz da irmã, o coração disparado.

Beru estava no meio da escada secreta.

— O que você está fazendo *parada* aí, Ephyra? — ela perguntou, descendo o resto dos degraus e passando pela irmã para entrar.

— O que *eu* estou fazendo? O que *você* está fazendo? Eu voltei e você não estava aqui!

Beru soltou sua bolsinha de moedas e tirou o casaco.

— Agora eu não posso mais sair?

— Nós sempre avisamos quando vamos sair — respondeu Ephyra, dando a volta na mesa para encarar a irmã. — Essa é a regra.

Beru lançou um olhar frio para ela, e Ephyra percebeu que tinha cometido um erro.

— Ah, é? É essa a regra que você vem seguindo quando passa todas as horas do dia fora e sai escondida todas as noites? Eu sinceramente achei que você nem ia notar que eu tinha saído, já que tenho visto *você* tão pouco.

— Eu... É diferente — Ephyra gaguejou. — Eu só estava...

— Guarde as desculpas para quem não ouviu suas baboseiras por dezesseis anos — respondeu Beru. — Eu sei exatamente o que você está fazendo. Está vigiando aquele cristalomante que sequestrou.

— Sequestrei? Você não quer dizer que eu salvei?

Beru não achou graça.

— Você ainda está seguindo ele?

— Talvez eu tenha dado uma conferida uma ou duas vezes — disse Ephyra.

Na noite que Anton foi embora, ela o seguiu até a região da marina, onde ele entrou em uma taverna dilapidada, fedendo a peixe, fumaça e suor. Já tinham se passado quatro dias, e ela ainda não o vira sair.

— É só para garantir que ele não contou para ninguém sobre nós.

Beru contraiu os lábios.

— Eu não vou machucar ele — disse Ephyra. — Mas não podemos simplesmente deixá-lo ir e *torcer* para ele manter o bico fechado. Precisamos estar prontas para caso alguém descubra sobre nós. Já chamamos muita atenção. Não são apenas as Sentinelas que me preocupam. As Testemunhas estão por toda a cidade. Elas dizem que Mão Pálida é uma abominação. Eu não quero nem imaginar o que eles fariam se descobrissem sobre você.

— Eu entendo. Não acho que ele vai contar para ninguém, mas entendo sua preocupação. É sobre isso que eu quero falar com você, na verdade. — Ela suspirou, jogando o casaco na mesa. Ao cair, um envelope escorregou do bolso. Uma folha cor de creme caiu no chão.

Ephyra a pegou.

— Espere, Ephyra...

Mas já era tarde demais.

— Passagens de trem? — perguntou Ephyra, olhando para o pedaço de papel em sua mão. Sua descrença aumentou quando viu o destino. — Você comprou passagens de trem para Tel Amot? *Por quê?*

Beru levantou o olhar devagar.

— Acho que devemos ir embora.

— Você quer desistir.

— Não há *nada* de que desistir — protestou Beru, arrancando as passagens da mão da irmã. — Pallas Athos foi um beco sem saída. Nós viemos até aqui para encontrar o cristalomante, mas ele não pode nos ajudar. Não há motivo para ficarmos.

— E você acha que voltar para lá, para Tel Amot, não é um beco sem saída? — disse Ephyra, incrédula. — Entre todos os lugares que você poderia ter escolhido...

— E se não for para encontrarmos o Cálice? — perguntou Beru. Ela baixou o olhar imediatamente, como se desejasse não ter dito aquilo.

Ephyra se encolheu como se tivesse levado um soco.

— Como assim?

— E se...

— E se o quê? — As palavras soaram como um desafio. Havia coisas que Ephyra desconfiava que Beru pensava, coisas que nenhuma das duas queria dizer em voz alta. Coisas que Ephyra temia mais do que as Sentinelas, mais do que as Testemunhas.

— Eu não sei — disse Beru com a voz aguda, como se estivesse tentando segurar as lágrimas. — A mamãe e o papai nunca quiseram que você usasse a sua Graça, lembra?

Ephyra lembrava. Seus pais não tinham reagido bem quando sua Graça se manifestou. Beru ficara encantada com aquilo — Ephyra descobrindo que podia reviver plantas murchas no jardim e curar a asa machucada de um pardal. Mas ela ainda se lembrava da expressão séria de seus pais quando disseram, gentilmente, que ela não poderia contar para ninguém da aldeia o que conseguia fazer.

Agora, Beru estava com a mesma expressão.

— O que você quer dizer? — perguntou Ephyra.

Beru soltou o ar, o corpo todo murchando.

— Talvez... Talvez as Testemunhas estejam certas. Que o que estamos fazendo não é natural. Usar a sua Graça para me manter viva quando nós duas sabemos que...

— Não — Ephyra cortou com firmeza, e Beru ficou em silêncio, seus olhos se arregalando diante do tom severo da irmã. — As Testemunhas estão erradas. Elas só querem assustar os Agraciados porque têm medo de nós. Não tem nada a ver comigo, com você ou com o que fizemos.

Beru apertou as passagens na mão.

— Ephyra...

— Nós vamos encontrar o Cálice de Eleazar, Beru. Vamos curar você. Não chegamos tão longe para desistir.

Beru a chamou, mas Ephyra já estava saindo pela porta. Anton era a única pessoa que poderia ajudá-las, e Ephyra sabia exatamente onde encontrá-lo.

Dessa vez, não aceitaria um não como resposta.

11

ANTON

A sorte de Anton parecia ter acabado.

O marinheiro com olhos brilhantes sentado em sua frente estava em silêncio, seu nariz torto quase roxo de raiva. Expirando alto, o homem baixou suas cartas com força e socou a mesa.

— Admita que você trapaceou!

Dois amigos da tripulação dele se posicionaram atrás de Anton, tão próximos que ele conseguia sentir o cheiro de fumaça valeriana em suas roupas, junto com o bafo de vinho. Anton tamborilou os dedos nas próprias cartas. Três ases e um poeta de coroa brilhavam, declarando sua vitória retumbante.

Ele passara quatro dias bebendo vinho naquela taverna imunda, usando seu charme e ganhando apostas de homens como aquele. Era um péssimo jeito de substituir os jogos que organizavam depois do trabalho no Jardim de Tálassa, mas Anton não podia voltar para lá, não agora que sabia que Illya estava procurando por ele.

Além disso, estava acostumado a se virar. Precisava de alguma coisa para distraí-lo do pesadelo que se esgueirava no fundo de sua mente. Nas noites anteriores, desde que tentara usar a cristalomancia no mausoléu destruído, o sonho só piorara. Anton acordava sufocado. Para onde quer que olhasse, via o rosto do irmão.

Mas nada como algumas rodadas de Cambarra para limpar sua mente — e encher seus bolsos. Mais alguns jogos e ele teria o suficiente para deixar Pallas Athos para sempre.

Se não morresse antes.

Anton olhou para os marujos fortes pelo canto dos olhos.

— Tem razão — ele disse, suspirando. — Jogar contra alguém tão ruim é injusto. Peço desculpas por não ter percebido o seu nível de burrice.

Depois de um momento de silêncio sepulcral, seu oponente partiu para cima dele. Anton se levantou em um pulo e, na mesma hora, os colegas marinheiros o agarraram pelo colarinho.

Anton levantou as mãos.

— Qual é o problema? — perguntou com a voz tranquila. — Burro *e* sem senso de humor?

Seu oponente bateu com as mãos na mesa, abrindo os braços para parecer maior. Ele se inclinou para a frente.

— Você se acha tão esperto, mas não passa de um ladrãozinho sujo. — Gotículas de saliva voaram entre os dentes amarelados do homem, molhando o rosto de Anton.

Ele fechou os olhos.

— Agora — disse o homem, lentamente —, que tal um pedido formal de desculpas?

Anton ouviu suas gargalhadas, pontuadas pela tosse, e sentiu o bafo úmido e quente contra o seu pescoço. Tentou não se retorcer quando sua mente conjurou outra imagem das profundezas de suas lembranças — o irmão se debruçando sobre ele, respirando na nuca de Anton enquanto o prendia no chão.

Não vou deixar você sair até pedir desculpas. Peça desculpas, Anton.

— Acho melhor você tirar as mãos de cima do garoto se quiser continuar com elas — disse uma voz cortante e fria na penumbra do salão. Um *esha* familiar, como o farfalhar de asas de mariposas, atingiu Anton.

— E quem você *pensa* que é? — rosnou o marinheiro, virando-se.

Anton espiou por trás do corpo largo do homem e viu Ephyra parada diante deles, brincando com sua adaga preguiçosamente sob a luz fraca.

— Confie em mim — ela disse —, você não vai querer saber.

O homem se virou para encarar Anton.

— É verdade — ele confirmou.

E aquela foi a gota d'água que fez o homem passar da raiva para a violência. Com um grito, ele procurou acertar um soco em Anton com seu punho imenso. Anton tentou desviar, mas foi atingido na mandíbula e caiu em uma cadeira, que tombou no chão.

— Pelo amor das Seis Cidades, o que você acha que está fazendo? — berrou outra voz. Anton olhou para cima e viu o dono do salão de jogos parado na porta como uma fera gigantesca. — Se quebrar mais algum dos meus móveis, eu vou quebrar a sua cara.

— Quero ver você tentar! — desafiou o marinheiro.

Uma garrafa de cerveja marrom voou pelo aposento e se espatifou ao lado da porta onde o dono do salão estava. Então o caos começou. Anton se agachou, tentando engatinhar até um lugar seguro, mas seu oponente o viu e gritou:

— Segurem esse ladrãozinho!

Anton levou um chute na barriga e ofegou de dor. Devia ter machucado pelo menos umas duas costelas. Ele rolou para o lado quando a bota de um homem tentou atingi-lo em cheio.

Com um forte puxão em sua túnica, Anton estava de pé. Ephyra continuou segurando-o enquanto passava pelo tumulto do salão — àquela altura, alguns dos outros jogadores, bêbados e sem saber distinguir amigos de inimigos, começaram a brigar entre si.

Por fim, ela puxou Anton para trás de uma escada e o escondeu ali.

— Você está bem? — ela perguntou, seus olhos castanhos brilhando na penumbra. — Parece que foi feio.

Anton levou três dedos à parte inchada e sensível abaixo de seu queixo.

— Já tive noites piores.

— Noites? — repetiu ela. — Não é nem meio-dia.

Anton piscou, vendo os raios de sol passarem por baixo da porta que dava para a marina.

— Ah.

Naquela parte da cidade, marinheiros e viajantes apareciam a qualquer hora. Cada dia que passara tentando se esconder ali se emendava no outro.

— Mal assim, hein?

— Eu estou bem.

E daí que ele perdera a noção do tempo? Que importância tinha aquilo?

— Você não tem dormido.

Percebendo que ela ainda segurava sua túnica, Anton afastou sua mão.

— Já disse que estou bem.

— E você estaria bem se aquele cara e os amigos dele te quebrassem ao meio? — perguntou ela. — Ou você é muito burro ou só está aqui procurando problemas.

— E você não tem a ver com nenhuma das duas coisas, não é mesmo?

Ela suspirou.

— Pense bem, garoto. Volte para a cripta comigo e vamos resolver tudo.

Ele tensionou a mandíbula.

— Eu não... Eu não vou voltar para lá.

— Nós podemos conversar sobre o seu... sobre sei lá o que acontece com a sua cristalomancia. Mas agora você precisa...

Mas Anton não ouviu o resto da frase. Tudo, do som da voz de Ephyra até o som da briga dos marinheiros no outro salão, pareceu se apagar quando um pulso de *esha* fluiu por ele como um temporal repentino.

A respiração ficou presa em sua garganta. O *esha* trovejava de forma muito distinta daquela miríade de pessoas zunindo ao seu redor. Ele podia quase sentir seu gosto, como o ar antes de uma tempestade. Parecia *familiar*, de certa forma. Mas Anton tinha certeza absoluta que nunca o sentira antes.

Sem saber direito o que estava fazendo, ele empurrou Ephyra e saiu pela porta em direção ao sol quente da manhã.

— Ei! — O grito de Ephyra soou fraco aos seus ouvidos. — Para onde você está indo?

Ele estreitou os olhos por causa da claridade, olhando brevemente para a rua ao seu redor antes de começar a correr. Passou voando pelos farmacêuticos que exibiam extratos cor de âmbar e pelos peixeiros que ofereciam orgulhosamente a pesca do dia, disparando pelo meio de comerciantes, marinheiros e turistas que tinham ido ver a outrora grandiosa Cidade da Fé.

Ao seu redor, um zunido de *eshas* se misturava, um som baixo e vibrante que vinha de todas as direções, mas muito calmo e indistinto se comparado com o que ressoava no sangue de Anton. O *esha* peculiar ficou mais forte, como uma brisa se transformando em vento, e Anton acelerou o passo quando chegou à Estrada Sagrada. Ao se aproximar da agitada praça da marina, viu uma multidão se formar, bloqueando a passagem. Havia mais gente entrando na praça do que saindo. Alguma coisa claramente estava acontecendo ali — algo notável, para atrair tanta gente.

Mesmo assim, ele mal estava consciente dos outros corpos ao seu redor enquanto parava no meio da multidão, suspenso, o *esha* o atingindo como uma tempestade.

Uma forte cotovelada em sua barriga o trouxe de volta. Ele se virou e viu duas crianças — mais novas do que ele, mas não muito — passarem pela arcada.

— Pare de me empurrar!

— Anda *logo*, eu quero ver!

Trechos de conversas passavam pela multidão.

— ... chegou esta manhã... velas prateadas...

— ... desapareceram depois que os Profetas...

— ... não são vistos há cem anos...

Mãos agarraram Anton. Ele foi erguido, paralisado, por uma mulher que o puxou abruptamente contra o próprio peito ossudo.

— Eles voltaram! Eles finalmente voltaram, depois de todo esse tempo! — exclamou ela, eufórica. Os dedos compridos apertavam os ombros dele, sacudindo-o, enquanto lágrimas escorriam dos olhos anuviados pela catarata. — Louvados sejam os Profetas! Louvada seja Pallas, a Cidade da Fé! A Ordem da Última Luz chegou!

Anton se afastou dos braços da mulher.

— Os Profetas voltarão agora, entendeu? — disse ela. — Eles não nos abandonaram. Eles atenderam às nossas preces! Eles vão salvar esta cidade!

Um terror tomou conta de Anton, o mesmo que sentia nas profundezas de seu pesadelo. Com o *esha* tempestivo ainda ressoando ao seu redor, ele empurrou a mulher com toda força. Ela cambaleou na multidão, esbarrando nos outros espectadores.

— Cuidado aí! — alguém gritou.

Ele fugiu da multidão, entrando em um beco atrás das lojas que cercavam a praça, e se apoiou em um muro de pedra calcária, sentindo a respiração presa no peito, enquanto dois desejos distintos e completamente opostos explodiam dentro dele. O primeiro era encontrar o dono daquele *esha* trovejante. E o outro era se virar e correr o mais rápido e para o mais longe possível.

Anton não fez nenhuma das duas coisas. Pressionou os dedos no pescoço e começou a contar os batimentos do seu coração.

Quando ergueu o olhar, Ephyra estava parada na frente dele. Anton nem tinha percebido que ela o seguira.

— Achei que você estivesse tentando fugir — explicou ela.

— Eu estava mesmo. — Anton sentia o pulso forte contra os seus dedos.

— Parece que você está prestes a desmaiar.

— Isso também.

Ela o olhou atentamente.

— O que te assustou tanto assim?

Anton olhou para ela e para a varanda dos fundos de uma loja.

Não foi difícil subir.

— Foi só uma pergunta! — exclamou Ephyra atrás dele.

Ele a ignorou, equilibrando-se na lateral da varanda e subindo em uma arcada que dava para a praça. Sentiu Ephyra se aproximar, subindo com muito mais facilidade e rapidez do que ele.

Dali, eles conseguiam ver a praça inteira e as águas turquesa da marina além dela. Entre os vários navios mercantes e veleiros vermelhos flutuando no porto, um navio com velas prateadas estava atracado em um dos ancoradouros principais. Seu casco era branco e tinha uma forma graciosa, e a proa era estreita e elegante. O sol cintilava nas velas prateadas, brilhando tanto que Anton quase não conseguia olhar diretamente para elas.

A multidão em frente ao ancoradouro começou a se afastar, abrindo caminho para sete figuras vestidas com mantos de um tom profundo de azul, enfeitados pelo emblema de uma estrela de sete pontas transpassada por uma lâmina. Espadas de prata estavam penduradas na cintura de cada um deles. As pessoas que lotavam a praça esticavam o pescoço para vê-los, a incredulidade e a curiosidade quase palpáveis. Algumas pessoas pareciam chorar de felicidade.

Cem anos se passaram desde que alguém da Ordem fora visto pela última vez. Havia traços deles em Pallas Athos, a cidade que servira como seu quartel-general por tantos séculos, até o desaparecimento dos Profetas. Outros achavam que a Ordem tinha simplesmente se desfeito, até que não restasse nenhum membro. E alguns acreditavam que eles tinham se escondido em alguma fortaleza secreta.

O grupo de sete Paladinos avançava pela multidão em direção à Estrada Sagrada. Os espectadores se juntaram em volta para assistir àquela procissão, seguindo as curvas da rua pavimentada que levava à Cidade Alta e ao Templo de Pallas, no alto da montanha.

— Achei que a Ordem tinha desaparecido — comentou Ephyra ao lado de Anton.

O *esha* misterioso ressoava em suas veias. Ele não sabia se conseguia falar.

— Por que você acha que eles voltaram?

Anton balançou a cabeça. Seu olhar se desviou dos Paladinos. O *esha* misterioso parou de vibrar, enfim, afastando-se como se não fosse mais que uma tempestade passageira. Quem quer que fosse o dono, devia ter deixado a área da praça da marina, e Anton não sabia se o que sentia era alívio ou desespero.

— Eu não sei — ele finalmente respondeu. Pensou sobre o que a mulher na rua dissera. *Os Profetas voltarão agora.* Mas ela era só uma velha supersticiosa. Não havia como aquilo ser verdade. Ele afastou o olhar da praça. — Mas por que isso importa?

— Espere — disse Ephyra, levantando-se depois dele. — Você não vai embora.

Anton se virou para pular de volta no telhado, mas a mão de Ephyra agarrou seu braço, prendendo-o ali.

— Você não vai embora — ela repetiu com um tom ameaçador.

Ele olhou para a mão de Ephyra em seu braço. Se ela quisesse, poderia matá-lo bem ali. Bastava sugar o *esha* do seu corpo e deixar uma marca branca ali em seu braço, exatamente como em todas as suas outras vítimas. Anton olhou para o rosto da garota e viu que ela estava observando a própria mão. Será que estava pensando o mesmo que ele? Se deveria ou não fazer aquilo?

— Veja bem — começou Anton, devagar. — Não é que eu não queira ajudar você e sua irmã. Eu tentei.

— Tente de novo, então.

Ele balançou a cabeça.

— Não vai mudar nada. Tem alguma coisa errada com a minha Graça. E só está piorando.

Primeiro, os pesadelos. Depois, o modo como suas lembranças o dominaram nas águas de cristalomancia. E agora aquela estranha tempestade de *esha* tomando conta dele.

— O que você quer dizer com alguma coisa errada? — perguntou Ephyra. — O que aconteceu exatamente, quando você tentou localizar o Cálice de Eleazar pela cristalomancia? O que você viu?

Anton fechou os olhos.

— A mesma coisa que eu sempre vejo. Um lago congelado.

— Um lago. Só isso?

— O lago onde eu quase morri afogado.

Ephyra soltou o braço dele.

— Do que você está falando?

Fazia muito tempo desde que Anton revelara seus pesadelos a alguém, que contara sobre a lembrança que o mantinha preso em suas garras. Mas ele estava guardando um segredo dela, e talvez se Ephyra achasse que tinha um segredo dele, ficariam quites. Talvez se Ephyra soubesse do que ele estava fugindo, o deixasse em paz.

— Era inverno — começou ele. — O lago estava congelado. Eu estava brincando na neve quando meu irmão me encontrou. Ele começou a me perseguir no gelo, que cedeu sob os meus pés. Estendi a mão para ele me ajudar e ele... ele me afundou mais.

Anton abriu os olhos e viu Ephyra o observando. Parecia horrorizada.

— Como alguém pode fazer uma coisa dessas?

Anton desviou o olhar.

— Não achei que a Mão Pálida ficaria surpresa com assassinato e crueldade.

— Ele era seu *irmão* — retrucou ela, como se aquilo mudasse alguma coisa. Como se pessoas cruéis e perversas não pudessem fazer mal aos próprios parentes.

— Nós fomos criados no território novogardiano — disse Anton. Ainda se lembrava dos invernos rigorosos, da fome que o rasgava por dentro. — A vida é diferente lá. Os Agraciados são muito mais raros, e existe uma superstição sobre eles. Os novogardianos acreditam em todo tipo de coisa sobre eles... sobre nós.

— Como as Testemunhas?

Anton negou com a cabeça.

— As Testemunhas odeiam os Agraciados e acreditam que são um aborto da natureza. Mas o povo do Norte não odeia. Ele os reverencia. Não acreditam que foram os Profetas que nos deram nossos poderes, mas um deus da Antiguidade, e que esses poderes nos dão o direito divino de governar. Meu irmão e eu fomos criados pela minha avó, que também acreditava nisso. Ela não era Agraciada. Nem seu filho, meu pai. Nem meu irmão. E então eu nasci. Minha Graça se manifestou cedo e, assim que isso aconteceu... Era só com isso que a minha avó se importava.

— E seu irmão se ressentiu — concluiu Ephyra.

— Sim, mas não foi só isso. A maioria das pessoas, quando te machucam e magoam, fazem isso por um motivo. Para tirarem algo de você. Ou porque estão com raiva e precisam descontar em alguém. Mas o meu irmão... Ele me machucava porque gostava. Ele ficava feliz quando eu sentia dor ou medo, e me obrigava a implorar para que parasse.

E como Anton implorara.

Você quer que eu pare?, Illya dizia. *Então me faça parar. Você não é um Agraciado? Mostre o seu poder, Anton.*

— Era como um jogo para ele, um jogo que eu nunca aprendi a jogar. — Anton fechou os olhos de novo. — Passei a vida inteira tentando esquecer as coisas que ele fez comigo.

— Mas, quando você usa a sua Graça, é obrigado a revivê-las — disse Ephyra. — Foi isso que aconteceu durante a cristalomancia?

Ele assentiu.

— Por um tempo, eu fui ficando melhor. Conseguia controlar os pesadelos. Mas sempre que tento usar a cristalomancia, é como se estivesse de volta no lago, totalmente vulnerável. Só sinto as mãos do meu irmão me afundando... É por isso que não consegui ajudar vocês. É por isso que eu tenho que partir.

— E seu irmão... foi ele que mandou aqueles homens atrás de você naquela noite? — perguntou Ephyra. — O que ele quer com você?

Aquela era a pergunta que Anton nunca conseguira responder, embora ela o assombrasse desde o instante em que a Mulher Sem Nome apareceu no Jardim de Tálassa.

— Acho que ele simplesmente não conseguiu suportar o fato de eu ter fugido — respondeu Anton, por fim. — Deve ter se sentido lesado, sabendo que não podia mais me machucar. E ele nunca perdia nada. Está me procurando para me fazer pagar por ter fugido.

— Então o seu plano é continuar fugindo? Esperar que ele não te encontre novamente e viver com medo do momento que ele conseguir?

— Eu não tenho escolha.

Uma brisa soprou, balançando os cachos escuros de Ephyra.

— E se você tivesse? — perguntou ela suavemente. — E se você pudesse parar de fugir? E se você pudesse se livrar desse medo para sempre?

Anton deu um passo atrás.

— Do que você está falando?

— Você pode nos ajudar... Ajudar Beru. E eu também posso ajudar você.

— Como?

Ela manteve o olhar fixo no dele.

— Mais cedo ou mais tarde, a Mão Pálida precisará fazer mais uma vítima nesta cidade.

O momento ficou suspenso, como se ele tivesse prendido a respiração. Anton nunca considerara aquilo antes, como seria viver sem o medo constante. Como seria saber que seu irmão tinha desaparecido — desaparecido de verdade, e que nunca mais voltaria para atormentá-lo.

— Você não pode fugir para sempre — argumentou Ephyra. — Pode passar a vida inteira olhando por cima do ombro, esperando que seu passado o alcance. Ou pode parar de fugir e finalmente enfrentá-lo. Isso me parece uma escolha.

Anton cravou as unhas na palma da mão.

— Eu só quero respirar sem sentir como se estivesse me afogando.

— Eu só quero encontrar uma maneira de manter a minha irmã viva. Nós podemos nos ajudar. Você não consegue usar sua Graça enquanto seu irmão ainda está vivo. Mas, se ele se for...

Se seu irmão morresse, Anton estaria livre das lembranças, das garras dos pesadelos que o prendiam?

— Não posso garantir que isso mudaria as coisas — ele argumentou. — Se eu conseguiria usar a minha Graça, e ainda mais se conseguiria encontrar o Cálice de Eleazar para você.

— Mas talvez consiga. E isso é melhor do que nossas chances sem você. Melhor do que nada.

Ela estendeu a mão de novo, não para segurá-lo, mas para um aperto de mãos.

Anton olhou para além dela e viu as ondas brilhantes que quebravam depois do cais. Parte dele só queria ir embora e deixar tudo aquilo para trás — a ameaça do irmão, a Mão Pálida, o *esha* misterioso que sentira na marina. Deixar aquela cidade de fé destruída sem pensar duas vezes. Era o que sempre fazia.

Mas Ephyra estava certa. Ele estaria sempre preocupado. O pesadelo, a lembrança, o lago — tudo aquilo seria uma sombra eterna o perseguindo. Ainda estava nas águas geladas, preso naqueles momentos de escuridão. Ele podia sucumbir e se afogar ou podia subir à superfície.

Ele apertou a mão de Ephyra.

— Combinado.

12

HASSAN

Hassan disfarçou um bocejo enquanto deslizava a xícara de chá para perto do samovar. Nos últimos cinco dias, conseguira se esgueirar e seguir para a ágora mais duas vezes, levando quaisquer alimentos e roupas que conseguia. Ele inventou uma mentira qualquer sobre serem objetos doados por outros estudantes de Academo, quando Khepri perguntou. E passou o tempo realizando diversos trabalhos no acampamento — pegar lenha, cuidar das crianças, tirar alguns destroços espalhados por lá.

Mas o que mais fazia era passar tempo com Khepri. Ela parecia ajudar em quase todos os aspectos — desde o treinamento dos refugiados até o conserto de barracas e distribuição de alimentos — e não tinha o menor remorso em colocar Hassan para trabalhar. *Ninguém* nunca havia mandado nele, e cada ordem dada de forma confiante o surpreendia e provocava nele um tipo curioso de prazer. Pela primeira vez desde o golpe — pela primeira vez na vida, na verdade —, Hassan sentia-se *útil*.

Em sua visita mais recente, ele parara em um mercado no caminho e trocara um conjunto de fechos de ouro por uma dúzia de carrinhos de mão do marceneiro. Depois, fora ao ceramista e comprara todo o estoque disponível, empilhando cuidadosamente as tigelas e os cântaros nos carrinhos.

— O que é tudo isso? — Khepri perguntara quando Hassan chegara acompanhado pelo aprendiz do ceramista e outras crianças que contratara para levar os carrinhos para dentro da ágora.

— Halima me disse que às vezes passa três horas por dia na fila para pegar água — disse Hassan, orientando as crianças a levar os carrinhos de mão até a casa da fonte. — E se em vez disso você deixasse alguns dos seus alunos com a responsabilidade de entregar água?

— Ah — disse Khepri, tamborilando os dedos na lateral de um dos carrinhos de mão.

— O quê? — perguntou Hassan, de repente preocupado de ter passado dos limites ou de ela estar começando a desconfiar dele.

Mas ela apenas sorriu, balançando a cabeça, antes de chamar os alunos.

Hassan acordou pensando na curva daquele sorriso.

— Você perdeu o café da manhã hoje — comentou Lethia, servindo uma colherada de chutney vermelho-vivo em seu prato.

— Desculpe — respondeu Hassan automaticamente, enquanto mexia seu chá com uma colherzinha de ouro.

Tinha abusado da sorte na noite anterior, voltando pouco antes do amanhecer. Mas não se arrependia — aqueles momentos compartilhados com outros refugiados heratianos eram mais necessários para ele do que a comida em seu prato ou uma noite inteira de sono.

— Acho que você deve estar exausto depois de passar a noite inteira fora — disse Lethia casualmente.

Hassan congelou.

— Você achou que eu não sabia das suas escapadinhas para a ágora?

Na verdade, era exatamente o que ele achava.

— Você não é exatamente um ilusionista, Hassan — continuou Lethia, ainda com tom leve e despreocupado. — Ah, por Keric, você pode me contar. Não estou chateada.

— Não?

— Mas também não estou feliz. Eu só queria que você não fosse tão descuidado. Tem muita sorte por eu ter descoberto suas fugas. Conversei com o capitão das Sentinelas e eles reforçaram a segurança perto dos Portões Sagrados.

— Você pode fazer isso? — perguntou Hassan. Desde a morte do marido, quase uma década antes, Lethia não tinha qualquer poder oficial em Pallas Athos, mas parecia que ele tinha subestimado a influência da tia.

— Pedi ao capitão como um favor pessoal — respondeu ela. — Achei que seria prudente depois do incidente com as Testemunhas do lado de fora do templo.

— Você também sabia disso? — perguntou Hassan, em choque.

Lethia lançou um olhar intenso por cima da borda de sua xícara de chá.

— Existem pouquíssimas coisas que acontecem nesta cidade sem meu conhecimento. Aliás, acabei de me lembrar que, como esperado, a Ordem da Última Luz atracou no porto hoje de manhã.

Hassan quase engasgou com o chá.

— Como assim, eles atracaram no porto? A Ordem não aparece em Pallas Athos há um século.

— Bem, eles evidentemente estão aqui agora. Foram vistos entrando na Cidade Alta.

Hassan arregalou os olhos. Ele sabia que, antigamente, a Ordem era responsável pela proteção sagrada de Pallas Athos. Eles protegiam a cidade e a infinidade de peregrinos que visitavam o Templo de Pallas. A partida repentina, logo após o desaparecimento dos Profetas, causara décadas de caos em Pallas Athos, transformando-a em uma cidade perigosa e cheia de vícios, em vez de fé e segurança. Hassan sempre achou que os membros da Ordem tivessem morrido com o tempo, depois da partida.

— Por que eles voltaram depois desse tempo todo?

— Parece que ninguém sabe, nem os sacerdotes. Isso os está deixando furiosos, é claro. — Lethia deu um sorrisinho.

— Lady Lethia — chamou um criado da porta. — Há uma mensageira aguardando no pátio.

— Você não está vendo que estou tomando café da manhã com meu sobrinho? Fale para ela esperar.

— Mas ela disse que é urgente — disse o criado, com timidez.

— Urgente para ela, talvez — respondeu Lethia com um tom debochado, fazendo um gesto com a mão para ele se retirar.

O criado não se moveu.

— Ela disse que veio em nome da Ordem da Última Luz.

Lethia ergueu as sobrancelhas.

Hassan ficou boquiaberto.

— A Ordem da Última Luz quer conversar com tia Lethia?

O criado balançou com a cabeça.

— Não é com lady Lethia que querem falar. Eles querem falar com *Vossa Alteza*.

— *Comigo?*

— Eles realmente acham que podem voltar à cidade depois de todo esse tempo, provocando todo esse alvoroço, e depois convocar o príncipe real de Herat quando quiserem? — perguntou Lethia. — A arrogância dos Agraciados me surpreende, às vezes. Como eles sabem que Hassan está aqui?

Era uma boa pergunta, mas Hassan tinha muitas outras. E apenas um modo de obter respostas.

— Aonde você vai? — perguntou Lethia quando ele se levantou da mesa.

— Descobrir o que está acontecendo.

— Eles não podem simplesmente convocá-lo como se você fosse um plebeu. Perderam esse direito há cem anos, quando deram as costas ao mundo.

— Não é como se eu estivesse cheio de compromissos — respondeu Hassan. — Se a Ordem da Última Luz finalmente voltou para Pallas Athos, deve haver um bom motivo. O momento escolhido... é coincidência demais. Deve ter algo a ver com as Testemunhas e Nazirah.

Lethia franziu as sobrancelhas.

— Ah, tudo bem. Não posso mesmo impedi-lo de ir aonde quer e quando quer. Mas as Sentinelas o acompanharão desta vez. E eu não vou aceitar um não como resposta.

Hassan parou para pensar. Não havia dúvidas de que as Testemunhas em Pallas Athos já sabiam da chegada da Ordem. Se haveria algum ataque como represália, ele não sabia dizer. Mas não valia a pena arriscar, principalmente porque o templo ficava muito próximo dos refugiados.

— Certo. Vou levar dois guardas.

— Cinco — ela propôs.

— Três.

— Está bem.

Meia hora depois, Hassan estava suando sob o sol do meio-dia enquanto a mensageira e três Sentinelas o acompanhavam pelas ruas de pedra calcária. Alguns olhares curiosos os seguiram conforme subiam pela Estrada Sagrada até a ágora, mas a maioria perdeu o interesse rapidamente.

O mercado logo abaixo da ágora estava mais vazio do que Hassan já vira. Ao passar pelo Portão Sagrado, viu que as pessoas que costumavam se encontrar no mercado estavam aos pés do templo. A chegada da Ordem agitara todo mundo, dos refugiados aos moradores da cidade.

Ele manteve os olhos na mensageira que o levava pela multidão. A Sentinela manteve o perímetro aberto ao seu redor — Hassan esperava que aberto o suficiente para que ninguém o reconhecesse como o aluno universitário curioso que passava algumas horas da noite no acampamento.

— Cirion!

Hassan ficou tenso, fechando brevemente os olhos enquanto a voz de Khepri se erguia pela multidão. Ele manteve a cabeça baixa, esperando que ela talvez pensasse estar enganada.

— Cirion! — gritou ela novamente, sua voz se aproximando.

— Senhorita, precisamos que você se afaste — disse uma das Sentinelas com firmeza.

— Eu só estou tentando falar com o meu amigo ali...

Hassan se virou para onde Khepri estava sendo barrada. Uma das Sentinelas olhou para ele por cima dos ombros.

— Essa mulher é sua amiga?

Hassan viu a expressão do rosto de Khepri mudar de diversão para confusão.

— Sim — respondeu ele para a Sentinela. — Eu a conheço. Está tudo bem. Pode deixar ela passar.

A Sentinela deu um passo para o lado, mas Khepri não se mexeu.

Ela franziu as sobrancelhas, confusa.

— Por que essas Sentinelas armadas estão acompanhando você?

Diversas mentiras chegaram na ponta da língua de Hassan, cada uma delas igualmente crível. Mas não conseguiu dizê-las. Não queria continuar mentindo para Khepri.

— Vossa Alteza — chamou a mensageira da Ordem, atrás dele. — Não podemos demorar.

— Vossa Alteza? — repetiu Khepri. — Cirion, o que está acontecendo?

— Eu sinto muito — Hassan se apressou a dizer. — Eu não queria te enganar. Eu devia ter dito a verdade desde o início. Meu nome não é Cirion.

Ele deu um passo na direção da garota, mas ela recuou.

— Você é... — As palavras pareceram agarradas na garganta dela. — Você é o príncipe. Não é?

Hassan engoliu em seco.

— Eu queria te contar.

Khepri soltou uma risada rouca e estrangulada, dando outro passo para trás.

— Você... Esse tempo todo, você... — Ela balançou a cabeça, incrédula.

— Khepri — disse ele, aproximando-se.

Ela o olhou, seus ombros caídos e sua boca retorcida. Não estava só zangada. Estava magoada.

— Eu... eu tenho que ir.

— Espere, deixe eu te...

— Eu tenho que ir — ela repetiu, sua voz mais firme.

Khepri se virou, e Hassan tentou segui-la sem saber o que poderia dizer para consertar as coisas, mas sabendo que não queria deixá-la partir daquele jeito.

Duas das Sentinelas bloquearam seu caminho.

— Eu preciso falar com ela. A Ordem da Última Luz pode esperar.

Ele sentiu um leve toque em seu cotovelo e se virou, deparando-se com a mensageira da Ordem ao seu lado.

— Vossa Alteza, não recomendo atrasar essa reunião.

Hassan olhou de Khepri, que se afastava, para o Templo de Pallas, onde a Ordem o aguardava. O desejo de correr atrás dela rivalizava com a necessidade de saber por que a Ordem da Última Luz estava ali. Se tinha alguma coisa a ver com as Testemunhas... com Herat... Nesse caso, até mesmo Khepri, apesar de confusa, ia querer que ele descobrisse.

— Tudo bem — disse ele à mensageira, enfim. — Leve-me até a Ordem.

A mensageira os guiou até o templo. Hassan sentiu seu estômago queimar de ansiedade enquanto subiam pelos degraus de mármore. Dois grandes vasos de óleo sagrado ladeavam as portas abertas. Entre eles, estava Emir, o acólito heratiano.

— Vossa Alteza — disse ele, ajoelhando-se.

— Você me reconheceu naquele dia na ágora, não foi? — perguntou Hassan.

Emir baixou a cabeça.

— Seja bem-vindo à casa de Pallas.

Hassan molhou a ponta dos dedos para se consagrar antes de entrar, mas, quando as Sentinelas tentaram fazer o mesmo, o acólito ergueu uma das mãos.

— A Ordem convocou apenas o príncipe — declarou Emir com a voz clara e firme, não deixando espaço para discussão.

Hassan assentiu para as Sentinelas para reafirmar a ordem do acólito e então atravessou a porta sozinho.

Os raios do sol explodiam pelo santuário através do telhado aberto, iluminando os sete Paladinos que estava no meio. Dois homens com a pele mais escura do deserto de Seti estavam ao lado de um homem e uma mulher que tinham a pele mais clara e o cabelo escuro típicos da estepe de Inshuu. Na frente deles, uma mulher com cabelo ruivo e sardas, traços comuns em Endarrion, estava ao lado de um homem que claramente nascera em uma das ilhas — de Cárites, se Hassan tivesse que adivinhar. À frente do grupo havia um homem — que estava mais para um garoto, na verdade —, cuja pele amarelada e cabelo escuro faziam com que parecesse um nativo de Pallas Athos.

Por algum motivo, Hassan esperava que todos os membros da Ordem da Última Luz fossem parecidos, mas aquelas pessoas eram tão distintas quanto os estudiosos que vinham de muito longe para Nazirah. O que tinham em comum eram os colares prateados em volta do pescoço, os mantos azul-escuros sobre os ombros e as expressões reverentes no rosto.

Emir deu um passo à frente, entre eles.

— Vossa Alteza, eu vos apresento a Guarda Paladina da Ordem da Última Luz, e seu líder, o capitão Jude Weatherbourne, Guardião da Palavra. Capitão Weatherbourne, este é o príncipe Hassan Seif, herdeiro do trono de Herat.

A Guarda Paladina se ajoelhou em sincronia.

Com a cabeça baixa e os olhos fixos no chão, o mais jovem dos Paladinos na ponta do grupo declarou:

— Vossa Alteza, eu... — Ele pigarreou. — Eu espero para conhecê-lo há muito tempo. Desde o dia do seu nascimento.

Ele ergueu o olhar, e Hassan ficou surpreso ao notar como ele parecia ser bem mais jovem do que a maioria dos outros. Mesmo assim, foi apresentado como o líder. O Guardião da Palavra.

— Por quê? — perguntou Hassan. — E o que os fez retornar para esta cidade?

Os Paladinos se levantaram.

— Viemos aqui porque temos algo para contar — disse o capitão Weatherbourne. — Um segredo que a Ordem da Última Luz protege há um século. E agora que nós o encontramos...

— Vocês estavam procurando por mim?

— Não sabíamos que era Vossa Alteza que estávamos procurando — respondeu o capitão Weatherbourne. — Não até muito recentemente.

A paciência de Hassan estava acabando. Devia ter imaginado que conversar com um grupo hermético de espadachins seria como conversar com o filósofo mais sem graça da Grande Biblioteca.

— Como assim, vocês não sabiam que era eu?

— Jude — disse a Paladina ruiva, com urgência. — Talvez seja melhor você contar agora.

Hassan se irritou.

— Contar *o quê*?

O olhar do capitão Weatherbourne estava firme quando respondeu:

— A última profecia dos Sete Profetas.

Hassan ficou confuso.

— A profecia do rei Vasili foi realizada há mais de um século. Que relevância ela pode ter agora?

Rei Vasili, o último rei do império Novogardiano. Afligido por uma estranha loucura, ele declarara guerra às Seis Cidades Proféticas ao saber que os Profetas previram que seria o último herdeiro Agraciado de sua linhagem. Mas ninguém pode evitar o próprio destino por muito tempo, e o rei Vasili destruiu o império Novogardiano para sempre, cumprindo a última profecia. A história sempre assombrara Hassan, um aviso contundente do que acontecera da última vez que um reino poderoso não conseguira produzir um herdeiro Agraciado.

— A profecia do rei Desvairado não foi a última — disse Weatherbourne. — O resto do mundo acredita que sim, mas eles deixaram mais uma profecia antes de desaparecerem. Vossa Alteza será a primeira pessoa de fora da Ordem a ouvi-la.

Hassan o encarou, sua mente girando enquanto tentava entender o que estava acontecendo. Um segredo fora guardado. Uma promessa que os Profetas tinham deixado para o mundo. E, por algum motivo, queriam que *ele* ouvisse.

— Essa profecia envolve as Testemunhas? Nazirah?

O capitão Weatherbourne não respondeu. Em vez disso, pegou uma caixa com filigrana prateada que lhe foi entregue por um dos outros Paladinos. Guardada ali dentro, havia uma pedra clara, nitidamente rachada no meio, com desenhos complexos sobre sua superfície.

Weatherbourne estendeu a pedra para Emir, que a tirou cuidadosamente da caixa.

— O que é isso? — perguntou Hassan enquanto Emir levava a pedra até a beirada da fonte de cristalomancia.

O capitão olhou para ele.

— Uma pedra oráculo.

— Nunca tinha visto uma pessoalmente — disse Hassan em voz baixa. Uma pedra oráculo de verdade, como nas histórias de antigamente.

O capitão Weatherbourne assentiu para Emir, que ergueu a pedra no alto e a soltou na fonte de cristalomancia, provocando alguns respingos. A água se ondulou e começou a girar, formando um redemoinho. Um brilho fraco iluminou a fonte e um zunido baixo preencheu o santuário, ecoando nas paredes.

Os ecos começaram a parecer sussurros. Eles se uniram, transformando-se em sete vozes que falavam em uníssono.

Quando a Era dos Profetas desvanecer
E a sombra encobrir o destino do mundo,
Apenas a última profecia há de permanecer
Entregue ao defensor, o Guardião da Palavra.

O enganador enreda o mundo em mentiras
E os ímpios caem sob a mão pálida da morte
Quem jaz no pó se reerguerá
E em seu encalço vem a escuridão.

Mas nascido sob um céu iluminado,
Um herdeiro com a Visão abençoada,
Uma promessa quebrada do passado
O futuro obscuro é clareado

A peça final da nossa profecia revelada
Em visão de Graça e fogo
Para derrotar a Era da Escuridão
Ou destruir o mundo de todo.

Os sussurros ecoaram pelo santuário até se dissolverem em um zunido baixo. A luz da fonte se apagou, e as águas voltaram à tranquilidade.

O silêncio tomou conta do santuário. Hassan sabia que era o único entre os presentes que estava ouvindo a profecia pela primeira vez, mas conseguia sentir o impacto daquelas palavras, mantidas em segredo por tanto tempo, na respiração suspensa de cada um, e na reverência de seus olhares.

Levou um tempo até Hassan perceber que todos estavam olhando para *ele*.

O capitão Weatherbourne foi o primeiro a falar.

— Você nasceu no solstício de verão há dezesseis anos. Naquela noite, o céu emitia uma luz divina.

Hassan observou o rosto do líder Paladino, sentindo que estava na beira do precipício de uma grande verdade capaz de destruí-lo.

— Príncipe Hassan, você é o Último Profeta.

PARTE II
JURAMENTO

13

JUDE

Jude tinha nove anos quando Penrose lhe ensinou seu primeiro *koah*. Cada *koah* da Graça do Coração, explicara ela, era dividido em três partes. Respiração, que estimulava a concentração da Graça e tirava *esha* da Terra. Movimento, que o canalizava em energia. E intenção — o objetivo inabalável subjacente à Graça, o verdadeiro norte que guiava tudo.

Para cada *koah*, a intenção de Jude era a mesma. Não mudara desde a última vez que sentira sua Graça zunindo dentro de si. Seu verdadeiro norte sempre foi aquele momento. Jurara para si mesmo que, quando chegasse, ele afastaria todas as dúvidas, medos ou qualquer outra coisa que antes anuviara seu coração. Ele avançaria para cumprir seu destino repleto unicamente de fé e de devoção inabaláveis.

— Eu sou u-um Profeta? — perguntou o príncipe. — Isso não faz o menor sentido. Os Profetas se foram. Há mais de um século. Como pode haver... Como *eu* posso ser...?

— Você ouviu a profecia — disse Jude. — Quando os Profetas desapareceram, deixaram para trás uma promessa de que um novo Profeta nasceria. E nós acreditamos que esse Profeta seja você.

Havia muitas outras coisas que ele queria dizer. Que seu destino e o daquele príncipe estavam unidos. Que ainda conseguia se lembrar de todos os detalhes do dia em que o príncipe chegou ao mundo, do jeito que o céu se iluminou em uma tempestade de luz.

Mas as palavras morreram em sua garganta, e Jude ficou em silêncio. Ali estava, o momento pelo qual ansiara por toda a vida.

E Jude não se sentiu nada diferente.

É isso, ele percebeu. *É só isso.*

Ele pensou que finalmente olhar para o Profeta o encheria de todas as coisas que lhe faltavam. Mas aquilo não passava de um desejo infantil. O desejo de uma criança que olhara para as luzes no céu e acreditara que tudo aquilo era para ela.

Mas ele era um homem agora, e sabia a verdade. Seu destino finalmente estava diante dele, sem se importar se estava pronto ou não.

14

HASSAN

Hassan ficou boquiaberto no silêncio do templo. As palavras do líder Paladino ressoavam em sua cabeça sem parar, até que deixaram de parecer palavras, apenas um zunido desprovido de sentido.

Aquilo não fazia o *menor* sentido. Era um absurdo. Hassan sentiu vontade de rir.

— Deve haver algum engano — disse ele, por fim, olhando do capitão Weatherbourne para o acólito, como se, de repente, eles fossem voltar a si e perceber que o que estavam dizendo era impossível.

— Não há erro nenhum — disse Emir. — Você se encaixa nos sinais.

— Sinais? — perguntou Hassan. — Você está falando das coisas da profecia? As luzes no céu?

Hassan conhecia a história das luzes auspiciosas que tinham iluminado o céu quando ele nasceu. Os heratianos interpretaram aquilo como sinal de que ele cresceria sábio e que seria um regente valoroso. Celebraram seu nascimento por cinco dias e cinco noites e, em todos os anos depois, eles iluminavam o céu com fogos de artifício para celebrar a ocasião.

Ninguém imaginara que aquilo era parte de uma profecia secreta.

Hassan negou com a cabeça.

— Eu não posso ter sido a única criança nascida naquele dia.

— Isso certamente teria facilitado o trabalho — declarou Emir com um sorriso. — Mas você está certo. Depois daquele dia, eu apenas desconfiava. O suficiente para ficar de olho no jovem príncipe de Herat, esperando por outro sinal. E então, duas semanas e meia atrás, ele chegou.

Duas semanas e meia atrás. Hassan sentiu o sangue gelar.

— Você está falando de quando as Testemunhas tomaram Nazirah?

— Sim — respondeu Emir. — Foi quando eu soube. As Testemunhas quebraram a linhagem de Seif, em Herat. O golpe foi contra uma das primeiras profecias feitas pelos Sete Profetas: a profecia de Nazirah.

Enquanto o farol de Nazirah estiver de pé, a linhagem de Seif reinará. Hassan tocou na bússola em seu bolso. Aquelas eram as palavras que sempre ouvia, a profecia que garantia seu lugar como herdeiro.

— Profecias não podem ser desfeitas — disse ele, incerto. — Podem?

— Nunca aconteceu antes — respondeu o capitão Weatherbourne. — Mas os Profetas também nunca previram isso antes. Os sábios da Ordem estudaram os registros de cada uma das profecias e não encontraram nenhuma que não tenha acontecido exatamente como o previsto. A profecia da sua família é a primeira e a única que já foi desfeita. E esse é o segundo sinal de que você é o Último Profeta. "Uma promessa quebrada do passado."

— Mas não fui *eu* que desfiz a profecia. Foi o Hierofante!

— Mas a profecia de Nazirah era sobre você, ou melhor, sobre a sua família — argumentou Emir. — Dessa forma, você é a promessa quebrada do passado.

Hassan engoliu em seco.

— Então são dois sinais. Mas e o terceiro? "Um herdeiro com a Visão abençoada." O Profeta deve ter a Graça da Visão. Eu não sou Agraciado.

Ele deixou a frase pairar no ar.

— Mas você é um herdeiro — disse Emir. — E ainda não fez dezessete anos. Ainda há tempo para a sua Graça se manifestar.

Hassan sentiu a boca seca. Passara anos tentando arrancar aqueles pensamentos da cabeça, acreditando que não passavam de uma fantasia tola. Ter tal esperança novamente, depois de todo aquele tempo, era agonizante.

— Quando meu pai tinha doze anos, já estava criando cadeados que podiam ser abertos com comandos de voz e um relógio que fazia a previsão do tempo. Minha mãe tinha nove anos quando descobriu que conseguia levantar um homem com o triplo do seu tamanho. É tarde demais para mim.

— Não acho que seja o caso — disse a Paladina ruiva. — A Graça da Visão tende a se manifestar mais tarde do que as outras.

Aquilo era verdade, uma possibilidade que Hassan considerara com frequência. Mas ele sempre acreditou que a Graça da Visão fosse mais difícil de detectar do que as outras e, por isso, passava facilmente despercebida por mais tempo. Mas talvez houvesse algo além disso.

— Alguns estudiosos dizem que a profeta Nazirah, a própria fundadora do seu país, tinha dezesseis anos quando recebeu sua primeira visão — continuou a Paladina ruiva.

— Vossa Alteza — disse o capitão Weatherbourne de forma abrupta. — Os acólitos da Ordem procuram o Último Profeta há cem anos. Nós nunca encontramos *ninguém* que se encaixasse tanto nos sinais. Não teríamos vindo de tão longe se não acreditássemos que seja você.

Todos os outros Paladinos estavam encarando Hassan com uma expressão de certeza inabalável. Diante da crença palpável, suas dúvidas começaram a ceder.

— E o que pretendem fazer agora que estão aqui? — perguntou Hassan.

— Pretendemos mantê-lo em segurança — disse o capitão Weatherbourne. — Esperar que cumpra a profecia e nos mostre como impedir a Era da Escuridão.

— A Era da Escuridão — repetiu Hassan. — Vocês disseram isso várias vezes. Mas o que é?

O capitão Weatherbourne hesitou, olhando para os outros membros da Guarda antes de continuar:

— O fim dos Agraciados.

— E, com isso, a destruição da nossa civilização — concluiu a Paladina. — Quando os Profetas desapareceram, décadas bastante confusas se passaram. Guerras entre cidades aliadas. Doenças e desastres naturais. No passado, o povo das Seis Cidades Proféticas lidou com períodos de dificuldade porque as profecias diziam o que estava por vir. Mas, sem os Profetas, o mundo entrou em pânico.

Hassan assentiu. Ele sabia de tudo aquilo, fizera extensas leituras sobre a história do último século. Até mesmo Herat, uma das regiões mais estáveis, sofrera. O reinado de sua avó começara com o reino à beira de uma rebelião.

— Mesmo assim, nada disso se compara com o que vai acontecer se os Agraciados também desaparecerem — disse a Paladina. — Ninguém com a Graça do Sangue para curar os doentes e feridos. Ninguém com a Graça da Mente para manter as luzes acesas, os trens andando e as mensagens sendo enviadas de uma cidade para outra. Ninguém com a Graça do Coração para proteger os fracos. Será caótico, mil vezes pior do que aconteceu quando os Profetas partiram.

E aquele caos seria o momento perfeito para um déspota cruel assumir o poder. Principalmente um líder carismático e perspicaz como o Hierofante.

O coração de Hassan afundou.

— O fim dos Agraciados. Não é isso que as Testemunhas querem? Você está dizendo que o plano do Hierofante, o que eles chamam de Acerto de Contas, é real?

Weatherbourne baixou a cabeça.

— Acreditamos que sim. Seja lá o que o Hierofante está planejando, foi isso o que os Profetas viram na profecia final.

— Mas como vocês sabem?

— Porque já está começando — respondeu ele. — A profecia fala de três coisas que podem dar início à Era da Escuridão. Um Enganador, a Mão Pálida da Morte e alguém ressurgido das cinzas.

— Acreditamos que o Enganador seja o próprio Hierofante — explicou a Paladina. — Ele convenceu seus seguidores de que os Profetas eram maus e que os Agraciados devem ser destruídos. Seus seguidores já cometeram crimes hediondos em seu nome: incendiar santuários, profanar templos e até matar crianças Agraciadas. Tudo isso com base nas mentiras que ele conta.

— E a Mão Pálida — continuou Hassan, lembrando-se do assassinato que Lethia mencionara na outra tarde. Aquele que assustara tanto os sacerdotes e o Arconte. — Ouvi falar sobre isso. Corpos aparecendo com uma marca branca de mão. Isso também é parte da profecia?

O capitão Weatherbourne assentiu.

— Todas essas coisas estão conectadas. Todas significam que a última profecia está se desdobrando. Uma delas, ou talvez todas juntas, vai provocar a Era da Escuridão.

— E as Testemunhas? — perguntou Hassan. — Eles sabem que o Acerto de Contas foi previsto pelos Profetas? O Hierofante sabe?

— Não — respondeu o capitão Weatherbourne. — A Ordem manteve a profecia em segredo para todos, menos para os membros que fizeram o juramento. Ninguém mais sabe o que os Profetas viram antes de desaparecer.

Hassan sentiu o sangue ferver nas veias.

— Mas se vocês sabiam que isso podia acontecer, essa Era da Escuridão, por que mantiveram em segredo?

— Foi uma escolha feita pela Guardiã da Palavra depois que os Profetas desapareceram. Ela sabia que, se a profecia fosse de conhecimento comum, o Último Profeta não estaria seguro. Outras pessoas procurariam por ele. Então ela optou por manter o conteúdo dessa profecia em segredo até que a Ordem da Última Luz conseguisse encontrar o Profeta. Conseguisse encontrar *você*.

— E o que acontece agora que me encontraram?

— A profecia precisa ser concluída.

Hassan balançou a cabeça.

— Mas o que isso significa?

— Existe um motivo para essa profecia ser a última. Foi a última coisa que os Profetas *conseguiram* ver — respondeu Weatherbourne. — Seus poderes de Visão só conseguiram chegar até o nosso presente. Depois disso, eles eram tão cegos quanto o resto de nós. Conseguiram ver a Era da Escuridão, mas não uma forma de impedi-la. Só você pode ver isso.

Hassan se lembrou do que Khepri lhe dissera naquela primeira noite, no acampamento de refugiados. Que o príncipe Hassan ia retomar o país das Testemunhas. Ele duvidara de si naquela noite, e ainda duvidava. Deveria ser um príncipe, não um Profeta. Como poderia consertar o mundo quando nem ao menos conseguia defender o próprio país?

— Mas *como* eu vou ver?

— Cada Profeta recebia suas visões da própria forma — disse a Paladina. — Alguns em sonhos. Alguns em transes. As visões dos Profetas raramente são previsíveis. Elas vinham no momento certo, nem antes, nem depois. O destino não se revela tão rapidamente.

— Então nós só esperamos — concluiu Hassan, sua voz seca e sem expressão. Estava cansado de esperar. — E se a visão nunca chegar?

— Ela vai chegar — afirmou o capitão. — Sei que deve ser muita coisa para absorver agora. Principalmente logo depois que você teve que fugir do seu país. Mas saiba que deixamos o Forte de Cerameico para estar aqui. Para protegê-lo. Cada um de nós fez um juramento para servi-lo. É para isso que estamos aqui.

As palavras do guerreiro o irritaram. A Ordem dizia servir a *ele*, mas nada disse sobre seu povo.

— E se eu não fosse o Profeta? — perguntou ele, devagar. — Vocês ainda estariam escondidos na sua fortaleza? Ou estariam aqui, lutando contra as Testemunhas?

— Nós servimos ao Profeta — declarou novamente o capitão Weatherbourne.

Hassan deu as costas.

— Acho melhor eu voltar para a *villa* da minha tia. Como você disse... é muita coisa para absorver.

Weatherbourne assentiu.

— É claro. — Ele se virou para o acólito Emir. — Obrigado por tudo que fez. Seu serviço para a Ordem será lembrado. Nos falaremos em breve.

Emir assentiu e a Guarda entrou em ordem, seguindo para as portas do templo.

— Esperem — disse Hassan. — O que vocês estão fazendo?

— Você disse que queria voltar para a *villa* da sua tia — disse Weatherbourne, paciente.

— Sim, mas eu trouxe Sentinelas comigo que podem me escoltar de volta. Não preciso que me acompanhem.

Foi a vez de o capitão Weatherbourne ficar confuso.

— Vossa Alteza, talvez eu não tenha sido claro. Eu sou o Guardião da Palavra. Esta é a Guarda Paladina. Estamos aqui para protegê-lo. Para onde for, nós vamos.

Hassan apenas o encarou. Estava finalmente começando a entender. Uma hora atrás, fora convocado ao Templo de Pallas por um grupo de pessoas que não era visto havia mais de um século, sem fazer a mínima ideia do porquê. Agora, ele não era mais Hassan Seif, príncipe herdeiro de Herat. Era Hassan Seif, o sujeito de uma profecia secreta.

A última e a única esperança para impedir a Era da Escuridão.

15

ANTON

A mensagem dizia para Illya encontrar Anton no Templo de Tarseis, à meia-noite. Ephyra deixara o bilhete no apartamento de Anton, na região da marina. Eles sabiam que o local ainda estava sendo vigiado pelos homens que Illya contratara, então não levaria muito tempo até a mensagem ser descoberta.

Só precisavam esperar.

Anton e Ephyra estavam lado a lado no santuário escuro do Templo de Tarseis. O manto negro da noite já caíra sobre a cidade, e o silêncio acalmava Anton.

Eles escolheram aquele templo pela sua localização, próximo aos muros da Cidade Alta. Sabia que era arriscado ter aquele encontro em um local onde as Sentinelas faziam suas rondas a pé todas as noites, mas com elas vigiando de perto, o risco de Illya armar uma emboscada com seus mercenários era bem menor. As Sentinelas logo notariam seis espadachins armados andando pelas ruas, mas o conhecimento que Anton tinha dos becos e ruelas da cidade e o conhecimento que Ephyra tinha das rotas de patrulha permitiriam que passassem sem ser detectados.

— Em geral, quando você faz isso... Quero dizer, quando você mata alguém como Mão Pálida... o que acontece? — perguntou Anton, sussurrando no silêncio do santuário.

— Eu invado o lugar. Ou entro escondida. Me certifico de que a pessoa está sozinha. — O sorriso de Ephyra era lento como um veneno. — Então eu digo para o pobre coitado por que estou ali.

— Você fala com suas vítimas?

— Todo mundo merece ter suas últimas palavras.

Anton sentiu um tipo de curiosidade doentia.

— E o que elas falam?

— Você está prestes a descobrir — retrucou ela, antes de se recolher às sombras.

Anton sentiu o irmão se aproximar antes mesmo de vê-lo. O zunido baixo do seu *esha* o atingiu como dentes afiados arranhando um jarro de vidro. Ele olhou para as portas do templo. No pórtico, estava a pessoa que ele rezara todas as noites, nos últimos cinco anos, para nunca reencontrar.

A lua banhou aquela testa ampla e pálida. Olhos dourados e claros olharam por cima do nariz reto, tão parecido com o dele. Anton reconheceria aquele rosto em qualquer lugar. Passara muito tempo tentando arrancar aquela imagem de sua cabeça

— Irmão — disse Illya. O som de sua voz fazia o sangue gelar nas veias de Anton. — Já faz muito tempo.

A última vez que Anton o vira, os dois usavam roupas puídas, sempre com frio, sempre sujos. Agora, Illya parecia um dos hóspedes que Anton atendia no Jardim de Tálassa. Não teve dificuldades em acreditar que o homem diante dele tinha os meios para contratar uma agência de cristalomancia e mercenários.

— Não o suficiente — respondeu Anton. — Por que você está me procurando?

Illya respondeu sem hesitar:

— Eu queria ter certeza de que você estava seguro.

— Seguro? — Anton estava quase sem palavras, tamanha a descrença. — Você nunca se importou com isso. Eu não me esqueci do que você tentou fazer comigo.

— Eu mudei — disse Illya, suas botas batendo contra a pedra enquanto ele entrava no santuário. — Olho para aquela criatura perversa e cheia de raiva que machucava você e não o reconheço mais. Tudo que eu sempre quis, desde que você partiu, foi te encontrar e pedir desculpas por todas as coisas que eu fiz.

Pela primeira vez, Anton se perguntou o que tinha acontecido com Illya naqueles anos, depois do que ocorrera no lago. Se o homem que estava diante dele agora realmente era diferente do garoto. Ele certamente parecia diferente, com seu casaco cinza de Endarrion e suas botas lustradas. Mas, por baixo das roupas elegantes de Illya, ainda havia vestígios de abandono. Uma ânsia no olhar, um desespero que Anton apenas enxergava por conhecê-lo tão bem.

— As coisas que você fez... Você me *torturou*. Disse que ia me matar. Você... — O medo o fez parar de falar. Não havia palavras para descrever o terror que vivera.

Illya ficou pálido.

— Eu era uma criança.

— Eu também era.

Illya baixou a cabeça, escondendo o rosto.

— Não tenho desculpas para o que fiz. Eu sei disso. Mas quero que saiba que eu também sofri. Você não sabe como era ser o filho indesejado e inútil, assim como nosso pai. Desprezado pelo que eu era. Pelo que eu *não* era. Enquanto você era o escolhido, destinado a resgatar nossa família da miséria e restaurar a nossa glória.

Illya fora negligenciado, o primogênito não Agraciado vivendo às sombras do caçula.

— Eu nunca quis ser nada disso — falou Anton. — Todas as noites eu desejava que alguém tirasse minha Graça e me deixasse em paz. Para que você parasse de me odiar tanto.

Algo brilhou nos olhos de Illya, algo tão próximo de remorso que Anton ficou confuso por um momento. Poderia alguém tão cruel quanto seu irmão sentir remorso de verdade?

Anton não se permitiu acreditar naquilo. Talvez Illya tivesse encontrado uma forma de deixar a infância desolada para trás, de enganar o mundo para conseguir o que queria, assim como enganara Anton tantas vezes, mas tudo aquilo não passava de um truque inteligente. Talvez o monstro estivesse atrás das grades, mas ainda estava vivo.

— Eu realmente te odiava — disse Illya, depois de uma pausa. — Mas, depois que você se foi, eu vi que na verdade não era você que eu odiava. Eram eles. Logo depois que você foi embora, eu também fui. Nunca olhei para trás. Nosso pai provavelmente bebeu até morrer, e quanto a nossa querida e velha avó... bem, se for possível viver apenas da própria maldade, imagino que ela esteja exatamente no mesmo lugar.

Se Anton se esforçasse, conseguia se lembrar de uma época em que ele e Illya tinham se unido na fria e cruel realidade de seu lar. Lado a lado contra o pai alcoólatra e inútil, contra a avó cruel, uma mulher tão desprovida de bondade que fazia os lobos parecerem amáveis. Anton se lembrava exatamente do dia em que tudo mudara. Illya tinha se perdido durante uma tempestade. E quando a neve parou, Anton levou a avó diretamente a ele, guiado pelo *esha* do irmão.

No dia seguinte, Illya torceu o braço de Anton para trás até fazê-lo chorar. Daquele momento em diante, ficou nítido: Anton perdera seu único aliado. Sua única família de verdade.

— Eu fugi, assim como você — disse Illya, suavemente. — Fui para Osgard e depois para Endarrion, procurando um lugar onde eu pudesse ser algo além de um filho indesejado. Demorou, mas... Percebi como eu estava errado. Percebi como permiti a inveja me deformar.

— Não me diga que você quer pedir desculpas agora — disse Anton. — Não me diga que você mudou. Não me diga que espera se livrar das coisas que fez comigo. Porque eu não consigo.

O brilho nos olhos dourados de Illya se apagou.

— Anton, eu... Eu sei que fui cruel. Eu machuquei você. Quis que você sofresse. Mas as coisas que eu te disse, as coisas que eu ameacei fazer... Eu nunca teria te matado. Nunca.

— Mentiroso — respondeu Anton entredentes.

— Anton, eu juro...

— *Você tentou me afogar!* Você me levou até aquele lago congelado e, quando o gelo quebrou, você tentou me afundar.

A expressão no rosto de Illya se transformou em surpresa e, depois, em arrependimento.

— É isso que você acha que aconteceu? Naquele dia, no lago, eu *salvei* você. Você caiu e eu te arrastei para fora da água congelante. Eu pensei... você não estava nem respirando. Sua pele estava tão azul... Mas então você tossiu, respirou, e foi naquele momento... foi ali que eu percebi que eu deveria começar a te proteger. Que eu deveria ser o irmão que você sempre precisou. Mas você fugiu antes que eu tivesse a chance de fazer isso.

— Pare — disse Anton. — Pare de mentir.

— Eu não estou mentindo, Anton.

— *Pare!* — gritou ele e, na sua mente, ouviu seu próprio grito, aos onze anos, enquanto seu irmão o afundava na água, para baixo do gelo.

Pare! A voz de Illya ecoou na cabeça de Anton, aguda e em pânico como o barulho de seu *esha,* conforme os pulmões de Anton se fechavam e sua visão ficava escura. *Por favor, pare!*

Não. Anton estava implorando, pedindo de forma patética. Querendo que Illya o soltasse, querendo se libertar, querendo afundar na água.

Não.

Ele queria ficar em segurança. A única forma de ficar em segurança era se Illya desaparecesse. Apenas ficar diante dele deixava seus pensamentos confusos. Ele tinha que acabar com aquilo.

— Ah, Anton — disse Illya, com uma expressão de pena. — Você ainda não sabe do que está fugindo, não é?

16

EPHYRA

Ephyra saiu das sombras no momento em que Anton caiu de joelhos no meio do altar do santuário.

— Quem está aí? — gritou Illya quando ela se ajoelhou ao lado do corpo trêmulo do garoto.

— Trato é trato — disse ela para Anton. — Basta você mandar.

— Quem é você? — perguntou Illya, fixando seus olhos dourados em Ephyra. Ela se levantou, analisando-o com o olhar mais frio da Mão Pálida.

— Você não deveria ter vindo atrás dele. Não deveria ter mandado aqueles homens caçá-lo.

— O quê? Eu não mandei ninguém caçá-lo. Eu vim aqui para *protegê-lo*.

Atrás dela, Anton soltou um ruído rouco, mais fino que uma risada.

— Me proteger do quê?

Illya franziu as sobrancelhas.

— Das Testemunhas, Anton. De qualquer um que queira te machucar pelo que você é.

— Do jeito que você tentou?

— Existem pessoas bem piores do que eu era — respondeu Illya, com um ligeiro tremor na voz. — As coisas não são mais como antes. As Testemunhas não são mais um grupinho de fanáticos. As pessoas acreditam no que elas dizem. Que elas trarão o Acerto de Contas para os Agraciados. Agora que tomaram Nazirah, elas dizem que as outras Cidades Proféticas serão as próximas. Foi por isso que comecei a procurar por você. Para me certificar de que estava seguro.

— Eu nunca ficarei seguro — respondeu Anton. — Não enquanto você ainda estiver aqui.

Ephyra olhou de um irmão para outro. Ela já matara muitos homens como Illya. Homens que juravam que não tinham feito as coisas terríveis que ela sabia que tinham. Homens que usavam o último suspiro para implorar e fingir que tinham mudado. Aquele Illya Aliyev não era diferente. Pelo que Anton lhe contara sobre o lago e a infância deles, Illya era tão cruel quanto os outros. Ele merecia a morte, exatamente como as outras vítimas da Mão Pálida.

Mas Ephyra não se mexeu. E não foi por acreditar no remorso de Illya. Não foi a postura relaxada dos ombros dele que a manteve no lugar. Não foi a angústia em seu olhar — foi a incerteza nos olhos de Anton.

Você ainda não sabe do que está fugindo, não é?, Illya dissera.

Ephyra se perguntou se aquilo era verdade. A expressão de Anton depois que tentou localizar o Cálice na fonte de cristalomancia, e naquela manhã, no porto, mostrava um tipo de medo que Ephyra não tinha certeza se entendia completamente. E ela achava que Anton também não.

Um som repentino de passos ecoou do lado de fora do templo.

— São as Sentinelas? — perguntou Ephyra.

Anton arregalou os olhos.

— A patrulha dessa área deveria ser só daqui a uma hora. — Ele se virou para o irmão. — Você disse alguma coisa a eles? Você os chamou?

— Por que eu faria isso? — perguntou Illya, seus olhos arregalados de um jeito que tornava a semelhança entre os dois mais aparente.

Uma luz fantasmagórica brilhou lá fora.

Ephyra olhou para Illya, dividida. Se o deixasse escapar, não teriam outra chance. Talvez Anton nunca conseguisse controlar sua Graça. O que significava que Ephyra talvez nunca encontrasse o Cálice de Eleazar.

Mas se fosse capturada e a Sentinela decidisse prendê-la na fortaleza, não conseguiria curar Beru quando ela começasse a enfraquecer. Ephyra podia arriscar a própria vida, mas não a de Beru.

Ela agarrou o pulso de Anton e tomou a decisão. Arrastando-o pelo santuário em direção à entrada arqueada, seguiram para a escada.

Um apito alto e agudo cortou o ar. Uma luz cegante os iluminou, fazendo-os parar.

— Estão saqueando o templo!

— Parem agora, ladrões!

Protegendo os olhos, Ephyra se virou para o templo. Illya já havia desaparecido na escuridão.

— Se vocês se mexerem, eu atiro! — gritou a Sentinela.

Havia mais de dez pessoas armadas, com bestas apontadas para eles. Era gente demais para Ephyra dar conta sozinha sem se arriscar a deixar corpos inocentes para trás. Eles se aproximaram, encurralando-os na escada do templo. O som de espadas sendo desembainhadas ecoou no seu ouvido.

— Em nome do Conclave de Sacerdotes de Pallas Athos, vocês estão presos.

17

HASSAN

Hassan acordou cedo na manhã seguinte e se vestiu rapidamente para o café da manhã. Presumiu que Lethia não perderia a oportunidade de mostrar sua hospitalidade para a Guarda Paladina e, quando chegou ao terraço, não se decepcionou. A mesa estava repleta de doces recheados com tâmaras e nozes picadas, taças de vidro com creme espesso banhado com mel, jarras de néctar coloridas como pedras preciosas e potes prateados de chá de rosa.

Cinco Paladinos vestindo mantos azul-escuros estavam em volta do banquete, parecendo mais preparados para uma batalha do que para uma refeição matinal.

Lethia estava sentada placidamente à cabeceira da mesa, embora Hassan tenha percebido a ligeira contração dos lábios da tia, indicando que estava insatisfeita com seu atraso. Na noite anterior, quando Hassan voltou à *villa* acompanhado pela Guarda, ela os recebeu com elegância, embora estivesse confusa. A Guarda ficara relutante em permitir que Hassan contasse a Lethia tudo que eles lhe narraram no templo, mas ele insistira. Lethia o mantivera em segurança desde sua chegada a Pallas Athos, havia duas semanas e meia, e mantivera sua presença na cidade em segredo. Hassan tinha certeza de que poderia confiar nela.

Embora ela não tivesse manifestado nenhuma dúvida em frente aos Paladinos, Hassan percebeu que a tia estava cética ao ouvir suas alegações. Exatamente como ele.

— Bom dia, Vossa Alteza — cumprimentou a Paladina ruiva assim que ele se sentou à mesa.

— Bom dia — respondeu Hassan. Ele demorou um pouco para perceber que o capitão Weatherbourne não estava presente.

— O capitão pede desculpas — continuou a mulher, como se estivesse antecipando a pergunta de Hassan. — As Sentinelas enviaram uma mensagem solicitando a presença dele na fortaleza. Eu ficarei responsável por sua segurança na ausência dele e de Navarro.

— Obrigado, hum...

— Penrose — disse ela com um leve sorriso.

Penrose. Ele murmurou o nome para si, jurando lembrar.

Depois de uma conversa artificial durante o café da manhã, Lethia sugeriu que ele mostrasse os jardins para os Paladinos. Hassan planejara se trancar na biblioteca durante a tarde e ler tudo que conseguisse encontrar sobre a Ordem — mas percebeu que provavelmente era melhor apenas fazer as perguntas a eles, então concordou.

— Então — começou ele quando todos se encontravam nos jardins, observando as fontes e suas cascatas. — Vocês todos moram no Forte de Cerameico? Como é esse lugar?

— Mais tranquilo — respondeu o espadachim chamado Petrossian. Parecia ser o mais velho da Guarda, e evidentemente não gostava muito de jogar conversa fora.

Osei, maior e mais forte que Petrossian, e com pele negra como tinta, acrescentou:

— Mais frio.

Hassan ouviu uma risada abafada e ficou surpreso ao ver que vinha dos dois Paladinos altos e de pele clara que permaneceram excepcionalmente calados durante o café da manhã. Penrose os apresentara como Annuka e Yarik.

— Povo do deserto — comentou Annuka, indicando Osei com a cabeça. — Não se dá bem com o frio.

Osei abriu um sorriso. Seu rosto era feito para sorrir.

— Nem todos nós fomos criados bebendo neve derretida em vez de leite materno.

— Você é da estepe de Inshuu, não é? — perguntou Hassan para Annuka.

— Tribo de Qarashi — respondeu ela.

— Por que você saiu de lá?

Annuka franziu o cenho.

— Muitas tribos da estepe de Inshuu dependem dos rebanhos bovinos selvagens. Mas os animais estão morrendo. Em um inverno muito rigoroso, metade do nosso rebanho morreu. As outras tribos vieram nos saquear. Yarik e eu lutamos contra eles várias vezes, mas não adiantou. Sem o rebanho, nossa tribo começou a morrer. Os outros foram embora, casaram-se com pessoas de novas tribos. Quando restavam apenas Yarik e eu, as outras tribos declararam um Janaal.

Hassan se lembrava de ter aprendido sobre essa prática Inshuu quando uma delegação das maiores tribos da região visitou Nazirah. Era uma forma de encorajar uma maior mistura entre as tribos — os melhores guerreiros de cada uma competiam, e os derrotados entravam para a tribo vencedora.

— Nenhum dos outros conseguia nos derrotar — continuou Yarik. — Então, no último dia do Janaal, um novo oponente entrou no ringue. Não era um membro de outra tribo. Era uma acólita. Ela nos contou sobre a Ordem da Última Luz. Nos ofereceu algo pelo qual lutar novamente, embora tivéssemos que abrir mão da aliança com a nossa tribo. Mas nós não tínhamos mais uma tribo, então partimos em busca de um novo objetivo.

O tom de voz dela era simples e direto, mas Hassan conseguiu detectar o sofrimento por trás daquelas palavras, a tensão nos ombros do irmão. Eles tinham perdido a tribo inteira e, com isso, seu lugar no mundo.

— Algum de vocês nasceu em Cerameico? — perguntou ele.

Penrose negou com a cabeça.

— Os juramentos não permitem que os membros da Ordem tenham filhos. A não ser pelo Guardião da Palavra, que faz isso apenas para dar continuidade à linhagem Weatherbourne.

— Então como vocês continuaram existindo no último século?

— Você é sempre tão curioso assim? — resmungou Petrossian.

— "A coroa de Herat se encaixa melhor em uma cabeça curiosa" — citou Hassan. — É isso que os estudiosos dizem.

— Sua pergunta é inteligente — disse Penrose, dando um olhar de censura para Petrossian. — Os números da Ordem diminuíram, é verdade, mas temos acólitos espalhados pelo mundo inteiro que encontram novos membros. A maioria chega até nós ainda na infância, como Osei e Navarro. Alguns, um pouco mais tarde, como Yarik e Annuka.

— A Ordem pega crianças?

— Órfãos — explicou Osei. — Mas não fazemos o juramento até chegarmos à idade adulta e escolhermos fazê-lo por livre e espontânea vontade.

— Mas todos vocês fizeram — disse Hassan. — Todos vocês escolheram isso.

— Sim — confirmou Penrose. — Para mim, foi um chamado. Durante toda a minha vida, sempre me senti atraída pelas histórias da Ordem da Última Luz. Embora acreditasse que eles tinham desaparecido havia muitos anos, eu sentia uma profunda ligação com seu propósito nobre, algo muito distante de qualquer coisa que eu, uma filha de fazendeiros pobres da zona rural próxima a Endarrion, conhecesse. Quando meus pais descobriram que eu tinha a Graça do Coração, eles me venderam para uma mulher que me treinaria para ser dançarina.

Hassan sabia que a dança era uma das ocupações mais reconhecidas em Endarrion, uma cidade que valorizava mais a beleza e a estética do que a força e a sabedoria.

— Eu sabia que a dança não era o meu propósito. Odiava a ideia de me apresentar para o povo de Endarrion, que prezava o luxo e a beleza, enquanto os fazendeiros das redondezas passavam fome — continuou Penrose. — Quando cheguei à cidade, fui ao Templo de Endarra em busca de orientação, esperando que, de alguma forma, os Profetas tivessem um plano para mim. Um dos acólitos me ouviu rezando e me disse o que eu mais queria ouvir: que a Ordem da Última Luz ainda existia e que eu poderia me juntar a eles. Eu parti na mesma noite.

Hassan estava começando a entender as pessoas que formavam a Guarda Paladina. Ao que tudo indicava, todos eles tinham sido desabrigados do próprio lar, de um jeito ou de outro. Todos tinham sido tocados pelo caos. Todos estavam em busca de um propósito. Assim, não eram tão diferentes dele ou de qualquer outro dos refugiados acolhidos na ágora.

Os olhos de Penrose se estreitaram de repente, e todo seu corpo ficou alerta.

Em um piscar de olhos, Petrossian estava ao seu lado.

— Também estou ouvindo.

Hassan olhou em volta e viu os cinco Paladinos com a mão na espada, como se esperassem alguma ameaça.

Com um discreto aceno de cabeça, Penrose fez um sinal para Yarik e Annuka. Eles se separaram do resto do grupo, seguindo pela trilha do jardim que levava até o pátio externo da *villa*.

— O que aconteceu? — perguntou Hassan. Os outros três membros da Guarda, Petrossian, Penrose e Osei, formaram um triângulo em volta dele.

— Tem alguém tentando entrar no terreno da *villa* — explicou Penrose. Uma tensão subjacente se escondia em seu tom leve. — Não se preocupe. É para isso que estamos aqui.

Imediatamente, Hassan pensou nas Testemunhas. Depois do espetáculo que a Ordem fizera no dia anterior, e a aparição de Hassan no Templo de Pallas, elas tinham mais de um motivo para estarem ali.

Alguns minutos tensos se passaram e, então, Annuka apareceu no fim da trilha.

— O que é? — perguntou Hassan.

Annuka dirigiu sua resposta para Penrose.

— É uma garota. Uma refugiada heratiana, creio eu. Um dos criados não permitiu sua entrada e ela pulou o muro.

Só podia ser Khepri.

— Espere aqui — disse Penrose.

As palavras mal tinham saído de sua boca quando Hassan passou na frente dela, seguindo pela trilha. Ninguém o impediria.

Quando chegou ao muro, viu a forma imensa de Yarik perto da arcada principal que dava para fora da propriedade. Na frente dele, com os pulsos presos pela sua mão imensa, estava Khepri.

— Solte-a agora mesmo — ordenou Hassan, usando seu tom mais imperativo.

— Vossa Alteza...

— Agora mesmo — repetiu Hassan. Sua voz devia ser mais eficaz do que pensava, porque Yarik soltou os pulsos de Khepri e se afastou.

Os olhos da garota encararam Hassan de forma intensa, distraindo-o. Lentamente, ela se abaixou, fazendo uma reverência.

— Vossa Alteza — disse ela. As palavras pareciam perfeitamente respeitosas, mas Hassan podia jurar que havia um tom de desafio nelas.

— Por favor. Você não precisa se ajoelhar.

— Mas essa é a forma correta de um cidadão de Herat cumprimentar seu príncipe, não é? — perguntou Khepri com um tom controlado, baixando o olhar.

Hassan sentiu um filete de suor escorrer pelo seu pescoço.

— É.

— Então talvez exista outra forma de demonstrar respeito para um príncipe que, até ontem, dizia ser um estudante de Academo chamado Cirion.

Não havia dúvidas sobre o tom dela dessa vez. Hassan cerrou os dentes.

— Eu peço desculpas, mas não era seguro...

— Você escondeu sua verdadeira identidade, mesmo depois de eu ter te contado por que vim para Pallas Athos. — O olhar de Khepri encontrou o dele. — Você escondeu a verdade de mim.

Hassan sentiu o rosto esquentar de vergonha.

— Eu não tinha intenção de enganá-la.

— Mas enganou.

— E pedi desculpas por isso — retrucou ele, cada vez mais frustrado. — Duas vezes: ontem na ágora e hoje, de novo. Sinto muito ter mentido sobre quem eu era, mas a verdade é que sou o príncipe de Herat e, por isso, não permitirei que fale comigo dessa maneira.

— Eu não preciso das suas desculpas — declarou Khepri. — E eu vou falar com você do jeito que eu quiser.

Ele arregalou os olhos diante daquela impertinência, e a Guarda se moveu, como se fosse um só corpo, em direção a ela.

— Não — disse Hassan, erguendo uma das mãos. — Ela tem liberdade para falar.

O rosto de Khepri ficou ligeiramente corado, mas ela continuou:

— Eu já arrisquei a minha vida muitas vezes, cruzei o oceano para chegar aqui. Porque eu quero, porque eu *preciso* saber como podemos libertar Herat das Testemunhas. Eu vim para lutar pelo meu país. Achei que você também quisesse isso.

Hassan se encolheu como se ela tivesse lhe dado um soco.

— É o que eu quero. Mais do que tudo. Mas o que as Testemunhas querem... é muito mais do que apenas o nosso país. Tem muito mais coisas em jogo aqui.

— Mais coisas em jogo? Você não faz ideia — respondeu Khepri. — Você não estava lá depois que as Testemunhas tomaram a cidade. Você não sabe o que eles fizeram com a gente.

As palavras eram como um nó em volta de seu pescoço. Todos os dias depois do golpe, seu coração ficou repleto de pavor, sem saber o que as Testemunhas e o Hierofante estavam fazendo contra seus pais e os outros capturados junto com eles.

— Do que você está falando?

— Quero te mostrar uma coisa — disse Khepri. — E se, mesmo depois disso, você ainda achar que eu não entendo a ameaça que as Testemunhas representam, então vou deixá-lo em paz.

Hassan não queria que Khepri fosse embora — não quando ela era a única ligação verdadeira com seu país. Não quando ela se colocava diante dele, como naquele momento, com seus olhos queimando como dois sóis.

— Tudo bem. Eu vou com você.

— Você não vai a lugar nenhum sem a Guarda Paladina — declarou Penrose.

Hassan quase esquecera que eles estavam ali.

— Então é verdade — disse Khepri, olhando para Penrose por cima dos ombros de Hassan. — Disseram que a Ordem da Última Luz havia voltado a Pallas Athos. Ninguém sabe o porquê.

Penrose olhou rapidamente para Hassan.

— Estamos aqui por causa das Testemunhas — respondeu ela. — Estamos de olho no Hierofante há algum tempo, e o que aconteceu em Nazirah muito preocupa a Ordem.

Os olhos de Khepri escureceram ao ouvir a palavra *Testemunhas*.

— Então vocês também devem vir. Seja lá o que ouviram sobre o Hierofante, juro para vocês: a verdade é muito pior.

18

JUDE

A fortaleza de Pallas Athos se erguia em uma rocha saliente, estendendo-se a partir da segunda camada mais alta da cidade. De lá, Jude via claramente todo o lugar, desde as construções cintilantes de pedra calcária da Cidade Alta até os bairros mais pobres que se espalhavam entre as montanhas e o porto.

Ele e Hector se encontraram com o capitão das Sentinelas no pátio central hexagonal e amplo, pavimentado com pedra calcária e cercado pelos outros prédios das Sentinelas — a prisão, os alojamentos dos recrutas e a torre de prisioneiros.

— Ótimo — resmungou o capitão quando ele se aproximou. — Solicitei uma reunião com o Guardião da Palavra e ele me mandou um pirralho no lugar.

Jude sentiu o rosto queimar e abriu a boca para corrigi-lo.

Mas Hector foi mais rápido:

— Este *é* o Guardião da Palavra. Então acho melhor mostrar um pouco de respeito.

O capitão olhou para Jude, claramente sem se impressionar.

— Você é o Guardião? Ah. Bem, neste caso, vamos direto ao assunto, porque não tenho o dia todo. — Ele seguiu pelo pátio.

Hector olhou para Jude conforme o seguiam, meneando a cabeça com um sorrisinho. Aquilo fez Jude se sentir um pouco melhor diante do erro do capitão.

— O Arconte Soberano pediu que eu me reunisse com vocês — explicou ele enquanto os levava por uma escada para entrarem na fortaleza.

— Ele não podia nos receber? — perguntou Jude.

O capitão deu uma risada sarcástica.

— Vocês logo descobrirão que ninguém nesta cidade faz nada pessoalmente, a não ser se embebedar com prostitutas.

Jude fez uma careta.

— O que você quer dizer com isso? O Conclave de Sacerdotes governa esta cidade. Eles devem ser um exemplo de compaixão e fé para este lugar... Para o mundo.

O capitão riu novamente.

— Isso podia até ser verdade há cem anos, quando essa cidade *tinha* fé. Agora tudo que lhe resta são sanguessugas tirando todo proveito que podem.

Jude ficou chocado com as palavras do capitão e o modo brando como ele as falou. Se o que estava dizendo tivesse um pingo de verdade, Pallas Athos estava muito longe de ser o farol de fé e santidade que fora quando a Ordem ainda estava ali. Pensar que a Cidade da Fé tinha se tornado um poço de vícios despertou algo desagradável no estômago de Jude. Aquilo ia contra tudo em que a Ordem acreditava, que ele mesmo tentava tão desesperadamente seguir.

— O que foi? Isso te ofende? — perguntou o capitão, olhando para Jude por cima do ombro. — O que você acha que aconteceu com esta cidade depois que a Ordem a abandonou? Ou vocês estavam apenas fingindo que os Profetas nunca foram embora e que tudo tinha continuado da mesma maneira?

— Nós não estamos fingindo nada — respondeu Jude com firmeza.

— Capitão — interveio Hector. — Nós sabemos que, durante muito tempo, a Ordem não esteve aqui para defender a cidade. Mas, com todo respeito, nós estamos aqui agora.

Uma onda de gratidão encheu o peito de Jude.

— E o que isso quer dizer, exatamente? — perguntou o capitão. — Que vocês querem que Pallas Athos volte a ser como era antes? Tarde demais. Quando vocês partiram, não havia ninguém para defender o povo. Os sacerdotes não se importam com o que acontece aqui, desde que continuem fazendo o que querem. É responsabilidade das Sentinelas manter as coisas em ordem, mas não somos Agraciados como vocês.

Pela primeira vez na vida, Jude se questionou se seus predecessores não teriam cometido um erro. Os Paladinos serviam aos Profetas, e partiram para proteger seu último segredo. Mas e se, ao partirem, tivessem abandonado os seguidores dos Profetas quando mais precisavam? Seriam eles os culpados pelo vazio que a Cidade da Fé se tornara?

— Para dizer a verdade — continuou o capitão, fazendo um gesto para uma dupla de Sentinelas passando pelo muro que cercava a fortaleza —, graças a essa baboseira de Mão Pálida, as Sentinelas estão bastante atarefadas no momento, com patrulhamento extra na Cidade Alta.

— Mão Pálida? — perguntou Jude.

Ao seu lado, Hector parou de repente, apoiando-se na parede.

— Isso mesmo — disse o capitão, virando-se para eles. — Um sacerdote foi assassinado na semana passada, e havia a marca da mão branca no seu corpo. Uma coisa bem misteriosa. Nossos homens estão saindo todas as noites em busca do criminoso, mas até agora não encontraram nada. E, aparentemente, não somos a primeira cidade atacada pela Mão Pálida.

— Ouvimos sobre as mortes em outras cidades — disse Jude cautelosamente. — Mas eu não sabia que tinha acontecido aqui em Pallas Athos.

E tão próximo do Último Profeta.

Hector estava completamente imóvel. Jude olhou para ele e viu que seus olhos escuros estavam fixos no capitão das Sentinelas.

O capitão olhou de um para outro.

— Estou bastante surpreso de vocês terem ouvido falar sobre meia dúzia de assassinatos misteriosos, mas não saberem nada sobre o que tem acontecido nesta cidade desde que partiram.

Jude engoliu em seco.

— Talvez nossas informações sejam um pouco incompletas — respondeu. Seja lá o que estivesse acontecendo além dos muros do forte de Cerameico, não importava para a Ordem, a não ser que tivesse a ver com a localização do Profeta. Ele se perguntou o que mais a Ordem teria ignorado.

— Bem, acho melhor dizer logo por que chamei vocês aqui.

— Os sacerdotes querem saber por que nós voltamos — declarou Hector.

— Na verdade, eu diria que todo mundo quer saber por que vocês voltaram.

A profecia e a verdade sobre o príncipe Hassan eram valiosas demais para serem anunciadas. Então Jude decidiu por uma meia-verdade.

— A Ordem está muito preocupada com a força crescente e a influência do Hierofante. Agora as Testemunhas estão presentes em quase todas as Seis Cidades Proféticas. O Hierofante deixou de liderar meia dúzia de seguidores fanáticos e conseguiu tomar a capital de Herat.

O capitão assentiu.

— Nós percebemos. O número de Testemunhas vem crescendo há um tempo, mas, com a chegada dos refugiados heratianos, elas começaram a se tornar mais visíveis. Algumas semanas atrás, queimaram o santuário de um sacerdote às margens da Cidade Alta. E elas têm aparecido nas proximidades do Templo de Pallas. Todas dizem que o Hierofante já foi um acólito do templo. Vocês sabem alguma coisa sobre isso?

— Eu não acredito nisso — respondeu Jude. — É uma mentira contada para fazer seus seguidores acreditarem que ele é um perito nos Profetas e nos Agraciados. Quando ele diz que o poder dos Agraciados é corrupto, as pessoas acreditam.

— Então ele é apenas um charlatão qualquer? — perguntou o capitão. — Um oportunista vomitando as mentiras necessárias para ganhar poder?

Jude hesitou.

— Ele está enganando seus seguidores, mas acho que seu fanatismo é verdadeiro. Ele realmente odeia os Agraciados e quer vê-los destruídos.

O Hierofante era o Enganador, um mestre da ilusão e da mentira, cujo objetivo era fazer as pessoas o seguirem. Mas, no fundo das suas mentiras, parecia haver uma crença verdadeira — de que, caso ele conseguisse acabar com os Agraciados, o mundo se tornaria um lugar melhor.

— Então todo esse lance de Acerto de Contas que as Testemunhas estão gritando aos quatro ventos é real? E foi por isso que vocês saíram do esconderijo?

Jude sentiu os pelos se eriçarem. A Ordem não estava se *escondendo* em Cerameico. Estava esperando.

Antes de conseguir decidir o que responderia para o capitão sem revelar muita coisa, um alto ressoar de sinos começou ao redor deles. Tocavam em um padrão distinto — um longo, dois curtos, e recomeçava. O som de pessoas correndo e ordens indistintas vieram em seguida.

— O que esses sinos significam? — gritou Hector sobre o barulho.

O capitão estava com uma expressão agitada.

— Significa que um dos nossos prisioneiros está tentando escapar.

A ausência de urgência do homem deixou Jude confuso.

— Isso acontece com frequência?

— Não muito — respondeu o capitão. — Não se preocupe. Um prisioneiro solto por aqui não chegará muito longe.

Um grito repentino ressoou do pátio de treinamento abaixo, e uma figura indistinta vestida de preto passou correndo. Três Sentinelas seguiram mancando atrás, com o uniforme desarrumado.

Sem pensar, Jude executou dois *koahs* rápidos e pulou dois andares do muro da fortaleza. Pelo canto dos olhos, viu Hector pousar ao seu lado.

Jude seguiu imediatamente para o canto do pátio para impedir a passagem do prisioneiro. Percebeu que era uma garota que parecia ser da região árida no leste de Pélagos. Ela tinha uma expressão determinada no rosto enquanto corria e, quando o viu, se desviou para a parte de trás de uma pilha de espadas de treinamento feitas de madeira.

Antes que Jude pudesse reagir, viu que Hector deu um salto e pousou bem na frente dela, encurralando-a. Percebendo que seu plano não dera certo, a garota parou de correr e tentou pular um muro baixo que separava o pátio da passarela na parte de baixo.

Hector se moveu rápido como um raio, agarrando-a pelo braço e puxando-a de volta. Ela lutou ferozmente contra ele, até que Hector agarrou seu outro braço, e eles ficaram cara a cara.

Jude observou, confuso e preocupado, os olhos arregalados de Hector, o choque marcando sua expressão. Ele congelou, afrouxando a pegada.

Ela aproveitou a oportunidade para se desvencilhar e passar por ele, correndo em direção aos portões.

Mas era tarde demais. Mais Sentinelas inundaram o pátio, cercando-a. A garota retrocedeu, mas não lutou muito quando os guardas a pegaram e prenderam suas mãos atrás do corpo.

— Uma tentativa de fuga não vai cair muito bem para você — disse uma das Sentinelas atrás dela. — Devia ter ficado na sua cela.

A Sentinela não conseguiu ver seu olhar de raiva, mas Jude viu.

— Mantenha ela amarrada o tempo todo — ordenou outra Sentinela enquanto a arrastavam para fora do pátio.

Jude atravessou o espaço que o separava de Hector, ainda parado com as mãos na frente do corpo, como se estivesse congelado, seu rosto pálido e assustado.

— Hector? — chamou Jude com cuidado. — O que houve?

— Aquela prisioneira — começou Hector, mas não estava falando com Jude. Estava se dirigindo ao capitão das Sentinelas, que descera do muro e estava se aproximando. — Quem é ela?

O capitão balançou a cabeça.

— Não tenho certeza. A patrulha próxima dos muros da Cidade Alta a trouxe. Eles a encontraram junto com outra pessoa no Templo de Tarseis. Achamos que estava tentando saqueá-lo.

A garota e os dois guardas estavam fora de vista, mas o olhar de Hector se fixou no portão pelo qual passaram.

— Hector — disse Jude em um tom baixo e preocupado —, o que está acontecendo?

— Ela não é uma ladra de templos — declarou Hector. — Ela é a Mão Pálida.

O capitão das Sentinelas ficou surpreso.

— O quê? Não pode ser. Já disse, temos homens todas as noites patrulhando as ruas, procurando pela Mão Pálida desde o assassinato.

— Bem, parece que vocês encontraram.

O capitão franziu as sobrancelhas grossas. Parecia tão surpreso quanto Jude. Mas a certeza de Hector era inquestionável.

— Me deixe falar com ela, e eu provarei a vocês.

O capitão olhou para Jude como se esperasse que ele respondesse. Diante do silêncio do garoto, ele suspirou, declarando:

— Verei o que posso fazer.

O homem passou por eles e, assim que ficaram a sós, Jude se virou para Hector.

— O que está acontecendo?

— Aquela é a Mão Pálida, Jude. Eu tenho certeza.

— Como você pode ter certeza? — perguntou Jude, analisando o rosto de Hector.

— Porque eu já a vi.

— O quê? — disse Jude. Aquilo não podia ser verdade. — Do que você está falando?

— Eu vi a Mão Pálida — repetiu Hector. — Cinco anos atrás.

Cinco anos atrás. Antes de Hector ter sido encontrado pelos acólitos da Ordem no Templo de Keric. Antes da morte de seus pais.

Jude deu um passo atrás, sentindo um arrepio de terror descer por sua espinha.

— Seus pais...

— Eu ainda me lembro da marca de mão que ela deixou no peito do meu pai — disse Hector, seus olhos vazios e assombrados. — Ainda vejo, quando me deito à noite, sem conseguir dormir.

Jude sabia que Hector era órfão, mas eles nunca conversavam sobre a vida dele antes de chegar a Cerameico.

— Por que você não me contou? — perguntou Jude. — Todos esses anos em Cerameico e você nunca me contou como seus pais morreram.

No início da amizade, Jude tentara arrancar a história de Hector, acreditando poder confortá-lo. Mas, sempre que abordava o passado, Hector se fechava, e se tornava frio e distante. Uma hora, Jude parou de perguntar.

Hector olhou para o chão.

— Eu não... Eu não sabia como.

— Mas você sabia quem era a Mão Pálida esse tempo todo? E não me contou? Não contou para a ordem?

— Não foi isso — explicou Hector. — Quando meus pais morreram, eu não sabia nada sobre a profecia. Mesmo depois que cheguei a Cerameico, eu não sabia que a Mão Pálida tinha qualquer ligação com isso. Eu só soube depois que você partiu para o seu Ano de Reflexão e eu fiz dezoito anos.

É claro. Como herdeiro do Guardião da Palavra, Jude conhecia toda a profecia desde a infância. Mas os outros tutelados da Ordem só aprendiam as palavras da profecia quando tinham idade para isso. Hector deve ter ouvido a profecia assim que Jude partira para seu Ano de Reflexão. Fora isso que o fizera partir?

— E essa... garota — Jude disse. — Essa prisioneira. Você tem certeza de que é a mesma pessoa? Você só a viu por um instante.

— Jude — Hector disse, seus olhos negros o encarando com firmeza. — Era ela.

E os ímpios caem sob a mão pálida da morte. O segundo arauto da Era da Escuridão. Ali, na mesma cidade que o Profeta.

— Tudo bem — Jude disse. — Vamos conversar com ela. Descobrir a verdade.

Hector assentiu, passando por ele e atravessando o pátio aberto. Jude hesitou. Estava pedindo muito de Hector. Se estivesse certo, então significava que Jude tinha pedido para ele conversar com a assassina de seus pais. Estaria ele pedindo muito?

Jude afastou as dúvidas e seguiu o amigo. Hector fizera seu juramento, o mesmo que Jude. Sua obrigação era com a profecia. Com o Último Profeta. Independentemente dos sentimentos que tinha, ele teria que deixá-los de lado.

19

EPHYRA

O som mecânico e metálico do elevador quebrou o silêncio opressivo da cela de Ephyra.

Já se passara uma hora desde sua tentativa de fuga. Sua *primeira* tentativa, porque ela não desistiria agora. Embora o fracasso inicial tenha tornado a tarefa mais desafiadora — eles a tiraram das celas comuns e a colocaram na torre de prisioneiros. A única saída era pelo elevador que passava pelo centro da torre. Aquilo com certeza era um problema. Assim como as correntes em volta dos seus pulsos.

O som do elevador parou e, em seguida, Ephyra ouviu o clique de uma engrenagem se virando, e a porta externa se movendo para se alinhar com uma das doze celas. Quando os cliques cessaram, a porta diante dela se abriu, com um barulho semelhante ao último suspiro de um moribundo. Os dois espadachins do pátio de treinamento apareceram na entrada. Em vez do uniforme branco e azul das Sentinelas, eles usavam um colar em volta do pescoço e mantos azul-escuros presos com um broche bem distinto — uma estrela de sete pontas trespassada por uma espada.

Ela já vira aquele símbolo antes — no dia anterior, na verdade. Aqueles homens chegaram no porto a bordo do navio com velas prateadas. A Ordem da Última Luz.

Agora, eles estavam parados na sua cela, olhando para ela. Ephyra encarou de volta. O mais próximo, com olhos verdes e uma covinha no queixo, foi o primeiro a quebrar o silêncio.

— Um sacerdote morreu nesta cidade na semana passada. O guarda que viu o cadáver afirma que havia uma marca de mão branca no corpo. Você sabe alguma coisa sobre isso?

Ephyra se esforçou para esconder sua reação. Seu coração estava batendo furiosamente. A Sentinela só a acusara de roubar o templo — não disseram nada sobre a Mão Pálida. Seria possível que aqueles espadachins soubessem que era ela?

Ephyra forçou uma risada.

— Primeiro eu roubei um templo. Agora eu assassinei um sacerdote? Do que vocês vão me acusar depois? De sequestrar o filho do Arconte?

O outro espadachim, com olhos escuros e intensos, que a agarrara no pátio, repentinamente deu um passo em sua direção.

— Diga o que você está fazendo em Pallas Athos.

Uma sensação de reconhecimento perturbou Ephyra.

— E o que *vocês* estão fazendo aqui? Vocês, Paladinos, não deviam estar desaparecidos, escondidos ou sei lá o que ficaram fazendo desde que os Profetas se foram? O que estão fazendo nesta cidade?

— Não é da sua conta — respondeu o homem de olhos escuros.

— Bem, talvez meus *assuntos* também não sejam da conta de vocês.

— Os seus *assuntos* envolvem assassinatos. Diga, quantas vidas a Mão Pálida já reivindicou?

Ephyra olhou em seus olhos. A sensação de familiaridade aumentou.

— É você mesma — declarou ele, balançando a cabeça devagar. — Depois de todos esses anos. Eu achei que nunca mais fosse te ver. Mas aqui está você.

Ele soltou uma risada oca que roubou todo ar dos pulmões de Ephyra.

De repente, ela percebeu que sabia exatamente quem ele era.

Hector Navarro. O garoto que ela deixara órfão anos atrás para salvar a vida de Beru. Ela sempre se perguntara o que acontecera com ele depois que lhe tirara tudo. Depois de ter matado seus pais e seu irmão.

— Eu procurei por você — disse Hector. — Passei *meses* tentando te encontrar. E, enquanto eu perseguia cada boato sobre a Mão Pálida, pensava neste momento. Em como eu me sentiria quando finalmente a enfrentasse.

O outro espadachim tocou o ombro de Hector, preocupação e perplexidade marcando seu rosto delicado.

Hector afastou a mão dele e voltou seu olhar para Ephyra.

— Não tem nada a dizer?

Ela não tinha. Não tinha nada, nenhuma palavra para convencê-lo do quanto era desesperador encará-lo. Lembrar-se dele. De todas as mortes que provocara ao longo dos anos, aquelas eram as que ainda lhe dilaceravam.

— Você matou minha família. Admita!

Ephyra se encolheu quando ele partiu para cima dela, mas o outro espadachim o segurou com toda a força.

— Hector! — ordenou ele.

Os olhos de Hector estavam presos em Ephyra, todo seu corpo tenso e pronto para atacar.

— Vá pegar um ar — disse o outro espadachim. — Agora.

Hector cedeu e, com um último olhar intenso para Ephyra, saiu da cela e voltou para a sala dos guardas.

Enquanto o som grave do elevador rugia do lado de fora, o outro espadachim se virou e encarou Ephyra, analisando-a. Se pensara que ele era mais gentil que Hector, percebeu agora que estava enganada. O olhar dele era implacável.

— Ele está certo? Foi mesmo você que matou todas aquelas pessoas? Você é a Mão Pálida?

Ephyra não respondeu.

— *É você?*

— Se eu fosse, acha que ainda estaria aqui? — perguntou ela. — Alguém com a capacidade de fazer aquilo... de matar pessoas sem o menor remorso, não hesitaria em matar você ou algumas Sentinelas, certo?

O espadachim contraiu os lábios com força.

— O seu amigo parece bem chateado — disse Ephyra. — Talvez seja melhor ver como ele está. Eu não tenho mesmo como sair daqui.

O espadachim olhou para a porta e depois para ela, parecendo dividido. Depois de um tempo, ele se virou e seguiu Hector.

A porta se fechou atrás dele, deixando-a sozinha com suas próprias perguntas. Perguntas como: o que Hector Navarro, o filho mais novo da família que ela matara tantos anos atrás, estava fazendo na Ordem da Última Luz?

E o que a Ordem da Última Luz queria com *ela*?

20

HASSAN

Hassan voltou para a ágora pela sexta vez em seis dias. Mas, daquela vez, em lugar de curiosidade ou saudade, era o temor que guiava cada um de seus passos.

Khepri o levou até a tenda erguida no estilo dos nômades do deserto, com uma ampla base hexagonal e um telhado inclinado feito de folhas de palmeira entrelaçadas. Ela afastou os juncos secos que cobriam a entrada, fazendo um gesto para Hassan e Penrose entrarem.

Estava escuro e quente lá dentro. Cestos empilhados com raízes e flores secas pendiam do teto abobadado, e estrados e almofadas macias estavam espalhados pelo chão. Três mulheres com idade suficiente para serem avós de Hassan se moviam apressadamente pela casa, espalhando raiz de valeriana em um pedaço de pele de camelo e moendo folhas perfumadas em uma tigela. Uma delas fez uma pausa e ergueu os olhos quando eles entraram.

— Saudações do Profeta, Sekhet — cumprimentou Khepri.

— Saudações do Profeta, Khepri — respondeu a mulher.

— Saudações do Profeta — disse Hassan. — Eu sou Hassan Seif. Esta é Penrose.

— Vossa Alteza! — exclamou a mulher, caindo de joelhos e baixando a cabeça. — Eu... Nós... Nós não fazíamos ideia...

— Por favor — pediu Hassan, erguendo uma das mãos. — Pode se levantar.

A mulher não se mexeu.

— Estamos aqui para ver o Reza — disse Khepri. — Eu queria que o príncipe o conhecesse.

Sekhet olhou para Khepri com receio.

— Tem certeza de que é uma boa ideia?

— O príncipe precisa vê-lo — disse Khepri com firmeza.

A idosa hesitou um pouco mais. Algum tipo de comunicação silenciosa se passou entre elas, e então Sekhet assentiu e se levantou.

— Claro. Por aqui. — Ela os levou até uma parte da tenda coberta por uma cortina. — Idalia está com ele agora, mas vocês podem entrar.

O nervosismo agitava o peito de Hassan enquanto seguia Khepri. Ela abriu a cortina, permitindo que ele entrasse, seguido por Penrose. Quando o olhar de Hassan pousou no estrado grosso diante dele e na figura deitada ali, precisou usar todo seu autocontrole para não ir embora.

O homem deitado estava coberto por cicatrizes e em carne viva. Os machucados estavam se curando em camadas, revelando feridas rosadas abaixo. Uma pele pálida e doentia cobria metade do seu rosto até a clavícula. Pequenas cicatrizes brancas, como fissuras ou rachaduras em um vidro estilhaçado, saíam das queimaduras, cobrindo todo o seu corpo. Aparentemente ele usara o mesmo corte de cabelo de Khepri — as laterais raspadas rente ao couro cabeludo, típico dos Legionários Heratianos —, mas agora ele havia crescido em tufos ralos e disformes. Sua boca estava aberta, enquanto a respiração saía entrecortada. Era difícil imaginar que aquele homem frágil e ofegante já tivesse sido um soldado.

O estômago de Hassan se contraiu com uma mistura de compaixão e nojo, sentimento que ele tentou engolir, envergonhado. Khepri se ajoelhou ao lado do estrado.

— Reza — chamou ela com um sorriso suave no rosto. Ela segurou a mão dele suavemente. — Sou eu, Khepri.

Reza respondeu com um gemido sofrido.

Khepri olhou para a curandeira ao lado dele, uma mulher baixinha com pele escura e rosto arredondado.

— Alguma mudança?

A curandeira negou com a cabeça.

— As queimaduras estão quase curadas, mas as cicatrizes ficarão. E a dor...

Um suspiro seco escapou dos lábios de Reza.

— Por favor...

Khepri começou a se afastar do homem, mas Reza agarrou a mão dela de repente. Hassan se aproximou dos dois sem pensar, mas Khepri ergueu a mão, fazendo um sinal para que ele esperasse.

— Por favor — repetiu Reza, com os olhos bem abertos, encarando-a. Não, não era para *ela* que olhava. Mas através dela. Seus olhos estavam vazios, e nada viam. — Eu não consigo... A dor... Por favor...

— Tudo bem — Khepri o consolou. — Vai ficar tudo bem.

— Não tem nada que você possa fazer? — perguntou Penrose, olhando para a curandeira. — As queimaduras...

— Não são as queimaduras que provocam a dor — disse Idalia, balançando a cabeça.

— *Não* — gemeu Reza. — Não, não, não, não... Sumiu. Tudo sumiu. Eu não consigo sentir... Não consigo... *Sumiu!* Eles levaram embora. Não há mais nada. *Nada*. — Ele soltou a mão de Khepri, seu braço caindo sem força ao lado do corpo, e começou a tremer. Um choro suave e quase inumano escapou de sua garganta. Os sons eram insuportáveis, os suspiros fracos e desesperados de um homem delirante. Hassan pensou que já tinha visto sofrimento, mas nunca imaginara algo como aquilo. Ele se manteve firme, mesmo sentindo uma vontade desesperada de fugir.

— Acho que já chega por ora — disse Idalia em voz baixa.

Khepri se levantou, afastando-se de Reza e acompanhando Hassan e Penrose para fora da cortina.

Levou um tempo para que Hassan encontrasse a própria voz:

— O que... O que aconteceu com ele?

Ele ainda ouvia os gemidos sofridos de Reza. Khepri pegou seu braço e o levou para fora da tenda.

— Chamam de Fogo Divino — disse ela, enfim, para Hassan e Penrose. — Ele queima a Graça que existe na pessoa.

Hassan engoliu em seco, sentindo os olhos arderem. O terror na voz de Khepri e os ecos dos gemidos de Reza lhe diziam tudo que precisava saber.

— As Testemunhas fizeram isso? — perguntou. Khepri assentiu, e uma raiva que Hassan não sentia desde o golpe rasgou seu peito. — Foi durante o golpe?

Khepri fez que não.

— Eles não usaram isso durante o golpe, mas têm feito experimentos secretos desde então. O próprio Hierofante assiste enquanto seus seguidores pegam soldados Agraciados e os seguram nas chamas. Observando o que o fogo faz com eles. Quanto tempo demora para a Graça queimar e desaparecer.

O olhar vazio de Reza cintilou na mente de Hassan. Ele imaginou como seria ser queimado lentamente, sua pele se cobrindo de bolhas, incapaz de fazer qualquer coisa a não ser gritar. A raiva encheu seu peito até ele sentir como se fosse engasgar com ela.

— Ouvimos boatos de que o Hierofante podia impedir alguém de usar a própria Graça — comentou Penrose. — Mas queimá-la até desaparecer? Permanentemente? Nenhum de nós achava que isso fosse possível. Nunca ouvimos falar disso.

— Quantos... Quantas pessoas passaram por isso? — perguntou Hassan.

Khepri balançou a cabeça.

— Não sabemos. Achamos que Reza foi o único sobrevivente.

— O único? — perguntou Penrose. — Eles queimaram os outros até a morte?

— Alguns — disse Khepri. — Outros tiraram a própria vida. Disseram que perder a Graça é o pior tipo de agonia. Não é como perder uma parte do próprio corpo... É como perder uma parte do seu *ser*. Eu vi pelo que Reza está passando, e é como se um vazio o rasgasse de dentro para fora. Nossa Graça não é apenas o nosso poder, ela é a nossa conexão com o mundo. Sem ela, nós somos apenas... cinzas.

Hassan sentiu a pele formigar. Ele sequer sabia que *tinha* uma Graça até o dia anterior. Será que também se sentiria assim caso a perdesse? Era difícil de imaginar, mas a agonia de Reza lhe disse tudo.

O que o Hierofante estava fazendo era monstruoso.

— Você sabe como eles fizeram esse... Fogo Divino? — perguntou Penrose.

Khepri negou com a cabeça.

— Quando Reza escapou, ele mostrou onde as Testemunhas o guardavam, mas eu não acho que tenha sido *feito*. Não pelas Testemunhas, pelo menos. Dizem que o Hierofante o encontrou nas ruínas do templo, no deserto, para onde ele levou seus seguidores mais devotos. É por isso que chamam de Fogo Divino, porque dizem que a chama foi deixada no altar daquele deus antigo.

— Outra mentira, com certeza — disse Penrose. — Ninguém cultua o deus antigo há mais de dois mil anos. Aposto que antes de o Hierofante assumir o controle, ninguém tinha pisado naquelas ruínas por quase esse tempo.

Khepri balançou a cabeça.

— Bem, seja lá de onde tenha vindo o fogo, ele está em Nazirah agora. Achamos que só existe uma fonte, uma única chama branca que queima continuamente. Antes de eu fugir, nós íamos tentar apagá-la.

— O que aconteceu? — perguntou Hassan.

— Reza nos contou que eles mantinham o Fogo Divino no Grande Templo de Nazirah. Meus outros colegas conseguiram entrar lá escondidos, na calada da noite. Eu e meus irmãos ficamos de guarda do lado de fora enquanto eles tentavam apagar a chama. — Ela fechou os olhos. — Eu me lembro de como estava escuro. Uma noite sem lua.

Hassan se aproximou de Khepri, conforme seu rosto se contraía.

— Uma patrulha de Testemunhas carregando tochas com o Fogo Divino nos encontrou do lado de fora do templo. Meus irmãos e eu lutamos contra eles. Uma das Testemunhas esbarrou em uma fonte de óleo sagrado. Ele derrubou a tocha na fonte e...

Ela parou. Seus olhos estavam arregalados e distantes, como se estivesse de volta ao Grande Templo, revivendo aquela noite.

— Houve uma luz cegante e intensa, mais forte que o sol, e um rugido como se a Terra estivesse se abrindo. Fomos atirados para o chão, e tudo que eu conseguia enxergar eram chamas brancas e fumaça saindo de onde o Grande Templo deveria estar. Meus irmãos e eu fugimos. E nossos companheiros lá dentro... nunca saíram.

Ela olhou para Hassan, seus olhos anuviados pela dor.

Penrose soltou um leve suspiro.

— Isso é pior do que qualquer coisa que imaginamos.

— E ainda piora — disse Khepri. — Porque agora que já testaram, sabemos o que as Testemunhas planejam fazer com o Fogo Divino. Tomar a cidade foi apenas o primeiro passo. O segundo é queimá-la. Eles vão queimar a Graça de todos os Agraciados que ainda estão lá. Depois... bem, depois vão fazer o mesmo com o resto do mundo, se ninguém os impedir.

— O Acerto de Contas — disse Hassan, sua voz baixa e trêmula. Ele se lembrava das palavras das Testemunhas no Templo de Pallas. *Os Profetas se foram e os Agraciados serão os próximos.*

Ele fechou os olhos e viu chamas pálidas queimando sua cidade amada, deixando apenas cinzas pelo caminho. Viu o rosto de sua mãe, retorcido de agonia. Ouviu o berro desesperado de seu pai. Imaginou como seria finalmente se reencontrar com eles, mas se deparar com seus olhares vazios como o de Reza.

— Precisamos descobrir tudo o que conseguirmos sobre o Fogo Divino — disse Penrose com urgência. — Quero falar mais com sua curandeira. Príncipe Hassan?

— Vou ficar aqui.

Ele não conseguiria voltar para a tenda escura. Para o olhar vazio de Reza e seus pedidos de ajuda assombrados. Para as visões de agonia e fogo que passavam por sua mente quando pensava nos pais.

Penrose se levantou e desapareceu pela tenda sem dizer mais nenhuma palavra. Khepri começou a segui-la, mas Hassan estendeu a mão e segurou seu pulso, impedindo-a.

— Por que você não me contou nada disso? — perguntou bruscamente. — Quando você... — Ele parou, zangado demais para continuar.

— Quando eu não sabia quem você era?

— Sim — ele respondeu, soltando-a. — Não confiava em mim?

Ele sabia que estava sendo hipócrita. Não tinha o direito de ficar magoado por Khepri não ter confiado nele à primeira vista, não quando ele mesmo estava mentindo para ela. Mas sua raiva era maior do que sua lógica.

Khepri simplesmente balançou a cabeça, com um olhar suave.

— Não foi por isso.

— Então, por quê?

— Eu... — Ela engoliu em seco. — Foi por egoísmo.

— Egoísmo? — Hassan não sabia se já tinha encontrado alguém mais altruísta do que Khepri.

— Não importa — disse ela, seu tom beirando o desespero. — Agora você sabe. É isso que estamos enfrentando. O Hierofante e suas testemunhas vão queimar a Graça de todos os homens, mulheres e crianças em Nazirah. Foi essa a promessa que ele fez para seus seguidores, e não vai hesitar em cumpri-la. A não ser que alguém o detenha.

Hassan olhou para ela.

— Alguém? Eu, você quer dizer?

— *Nós* — respondeu Khepri. — Eu não vim aqui para fugir de Nazirah. Eu vim aqui encontrar um exército para recuperá-la. Foi o que todos nós viemos fazer. E nós queremos que o príncipe de Herat seja o nosso líder.

Era uma imagem impressionante: ele e Khepri liderando um exército até Nazirah e atacando as Testemunhas com um único golpe. Retomando Nazirah. Derrotando o Hierofante. Garantindo a segurança de Herat, de sua família e de todos os Agraciados. Ele queria tanto isso, queria tudo que Khepri queria.

Mas Hassan tinha lido todos os livros sobre história marcial na Grande Biblioteca, estudara com algumas das mentes militares mais brilhantes em Herat, e sabia que não importava o quanto quisesse recuperar a cidade, o que Khepri estava sugerindo era impossível.

— Se o Fogo Divino é uma arma tão poderosa quanto você diz, não temos nenhuma chance de impedir as Testemunhas com algumas centenas de soldados — disse ele.

— É melhor do que ficarmos sentados aqui, do outro lado do oceano, sem fazer nada. Estamos dispostos a arriscar nossas vidas para salvar o nosso povo. Você não está?

Ele sabia a resposta que queria dar. A resposta que domaria a raiva que o tomava por inteiro. Mas a imagem de Penrose voltando da tenda o impediu de continuar. A Guarda Paladina estava ali para protegê-lo. Para manter o Profeta em segurança. Ele não podia arriscar sua vida apenas para salvar o povo de Herat quando todo o destino dos Agraciados, e do mundo, estava nos seus ombros.

Ele queria poder explicar tudo aquilo a Khepri, contar a ela o motivo de sua hesitação. Mas a Ordem ainda não estava pronta para divulgar o segredo da última profecia.

— É melhor voltarmos para a *villa* — disse Penrose, gentilmente.

Hassan assentiu, mas ainda estava olhando para Khepri.

— Faça a escolha que quiser, príncipe Hassan — disse ela. — Mas saiba que eu vou lutar.

Ela virou as costas e seguiu por uma fileira de tendas. Hassan observou enquanto ela partia, seu coração acelerado como a agulha de uma bússola que perdeu seu norte.

21

JUDE

Jude encontrou Hector sob uma oliveira no pátio de treinamento, iluminado pela luz pálida do céu do fim de tarde.

Quando se reencontraram em Cerameico, Jude ficou aliviado com a facilidade com que a amizade deles se restabeleceu, e como Hector ainda era o mesmo. Agora, se perguntava o quanto das coisas que via no amigo eram tingidas pelas cores do passado. Se Hector nunca tivesse ido para Cerameico quando criança, se os dois garotos não tivessem entrado e saído de confusões juntos, o que Jude veria ao olhar para aquele homem?

— Foi por isso que você partiu, não foi? — perguntou ele.

Quando Jude escolheu sua Guarda, decidira que não precisava saber os motivos que fizeram Hector partir. A única coisa que importara era o seu retorno. Mas aquilo tinha sido um erro.

— Depois que você partiu para o Ano de Reflexão, os boatos sobre a Mão Pálida chegaram a Cerameico — disse Hector. — E eu sabia... eu *sabia* que tinha sido ela. A garota que matou a minha família. Eu fiquei... obcecado. Deixei Cerameico para procurá-la, de Cárites a Tarsépolis. Não consegui nada. Desisti de encontrá-la. Mas agora ela está aqui.

— Hector, eu sei que você disse que tinha certeza, mas já se passaram cinco anos desde que a viu — argumentou Jude. — Você era jovem, tinha acabado de passar por um grande trauma e...

— Você ouviu o coração dela disparar no momento em que mencionou a Mão Pálida — respondeu Hector. — Você sabe que estou certo. Eu sei o que ela é e eu posso provar. Nós podemos pará-la.

— Talvez ela só estivesse com medo. Além do mais, é uma prisioneira. Ela não pode fazer nada de dentro daquela cela.

Hector apertou o cabo da espada até os nós dos seus dedos ficarem brancos.

— Ela é perigosa, Jude. Eu vi o que ela é capaz de fazer. Não é... natural. Não podemos deixá-la viver.

— O que você está sugerindo? Quer matá-la?

— Ela é o segundo arauto da Era da Escuridão. A profecia é nítida sobre o destino dela.

— Não, não é — respondeu Jude. — Até a profecia se concretizar, não sabemos qual é o papel de nenhum dos arautos na Era da Escuridão. Ou o que aconteceria no caso de um deles morrer. Precisamos ser pacientes e confiar no Profeta.

Hector negou com a cabeça, olhando para o pátio vazio.

— Por onde ela passa, a escuridão a acompanha. Permitir que ela viva um segundo a mais é um grave erro.

Jude nunca tinha ouvido Hector falar com aquele tom frio e furioso. Ele perguntou cautelosamente:

— Você está dizendo isso porque acha que ela vai trazer a Era da Escuridão? Ou porque quer se vingar pela morte dos seus pais?

Hector se virou para ele, seus olhos faiscando.

— E se eu quiser? Eu vejo minha família nos meus sonhos todas as noites. O corpo atrofiado da minha mãe. O olhar sem vida do meu irmão. A mão pálida carimbada no peito silencioso e imóvel do meu pai.

Jude sentiu um forte aperto no peito ao imaginar Hector jovem, um garoto ainda, acordando e se deparando com os corpos frios das pessoas que amava. Ele engoliu em seco, forçando sua voz a ficar estável. Calma. A voz do Guardião da Palavra.

— Você é um Paladino da Ordem da Última Luz. Sua fidelidade é para com a Ordem e o Profeta. Você não pode permitir que o luto atrapalhe seu julgamento.

Hector afastou o olhar novamente, em direção à oliveira. Quando voltou a falar, o tom de raiva tinha desaparecido.

— Eu não consigo separar meus sentimentos como você consegue, Jude. Tudo que aconteceu antes de você me escolher para a Guarda não *desapareceu*. Ainda importa. Já se passaram anos, mas, sempre que eu fecho os olhos, consigo ouvir suas vozes. Eles me chamam e imploram minha ajuda.

Seu luto era como um punho apertando o coração de Jude. Hector não tinha lhe contado aquilo. Mantivera todo o sofrimento em segredo por todos aqueles anos, preferira carregar tudo sozinho em vez de se abrir com ele.

Mas Hector não era o único culpado pela distância entre os dois. Porque por mais que Jude quisesse, acima de tudo, ser amigo dele, sempre houve uma outra coisa entre eles — o fato não mencionado de que Jude um dia seria seu líder.

Hector fechou os olhos.

— Não sei como acabar com isso.

— Mas tem que conseguir — disse Jude, a culpa arranhando sua garganta.

— Eu tentei. De verdade. Devotei minha vida à Ordem. Fiz meu juramento como você queria que eu fizesse. Mas esse sentimento nunca vai desaparecer. — Ele olhou para Jude com olhos assombrados. — Não consigo continuar fingindo que vai.

— Também não é fácil para mim — Jude não conseguiu frear as palavras. — Colocar tudo de lado pela nossa causa. Pelo Profeta.

Hector sorriu. Era um sorriso retorcido pelo desdém.

— Não seja idiota, Jude. Você nasceu para essa vida. Eu tive que aprendê-la. Eu tinha uma família, e ela a *tirou* de mim. Ela tirou as pessoas que me amavam, as *únicas* pessoas que me amavam, e você nunca vai saber como é, porque você nunca passou por isso e nunca passará.

Jude se encolheu e ofegou como se tivesse levado um soco. Hector tinha razão. Jude não tinha uma família. Ele tinha a Ordem. Tinha o pai, que dera a semente, mas pouco participara na sua criação. Jude era seu filho, seu sucessor, mas os laços familiares não significavam nada para a Ordem. Ele sabia disso. Sempre soube. Mas as palavras de Hector ecoaram em seus ouvidos, uma verdade que ele nunca tinha dito em voz alta.

— Desculpe — disse Hector, balançando a cabeça. — Eu não quis...

— Não. Eu... Você está certo. Eu não entendo.

— É só que... agora que eu a vi, agora que eu sei que ela está aqui... — Hector afastou o olhar de Jude, seu maxilar contraído e os ombros rígidos.

Jude não sabia mais o que dizer, como lidar com o luto de Hector e ultrapassar aquela linha que tinha sido traçada entre eles. Pousou a mão no ombro do amigo.

— Hector... — Mas a expressão assombrada e assustada nos olhos dele o fez parar.

— Eu sei quem você quer que eu seja, Jude. Mas não sei se tenho a capacidade.

— Você tem — declarou Jude, o desespero tornando sua voz tensa. — Você consegue. Eu o escolhi para estar na minha Guarda porque acredito nisso. Eu acredito em você.

Hector ficou tenso sob o toque dele. Por fim, ergueu o olhar.

— Você não vai contar para eles, vai? Para a Guarda? Eu não quero que eles olhem para mim como...

— Eu não vou contar nada. Prometo.

Hector assentiu e olhou para a mão em seu ombro. Jude a afastou rapidamente. Mas antes que pudesse dizer qualquer outra coisa, oferecer qualquer outro conforto, Hector se virou e saiu sozinho pela noite escura.

Jude fechou os dedos da mão que tocara o ombro de Hector. Ele mantivera seu luto escondido, mas seu coração não era o único com segredos.

Houve um momento, antes do Profeta, antes de seu treinamento, antes de se tornar o Guardião da Palavra, no qual Jude finalmente descobrira o próprio segredo. Quando todas as dúvidas que sempre tivera sobre si mesmo e seu destino finalmente fizeram sentido. Um momento, certa vez, sob a lua cheia de verão, quando deixara seu coração livre.

Ele e Hector decidiram mergulhar no meio da noite — ideia de Hector, obviamente, mas Jude aceitara participar. Eles saíram do alojamento, passaram pelo forte e seguiram para o local onde o rio se transformava em um córrego mais calmo.

Os dois tiraram a roupa sob o céu estrelado, até ficarem apenas de cueca, e mergulharam do alto da cachoeira. Apesar de ser verão, a água ainda estava muito gelada — Jude lembrava bem, mesmo agora. E ele se lembrava de como as costas de Hector brilhavam sob o luar quando o amigo saiu da água e se deitou no leito do rio, sorrindo quando Jude se jogou ao seu lado.

Tudo estava calmo — tão calmo que Jude só conseguia ouvir o farfalhar das árvores, o murmúrio da água deslizando sobre as pedras, as batidas suaves dos dois corações — o dele e o de Hector. Ocorreu-lhe que Hector certamente também estava ouvido seu coração, e aquele pensamento fez seu pulso acelerar. Quando Hector se virou para olhar para ele, as sobrancelhas franzidas sobre os olhos escuros cintilantes, Jude teve certeza de que seu coração desobediente saltaria do peito e cairia no espaço entre os dois.

Então Hector se levantou e voltou para a água, deixando Jude sozinho na margem do rio.

Eles nunca mais falaram sobre aquilo, nem naquela noite, nem em nenhuma outra. Talvez Hector tivesse esquecido, com os rumos de suas vidas e o tempo servindo para apagar as lembranças. Ou talvez, mesmo naquela noite, deitado ao seu lado sob o luar, ele não tivesse compreendido que, no período de algumas batidas do coração, o mundo inteiro de Jude tinha ruído.

Jude não era mais o garoto que fora. Ele dominara sua Graça, completara seu treinamento e fizera seu juramento. Encontrara o Último Profeta.

Mas, quando fechava os olhos, ainda conseguia ouvir o batimento acelerado de seu coração no peito.

22

HASSAN

O capitão Weatherbourne e Hector Navarro só voltaram para a *villa* depois do jantar. Hassan convocou os dois e o resto da Guarda à biblioteca e contou o que Khepri mostrara na ágora.

— Fogo Divino. — O capitão Weatherbourne repetiu as palavras como se fossem uma maldição, sua expressão preocupada. — Como foi que conseguiram esse tipo de arma?

— Khepri disse que talvez tenham encontrado no altar de um antigo templo no deserto. Não temos certeza, mas sabemos que eles pretendem usá-la contra o resto dos Agraciados em Nazirah — disse Hassan. — E no resto do mundo também, se não os impedirmos agora. O Hierofante não vai ficar esperando o resto da profecia se desenrolar para agir. Nós também não podemos. Não se quisermos impedi-lo.

— Não — declarou Petrossian com firmeza. — Apenas dois dos arautos apareceram. Se tentarmos impedir o Hierofante antes de sabermos o resto da profecia, acabaremos contribuindo para que ele traga a Era da Escuridão.

— Até lá, o meu povo está à mercê dele.

O medo subiu pela garganta de Hassan ao pensar novamente em seus pais. A imagem do corpo queimado de Reza passou pela sua mente, e ele se sentiu enjoado.

— Eu entendo o seu desejo de atacar, mas não podemos correr o risco de as Testemunhas o pegarem, não antes de descobrirmos o final da profecia — disse o capitão Weatherbourne com firmeza.

Hassan percebeu a ironia — que para evitar a destruição, primeiro era necessário deixá-la acontecer. Mas não conseguia confiar, como os Paladinos confiavam, que no fim a profecia se revelaria para ele. A Era da Escuridão se aproximava, e ele não sabia o que fazer para impedir. Não fazia ideia de por onde começar.

— Você está pedindo para que eu dê as costas para o meu povo.

— Não. Estou pedindo para que você tenha paciência. O mundo esperou cem anos para o seu nascimento. Nós esperamos dezesseis anos para encontrá-lo. Todos nós podemos esperar um pouco mais, até sabermos o que nos aguarda.

— Talvez — disse Hassan, levantando-se —, se vocês tivessem feito alguma coisa em vez de ficar esperando, nós não estivéssemos aqui agora.

Embora soubesse que a Ordem não era culpada pelo golpe, sentiu-se bem em descontar sua raiva. Mas quando viu o capitão Weatherbourne empalidecer, arrependeu-se das palavras duras.

— Talvez seja melhor continuar essa discussão pela manhã — sugeriu Penrose.

O capitão assentiu.

— Já está ficando tarde. — Seus olhos seguiram para o canto do aposento, onde o Paladino chamado Hector estava em pé com os braços cruzados. — Todos nós precisamos dormir um pouco.

Mas o sono abandonou Hassan naquela noite. Ele não conseguia dormir uma noite inteira desde antes do golpe, mas naquela a agitação foi pior. Não queria a paz do sono, não queria se absolver da culpa de se deitar no conforto da casa de sua tia enquanto seu povo vivia aterrorizado e lutava para sobreviver em Nazirah. Sempre que fechava os olhos, sentia a mesma raiva que sentira nos degraus do Templo de Pallas quando enfrentara as Testemunhas. Raiva deles, da Ordem e de si mesmo.

As horas se passaram e ele ainda estava sentado, acordado, relendo o terceiro volume da obra *A história das seis cidades proféticas,* do sábio Harum, que pegara na biblioteca da tia assim que chegaram em Pallas Athos. Sempre que seus pensamentos começavam a sair de controle, ele relia seus capítulos favoritos: "A flor de inverno de Endarrion", "O Tratado dos Seis" e "A última resistência do general Ezeli". Tinha uma coleção com as primeiras edições em casa, presente do chefe da biblioteca de Nazirah no seu aniversário de catorze anos. Mas aqueles livros ficaram para trás, junto com tantas outras coisas.

Naquela noite, Hassan folheou o livro até chegar ao capítulo que já havia lido tantas vezes que quase o sabia de cor: "A fundação de Nazirah". O fio que conectava dois mil anos até o seu presente. Uma visão de uma torre do farol brilhando pelo Mar de Pélagos levou a profeta Nazirah até as praias ao sul da costa de Pélagos, na nascente de um grande rio. Ela fez sua profecia naquelas terras — que logo se tornariam o centro do conhecimento, do aprendizado e da sabedoria em Pélagos, um reino de muitos povos, atraindo as mentes mais brilhantes e os Agraciados mais poderosos. Enquanto o farol estivesse no seu litoral, a linhagem de Seif governaria aquela terra, o reino de Herat.

Os olhos cansados de Hassan estavam embaçados quando largou o livro. O farol de Nazirah ainda estava de pé, mas a linhagem Seif caíra. A profecia fora quebrada, exatamente como o acólito Emir dissera. As Testemunhas acabaram com ela.

Uma promessa quebrada do passado.

Nazirah fora tirada de Hassan. A profecia dos seus antepassados se estilhaçou naquele dia. Mas será que tudo aquilo realmente significava o que o acólito dissera — que o destino dele era maior do que a Profeta Nazirah previra dois milênios antes? Que sua própria profecia entalharia um novo caminho até o futuro?

Ele fechou os olhos, tentando acalmar o turbilhão que passava por sua mente e se permitindo dormir. Imagens do farol, de coroas douradas de louros e de bandeiras tremulando pela Estrada de Ozmandith se misturaram com as palavras da última profecia enquanto ele caía no sono.

A cidade de Nazirah se estendia diante dele. Não era a mesma que Hassan deixara ao partir — aquela cidade fora tomada pelo medo e pelas sombras. Pessoas marchavam entre os prédios da principal parte da Estrada de Ozmandith. Usavam mantos brancos e carregavam tochas com chamas pálidas que lançavam sombras medonhas ao longo da rua de arenito.

Fogo Divino.

A fumaça se erguia das tochas em uma espiral ascendente que acompanhava a procissão e cobria as cúpulas e as torres, outrora brilhantes, da paisagem de Nazirah.

Hassan pousou as mãos no sólido parapeito de pedra diante dele. Olhou para cima e percebeu que estava no observatório do farol de Nazirah. Estava de costas para sua chama, olhando para o porto. Khepri estava do seu lado esquerdo, com a espada curvada presa na lateral do corpo, seus olhos cintilando ferozmente. Do outro lado, estava o acólito Emir, seu rosto gentil iluminado por uma esperança fervorosa.

Uma soldada e um homem de fé. Entre eles, Hassan, seu líder. O Último Profeta.

Brilhando no porto, navios com velas da cor do luar cintilavam nas águas plácidas e escuras. Guerreiros desembarcavam e chegavam às margens. Seus pelotões encontravam a procissão de Testemunhas e seus soldados traidores e mercenários, um mar de verde, dourado e azul-escuro superando o preto e o branco. As chamas acesas nas mãos das Testemunhas tremeluziam como estrelas agonizantes.

Hassan piscou e se viu na sala do trono do palácio de Herat. Colunas douradas representavam cenas coloridas da grandiosa história do reino e ladeavam o caminho até o trono, pairando sobre uma pirâmide de ouro. Em cada uma das quatro faces, a água escorria de torneiras em forma de animais até cair no fosso na base. Atrás da pirâmide, um falcão pintado abria suas asas, cobrindo toda a parede dos fundos, iluminada pela luz dourada do sol que se espalhava pelo aposento.

O alvorecer tinha chegado.

Ao seu redor, pessoas de todo o reino se ajoelhavam diante do trono de Herat. E no trono estava o próprio Hassan, com uma coroa de louros dourados na cabeça e o cetro real em sua mão.

Nazirah era dele novamente.

— Príncipe Hassan! *Hassan!*

Ele acordou sobressaltado. O abajur ao seu lado clareava o quarto com uma luz fraca. Alguém estava apertando seu braço direito com força e, quando Hassan se virou com um resmungo, viu que era sua tia Lethia, usando uma camisola de seda azul, seu rosto sério e preocupado enquanto se ajoelhava ao lado da cama dele.

Seu coração disparou quando viu Penrose parada atrás dela.

— O que houve? — perguntou Hassan, sentando-se na cama. Ele tinha sido acordado dessa forma desesperada uma vez: em sua última noite no palácio de Herat.

— Você estava se debatendo — explicou Lethia, segurando o rosto do sobrinho entre as mãos magras. — Penrose pediu para me chamarem. Estava sonhando?

As batidas do seu coração se aceleraram.

— Eu... Eu vi...

Penrose se aproximou da cama, parando atrás do ombro de Lethia.

— O que você viu? — perguntou ela, seus olhos brilhando na penumbra.

— Nazirah — respondeu Hassan. Ele fechou os olhos, tentando recuperar a imagem. Tudo voltou a ele de forma vívida e *real*. — Eu vi Nazirah. Eu estava no alto do farol, observando um exército, o *meu* exército, derrotar as Testemunhas. Eu me vi sentado no trono. Foi um sonho, mas parecia real. Parecia *verdade*.

Ele abriu os olhos e viu que Penrose havia se aproximado, como uma mariposa atraída pelas chamas das palavras de Hassan.

— O que foi? — perguntou ele, analisando o rosto dela para tentar entender sua reação. — Eu tive... O que foi aquilo? Não foi só um sonho. Foi...

O futuro obscuro é clareado.

Hassan vira. O alvorecer em Nazirah. O fim da escuridão levada pelas Testemunhas.

— Foi uma visão — disse Penrose, a alegria tomando seu rosto. — Você viu como deter a Era da Escuridão.

23

JUDE

Jude já estava acordado quando os passos acelerados de Penrose ecoaram pelo corredor. Na verdade, estava acordado havia horas. O sono nunca lhe viera fácil e agora, em um lugar estranho e com a outra metade do seu destino na mesma casa, abandonara Jude por completo.

Mas não era o Último Profeta ou a Mão Pálida que o mantinha acordado. Era Hector. Não importava o quanto seus pensamentos vagavam, sempre pareciam voltar para a mesma coisa: os segredos que Hector guardara dele, e os segredos que ele guardara de Hector.

Então, ao ouvir a rápida aproximação de Penrose, a primeira coisa que sentiu foi alívio — qualquer coisa que a fizera correr até seu quarto àquela hora da madrugada serviria como distração de seus pensamentos torturantes.

A porta se abriu, deixando uma luz pálida entrar.

— Jude! Acorde!

Jude colocou os pés no piso frio de mármore.

— Estou acordado. O que houve?

Penrose parou na porta.

— É o Profeta. — Ela parecia sem fôlego, embora a corrida entre um quarto e outro não fosse capaz de deixá-la assim.

Jude se levantou.

— Está tudo bem?

— Ele não está ferido — ela assegurou rapidamente. — Ele acordou de repente. Estava se debatendo. Falando durante o sono. Quando acordou, disse que teve um sonho. Sobre Nazirah, sobre retomar a cidade das Testemunhas.

— Um sonho — disse Jude devagar.

— Não foi apenas um sonho. — Os olhos de Penrose encontraram os dele. — *Uma visão.*

Jude estava calçando as botas e vestindo o manto antes de processar o que estava acontecendo. Seus pensamentos estavam agitados como uma tempestade, mas essas ações simples e familiares o acalmavam.

O final da última profecia. A resposta para a escuridão prometida. Seria possível?

Ele se virou para Penrose.

— Você já acordou a Guarda?

— Eu vim aqui primeiro.

Claro. Jude era o Guardião da Palavra, e ela precisava de ordens. Ele assentiu e seguiu para a porta.

— Vou chamar o Hector e o Petrossian. Acorde os outros.

Eles se separaram no corredor, Jude indo para a direita e Penrose seguindo em frente. Quando passou, pôde ouvi-la batendo na porta de Osei.

Ele foi primeiro para o quarto de Petrossian, embora fosse mais longe. O rapaz acordou rápido e não questionou Jude quando ele o orientou a ir direto para os aposentos do príncipe.

Então Jude voltou ao corredor, olhando para a porta de Hector, seu coração disparado. Ele se concentrou para manter a calma. Só estava indo acordar o amigo.

Não era seu amigo, ele lembrou. Mas um membro da sua Guarda. Precisava ser claro em relação a isso a partir de agora. Se o que Penrose disse era verdade, se o príncipe realmente tivera uma visão... a devoção do Guardião da Palavra precisava ser absoluta. Inabalável. Não poderia haver mais distrações.

— Hector — ele chamou, hesitando com a mão na maçaneta de ferro retorcido. — Você está acordado?

Não houve resposta. Jude percebeu que, embora conseguisse ouvir as palavras sussurradas de Penrose do outro lado do corredor e, mais adiante, o estalar das articulações de Yarik enquanto se alongava, havia apenas silêncio atrás da porta de Hector. Nenhuma batida de coração. Nenhum som de respiração.

O coração de Jude disparou quando abriu a porta.

A cama estava perfeitamente arrumada, as cortinas abertas revelando o céu noturno. O uniforme e a espada de Hector não estavam ali. Nem ele.

— Onde está o Navarro?

A voz de Penrose soou atrás de Jude.

Ele balançou a cabeça, o pânico crescendo em seu peito. Ajoelhou-se ao lado do baú de madeira aos pés da cama vazia e abriu a tampa. Lá dentro, o manto azul-escuro da Guarda Paladina estava dobrado, deixado lá propositalmente.

— Jude? — A voz de Penrose soou cautelosa atrás dele.

Jude tocou o manto deixado para trás, como se segurá-lo entre os dedos, de alguma forma, pudesse trazer Hector de volta. Não importava o quanto quisesse acreditar que o amigo superaria seu luto, no fundo sabia muito bem a verdade.

No dia anterior, Hector ficara cara a cara com a maior sombra do seu passado. Ele não estava bem. Talvez nunca ficasse.

— Ele voltou para a fortaleza das Sentinelas — disse Jude, levantando-se. Tinha quase certeza daquilo.

Talvez não soubesse os detalhes do passado de Hector, mas ainda conhecia *ele* melhor do que qualquer pessoa no mundo. Jude deixava as feridas se curarem sozinhas. Hector era diferente. Ele ficava arrancando as casquinhas até que ela voltasse a abrir.

— Por que ele faria isso sem te avisar? — perguntou Penrose, sua expressão tensa e alarmada.

Jude hesitou. Contar a verdade significaria quebrar a promessa que fizera ao Hector. Mas ela merecia saber.

— Na noite passada, Hector me contou por que deixou Cerameico. Quando ele era criança, sua família inteira foi assassinada por uma garota com a Graça do Sangue. Uma garota que deixava uma marca pálida de mão carimbada no corpo de suas vítimas.

Penrose ficou boquiaberta.

— A família de Hector foi assassinada pela Mão Pálida?

— Ele deixou a Ordem para procurá-la.

Ela estreitou os olhos.

— O que isso tem a ver com a fortaleza?

— Ontem, quando fomos conversar com o capitão das Sentinelas, vimos uma prisioneira lá. Alguém que tinha sido capturada no Templo de Tarseis na noite anterior. Hector a reconheceu imediatamente. Disse que era a mesma garota que matou a família dele.

— A Mão Pálida está aqui?

— Eu não sei — respondeu Jude. — Ela não confessou. Já se passaram anos desde a última vez que Hector a viu. Mas ele tinha certeza absoluta.

— O que ele vai fazer?

— Eu não... — Jude virou a cabeça. — Eu não sei. — Ele fez uma pausa, o pensamento seguinte crescendo dentro dele como o sol voltando a brilhar depois de uma tempestade. — Mas preciso impedi-lo.

— O Último Profeta está esperando por você no fim do corredor.

— Eu preciso encontrar o Hector antes que ele faça uma besteira. — Jude sabia como aquilo parecia absurdo. Mas, de alguma forma, só o fazia ter mais certeza de sua decisão. — Não vou demorar. A Guarda ficará sob seu comando até eu voltar.

Ele começou a passar por Penrose, mas ela agarrou seu pulso.

— *Mande outra pessoa.* O Profeta precisa de você agora.

Jude negou com a cabeça.

— Não, eu não posso. Eu... Tem que ser eu. Eu sou o único que consegue. Se eu falar com ele, sei que Hector vai voltar à razão.

— E se ele não voltar? — perguntou Penrose, apertando-o ainda mais. — Se ele desobedecer ao Guardião da Palavra, isso é deserção. Você sabe disso. Sabe qual será a punição dele. Qual é a única punição para qualquer Paladino.

Jude engoliu em seco. O juramento dos Paladinos era claro. Se Hector o quebrasse, seria sua pena de morte. E Jude seria o responsável por executá-la.

— Não vai chegar a esse ponto — ele disse, embora seu coração não tivesse tanta certeza quanto sua voz. — Não vai.

24

EPHYRA

A porta da cela se abriu com um rangido e Ephyra acordou assustada. Tonta de sono, ela se levantou, tropeçando desajeitadamente por causa das correntes. Na porta, iluminado pela penumbra, estava Hector Navarro.

Os dedos dele seguravam o cabo da espada. Ephyra não tinha como se defender. A não ser do jeito de sempre. A palma de suas mãos formigou de expectativa.

— Como você entrou aqui?

— Agora somos só nós dois — declarou Hector, finalmente entrando na cela. — Então você pode parar com essa encenação.

— Onde está o outro espadachim? — Ele conseguira controlar Hector antes.

— Ele não está aqui. Eu já disse.

Ephyra engoliu em seco.

— Estou procurando por você há muito tempo — continuou Hector. — Tempo o suficiente para saber quantas vidas você já tirou desde que matou a minha família. Em quantas pessoas você deixou sua marca.

— Então você sabe que nenhum deles era inocente — disse Ephyra, a voz trêmula. — Eu só tiro a vida de quem merece. Aqueles que são cruéis, que usam seu poder para ferir os outros.

— Ah, sim. A Mão Pálida só mata os ímpios. Que estranho que isso não tenha importado quando você tirou a vida da minha família. Eles eram inocentes, mas isso não te impediu de matá-los. Você sequer se lembra deles?

Ephyra obrigou-se a olhar nos olhos dele antes de sussurrar:

— Lembro.

Os lábios dele se retorceram.

— Minha mãe. Meu pai. Meu irmão. Eles a acolheram e a trataram com bondade e você os assassinou.

— Eu não... — Ela parou de falar. Nada que dissesse mudaria o que tinha feito, e se tivesse que voltar e escolher novamente, sabia que escolheria Beru. — Foi um acidente.

— Eu não acredito em você. Você tira a vida das pessoas porque *pode*. Acha que é um deus. Mas não é. Quem é você para decidir quem vive e quem morre? Como um monstro sabe quem é e quem não é como ele?

Ephyra respirou fundo, em pânico, enquanto Hector voltava a fazer aquela expressão neutra e controlada. A que a amedrontava mais do que qualquer raiva explosiva.

— Eu ficava me perguntando por que não morri também, sabe? Por que eu fui poupado? Depois de cinco longos anos, finalmente sei a resposta. Eu sobrevivi porque preciso fazê-la parar. Tudo na minha vida me trouxe para este momento. O destino decidiu o meu propósito por mim. Garantir que a Mão Pálida nunca mais tire nenhuma vida.

Ephyra se encostou na parede, ignorando os beliscões das correntes que restringiam seus movimentos.

Hector segurou o punho da espada com mais força, seus olhos enlouquecidos. Ela quase via os pensamentos correndo pela sua mente. Ele podia cortá-la ao meio bem ali, naquele momento. Podia derramar o sangue dela naquela cela e acabar com a Mão Pálida.

— Você nunca matou ninguém, não é? — perguntou Ephyra suavemente. — É mais fácil do que você imagina. E mais difícil, também. Ou talvez seja só eu.

— Eu não vou matar você.

Ephyra soltou o ar, mas o tom de Hector não lhe deu qualquer alívio.

— Ainda não. Primeiro eu vou mostrar a todo mundo o que você é. Vou provar ao mundo que você é a Mão Pálida.

— Provar? — perguntou Ephyra. — Como você pretende fazer isso?

— Você vai confessar. Para as Sentinelas. Para a Ordem da Última Luz. O mundo vai saber exatamente o que você é.

— Eu não vou confessar nada.

Hector estreitou os olhos. Ficou em silêncio por um tempo. Então disse baixinho:

— Você tem uma irmã. Eu me lembro dela.

Ephyra ficou tensa e tentou manter a expressão neutra.

— Não vejo minha irmã há anos.

— É mentira — respondeu Hector na mesma hora. — Você jamais a deixaria. Ela está em algum lugar desta cidade.

Ephyra respirou fundo, tentando se acalmar. Não o deixaria perceber o medo que sentia. Aquela era a única coisa que a tirava do sério. Hector podia ameaçar sua vida o quanto quisesse, mas a de Beru...

Ele não podia tocá-la.

— Ela é inocente — disse Ephyra. — Assim como a sua família era. Você realmente ameaçaria uma vida inocente?

Um brilho passou pelos olhos de Hector. Talvez ela finalmente tivesse conseguido ultrapassar o luto e a raiva por um tempo. Talvez conseguisse fazê-lo entender o que estava fazendo e perceber que ia longe demais.

— Espero que não chegue a tanto — ele finalmente respondeu. — Isso é maior do que uma vida. Se você se recusar a admitir para o mundo o que é, então qualquer coisa que aconteça pesará na sua consciência.

Ephyra desistiria da própria vida se chegasse a isso. Mas se Hector encostasse em Beru, se descobrisse que Ephyra matara todas aquelas pessoas por ela, que a família dele morrera por causa dela...

Ela sentia o abismo da tristeza dele, e sabia o que um sofrimento como aquele podia provocar em uma pessoa.

— Você não vai encontrá-la — ela avisou com voz ameaçadora. — Pode procurar na cidade inteira.

O olhar de Hector era sombrio e furioso.

— Então procurarei na cidade inteira — ele respondeu. — E já sei exatamente por onde começar.

25

ANTON

A cela de Anton era insuportavelmente fria. O tipo de frio que fazia seus ossos tremerem e as articulações doerem, que deixavam um arrepio em sua espinha como se alguém tivesse tirado todo seu sangue e sua carne. O tipo de frio que não sentia desde quando vivera nas ruas. O tipo de frio que fazia um homem procurar desesperadamente uma forma de escapar das suas garras cruéis.

Ele precisava sair dali. Illya ainda estava por perto e agora sabia exatamente onde Anton estava. Encontraria um jeito de pegá-lo. Mas o irmão não era sua única preocupação. Durante as longas horas em que esteve trancafiado ali, sentiu o *esha* trovejante de novo. O mesmo que sentira no porto, elevando-se entre o zunido baixo dos outros, poderoso e implacável como uma tempestade no horizonte.

Aquilo fez com que se sentisse mais preso do que entre as paredes daquela cela — embora não soubesse se queria fugir daquele *esha* ou correr ao seu encontro. Só sabia que precisava sair dali. Não podiam mantê-lo preso para sempre. Ele não tinha feito nada de errado. Eles logo perceberiam e o liberariam. E Anton fugiria de novo. Bem rápido, para bem longe. Tinha sido um erro imaginar que podia fazer qualquer outra coisa.

Passos do lado de fora de sua cela indicaram mais uma troca de guarda. Mas Anton lembrou, com um sobressalto, que a guarda tinha mudado menos de uma hora antes.

A porta da cela se abriu com um estrondo, e Anton pressionou as costas contra a parede, certo de que veria novamente o rosto que assombrava seus sonhos.

Mas, em vez do irmão, havia um espadachim enorme parado na porta. O *esha* dele atingiu Anton como o barulho de uma pedra dura se chocando contra o aço. Não se parecia com os outros guardas que o interrogaram. Aquele homem, com olhos escuros como carvão, parecia disposto a tirar sangue dele.

Anton achou que aquilo tudo era para amedrontá-lo. Ele estava com medo, mas o alívio era maior. Porque não importava quem era aquele guerreiro, não importava o que ele queria, não era Illya.

— Olá — cumprimentou Anton de forma agradável, afastando-se da parede.

O guerreiro entrou, suas botas batendo no piso da cela.

— Eu já disse às outras Sentinelas que não estava tentando roubar o templo. Se você está aqui para...

— Pare — disse o espadachim com firmeza. — Não estou aqui em nome das Sentinelas.

Anton já tinha imaginado.

— Meu nome é Hector Navarro. Estou procurando a Mão Pálida há muito tempo.

— Quem? — perguntou Anton, fingindo o máximo de inocência que conseguiu. — Não sei do que você está falando.

— Não minta para mim. Os Paladinos da Ordem da Última Luz são treinados em muitas técnicas poderosas da Graça do Coração. Nossos sentidos são mais afiados do que a de qualquer outro espadachim Agraciado que você já conheceu.

Anton tentou manter a expressão neutra.

— E daí?

O rosto de Navarro se contorceu de irritação.

— Eu consigo ouvir seu coração. Consigo sentir o cheiro do suor na sua pele. Consigo sentir a mínima tensão se insinuando na sua respiração. Tudo isso me diz que você está mentindo. Agora diga, você veio para cá junto com a Mão Pálida, não foi?

Anton contraiu os lábios.

— *Não foi?*

— Está bem. — Anton suspirou, revirando os olhos. — Está bem. Sim. Eu vim. Somos velhos amigos.

— Ela tem uma irmã — disse Navarro devagar. — Preciso encontrá-la. Me diga onde ela está e eu não vou machucá-lo.

— E se eu me recusar? O que você vai fazer? Vai... me matar? — Para Anton, não era novidade ser ameaçado de morte. — Eu não fiz nada de errado.

— Como eu disse, não sou uma Sentinela. Não me importa o que você fez ou deixou de fazer. — Navarro desembainhou a espada devagar, deixando Anton ver a curvatura da lâmina. — Diga onde está a irmã dela.

Anton ergueu o olhar da espada para o rosto de Navarro. Ele estava com medo, mas não era da lâmina.

— O que você vai fazer com ela?

— Nada — respondeu Navarro. — Se a Mão Pálida cooperar.

— E se ela não cooperar?

Mais rápido que um raio, a espada de Navarro estava no pescoço de Anton.

— É melhor você se preocupar com a própria cooperação primeiro.

Anton levantou o queixo.

— Você não vai me matar. — Ele já tinha enfrentado homens como Navarro. Homens que estavam com raiva e com um pouco de medo, procurando por alguma coisa que os deixasse recuperar a sensação de controle.

— Você acha que não?

Havia uma estranha abertura em seus olhos escuros, como se ele mesmo não soubesse até onde seria capaz de ir.

Anton sentiu a lâmina da espada arranhar sua pele quando engoliu em seco. Por mais estranho que fosse, ele estava calmo. Aquele era um perigo real, bem diante dos seus olhos. Um perigo que, de um jeito ou de outro, acabaria.

E embora Anton estivesse à mercê daquele homem, a escolha do que aconteceria a seguir era *dele*.

— Olha só, nós dois temos um problema aqui. Você quer encontrar a irmã da Mão Pálida, e eu quero sair daqui. Parece que podemos nos ajudar.

— Você vai me dizer onde ela está?

— Não. — A lâmina pressionou mais contra sua pele. — Mas eu posso te mostrar.

Navarro deu um passo para trás, colocando alguns abençoados centímetros entre sua espada e o pescoço de Anton.

Anton soltou o ar.

— Me tire daqui e eu levo você até ela.

— Você está brincando enquanto o destino do mundo está em risco — avisou Hector. — Não importa sua relação com ela, não vale a pena comparado ao que vai acontecer se eu não a encontrar.

— Se o destino do mundo realmente está em risco, então o que significa um prisioneiro ser libertado?

O olhar do guerreiro se desviou para a porta e voltou para Anton.

— Alguém está vindo.

— Então acho que você precisa se decidir rápido.

Com um grunhido de frustração, Navarro embainhou a espada e agarrou Anton pelo ombro, empurrando-o através da porta aberta.

26

JUDE

O que você faria se pudesse fazer o que quisesse?

A pergunta passou pela cabeça de Jude enquanto atravessava a entrada da prisão das Sentinelas. Foi a pergunta que Hector fizera naquela noite, mais de um ano antes, quando o futuro ainda parecia muito distante. Foi a pergunta que surgiu na mente de Jude ao escolher Hector como sexto e último membro de sua Guarda. Foi a pergunta que, quando Hector respondeu, cimentou o papel deles em suas vidas. Hector e Jude, lado a lado.

Eu iria com você, é claro.

Mas agora sabia qual era a resposta verdadeira de Hector. Sem se importar com o juramento que fizera à Ordem nem com as expectativas de Jude, Hector sentia o chamado de outra causa. Ele não tinha nascido como um soldado da fé, como Jude. Ele nascera filho de alguém e ficara órfão, e aquela era uma ferida mais profunda do que Jude podia imaginar. Mesmo que Hector jurasse que estava fazendo isso pela última profecia, ele sabia a verdade. Era o seu luto, e não sua fé, que o movia.

Uma Sentinela abordou Jude do lado de fora da torre de prisioneiros. Ele a reconheceu por causa da quase fuga da Mão Pálida naquela manhã.

— Capitão Weatherbourne — ela disse. — Houve um incidente.

Jude parou. Milhares de cenários horrendos passaram por sua mente.

— O que aconteceu?

— Os guardas que estavam de plantão hoje de manhã foram encontrados inconscientes. Um dos prisioneiros desapareceu.

Jude ficou tenso.

— A prisioneira com quem falamos ontem?

Para sua surpresa, a Sentinela negou.

— Não. O garoto que estava com ela quando os encontramos. Estamos investigando o que...

— Me leve até ela — exigiu Jude.

A Sentinela hesitou.

— Esses prisioneiros são de grande interesse para a Ordem da Última Luz. É essencial que eu fale com a garota de novo — declarou ele, usando toda a seriedade que seu pai lhe passou. — Me leve até lá.

— Sim, senhor — respondeu a Sentinela. — Por aqui.

Ela o guiou até o elevador. Foram alguns minutos de tensão enquanto esperava subir até a torre e, depois, para a Sentinela abrir a cela da garota.

A Sentinela deu um passo para trás, e Jude deu um para a frente, abrindo a pesada porta de ferro.

Lá dentro, a garota que Hector chamava de Mão Pálida já estava de pé. Antes que ela pudesse dizer qualquer coisa ou que a Sentinela pudesse entrar na cela, Jude se virou e bateu a porta.

Ele se virou para ela:

— Onde ele está?

Ela parecia muito diferente da garota que interrogara no dia anterior. Apesar da prisão, ela parecera calma e no controle. Do dia para a noite, se transformara em uma criatura nervosa e em pânico.

Se Jude achava que podia ficar com raiva ou ódio daquela garota que causara tanto sofrimento a Hector, bastou olhar para ela — com as mãos acorrentadas unidas no peito ofegante — para acabar com aquela ideia.

— Ele esteve aqui, não é? — Jude tentou novamente. — Hector Navarro? Ele voltou aqui nesta madrugada.

Ela assentiu, hesitante.

— Ele tentou te machucar? — As palavras pareceram ser arrancadas dele. Não conseguia imaginar Hector sendo cruel, mas vira o olhar vazio e assombrado da garota.

Ela não respondeu, mas seus olhos brilhavam com lágrimas de raiva.

— Por favor — implorou Jude. — Diga o que aconteceu.

— Como posso saber que você não vai ajudá-lo? — A voz dela estava rouca. — Você também faz parte da Ordem da Última Luz.

A frustração cresceu em seu peito. Jude não tinha tempo para a desconfiança dela. Precisava encontrar Hector e fazê-lo voltar a si, antes que cometesse um erro irrevogável.

— Não estou aqui como capitão da Guarda Paladina. Estou aqui para procurar meu amigo. O que acontecer depois disso...

— Se vão decidir me matar ou não, você quer dizer?

Jude arregalou os olhos.

— Foi isso que ele disse que ia fazer?

— Ele disse que queria provar para você que eu sou a Mão Pálida. A parte de me matar ficou nas entrelinhas.

— Eu não vou te machucar — declarou Jude. — Onde está o Hector?

Ela o encarou em silêncio enquanto a frustração de Jude crescia.

— O outro prisioneiro que foi pego junto com você. O garoto. Os guardas disseram que ele desapareceu. O que Hector quer com ele?

Ela contraiu os lábios e depois ofegou.

— Ele sabe onde está minha irmã.

— E o que Hector quer com sua irmã?

— Usá-la contra mim. Machucá-la, caso eu não faça o que ele quer.

Jude sentiu um aperto no peito. Ele sabia que Hector queria se vingar, mas isso? Machucar uma garota inocente só por acreditar que a irmã dela era responsável pela morte de sua família?

Era o luto falando. Hector jamais faria aquilo. Jude apertou o cabo de sua espada, tentando organizar os pensamentos para enfrentar o problema que tinha nas mãos. Não queria nem pensar no que aconteceria se não encontrasse Hector.

— O outro prisioneiro... Você acha que ele vai ajudar Hector? — perguntou Jude. — Ele trairia você dessa forma?

— Eu... Eu não sei — respondeu a garota. — Talvez. Ele não me deve nada e eu não confio nele.

— Então você precisa me contar o que está acontecendo.

Ela o analisou.

— Me leve com você.

— Você sabe que eu não posso. Só me diga para onde ele foi. Juro que não vou permitir que ele machuque ninguém. Eu vou encontrá-lo e fazer com que ele volte à razão.

— E como vai fazer isso? Ele não vai voltar à razão enquanto estiver tomado pelo...

— Luto — concluiu Jude em voz baixa. — Eu sei. Existe um código pelo qual vivemos, um juramento que fazemos, um juramento que não permite luto ou vingança. Ele quebrou esse juramento ao partir, e se insistir no que você disse que ele pretende fazer... — Ele parou de falar. Não permitiria que esses pensamentos se formassem. — Eu juro, não vou permitir que isso aconteça.

— Não me importo com seu juramento idiota — respondeu ela. — Tudo que me importa agora é a minha irmã. Então, *por favor...* — Ela deixou a voz morrer, desesperada, pressionando a mão no peito como se pudesse controlar o pânico.

Jude viu exatamente o que estava por trás da ferocidade da sua raiva. Medo.

— Por favor.

— Não vou permitir que ele machuque sua irmã. Não existe honra na vingança. Nem para você nem para ele.

Os olhos dela analisaram os dele.

— Você pensa muito sobre isso. Sobre honra.

Jude baixou a cabeça, concordando.

— Então preciso da sua palavra de que não importa o que aconteça, o que Hector diga sobre mim, sobre a minha irmã... — A voz dela falhou. — Dê sua palavra de honra de que você vai protegê-la.

Ele podia pelo menos prometer aquilo. A morte não era algo que podia ser feita de forma tão rápida.

— Eu sou o responsável pela vida de Hector. Pelas escolhas dele e suas ações. Não permitirei que ele machuque sua irmã.

— Você tem que jurar — disse ela, com os olhos cintilantes. — Do mesmo jeito que você fez o seu juramento para a Ordem.

Os dedos de Jude retorceram a ponta do manto. O juramento dos Paladinos era sagrado.

— Jure!

Jude se ajoelhou em uma das pernas, apoiando a Espada do Pináculo nas mãos e estendendo-a em direção a ela.

— Eu juro.

Ela o analisou por um momento longo e sério antes de dizer:

— Ela está em um mausoléu incendiado perto da saída da Cidade Alta, próximo do Portão Sul. Encontre ela antes de Navarro.

Ele assentiu e se levantou. Não importava o que estivesse passando pela cabeça de Hector naquele momento, sabia que ele se arrependeria se machucasse uma garota inocente. Precisava encontrá-los antes que fosse tarde demais.

— Eu não sei nada sobre você — disse a prisioneira. — Mas estou te confiando essa missão. Mantenha a minha irmã em segurança.

— Pelo bem da sua irmã e do próprio Hector — prometeu Jude.

27

HASSAN

Enquanto esperava Penrose reunir o resto da Guarda, Hassan chamou os criados de Lethia e os mandou à ágora.

— Há uma garota. Uma soldada — ele explicou. — Khepri. — Ele descreveu onde sua tenda ficava. — Preciso que a encontrem e a tragam para cá.

— O que você está tramando, Hassan? — perguntou Lethia quando os criados partiram.

Hassan olhou para a tia.

— Ela estava no meu sonho. Na minha visão.

— Visão? — repetiu Lethia, a dúvida marcada em sua voz. — Você não acha...

Penrose surgiu na porta, parecendo perturbada e tensa. Atrás dela, o resto da Guarda. Novamente, dois estavam faltando.

— Onde está o capitão Weatherbourne? — perguntou Hassan.

— Ele teve que cuidar de algumas questões com as Sentinelas — respondeu Penrose, sem olhá-lo nos olhos.

— Que questões?

Hassan sentiu o peso das possibilidades — talvez as Testemunhas tivessem feito alguma coisa, destruído o templo no meio da noite ou ameaçado a vida dos refugiados.

— Nada com que precise se preocupar — disse Penrose com firmeza. — Ele me colocou no comando durante sua ausência. Sei que, se estivesse aqui, ele diria que isso é importante demais para esperar. Então, príncipe Hassan, diga o que viu.

Hassan se endireitou e olhou para os outros membros da Guarda.

— Eu... eu tive um sonho — começou ele, inseguro. — Uma visão.

Hassan sentiu o aposento mudar assim que as palavras saíram da sua boca. Penrose já devia ter dito à Guarda sobre o sonho, mas ouvi-lo falar aquilo provocou um tremor no ar, como se todos tivessem respirado fundo, em silêncio, repletos de esperança.

De alguma forma, Hassan tinha sido Agraciado com a Visão ao nascer. De alguma forma, seu poder tinha se revelado quando ele mais precisava. Ele tinha pedido orientação, e seu próprio coração, sua própria Graça, o atendeu.

Petrossian quebrou o silêncio:

— O que você viu?

Hassan respirou fundo e, da melhor forma que conseguiu, descreveu a visão para a Guarda. Ele observou o rosto de todos enquanto falava sobre estar no deque do farol de Nazirah, observando as Testemunhas serem derrotadas por suas tropas, e se sentar no trono de Herat, olhando seus súditos.

— Talvez tenha sido apenas um sonho — interrompeu Lethia suavemente. — Com tudo que aconteceu nos últimos dias, eu não me surpreenderia com as Testemunhas, Nazirah e o Fogo Divino aparecendo durante seu sono.

— Não — discordou Hassan. — Eu venho sonhando com as Testemunhas e o golpe desde que tudo aconteceu, mas dessa vez foi diferente. Aqueles sonhos eram confusos e se reviravam na minha mente. Mas esse foi... quase sólido. Os detalhes são vívidos, mesmo agora. Mais como uma lembrança do que um sonho. Eu senti esse puxão, como se eu soubesse que era isso que tinha que fazer. Parece que é o certo, não é? Voltar a Nazirah e derrotar as Testemunhas é o meu destino.

— "A peça final da nossa profecia revelada em visão de Graça e fogo" — recitou Penrose. Ela se virou para o resto da Guarda e declarou: — Foi isso que os Sete Profetas não conseguiram ver. Essa é a resposta que estávamos procurando. Como impedir a Era da Escuridão.

— Espero que vocês entendam do que estão falando — disse Lethia com a voz cheia de raiva. — *Se* isso é realmente uma profecia e *se* o sonho de Hassan realmente é uma visão, então vocês estão pedindo para que ele enfrente um perigo muito sério.

— *Nós* não estamos pedindo nada — retrucou Penrose. — A visão do príncipe Hassan nos mostrou o caminho que devemos seguir. Ele deve voltar para Nazirah.

O pensamento provocou um aperto no peito de Hassan. Voltar para Nazirah. Era tudo que ele queria desde que chegara a Pallas Athos.

— E se vocês estiverem errados? — perguntou Lethia. — Hassan é o único herdeiro do trono de Herat. Se alguma coisa acontecer com ele...

— Nada vai acontecer comigo — disse Hassan. — Ouça, tia Lethia.

Ela se levantou.

— Espero que você esteja certo sobre isso. Espero mesmo. Mas temo que essas pessoas que juraram protegê-lo não estejam pensando na sua segurança. Temo que eles tirem seu rumo.

Os olhos de Penrose cintilaram ao ouvir isso.

— A segurança do Profeta é a nossa única prioridade. Nós nunca faríamos nada para colocá-lo em perigo.

Os olhos frios de Lethia pousaram em Penrose por um instante antes de voltarem para Hassan.

— Imploro para que você pense em tudo com muito cuidado antes de tomar qualquer decisão porque alguns espadachins Agraciados desaparecidos há um século disseram que é o seu destino. Se não pelo seu próprio bem, pelo bem do nosso país.

Hassan sentiu como se Lethia tivesse lhe dado um soco.

— Estou fazendo isso por Herat. *Tudo isso* é por Herat. É mais do que qualquer coisa que você já tenha feito pelo seu país.

Lethia estreitou os olhos.

— O seu temperamento o torna um tolo, Hassan. Eu só estou tentando ajudar. Sei que você tem esperança. Só não quero que a deposite no lugar errado.

Hassan se arrependeu das palavras duras, mas não conseguiu retirá-las, mesmo enquanto Lethia saía pela porta.

Sentiu-se perdido com a ausência da tia. No dia anterior, Lethia parecera cética em relação à profecia, mas ele achara que, assim como ele, ela simplesmente estivesse tentando se ajustar ao que descobriram. Parte dele se perguntava se a resistência de Lethia vinha de ter crescido sem nenhuma Graça. Hassan nunca lhe perguntara se ela costumava desejar secretamente ser uma Agraciada, como ele desejava, mas achou que sim. Talvez ela sentisse um pouco de inveja ao saber que Hassan recebera o que ela queria. Se os lugares fossem trocados, ele certamente sentiria.

— Então, o que tudo isso significa? — perguntou Osei, quebrando o estranho silêncio que se seguiu.

Penrose ergueu o queixo.

— Temos que ir para Nazirah.

— Como? Quando? — perguntou Petrossian. — O que a visão nos diz sobre como derrotar as Testemunhas?

Hassan abriu a boca para responder, mas uma batida firme na porta o interrompeu.

— Quem é? — perguntou Annuka, parecendo assustada.

A porta se abriu e um criado entrou.

— A srta. Khepri Fakhoury está aqui a pedido de Sua Alteza Real, o príncipe Hassan.

Hassan se levantou.

— Mande-a entrar.

— Príncipe Hassan... — A objeção de Penrose foi cortada pela entrada de Khepri no aposento.

A mente de Hassan se aquietou ao vê-la, sua frustração e raiva desaparecendo. Uma imagem de seu sonho apareceu diante dos seus olhos — Khepri ao seu lado no farol de Nazirah, forte e luminosa no brilho que antecede a aurora.

Ela fez uma reverência.

— Vossa Alteza.

— O que ela está fazendo aqui?

Hassan mal ouviu a pergunta de Petrossian. Ainda estava olhando para Khepri.

— Você estava lá. Você estava lá, do meu lado.

Seus olhares se encontraram.

— Vossa Alteza?

Eu sabia que precisava vir para cá, ela dissera naquela primeira noite na ágora. A luz do luar iluminava seu rosto, fazendo com que ela parecesse uma das estátuas douradas que ladeavam o Salão dos Reis no palácio de Herat. *Vim para encontrar o príncipe e ajudá-lo a recuperar nosso país.*

Ela acreditou nele mesmo antes de conhecê-lo. Acreditou o suficiente para arriscar tudo para ir a Pallas Athos à sua procura. Era o destino. Não percebera na época, mas sabia disso agora. Ela tinha vindo encontrá-lo para que pudessem recuperar Herat, porque era isso que deveria acontecer.

Com Khepri ali, diante dele, tudo ficou muito claro.

— Você estava lá. — Ele se aproximou. Ela se endireitou, incerta, permitindo que Hassan segurasse seu pulso. — No farol, olhando para a cidade.

— Como assim? Eu estava no farol?

Hassan olhou para a Guarda atrás dele. Sabia que eles queriam que a última profecia fosse mantida em segredo, mas aquilo fora antes da sua visão.

Antes que ele concluísse a profecia.

— Khepri. A Guarda Paladina não está aqui apenas por causa das Testemunhas. Eles vieram por minha causa. Porque, há um século, a Ordem da Última Luz mantém um segredo do resto do mundo.

— Vossa Alteza — interrompeu Petrossian. — Você não pode simplesmente revelar...

Penrose o silenciou com um olhar. Assentindo para Hassan, ela se dirigiu a Khepri:

— Quando os Profetas desapareceram, eles deixaram uma última profecia. Uma profecia incompleta, que foi confiada à Ordem da Última Luz para ser mantida em segredo até ser concluída.

Com um tom paciente e direto, Penrose explicou sobre os arautos, a Era da Escuridão e o Último Profeta, que colocaria um fim àquilo. Khepri ouviu sem interromper.

— Khepri — disse Hassan quando Penrose terminou. — *Eu* sou o Último Profeta. E finalmente sei como impedir a Era da Escuridão. Temos que ir para Nazirah com o exército de refugiados. O seu exército.

— Exército? — perguntou Osei.

Hassan se virou para o Guarda.

— Khepri está treinando os refugiados na ágora. Um exército de guerreiros Agraciados que têm tanto motivo para lutar contra as Testemunhas quanto eu. Eles querem me ajudar a retomar Nazirah e expulsá-las do reino de Herat.

Khepri olhou para ele, e Hassan viu o brilho de esperança se acender nela.

— E é exatamente isso que faremos — declarou ele, as palavras chegando com facilidade agora que estava olhando para Khepri. — Vamos atacar pelo porto de Nazirah. Dominar as Testemunhas. A única forma de impedir a Era da Escuridão é salvando Nazirah.

Khepri arregalou os olhos.

— Mas ontem, na ágora, você disse...

— Eu não sabia — falou Hassan. — Eu não sabia o que eu tinha que fazer. O que eu era. Agora eu sei. Eu *sei* o que nós temos que fazer. Eu vi.

— Eu... Você está falando sério? — perguntou Khepri. — Ontem você me disse que não havia esperança de impedir as Testemunhas com algumas centenas de soldados. Mas agora... Você realmente viu, não é? Essa visão. A salvação do nosso reino.

— Vi. — Hassan a olhou e o fogo entre eles apagou qualquer dúvida que pudesse existir. — E não foi apenas o exército de refugiados que eu vi. Eu vi navios. Com velas prateadas. Uma frota deles.

— A frota da Ordem — disse Penrose.

— Osei me disse que o número de guerreiros da Ordem diminuiu desde o desaparecimento dos Profetas, mas ainda restam algumas centenas de Paladinos, não é? — perguntou Hassan.

Penrose assentiu.

— Existem centenas de nós que juraram proteger o Profeta contra qualquer perigo. Se sua visão se concretizar, e eu acredito que se concretizará, então nosso caminho está livre. — Ela ajoelhou com um movimento fluido, segurando o cabo da espada. — Nossas espadas e a espada de cada um dos Paladinos da Ordem da Última Luz são suas, para você brandir.

O resto da Guarda repetiu o movimento, todos se apoiando em um joelho. Não era raro para Hassan ver pessoas fazendo reverência, mas daquela vez a sensação foi diferente. Havia um peso, uma promessa de algo que ele só tinha começado a compreender. Ele era mais que um príncipe agora, e aquilo era mais do que uma aliança.

— Eu apoio o Profeta — declarou Penrose, erguendo o queixo.

— Eu apoio o Profeta — ecoaram os outros membros da Guarda.

Khepri ergueu o queixo.

— Eu apoio você, príncipe Hassan. Não importa para onde sua liderança nos leve.

Pela primeira vez desde que o Hierofante tomou Nazirah, Hassan enxergou um caminho para seguir. Tudo que acontecera desde o golpe — as Testemunhas na ágora, a revelação da última profecia, Cerameico —, tudo aquilo tinha lhe trazido àquele momento. Finalmente sabia o que precisava fazer. Finalmente tinha pessoas para apoiá-lo.

Mas com aquele pensamento, Hassan sentiu uma onda de apreensão. A questão não era mais apenas o próprio caminho. Agora, havia o destino de Khepri e do exército de refugiados. Havia a Guarda Paladina e a Ordem da Última Luz.

Ele finalmente era o líder que nunca achou que fosse capaz de ser. O líder que seu pai vira nele. Só podia torcer para não cometer um erro nessa liderança.

28

BERU

Alguma coisa tinha dado errado. Beru tinha certeza. Sua preocupação constante, que a assombrava todas as noites, de que Ephyra sairia um dia e não voltaria mais, finalmente virara realidade.

Ela não sabia bem o que a irmã ia fazer quando avisou que tinha quer ir ao Templo de Tarseis para "cuidar de um assunto", mas já tinha se passado um dia desde então. E ela estava morrendo de preocupação.

A discussão delas estava fresca em sua mente. Ephyra ainda acreditava que conseguiriam encontrar o Cálice de Eleazar para curá-la. Talvez tivesse razão. Mas caso não tivesse, Beru ainda estava com as passagens de trem guardadas no bolso. Se Anton não conseguisse encontrar o Cálice, elas podiam voltar para casa. Assim que Ephyra retornasse.

Ela tem que estar bem, disse Beru a si mesma, passando os dedos pelas contas e conchas da pulseira que estava terminando de fazer. Elas acabavam na pequena tampa de cristal que Ephyra lhe trouxera.

O som de passos atravessando o mausoléu invadiu seus pensamentos ansiosos. Beru sentiu o corpo relaxar de alívio. Ephyra estava de volta. Não precisaria partir sem ela.

Quando os passos se aproximaram, Beru ouviu uma segunda pessoa. *Anton.*

Ela correu para a porta e a abriu rapidamente. Não queria passar nem mais um segundo sem ter certeza de que Ephyra estava em segurança.

Mas quando a porta se abriu, não era a irmã que estava lá.

Ela o reconheceu na hora. Já tinham se passado cinco anos e, durante aquele tempo, o garotinho esperto e animado se transformara naquele homem feroz e intenso.

Mesmo sendo impossível, Hector Navarro estava ali, diante dela.

Ele parou, parecendo tão chocado ao vê-la quanto ela estava.

— Está tudo bem — disse Anton, saindo de trás de Hector.

— O que você está fazendo com ele? — perguntou Beru, sua voz trêmula enquanto olhava de um para outro. — Cadê a Ephyra?

Foi Hector que respondeu.

— Sua irmã está onde merece.

O sangue de Beru gelou.

— Não é o que você está pensando — interveio Anton rapidamente. — Nós fomos pegos pelas Sentinelas, no templo. Pensaram que estávamos lá para roubar os sacerdotes, então nos prenderam. Ela está bem.

— Como você permitiu uma coisa dessas? — perguntou Beru, sem saber se estava se referindo à prisão de Ephyra ou à visita de Hector ali como um espírito vingador. As duas coisas eram inimagináveis.

— Sua irmã é uma assassina — disse Hector. — Ela merece estar presa. E eu vou me certificar de que ela não tire a vida de mais ninguém.

— Beru — disse Anton, dando um passo em direção a ela. Ele parecia acabado, com o cabelo em pé e olheiras profundas. — Sinto muito.

Hector estendeu o braço para manter Anton afastado.

— Você fez o que eu pedi. Está livre.

Beru ouviu as palavras não como um prêmio, mas como uma ordem.

Anton olhou para ele.

— Não vou deixar você aqui sozinho com ela. — A voz dele estava um pouco trêmula, mas Beru foi obrigada a lhe dar o crédito por tentar.

— Pode ir, Anton — disse ela, em voz baixa.

Ele a encarou com olhos arregalados e assustados.

— Mas e se ele tentar machucar você?

Talvez eu mereça, Beru pensou.

— A hora para se preocupar com isso foi *antes* de trazê-lo até aqui — disse ela, a voz fria. — Esse assunto é entre nós agora. Saia.

Anton lançou outro olhar assombrado e vulnerável antes de se virar e ir embora. Ela observou enquanto ele desaparecia pela porta, deixando-a a sós com Hector.

Beru sentiu um frio na espinha. Puxou a ponta do tecido que cobria a marca escura da mão no seu pulso.

— Como você conseguiu nos encontrar depois desse tempo todo?

Hector balançou a cabeça com os olhos perdidos e distantes.

— Eu não encontrei. Foi o destino que me trouxe até aqui para eu impedir que ela continue com isso. E você vai me ajudar.

— Por que eu te ajudaria a machucar minha irmã? — O medo se transformou em raiva.

— Porque você é a única pessoa além de mim que sabe a verdade sobre ela. Que a Mão Pálida não mata apenas os criminosos. Ela já matou pessoas inocentes, como a minha família. Se ninguém a impedir, mais pessoas morrerão.

— Do que você está falando?

— Por onde ela passa, a escuridão a segue — explicou Hector. — Você sabe a verdade sobre a sua irmã. Sabe o que ela fez. Se contar para todo mundo, as pessoas vão acreditar. Ela é uma agente do mal. Um arauto da escuridão.

— Isso não é verdade — disse Beru com veemência. — Você não sabe do que está falando.

— Eu estava lá quando ela matou a minha família. Você também estava.

Ela fechou os olhos. Sabia que, se Ephyra estivesse ali, jamais permitiria que Beru fizesse o que estava prestes a fazer.

— Você não sabe a história toda.

— A história toda? — perguntou Hector. — Minha família acolheu sua irmã, e ela os matou a sangue-frio. Eu tive que enterrar os corpos. *Essa* é a história.

Beru negou com a cabeça.

— Foi um acidente. Ela não queria machucar ninguém.

— Ela os *matou*.

— Ela estava tentando me curar — revelou Beru, desesperada. — Ela... não sabia o que estava fazendo. Ela pegou o *esha* deles por engano. A culpa não foi dela. A culpa é toda minha.

Hector deu um passo para trás e encarou Beru.

— Você lembra que eu fiquei doente pouco antes de sua mãe morrer?

Hector cerrou os punhos com tanta força que eles chegaram a tremer.

— Foi por minha causa que a sua família morreu. Não coloque a culpa em Ephyra. A culpa é minha. Toda minha. É por minha causa que a Mão Pálida existe. Se não fosse por mim, Ephyra jamais teria tirado a vida de alguém.

Hector estreitou os olhos.

— Então conserte seu erro — disse ele. — Impeça que a sua irmã continue matando.

As palavras dele calaram Beru porque, no fundo, parte dela sabia que ele estava certo. Se ela realmente sentisse remorso pelas mortes que causou, teria feito mais do que discutir com Ephyra sobre o assunto. Teria encontrado uma forma de fazê-la parar.

Não era a primeira vez que pensava sobre isso. Toda vez que Ephyra colocava a máscara e saía como a Mão Pálida, a ideia passava pela sua mente.

— Venha comigo — disse Hector, estendendo a mão para ela. — Me ajude a mostrar a todos o que a Mão Pálida fez. Me ajude a detê-la.

Beru olhou para a mão dele e, depois, para a cortina atrás de Hector.

— Eu nunca, *jamais,* em momento algum trairia minha irmã — declarou com a voz trêmula.

Beru estendeu a mão e puxou a cortina. Hector deu um passo para a frente, agarrando seu braço enquanto a cortina se enroscava em volta deles.

— Me solte agora mesmo! — exclamou Beru, cambaleando até a mesa, puxando Hector junto. Ela lançou o outro braço para trás, tentando pegar alguma coisa, qualquer coisa, para se defender. Seus dedos se fecharam em um alicate de latão. Com um movimento fluido, ela mirou no ombro de Hector.

Ele conseguiu se desviar, puxando o braço de Beru para trás, agarrando o tecido em volta do seu pulso. A faixa se soltou e Hector congelou ao ver o que apareceu.

Beru seguiu seu olhar. A faixa foi se desenrolando como a pele de uma cobra. Exposta sob ela estava a mão negra marcando a pele de seu braço.

Hector a segurou com mais força enquanto virava a marca em direção a ele.

— "E os ímpios caem sob a mão pálida da morte" — disse ele, com os olhos vidrados na marca escura. — "Quem jaz no pó se reerguerá". — Ele olhou para ela. — É você.

Beru fechou os olhos. Não sabia o que as palavras de Hector significavam, mas o terror nos olhos dele era algo que não suportava ver.

Ele soltou o braço de Beru e se afastou.

— *Retornada.*

A palavra sibilou como fumaça no ar entre eles.

Ela levou o pulso ao peito, como se esconder a marca bastasse para disfarçar a verdade sobre o que ela realmente era. Mas já era tarde. Do mesmo modo que Ephyra deixava a marca da mão branca nas suas vítimas, a mão escura marcava Beru.

Hector tinha visto, e ele sabia o que aquilo significava.

O motivo de Ephyra tirar vidas para curar Beru. O motivo de o *esha* roubado de cada uma das vítimas sempre deixá-la. Era porque Beru não estava apenas doente. Cinco anos antes, Beru morrera.

E Ephyra a trouxera de volta à vida.

Ela ouviu o som de metal se arrastando e abriu os olhos. Na penumbra da alcova, Hector estava sobre ela, com a espada erguida.

— O que você vai fazer?

— Você retornou dos mortos. Você é o terceiro arauto. Você vai trazer a Era da Escuridão.

As palavras de Hector a atingiram, embora ela não entendesse bem o que significavam.

Ele ergueu a espada. Tudo que Beru pôde fazer foi olhar, congelada, enquanto a lâmina brilhava acima dela.

Mas, então... um movimento rápido e, de repente, um corpo colidiu contra o de Hector, derrubando-o.

Anton. Ele voltara.

Hector caiu em cima da mesa. O móvel comido por cupins cedeu sob seu peso e quebrou, fazendo com que caísse no chão em uma nuvem de madeira e poeira. Uma chuva de contas e conchas se espalhou pelo chão.

Beru ficou boquiaberta por um momento, até que Anton se virasse, agarrasse seu pulso e a puxasse pela escada.

— Vamos!

Beru cambaleou atrás dele, pegando seu casaco enquanto passavam correndo pela porta e subiam juntos pela escada estreita da passagem que os levaria até o santuário em ruínas.

— Obrigada por voltar — disse Beru sem fôlego, agarrando o casaco.

— Pareceu um bom momento — disse Anton enquanto acabavam de subir e entravam no mausoléu. Uma luz repleta de poeira atravessava o teto quebrado.

— Desculpe, eu... bem, você sabe.

— Você pode me compensar me levando até Ephyra.

— *O quê?* Não podemos voltar lá.

Beru parou na hora, interrompendo os passos dos dois.

— Eu não posso simplesmente abandonar ela!

— Provavelmente aquela cela é o lugar mais seguro para ela no momento — argumentou Anton. — Aquele espadachim não tem nenhuma prova de que ela é a Mão Pálida. Foi por isso que ele veio atrás de você. A melhor coisa que você pode fazer é ficar longe da fortaleza.

Anton estava certo. Se Beru aparecesse por lá, Hector nem precisaria dizer nada. Só de olhar para a marca da mão escura em seu pulso, todos saberiam não apenas que Ephyra era a Mão Pálida, mas que Beru era uma necromante.

— Você precisa ir para o mais longe possível — disse Anton. — Se não conseguirem provar que Ephyra é a Mão Pálida, terão que soltá-la.

Passos rápidos ecoaram pela cripta. Hector estava logo atrás deles.

— Saia daqui *agora* — ordenou Anton com os olhos arregalados e fixos na escada que eles tinham acabado de subir.

Enfiando a mão no bolso da frente do casaco, Beru tirou as passagens de trem.

— Preciso que você me faça um favor — ela pediu com a voz séria, estendendo uma das passagens para Anton. — Encontre um jeito de entregar isso para Ephyra.

Anton pegou.

— Não posso prometer nada, mas vou tentar. Agora vá.

Beru se virou e correu para o buraco na parede onde antes havia uma porta. E não olhou para trás.

29

ANTON

Anton se virou quando o *esha* dissonante de Navarro o atingiu. A raiva emanava do Paladino como fumaça quando ele apareceu na passagem abaixo e entrou no santuário sombrio.

— Onde ela está? — perguntou ele, analisando os escombros espalhados e os relicários enegrecidos. — Para onde ela foi?

Anton respirou fundo e se deslocou para bloquear a saída. Beru conseguiria deixar a cidade se tivesse um pouco mais de tempo. Ele devia isso a ela.

— Você não sabe o que está fazendo — declarou Navarro. — Saia já da minha frente.

— Ela é inocente.

— Inocente? Você não sabe o que ela é, sabe?

Anton não respondeu.

— Aquela garota que você chama de inocente é uma criatura da morte — disse Navarro. — Uma retornada. Trazida de volta à vida pela irmã.

Parecia impossível. Retornados eram personagens de histórias, criaturas assustadoras que outrora devastaram o reino de Herat sob o comando do rei Necromante.

Pensando bem, porém, Beru e Ephyra estavam procurando o Cálice de Eleazar, o artefato que dera ao rei Necromante poder suficiente para criar um exército de defuntos ressurgidos da morte. Por que elas precisariam daquilo se o que Navarro dizia não fosse verdade?

Navarro olhou para a mão de Anton.

— O que é isso?

Anton apertou mais a passagem que Beru lhe dera alguns momentos antes. Fez um gesto para guardá-la, mas Navarro foi mais rápido do que a reação de Anton de escondê-la.

— Tel Amot — disse Navarro, passando os olhos pela passagem. Depois perguntou quase para si mesmo: — Por que ela está indo para lá?

Anton avançou para pegar o bilhete. Navarro o derrubou no chão sem o menor esforço.

— Obrigado por isso — disse Navarro, guardando a passagem.

— Você disse que não ia machucá-la.

Hector o encarou.

— Você ouviu o que eu disse? Ela é uma retornada.

— E daí? — As palavras saíram da boca de Anton antes que ele pudesse impedi-las. — Você vai matá-la por causa disso? Por algo que ela nunca escolheu ser?

Os olhos de Navarro cintilaram quando ele se aproximou.

— Você não sabe do que está falando.

Anton se levantou, colocando-se novamente entre ele e a saída.

— Saia da minha frente — ordenou o espadachim. — Apesar do que você fez lá embaixo, eu não quero te machucar.

Anton não se mexeu.

Navarro deu um passo para trás.

— Se você não sair, eu serei obrigado a tirá-lo à força — ele avisou, desembainhando a espada devagar e fazendo um som metálico.

A luz do sol brilhou no fio da lâmina.

E então, apesar do medo que gelava o sangue em suas veias, Anton sentiu. O *esha* que o assombrava desde aquela manhã na marina. Aquele que sentira novamente quando estava preso na fortaleza. Estava mais perto do que das outras vezes, quase palpável no aposento. Navarro e sua espada pareceram sumir como uma imagem de fundo, enquanto o *esha* reverberava em torno de Anton, forte e carregado como uma queda repentina na pressão do ar.

Ele olhou novamente para Navarro e viu que o espadachim ainda o encarava, sua espada brilhando entre eles e uma expressão de dúvida em seu rosto. Por um instante, Anton achou que, de alguma forma, Navarro também sentia o *esha*, mas logo em seguida o som de passos rápidos ressoou do pórtico, seguido por uma voz ecoando no santuário:

— *Hector!*

Navarro praguejou e embainhou a espada. Um segundo depois, agarrou a frente da túnica de Anton e o atirou para o lado, para a lateral da fonte de cristalomancia. Anton cambaleou, segurando-se em uma pedra escorregadia. O *esha* ficou mais forte, como uma tempestade se formando.

— Hector!

Pelas portas abertas do santuário, um segundo espadachim surgiu, com cabelo escuro e curto, a espada ainda embainhada na cintura. A luz que passava pela porta lhe conferia uma aura brilhante. Quase irreal.

Ele se virou, observando Anton com um olhar que parecia queimá-lo como fogo.

Seus joelhos ameaçaram ceder sob seu peso. Anton não conseguia afastar o olhar daquele espadachim, nem impedir que sua Graça se ondulasse em direção a ele para sentir o *esha*. O mesmo que sentira no cais e na sua cela, só que agora estava ali, enchendo o santuário com seu poder torrencial, atraindo sua Graça para o meio da tempestade.

Todas as partículas do ar ao seu redor pareceram ficar suspensas, como se todo o mundo tivesse mudado, realinhando-se para que eles ficassem no centro de tudo. A Graça de Anton latejava no seu corpo, saltando para fora e voltando para dentro, reverberando nas rajadas do *esha* daquele guerreiro. Como se o estivesse chamando, estendendo a mão para ele. Como se o reconhecesse.

30

JUDE

O olhar de Jude passou pelo garoto curvado na beirada da fonte de cristalomancia e voltou para Hector.

Ele parecia surpreso.

— O que você está fazendo aqui?

Jude entrou no santuário e seguiu em direção ao amigo. Não importava o que estivesse passando pela mente dele agora, ainda era Hector.

— Eu poderia perguntar a mesma coisa.

Hector contraiu o maxilar.

— Eu te avisei ontem à noite. Eu preciso deter a Mão Pálida.

— Perseguindo a irmã dela? Uma garota inocente? Essa... Essa *vingança*, ela não vai te ajudar, Hector.

— Eu não vim para me vingar. Aquela garota inocente? Ela é uma retornada, Jude. Uma retornada criada pela Mão Pálida. Ela é o terceiro arauto da Era da Escuridão. "Quem jaz no pó se reerguerá."

A mente de Jude vacilou. Hector parecia ter tanta certeza. Mas ele também sabia que o amigo estava tomado pelo luto, pela raiva e pela vulnerabilidade. Talvez estivesse enganado.

Mas mesmo que fosse verdade, aquele era mais um motivo para Hector se juntar novamente ao resto da Guarda. Contar a eles o que sabia, para que juntos pudessem decidir o que fazer.

— Hector — começou Jude, aproximando-se. — Eu acredito em você. Volte para a Guarda comigo e nós vamos decidir o que fazer.

— Eu *tenho* que detê-la, Jude. Você, entre todas as pessoas, deveria entender.

Jude parou diante do amigo.

— O que você quer dizer com isso?

— Você sabe qual é o seu destino. Sempre soube — respondeu Hector. — Eu achei... Eu achei que era o meu destino também. Encontrar o Profeta e... e...

— Ainda *é*.

Hector negou com a cabeça.

— Eu procurei a Mão Pálida por quase um ano. Depois de todo esse tempo, depois que eu desisti, depois que eu voltei para a Ordem, agora... *agora* é quando eu a encontro. O momento em que você finalmente encontrou o Profeta é o mesmo momento em que meu caminho volta a cruzar com a Mão Pálida. Isso *significa* alguma coisa. Tem que significar.

— Eu concordo. — Jude estendeu a mão hesitante para pousá-la no ombro de Hector. — Significa que existem dois caminhos para você. Um que o leva para o passado e outro que o leva para o futuro. A escolha é sua.

Hector estremeceu sob o toque de Jude.

— Você tem razão — ele respondeu, erguendo as mãos para segurar os ombros de Jude, que sentiu uma onda de alívio.

Até que Hector o apertou com mais força e o empurrou em direção ao limiar sem porta. Com a voz vazia e sem emoção, ele disse:

— Eu fiz minha escolha.

Hector se virou e saltou sobre um pilar caído no meio do santuário, então correu por ele até chegar a uma parede em ruínas.

— *Hector!* — o nome escapou dos lábios de Jude quando ele saltou atrás do amigo.

Hector desapareceu atrás da parede e reapareceu ao dar um salto enorme para a beirada do teto esburacado.

Jude respirou fundo e correu atrás dele. As pedras enegrecidas de fuligem estavam escorregadias sob seus pés, mas ele continuou, saltando do pilar para o teto em ruínas. O incêndio deixara um rastro de pedras quebradas e buracos abertos.

Hector estava na beirada, olhando para as ruas abaixo. Jude se concentrou onde pisava enquanto seguia em direção a ele, com cuidado para evitar as partes do teto que já tinham desmoronado ou que pareciam instáveis.

— Hector, não faça isso.

— Você não entende. Você não *consegue* entender. — O vento soprou entre eles. — E sabe de uma coisa? Eu sinto inveja de você. De verdade. Você nunca vai precisar saber o que é perder a sua família. Volte para a Guarda, volte para o Profeta. Lá é o seu lugar, sempre foi. Este é o meu. Eu vou seguir a retornada até Tel Amot. Fiz um juramento à minha falecida família de que eu encontraria justiça para o que aconteceu com eles.

— Você fez um juramento para obedecer e servir à Ordem! — as palavras trovejaram de dentro dele. — Você fez um juramento a *mim*.

Hector estreitou os olhos.

— Isso não tem nada a ver com você. Eu jamais deveria ter aceitado uma posição na sua Guarda.

A raiva surgiu com força e de forma repentina. Jude saltou para a frente, atingindo Hector, que cambaleou para trás, antes de desferir um soco no queixo de Jude. O golpe o acertou com uma potência que ecoou pelo seu crânio. Aquilo não fazia parte do combate elegante e hábil de um soldado Paladino. Nem das lutas juvenis que Hector e ele travavam em Cerameico. Aquela era uma briga de verdade, atravessada pela mágoa e pela raiva.

— Seu egoísta. — Jude deu uma cotovelada no pescoço de Hector. — *Ingrato...*

Hector passou os pés sob o corpo dele. Jude tentou se equilibrar, cambaleando antes de cair.

— Egoísta? Eu? — disse Hector, partindo para cima dele de novo. Ele tentou dar um soco e Jude bloqueou com a mão.

Aquilo não era muito diferente do modo como Hector costumava desabafar. Começando brigas, falando besteira e agindo como se as regras do mundo tivessem sido criadas para ele quebrá-las.

Jude apertou o punho de Hector com mais força.

— Eu escolhi você, Hector! Contra os desejos do meu pai. Contra os conselhos de Penrose. Eu *escolhi* você.

— Eu nunca te pedi para fazer isso! Eu nunca quis que você me escolhesse. Mas quando foi que você se importou com o que eu queria?

Ele tentou atingir Jude com a outra mão e, então, se viram atracados, puxando roupas, pele e cabelo. Agarrando a camisa de Hector, Jude o puxou para si, prendendo-o contra a beirada do telhado. Mesmo encurralado, Hector não retrocedeu. Ele olhou diretamente nos olhos de Jude e disse:

— Você *sempre* pediu mais de mim do que eu podia dar.

Aquilo foi um golpe mais poderoso do que qualquer soco que Hector pudesse lhe acertar.

Jude afrouxou as mãos e Hector se afastou da beirada do telhado. De repente, Jude ficou dolorosamente ciente do som do próprio coração. A raiva o queimava por dentro, mas sentiu que o resto de seu corpo estava dormente. Ele fechou os olhos. Não era mais um garoto. Era o Guardião da Palavra. O líder da Guarda Paladina. Conhecia seu dever.

Quando abriu os olhos, Hector tinha virado de costas.

— Se você não voltar comigo, então eu não terei escolha — declarou Jude. — Como capitão da Guarda Paladina, terei que punir você por deserção do seu posto. — As palavras soaram firmes, mas seu coração trovejou diante da mentira que representavam.

Hector parou e, por um instante, o coração de Jude se encheu de esperança de que aquelas palavras o fizessem voltar à razão.

Quando Hector se virou, porém, estava desembainhando a própria espada, rápido como um raio. Jude não se mexeu. A lâmina cortou o ar — e parou a centímetros do pescoço de Jude.

— Você vai acabar com a minha vida? — perguntou Hector, seus olhos afiados como a lâmina da espada. — Como vai fazer isso quando nem consegue apontar sua espada contra mim?

Jude alcançou o cabo de sua espada com a mão. Uma onda de energia atingiu sua Graça, como se a Espada do Pináculo respondesse a ele. Punindo-o. Como se soubesse que seu objetivo era proteger o Último Profeta e avisando que não poderia desembainhá-la pela primeira vez agora.

Mas mesmo sem aquele aviso, Jude sabia muito bem que não conseguiria usar a espada contra Hector, não importava o motivo. Deixou a mão cair na lateral do corpo.

— Só me deixe ir, Jude. — As palavras saíram como um pedido desesperado.

— Eu *não posso*.

Os olhos de Hector encontraram os dele e algo se passou entre os dois, algo muito próximo da vergonha horrorosa que revirava suas entranhas. Como o choque de água gelada em uma noite quente de verão, brilhando com uma compreensão repentina. O fio que vinha se desgastando entre eles por todos aqueles anos finalmente se rompeu.

O chão balançou sob eles. Antes que Jude tivesse a chance de colocar em palavras o segredo que viera à luz, as pedras sob seus pés cederam.

Ele registrou vagamente a voz de Hector chamando seu nome enquanto o mundo girava fora de foco. O telhado ruiu sob ele, lançando-o no santuário escuro abaixo.

31

BERU

O coração de Beru estava disparado ao subir a bordo do trem. Quando deixassem a estação de Pallas Athos para trás, seria a primeira vez que se separaria de Ephyra em toda sua vida.

Mesmo assim, apesar do medo e da incerteza, havia uma sementinha de animação. Desde pequena, ainda na cidade poeirenta de Medea, ela sempre quisera andar no Ferrovia Armilar. Algumas pessoas diziam que era um dos maiores feitos da engenharia Agraciada que as Seis Cidades Proféticas já tinham visto. Fora construída quase duzentos anos antes pelos artífices mais habilidosos para ligar cinco das Seis Cidades Proféticas por terra, tornando possível sair de Endarrion e Behezda e chegar a outras cidades em menos de uma semana. Desde então, a Ferrovia Armilar se expandira muito, com trajetos que passavam pelo interior, ligando rotas de comércio e portos. Todos os dias, trazia centenas de viajantes estrangeiros para Tel Amot. De vez em quando, alguns poucos seguiam caminho até a aldeia de Beru, levando histórias das Seis Cidades Proféticas e além.

Agora Beru era uma daquelas pessoas, voltando para Tel Amot com conhecimento e histórias de todos os outros lugares onde ela e Ephyra moraram nos últimos cinco anos. Ela olhou em volta, para o resto dos passageiros — o pai apontando para sua filhinha as engrenagens lustrosas e o acabamento de latão no vagão do trem, um passageiro de primeira viagem que ficava andando atrás do carregador com expressão de surpresa, um jovem casal seguindo de mãos dadas pelos compartimentos até chegar ao vagão de chá.

Beru ficou imaginando como seria ser uma daquelas pessoas. Aproveitar a chegada e a partida, e o mundo passando por suas janelas. Viver um tempo que não foi roubado, mas que era o seu.

O apito do trem soou, arrancando-a dos pensamentos, e, um instante depois, começaram a se mexer no balanço suave dos trilhos. A comissária lhe serviu chá, e Beru deixou a xícara esfriar, tentando não pensar em para onde estava indo e o que estava deixando para trás.

A porta do compartimento se abriu. Deparar-se com Hector Navarro parado ali tirou toda a animação da sua cabeça.

Ele a encontrou novamente. E, daquela vez, não havia ninguém para se colocar entre os dois.

Enquanto ele entrava no vagão, Beru se lembrou não da última vez que o viu, mas da primeira. Ela e Ephyra tinham chegado de Cárites com os pais dele e caminhado por mais de dez quilômetros até a aldeia costeira. O irmão mais velho de Hector, Marinos, fora cumprimentá-las perto da entrada e as levara para a casinha para um jantar de peixe recém-pescado, verduras frescas e pão quentinho. Era mais comida do que Beru e Ephyra tinham provado em meses.

No meio da refeição, o filho mais novo correra para dentro de casa cheio de areia e mato. Ele se sentara, pegara um pedaço de pão e, antes mesmo que Beru tivesse a chance de se apresentar, começara a descrever alegremente o ninho de tartaruga que tinha encontrado em uma piscina natural. Ainda se lembrava do rosto dele — das bochechas redondas e infantis, com a cor rosada da brincadeira que chegava até as orelhas, o jeito como o cabelo estava grudado na testa, úmido de suor e respingos de água do mar. E aqueles olhos, escuros como carvão. Mesmo quando ainda era uma criança desengonçada, Hector já era marcante.

Agora, sentada nos fundos do vagão de trem, tomando chá, Beru observou enquanto aqueles olhos a localizavam. Não conseguia ler a expressão no seu rosto quando ele se sentou na frente dela. Era sofrimento que via nos seus olhos? Medo? Ódio? Entre eles, a chaleira de bronze soltava cheiro de hortelã.

Diante de seu silêncio, ela perguntou:

— Quer que eu peça mais chá?

Ela estendeu a mão para o bule, mas Hector a pegou pelo pulso. Ela o tinha enfaixado de novo, mas ambos sabiam muito bem o que estava por baixo da fina camada de tecido — para qualquer outra pessoa ali, aquilo podia até parecer um gesto carinhoso. Se não olhassem com muita atenção. Beru engoliu em seco enquanto a força do polegar dele passava sobre os ossos delicados do seu punho, até chegar ao ponto onde seu coração pulsava.

— Eu ainda sou feita de carne e osso. Do mesmo jeito que antes. Do mesmo jeito que você.

Os olhos dele cintilaram.

— Nós não somos iguais.

Ela baixou o olhar, surpresa pela dor provocada por aquelas palavras.

— Como você me encontrou?

Ele contraiu o maxilar, suspirou e, por um instante, Beru achou que fosse manter o silêncio teimoso.

— A passagem que você deixou — ele explicou, finalmente. — Eu a tirei do seu amigo. Por que Tel Amot?

A costa passava pela janela. Beru não sabia como responder à pergunta. Poderia ter voltado para Tarsépolis, para Valletta, para qualquer outra cidade. Mas escolhera Tel Amot. Aquela terra poeirenta e banhada de sol onde ela começara. E onde terminara.

— Por quê? Pelo mesmo motivo que você quer me matar — ela respondeu. — Achei que se eu pudesse voltar... Talvez houvesse uma forma de consertar as coisas. Mas não há. Eu sei disso. Você também sabe. Me matar não vai trazer sua família de volta.

— Eu quero impedir que qualquer outra pessoa morra — declarou Hector com voz baixa. — Vou impedir que alguém precise enterrar corpos marcados com a Mão Pálida.

Beru fechou os olhos. Tantas vezes imaginou o que teria acontecido no dia seguinte à sua fuga com Ephyra. Hector voltando para casa e se deparando com o corpo frio do pai. Ela sempre se sentia mal quando pensava naquilo.

— Nunca quis que ninguém se machucasse — ela disse, baixinho. — Sua mãe, seu pai. Marinos.

Hector retesou os ombros.

— Não diga o nome dele.

O irmão de Hector tinha dezessete anos quando morreu. Era paciente e carinhoso quando implicava com o irmão caçula, irritando-o com poucas palavras e acalmando-o do mesmo modo. Aos onze anos, Beru tinha se apaixonado perdidamente pelos dois.

Ainda se lembrava de como ela e Hector costumavam implorar a Marinos para que escalassem os rochedos da praia perto da casa deles ou entrassem escondidos nos vinhedos de Sal Triste para comer uvas. Nas poucas ocasiões que Marinos cedeu aos pedidos, eles se sentiram triunfantes e invencíveis. Marinos era o herói de Hector.

Até Beru e Ephyra acabarem com ele.

— Você não tem o direito de falar sobre ele — disse Hector.

— Eu vejo o rosto dele sempre que fecho os olhos — respondeu Beru. — Você ainda lembra? O sorriso meio torto, puxando mais para a esquerda. E ele tinha aquela pequena cicatriz bem em cima da sobrancelha. Nunca soube como ele a conseguiu.

— *Não* faça isso. — Hector estava tremendo.

Ela continuou com a voz baixa:

— Não consigo imaginar como está sendo para você olhar para mim assim, viva e bem, quando toda sua família...

Ele socou a mesa, interrompendo-a e assustando algumas pessoas em volta. Hector manteve os olhos baixos até os outros passageiros perderem o interesse e voltarem a tomar seu chá e conversar.

— Você acha que eu quero que você sinta *pena*?

Beru se encolheu diante do desdém na voz dele.

— Isso não tem nada a ver com pena, Hector. Eu amava sua família.

— *Pare* com isso. Pare de fingir que você não é...

— Que não sou o quê? — perguntou Beru, perdendo a paciência. — Um monstro?

Hector segurou a beirada da mesa com força suficiente para quebrá-la.

— Você retornou dos mortos. Desde então, você e sua irmã começaram a seguir um caminho que só pode levá-las à escuridão. E estão levando o mundo inteiro com vocês.

— Do que você está falando?

As palavras de Hector a encheram de horror. Não conseguia entendê-las, mas sentiu que eram verdadeiras, de um jeito que não sabia explicar. Como se já tivesse sonhado com elas e agora o sonho voltasse à lembrança.

— Está na hora de isso acabar — declarou Hector. Nos olhos escuros como carvão, Beru viu o sofrimento e o luto que eram o combustível para as chamas de sua raiva. — Eu sou a única pessoa que sabe o que você é. O que significa que sou a única pessoa capaz de detê-la. Ninguém mais vai sofrer por sua causa. Quero que você veja o custo de cada vida que tirou da Terra.

— Eu não preciso de você para isso — disse Beru. — Eu os vejo, todas as noites. O rosto de todo mundo que morreu para que eu pudesse viver.

— Então, por quê? — perguntou ele, demonstrando o desespero que sentia. — Por que você permite que ela faça isso?

Beru se obrigou a olhar nos olhos dele. Ele queria a retornada, ele queria o espectro da sua dor. Mas a única coisa que podia oferecer a Hector era a verdade:

— Porque eu queria viver.

Hector parecia tão perdido quanto ela.

— E agora?

Uma hora atrás, ela teria dado a mesma resposta. Mas, a partir do instante que viu Hector parado na cripta, algo mudou. Como se a verdade do que ela e Ephyra tinham feito tivesse ficado mais pesada, transformando-se em uma carga que não conseguia mais suportar.

Tinha ido a Pallas Athos para encontrar o Cálice de Eleazar, para poder finalmente se libertar da maldição da segunda vida. Mas agora, sentada diante de Hector Navarro enquanto o trem serpenteava pela costa infinita, Beru sabia que nunca ficaria livre.
— Agora eu quero ir para casa.

32

JUDE

Alguém o estava sacudindo. E falando. Jude não sabia o que estavam dizendo, mas parecia que falavam com ele.

Gemendo, ele abriu os olhos. Estrelas brancas dançaram na sua visão, antes de conseguir distinguir as feições de um rosto.

— Ah, que bom. Você não está morto.

Olhos escuros e calorosos piscaram para ele sob cabelos cor de areia desgrenhados. Sardas claras pontilhavam o nariz fino e o rosto magro. Jude ficou imaginando se poderia contá-las. Mas, antes de começar a tarefa, sentiu uma onda de pânico ao se lembrar de como tinha acabado deitado ali, no santuário escuro e úmido.

Jude conseguiu se sentar, mas a dor subiu pelo seu braço esquerdo.

— Hector, ele... para onde ele...?

— Ele foi embora — respondeu o estranho de forma bem direta.

— Embora? Mas... — Jude olhou novamente para o estranho. Só que não era exatamente um estranho, percebeu quando seus olhares se encontraram. Como uma vaga recordação, conseguiu ver aqueles olhos arregalados de medo encarando-o do chão do mausoléu em ruínas. Os mesmos olhos o atraíram naquele momento, fazendo-o perceber o modo como sua pele formigava.

— Você é o outro prisioneiro — disse Jude. — Você... isso...

— Anton.

Jude estava confuso, desorientado e com dor, e sua mente parecia não estar funcionando direito.

— O quê?

— Meu nome. Eu me chamo Anton.

— Anton — repetiu Jude, antes de ofegar. Estava pior do que imaginava. Sentar exigiu toda sua energia. Ele levou a mão ao ombro que sangrava e disse:

— Tudo isso é culpa sua.

— *Minha* culpa? — Anton parecia prestes a rir, embora Jude não conseguisse imaginar uma resposta menos adequada.

— Você contou para Hector onde ele encontraria a irmã da Mão Pálida. — Ele ofegou novamente, respirando com dificuldade. — Você o trouxe até ela.

— Ele ia me matar.

Jude não acreditava nisso.

— Ele não ia machucar você.

Anton ficou boquiaberto.

— Ele disse isso antes ou depois de te jogar do telhado?

— Eu caí — corrigiu Jude, mas sabia muito bem que aquela defesa era muito fraca. Anton estava certo. Não queria pensar no que vira em Hector naquele dia. Como uma pessoa que saltava de cachoeiras com ele, que roubava vinho nas despensas da Ordem e desobedecia ao toque de recolher para ficarem conversando e rindo até o amanhecer podia ser a mesma pessoa que amaldiçoara sua amizade e o deixara sangrando no chão de um mausoléu em ruínas?

— Tudo bem — disse Jude, por fim. — Não estou culpando você pela sua covardia...

— Que generoso da sua parte...

— Mas Hector e a garota foram *embora*.

— Isso não é exatamente problema meu.

— Então o que você está fazendo aqui?

Anton contraiu o maxilar e, quando falou novamente, a leveza sumiu do seu tom:

— Veja bem, achando ou não que seu amigo ia me matar, você salvou a minha vida. Eu só estou fazendo a minha parte e garantindo que você não vai morrer. Se não quer minha ajuda, tudo bem. Podemos nos separar aqui.

Jude não respondeu.

Anton suspirou.

— Me deixe te levar a um curandeiro, pelo menos. Existem várias tavernas perto da marina. Podemos começar por lá.

— Eu não preciso... — começou Jude, mas foi tomado por uma grande onda de tontura que o obrigou a fechar os olhos.

Quando os abriu novamente, Anton estava olhando para ele.

— Você consegue levantar?

— Eu estou bem.

— Você caiu de um telhado. Não está nada bem. Estou surpreso por você achar que está perto de estar bem. Era para você ter morrido.

— Eu tenho a Graça do Coração.

— Eu percebi — respondeu Anton em tom neutro, olhando-o de um jeito que fez a pele de Jude formigar de novo. — Isso não te torna invencível. Alguém precisa dar uma olhada no seu ombro.

— Vai melhorar. Eu preciso encontrar Hector. Eu preciso...

— Ele foi embora. Além disso, você não vai conseguir ajudá-lo nessas condições. — Ele suspirou, claramente irritado. — Me deixe te ajudar.

Jude fechou os olhos e respirou fundo, reunindo a força de executar um *koah*. Estendendo as mãos, começou a transferir o peso para o pé de trás, mas sentiu outra vertigem. Quando abriu os olhos novamente, Anton estava ao lado dele.

— Jude. É Jude, não é? — perguntou Anton, encarando-o.

Jude resmungou, confirmando.

— Tudo bem, então, Jude. Pare de bancar o idiota e me deixe ajudar.

Jude suspirou. Não tinha o hábito de aceitar ajuda de... seja lá quem fosse aquele garoto, mas não tinha muitas opções. Segurando-o por baixo do braço ferido, Anton o ajudou a se levantar. Os dois saíram cambaleando do mausoléu. A exaustão atingiu Jude como um trem assim que o sol quente de verão tocou sua pele. Seus joelhos cederam.

— Opa! — exclamou Anton, lutando para manter o próprio equilíbrio quando Jude começou a cair. Cuidadosamente, ele se agachou para que Jude pudesse se sentar nos degraus. — Espere aqui.

Jude apoiou a cabeça em um pilar quebrado atrás dele. Não soube dizer quanto tempo se passou, mas, quando abriu os olhos novamente, Anton tinha voltado com um pacote de papel branco amassado. O cheiro de açúcar e nozes o alcançou quando Anton o desembrulhou.

Jude encarou o triângulo de massa dourada, salpicada com sementes de gergelim e pistache triturado.

— Você... Isso é um *doce*?

— Eles vendem na estrada, perto dos portões da cidade. Coma. — Ele balançou o doce na frente do rosto de Jude. — Você precisa comer para recuperar suas forças. A não ser que esteja ocupado demais sangrando por aí.

— Eu não estou mais sangrando — respondeu Jude, mesmo sem saber se era verdade. Seu corpo inteiro latejava, cada inspiração era mais difícil do que a anterior. Não tinha mais energia para discutir com Anton e manter a consciência. Comeu o doce. A calda escorreu, um pouquinho açucarada demais. Mas a textura crocante ao morder as camadas era maravilhosa.

— Gostoso, né?

Jude lambeu um pouco de pistache do polegar.

— Nunca comi um doce de rua antes. Pallas Athos é a primeira cidade que conheço.

Anton sorriu.

— Tudo bem — decidiu ele quando Jude terminou. — Vamos tentar de novo.

Para sua surpresa, o açúcar ajudou. Com o apoio de Anton, ele conseguiu se levantar e descer a escada. Parou no final para recuperar o fôlego. A dor na lateral de seu corpo ficou mais forte. Jude enxugou o suor da testa e ergueu os olhos.

As camadas brancas da Cidade Alta se erguiam diante dele como um grande monumento de mármore e pedra calcária. Coroando o cume, estava o Templo de Pallas. O lar da Ordem da Última Luz. Parecia a um mundo de distância.

— Por aqui — orientou Anton, puxando Jude em direção a uma rua estreita que levava para o lado oposto da Cidade Alta e até o porto.

Jude olhou para o templo por cima do ombro. Pensou sobre como se sentira, dois dias antes, ao fazer a longa viagem pela Estrada Sagrada até o Templo de Pallas. Guiando a Ordem da Última Luz de volta à Cidade da Fé. Ele finalmente trilhava o caminho do seu destino, pelo qual esperara a vida inteira.

A trilha nunca deveria tê-lo levado até ali. Não sabia como conseguira se desviar tanto do caminho. Sabia que precisava voltar. Só não sabia como fazer isso sem Hector.

Então, permitiu que Anton o guiasse pela rua, o sol batendo em suas costas. Ele se concentrou em controlar as batidas do próprio coração, a pressão gentil da respiração no seu pulmão. E tentou não pensar em mais nada.

33

ANTON

Os clientes que lotavam a Primavera Oculta no final daquela tarde já estavam bastante ébrios quando Anton e Jude chegaram. As forças do espadachim já estavam consideravelmente deterioradas quando atravessaram a entrada colunada, e Jude se apoiava pesadamente em Anton. Ele perdera muito sangue. Anton sabia disso, porque grande parte ensopava sua túnica.

— Só mais um pouco, eu juro — disse ele.

A taverna era disposta como uma ferradura em volta de um grande pátio central, com escadas em zigue-zague e passarelas muradas que levavam aos andares dos quartos, como uma imitação da organização da própria cidade. Uma fonte caindo aos pedaços gotejava água em outra fonte sombria no meio do pátio, onde marinheiros, trabalhadores do porto e cadetes das Sentinelas se reuniam em bancos de pedra em volta de mesas de jogo.

A Primavera Oculta era uma das muitas tavernas no entorno das docas de Pallas Athos, uma região particularmente popular para os marinheiros que buscavam comida barata, muito vinho, uma cama relativamente macia e alguém para mantê-la aquecida. Anton preferia as tavernas mais próximas à praça da marina, mas lhe pareceu prudente evitar os lugares que costumava frequentar.

O cheiro de carne assada e valeriana queimada atingiu Anton e Jude quando atravessaram a multidão, desviando-se das garçonetes que carregavam bandejas de vinho aguado e cerveja. Inevitavelmente, o olhar de Anton encontrou um lugar vago entre as moedas sobre uma mesa de carteado, no que parecia ser um animado jogo de Cambarra.

Um dos jogadores era barbudo e careca, tão alto que, mesmo sentado, tinha quase a mesma altura do garçom perto dele. Tatuagens escuras marcavam seus braços nus dos pulsos aos ombros. Um curandeiro.

Anton apoiou Jude na beirada dos destroços da fonte.

— Espere aqui.

Jude assentiu, escorregando para o lado.

Anton o segurou e colocou uma das mãos de Jude na beirada da fonte.

— Segure aqui.

Ele se afastou, esticando o pescoço para encontrar o curandeiro novamente.

Um baque surdo, seguido do som de água, soou atrás dele. Anton se virou. Uma das pernas de Jude estava na beirada da fonte. O resto estava dentro d'água.

— Tem um espadachim na fonte — alguém gritou com um tom ligeiramente preocupado.

Dois grandes marinheiros já estavam tirando Jude da água quando Anton se aproximou.

— Isso é seu? — perguntou um deles. Antes que Anton pudesse responder, eles jogaram o espadachim encharcado em cima dele.

Anton cambaleou enquanto Jude se segurava em seu pescoço, piscando. Os olhos eram verdes sob a luz do pátio.

— Essa água — disse ele para Anton, com voz séria. — Não é para se banhar.

— É mesmo? — perguntou Anton, segurando uma risada. — Cuidado, agora. Vamos nos sentar.

Jude pareceu não notar que ainda estava com os braços em volta de Anton e, ao cair no chão, o levou junto.

— Eu tive um pouco de tempo para pensar — disse Jude, se encostando na fonte. — E acho que talvez eu precise de um curandeiro.

— Eu sei — concordou Anton, soltando-se dele. — Estou trabalhando nisso.

Ele se levantou. O curandeiro estava bem na sua frente. Anton foi até lá, espremendo-se entre dois marinheiros robustos que provocavam os outros jogadores. Com o máximo de coragem que conseguiu, perguntou:

— Quanto é para entrar?

— Tarde demais, já demos as cartas. Você vai ter que esperar a próxima rodada — disse o curandeiro, expulsando-o.

Anton levantou a bolsa de moedas da mesa.

— Ei! — exclamou o oponente do curandeiro, um cara magrelo e de aparência desgrenhada. — O que você acha que está fazendo?

— Quarenta virtudes? — perguntou Anton, jogando a bolsa de volta na mesa. — Eu pago cinquenta e cinco se você largar as cartas e subir comigo agora mesmo.

O marinheiro atrás de Anton prendeu o riso.

O curandeiro se recostou na cadeira, erguendo uma das sobrancelhas.

— Acho essa proposta *muito* interessante. Mas não sei se meu marido aprovaria. — Ele inclinou a cabeça para o magrelo do outro lado da mesa, que abriu um sorriso para Anton, sendo agradável e ameaçador ao mesmo tempo.

— O quê? Não. Não é nada disso. Eu não estou pedindo para você *ir para o meu quarto*. Na verdade, *estou* pedindo para você ir para o meu quarto. Mas não é...
— Isso é sangue? — perguntou o curandeiro.
Anton olhou para a própria roupa.
— É sangue — confirmou o curandeiro.
— Então? — perguntou Anton. — Você vai nos ajudar?
— Tem mais alguém com você?
Anton olhou para Jude, que ainda estava encostado na fonte.
— Que Behezda tenha piedade de nós — murmurou o curandeiro. — Aquele é quem eu acho que é?
— Ah, não — disse o magrelo. — Eu conheço esse olhar. Você não vai nos meter em nenhuma confusão, seja ela qual for, Yael.
O curandeiro pousou a mão forte no ombro do marido e se inclinou, beijando seu rosto.
— Relaxe, querido. Teremos tempo suficiente para você trapacear e pegar todo o dinheiro que eu ganhar com isso.
— Ah, tudo bem — respondeu o marido, irritado. — Já estou cansado de ganhar de você.
O curandeiro revirou os olhos enquanto seguia em direção à fonte, logo atrás de Anton. Juntos, eles levantaram Jude do chão. A multidão abriu caminho para Yael, que era tão alto que precisou se abaixar para colocar o braço em volta de Jude enquanto subiam as escadas.
Quando Jude estava deitado na cama de um dos quartos da taverna, Yael se dirigiu a Anton:
— Faço por oitenta virtudes.
Aquela quantia era quase todo dinheiro que Anton tinha. O suficiente para pegar o trem e fazer uma boa refeição.
Ou o suficiente para pagar um curandeiro irritado de integridade questionável.
— Eu ofereci cinquenta — argumentou Anton.
— Você ofereceu cinquenta e cinco, e se está em busca de caridade, deveria tê-lo levado para o Templo de Keric.
Um templo seria evidente demais. Àquela altura, Illya já devia ter descoberto que Anton fugira da fortaleza e estaria procurando sinais dele pela cidade. Precisava de discrição, e isso sempre tinha um preço.
— Sessenta — Anton propôs.
— Setenta e cinco.
Cerrando os dentes, Anton pegou a bolsa de moedas.
Yael sorriu quando Anton a colocou na palma de sua mão.
— Seu amigo vai agradecer pela sua generosidade. Tenho certeza.

Ele se ajoelhou ao lado da cama de Jude e organizou os apetrechos necessários para realizar o trabalho — cortes do jardim de sangue, que dariam o *esha* necessário para curar o rapaz, e óleos para traçar os padrões da ligação.

Anton olhou para as linhas complexas de tinta que corriam em espirais fractais os grandes braços de Yael. Todos os curandeiros tatuavam os padrões de ligação na própria pele para manter os poderes concentrados.

Yael traçou os mesmos padrões na pele clara de Jude. Colocando a mão pesada no braço do guerreiro, o curandeiro fechou os olhos. Anton observou, fascinado, enquanto a pele ensanguentada dele começava a se unir. Quando olhou para Yael, viu que o curandeiro encarava Jude com uma expressão pensativa.

— Sabe de uma coisa? — disse ele com um tom leve. — Existe um boato por aí que diz que o navio de velas prateadas no porto de Pallas Athos pertence a nada mais, nada menos, que à Ordem da Última Luz. Seu amigo sabe alguma coisa sobre isso?

Ele parecia simplesmente curioso, mas Anton não conseguiu evitar a cautela.

— Ele na verdade não é meu amigo.

— Tem certeza? Você se esforçou muito para trazê-lo a um curandeiro.

Anton olhou para a túnica coberta de sangue. O esforço que fizera por Jude não tinha nada a ver com amizade. Ele mal o conhecia. Mas algo o prendera ao mausoléu quando Jude chegara lá. Enquanto ele lutava com Hector no telhado.

Era o modo como a Graça de Anton reagia ao *esha* de Jude. Aquilo o assustava, principalmente agora que sabia a quem aquele *esha* pertencia. Mas também havia outro sentimento, além do medo. Aquela atração inconsciente que envolvia Anton e tornava impossível ir embora.

Não sabia o que era, mas não gostava nada daquilo. Yael estava certo — tivera muito trabalho para ajudar Jude. Mas agora que tinha ajudado, não precisava mais ficar por lá. Não precisava sucumbir àquele impulso.

— Parece que meu trabalho por aqui acabou — declarou Yael, alongando os membros compridos e ficando de pé no meio do quarto.

— Espere — pediu Anton, tendo uma ideia. — Os marinheiros que estavam com você. Eles acabaram de chegar ou vão zarpar?

— Vão zarpar amanhã à noite. Remzi gosta de respeitar os cronogramas.

— Remzi?

— Meu marido — respondeu Yael. — O magrelo com quem você quase começou uma briga.

— Ah, o jogador de Cambarra.

Os olhos de Yael brilharam.

— Você joga?

Anton abriu um sorriso afetado.

Yael deu uma risada.

— Tão bem assim? Eu te chamaria para jogar uma rodada, mas acho que você não tem mais nada para apostar, não é?

Ele riu de novo, jogando a bolsa de moedas de Anton para cima e pegando antes de sair do quarto.

Anton ficou sozinho com o espadachim recém-curado e inconsciente, e com o pânico afiado que dizia para ele fugir daquela cidade. Por mais de um motivo.

Ele se virou para a porta e parou. Ali, apoiada na parede, estava a espada de Jude. Ele se lembrava vagamente de ela ter caído do cinto, e Anton a largara ali no quarto antes de colocar Jude na cama. A arma cintilava para ele, pesada e elegante. Um testemunho do trabalho de um bom artífice. Anton a olhou por mais um tempo e percebeu que Yael estava errado. Ele tinha alguma coisa para apostar. Algo caro, raro e, melhor de tudo, não custaria nada a Anton.

Já tinha feito coisas erradas antes — coisas cruéis, coisas egoístas —, e, embora sempre se sentisse culpado, aquilo nunca o impediu de voltar a fazer. Se arrependeu muito na primeira vez que roubou de uma família inocente e bondosa o suficiente para acolhê-lo. Disse para si mesmo que não tinha escolha quando encostara a faca contra o pescoço do homem que uma vez o protegera nos canais de Valletta. Mas nenhuma daquelas coisas, nem as milhares de coisinhas erradas que fizera na vida, foi o suficiente para fazê-lo desistir.

E não desistiria agora. Deixaria aquela cidade para trás, iria para o mais longe possível, até que Pallas Athos não fosse nada além de uma lembrança ruim que deixaria desbotar. Ele iria para algum lugar onde não haveria a Mão Pálida, seu irmão monstruoso ou o espadachim chamado Jude. Poderia deixar tudo para trás, como pedras afundando no mar. Ainda existiria, mas apenas como outras milhares no mesmo lugar, sob as águas escuras.

Ele pegou a espada.

34

HASSAN

— Não temos muito tempo.

A voz de Khepri soou brusca e urgente conforme ela olhava em volta da mesa para Penrose, Osei e Hassan. Durante horas, os quatro se reuniram na biblioteca da *villa* com mapas, livros e papéis espalhados pela mesa. Petrossian, Yarik e Annuka foram à ágora para conhecer o exército de refugiados.

Ao longo da tarde, Khepri fizera um resumo sobre o exército, e os números realmente eram pequenos. Trezentos homens e mulheres se alistaram, embora, segundo Khepri, o número estivesse aumentando cada vez mais desde que os boatos sobre a presença do príncipe em Pallas Athos chegaram aos campos em outras cidades.

Mesmo com o acréscimo dos quatrocentos Paladinos da Ordem da Última Luz, o exército deles era muito menor do que o das Testemunhas. Khepri e os outros refugiados estimavam que o Hierofante tinha alguns milhares de soldados em Nazirah — seus próprios seguidores reacionários e cidadãos traidores de Herat.

Mas o exército de refugiados e a Guarda Paladina eram Agraciados, e tinham o elemento da surpresa a seu favor.

A questão que enfrentavam agora era o tempo.

— Quando Reza foi mantido em cativeiro pelas Testemunhas com o Fogo Divino, ouviu falar sobre o Dia do Acerto de Contas — disse Khepri. — Existem outros refugiados que disseram ter ouvido a mesma coisa. É como eles chamam o dia que estão planejando lançar o Fogo Divino sobre os Agraciados.

— E você sabe quando ele planeja fazer isso? — perguntou Penrose.

— Achamos que o Hierofante quer colocar o plano em ação no Festival da Chama.

— Combina — declarou Petrossian com um tom sombrio.

— É um dia de celebrações em Herat — explicou Khepri. — O festival que comemora a fundação de Nazirah, e a primeira vez que o farol foi aceso.

— É daqui a dez dias — disse Hassan.

Se estivesse em Nazirah, se o Hierofante nunca tivesse tomado a cidade, estaria ajudando os pais com os preparativos — decorando o palácio com lírios e pérolas, convidando dançarinos do fogo e poetas, definindo o cardápio para o banquete da cidade, que duraria três dias.

Mas não haveria dançarinos naquele ano. Nem poesia. Nem banquete.

— Dez dias — repetiu Penrose. — Precisamos de três dias de barco até chegar a Nazirah, se o tempo ajudar. Temos que partir em menos de uma semana.

— A Ordem terá tempo suficiente para chegar aqui?

— Precisamos de alguns dias para preparar essa quantidade de barcos. Mesmo com as velas tecidas com o poder da Graça, levará um tempo, quase cinco dias para chegar aqui — respondeu Penrose. — E isso antes de irem para Nazirah.

Hassan ficou preocupado. Se Khepri estivesse certa em relação ao Festival da Chama, eles não poderiam esperar pela Ordem. Se zarpassem tarde demais, chegariam a uma cidade em cinzas.

Enquanto Penrose e Khepri continuavam discutindo sobre o cronograma apertado, o olhar de Hassan pousou na parede, onde um relevo de mármore se estendia do teto ao chão, representando a famosa reconquista de Pallas Athos, no século anterior. Era uma das histórias favoritas de Hassan. Desesperados para recuperar a cidade-Estado de volta do rei Vasili e de seu exército novogardiano invasor, a sacerdotisa Kyria entrou escondida na cidade com um pequeno exército de soldados leais vestidos com roupas comuns, e eles conseguiram retomar o controle da fortaleza. Quando as tropas novogardianas perceberam o que estava acontecendo, seus soldados seguiram direto para a Cidade Alta, deixando o porto sem defesas. Foi quando a princesa de Cárites, aliada e amante de Kyria, chegou com uma frota de navios e controlou o porto. Na representação de mármore, a sacerdotisa e sua princesa estavam juntas nos degraus do Templo de Pallas, usando coroas de louro com folhas de ouro, olhando para um mar de lápis-lazúli.

A semente de um plano começou a surgir na mente de Hassan. Ele se virou para Penrose.

— Diga à Ordem que eles não devem vir para Pallas Athos. Diga para seguirem direto para Nazirah.

— Direto para Nazirah? — disse Penrose. — Príncipe Hassan, só temos um navio aqui em Pallas Athos. Não é o suficiente para transportar o exército heratiano. Precisaremos de mais.

— Acho que eu posso ajudar com isso.

Hassan se virou para a porta da biblioteca e viu Lethia parada ali.

— Tia Lethia. — Ele se levantou e seguiu até ela no mesmo instante. — Achei que não quisesses fazer parte de nada disso.

Lethia nunca foi uma mulher humilde, de forma alguma, mas naquele momento parecia ser.

— Pensei sobre tudo isso e... Eu te devo um pedido de desculpas. A todos vocês. — Ela se virou para a Guarda. — Hoje, mais cedo, quando questionei sua motivação, foi só porque eu temo o que tudo isso significa para Hassan. Ele escapou de Nazirah por um triz. Meu irmão e a esposa não tiveram tanta sorte. Eu me preocupo com eles todos os dias, e acho que, de forma bastante egoísta, não queria ter que me preocupar com Hassan também. Peço desculpas pela minha reação.

Penrose baixou a cabeça.

— Obrigada.

Hassan engoliu em seco e se virou para a tia.

— Eu também lhe devo um pedido de desculpas. Fui duro quando falei com você, e deveria ter percebido o quanto essas últimas semanas estão sendo difíceis. Herat é o seu país, também.

— Você tem razão. Herat é a minha terra natal. É por isso que vou fazer tudo que estiver ao meu alcance para ajudá-lo a voltar. Por sorte, eu sei exatamente como fazer isso.

— Do que você está falando? — perguntou Khepri, aproximando-se deles.

— Estou falando de uma frota reduzida de pequenos veleiros com os melhores recursos de defesa — respondeu Lethia. — E um mercador leal que usará esses navios e sua tripulação para salvar Herat.

Hassan encarou a tia, surpreso.

— Tia Lethia. Tem certeza?

— Claro que tenho — ela respondeu, seguindo para o mapa aberto em cima da mesa e apontando o dedo entre o porto de Pallas Athos e o porto de Nazirah. — Cirion é meu filho. Mesmo que tenha sido criado aqui em Pallas Athos, Herat é o país dele também.

— Não — disse Hassan. — Você tem certeza de que quer nos ajudar?

Lethia pousou a mão no mapa.

— Hassan — começou ela, séria. — Se você decidiu que precisa fazer isso, então tem todo o meu apoio.

Ele sabia que ela estava sendo sincera. Lethia podia parecer petulante e falsa, às vezes, mas nunca voltava atrás em sua palavra. Não sabia o que a tinha feito mudar de ideia, mas Hassan acreditava que ela o faria chegar a Nazirah, não importava o quanto isso lhe custasse.

— Quando você pode falar com seu filho? — perguntou Khepri.

— Ele chega de viagem amanhã. Vou mandar uma mensagem agora mesmo — respondeu Lethia, virando-se para sair. — Tenho certeza de que ele vai ajudar.

— Mais uma coisa — disse Hassan enquanto Lethia saía. — Sei que há outros refugiados que escaparam de Herat. A maioria seguiu para Cárites. Alguém deveria ir até lá e se certificar de que estão seguros.

— E pedir que se juntem a nós — acrescentou Khepri. — Eles não vão chegar a tempo para o ataque inicial, mas, depois que tivermos tomado a cidade, eles podem voltar para ajudar na reconstrução.

Do outro lado do aposento, Lethia fez uma pausa.

— Eu vou.

Os quatro se viraram para a porta.

— Você? — perguntou Osei.

— Por que não? — respondeu ela, virando-se para eles. — Tenho contatos em Cárites. Posso fazer os arranjos para ir até lá e contar aos outros refugiados o que você está fazendo.

Hassan sentiu uma onda de gratidão.

— Não existe ninguém em quem eu confie mais para fazer isso. Obrigado.

Ele não estava se referindo apenas à missão. Não conseguia expressar o quanto o apoio de Lethia significava para ele — mesmo depois das dúvidas e da apreensão que ela demonstrara em relação à profecia e ao seu papel, ainda se prontificara a ajudá-lo de todas as formas possíveis. Pelo modo como ela o olhou, percebeu que a tia entendera. Com um breve aceno de cabeça, ela saiu da biblioteca.

À medida que a tarde se transformava em noite, Hassan foi até seu quarto se vestir e se preparar para ir à ágora, onde o resto da Guarda o esperava. Juntos, eles se postariam nos degraus do Templo de Pallas e revelariam o segredo da profecia que os Profetas deixaram incompleta, contando aos refugiados como Hassan, por fim, a concluíra.

Os criados de Lethia o adornaram com seda e brocado em tons de dourado e verde, além de untá-lo com o óleo de sândalo e mirra. Sobre os cachos castanhos, colocaram uma coroa de louros trançados. Não era de ouro, como a Coroa de Herat. Ainda não. Mas aquela coroa logo seria dele. Tinha visto.

Quando os criados terminaram de vesti-lo, Hassan os dispensou e saiu para ficar sozinho na varanda que dava vista para o jardim do átrio. Uma figura solitária estava ali, entre as flores, protegida por uma coluna de mármore branco. Era Khepri, cercada por brotos de figo e azeitona crescendo nos galhos finos e escuros.

Antes que pudesse mudar de ideia, Hassan desceu a escada e cruzou o caminho ladrilhado, ladeado por jacintos brancos e roxos, e se aproximou de Khepri na beirada do espelho d'água. Um filete fino escorria até o delicado órgão de água prateada, sua música soando suavemente ao redor deles.

Ele seguiu o olhar de Khepri até os botões azul-claros que boiavam preguiçosamente sobre a superfície da água, perfumando o ar com um cheiro doce e almiscarado. O lírio azul de Herat. Alguns botões começaram a se fechar, dobrando as pétalas e afundando na superfície da água, onde esperariam, escondidos, para ressurgir na luz da manhã.

— Elas são lindas, não são? — disse Hassan. — Quando meu pai estava cortejando minha mãe, ele enviou três barcos com esses botões pelo rio Herat até a porta da casa dela. Ele disse que, quando se casassem, colocaria lírios azuis frescos em todos os cômodos do palácio.

Khepri fechou os olhos, respirando fundo.

— Elas têm o cheiro de casa.

— Al-Khansa, não é? — perguntou ele. Al-Khansa era menor do que a capital de Herat, uma cidade vibrante ao sul de Nazirah, nas margens do rio Herat. Era sempre a última parada do passeio da família real pelo rio, no começo do período de cheias.

Khepri assentiu.

— Todos os anos, durante o Festival das Cheias, a cidade inteira fica perfumada com o cheiro dos lírios azuis. Os comerciantes vendem nas ruas para as pessoas jogarem no rio como oferenda. Dizem que as flores são uma promessa de um ano abundante.

Hassan pegou um botão de lírio gentilmente. Ele se lembrava da última vez em que ele e Khepri ficaram sozinhos daquele jeito — olhando para o acampamento e para as crianças brincando. Como ela tocara sua mão e se inclinara para ele como uma tamareira se dobrando sob o vento do deserto. Ele se afastara, temendo permitir que alguma coisa acontecesse quando a mentira sobre sua verdadeira identidade pairava entre eles. Mas agora ela sabia. Não tinha nada a esconder. Ele estendeu a mão e colocou o lírio em seu cabelo.

Khepri se afastou e a flor caiu no chão entre eles.

— Eu... Vossa Alteza... — ela gaguejou.

Aquelas palavras — *Vossa Alteza* — apagaram instantaneamente toda a intimidade e calor entre eles. Não restava nada do riso fácil e da proximidade instintiva que compartilharam nos campos de refugiados naquela primeira noite, na ágora.

Hassan se lembrou de que ele não fora o único a esconder algo naquela noite.

Sua mão ainda estava pairando ao lado do rosto de Khepri, e ele a deixou cair na lateral do corpo.

— O que você quis dizer ontem quando falou que foi egoísmo da sua parte não me contar sobre Fogo Divino quando nos conhecemos?

— É melhor nós irmos — disse Khepri, baixando a cabeça. — Os outros estão esperando.

— Khepri.

Ela respirou fundo, estremecendo um pouco. Os olhos cor de âmbar, que sempre desarmavam Hassan, guardavam algo que ele não tinha visto antes. Algo que parecia arrependimento. Culpa.

— Os dias seguintes à minha chegada em Pallas Athos foram os piores da minha vida. Quando eu não estava preocupada com os outros refugiados, estava aterrorizada com o que podia estar acontecendo em Nazirah. Eu estava obcecada por todas aquelas histórias horríveis que ouvi sobre o Hierofante e o que ele e suas Testemunhas estavam fazendo. Era tudo em que eu pensava.

Era exatamente como aquelas primeiras semanas tinham sido para ele.

— Mas quando você apareceu na ágora, parecia que, por algumas horas, apesar de toda raiva e preocupação, eu podia respirar de novo.

Hassan a encarou, surpreso de ouvir na voz dela os pensamentos que passaram pela sua mente, como se ela tivesse entrado em sua cabeça e os arrancado pela raiz.

— Não contei sobre o Fogo Divino nem sobre o que as Testemunhas estavam planejando porque eu queria guardar esse sentimento. Não queria arruinar aquilo com toda dor e sofrimento. Eu fui egoísta. Eu *fui* egoísta por esperar quando meus amigos, meus *irmãos*, estavam... — ela engasgou, incapaz de continuar.

— Eu entendo — respondeu Hassan suavemente. — De certa forma, foi pelo mesmo motivo que não contei quem eu era. Porque o peso da responsabilidade de quem eu sou teria abafado todo o resto. Isso também foi egoísmo.

— Eu me odiei. Por pensar sobre qualquer outra coisa que não fosse meus irmãos. — Ela engoliu em seco, olhando nos olhos dele. — Por querer outra coisa.

Era demais. Ele não podia deixar as coisas daquela maneira. Segurando a mão dela, ele declarou:

— Eu também queria.

Ela inclinou a cabeça em direção a ele, mas não falou nada.

— Mas agora... — disse Hassan, deixando a ansiedade transparecer em sua voz. — Agora você sabe quem eu sou.

— Tem razão. — Ela olhou nos olhos dele. — Agora eu sei quem você é. Você é a chave para salvar Nazirah. — Ela soltou sua mão. — Você é o príncipe. O Profeta. E eu sou sua soldada.

Enquanto Khepri afastava os dedos dos dele, Hassan compreendeu. Baixou a cabeça, sentindo-se tolo.

Desde o momento em que conheceu Khepri, sentiu como eram parecidos em muitos sentidos. Ambos foram arrancados do lar que amavam. Ambos procuravam uma forma de voltar. Acreditou que a única coisa os separando fosse a mentira que contara sobre sua verdadeira identidade. Mas agora via como a verdade se colocava entre os dois de forma ainda mais poderosa. Mesmo um príncipe exilado tinha poder sobre um soldado, e quanto mais ele tentava fingir que não era assim, menos conseguia ser o que ela realmente precisava que ele fosse. O que todos precisavam que ele fosse.

— Príncipe Hassan.

Ele e Khepri se viraram para a entrada do jardim, onde Penrose e Osei estavam, seus mantos em tom de azul-escuro como a noite sobre os ombros.

— Está na hora — declarou Penrose. — O exército e os refugiados estão esperando.

Hassan olhou para Khepri de novo, mas ela já estava saindo do jardim, de costas para ele. Respirou fundo e a seguiu.

Depois daquela noite, não havia mais volta. Os planos foram traçados, os navios estavam a caminho, e uma profecia de cem anos logo se realizaria. Ainda era estranho pensar naquilo. Que ele voltaria para o próprio país, não mais como um príncipe apenas, mas como um Profeta. Aquela visão que tivera em seu sonho logo se tornaria realidade.

Ele afastou todos os pensamentos sobre Khepri e lírios azuis e chegou à entrada do jardim onde os outros o aguardavam.

— Estou pronto.

35

EPHYRA

— Acorde.

Ephyra piscou devagar na penumbra. Sentiu gosto de sal. Seu rosto parecia ter sido lixado, seus olhos estavam secos e ardendo. Tinha chorado? Não tinha certeza. Não tinha certeza de mais nada — nem de quanto tempo estava naquela cela. Nem de quanto tempo se passara desde que o espadachim a deixara lá.

Nem se a vida da irmã estava nas mãos do homem que queria ver Ephyra morta.

Botas pretas e lustrosas fizeram barulho no piso de pedra da cela. Ephyra se sentou. Na porta havia um homem vestido com um elegante casaco preto. Um homem que ela devia ter matado.

— Que lugar agradável — comentou Illya, seus olhos dourados passeando pela cela simples antes de pousarem em Ephyra. Ela sentiu seu sangue gelar diante da frieza do sorriso dele. — Imagino que guardem as melhores celas para os assassinos mais famosos. Como você, a Mão Pálida.

Ephyra congelou. Será que Hector tinha conseguido? Será que tinha provado para as Sentinelas quem ela realmente era?

Mas Illya fez um gesto com as mãos.

— São só boatos, é claro. Mas os guardas certamente parecem acreditar. Eles me avisaram três vezes antes de eu entrar aqui.

— Talvez eles estejam certos — respondeu Ephyra, rouca por ter ficado tanto tempo em silêncio, ou talvez por causa do choro. — Tem certeza de que quer ficar aqui comigo?

— Vou arriscar.

— E o que você quer comigo?

— Não precisa ser grosseira.

Ela o fulminou com o olhar.

— Estou sendo educada. Caso tenha esquecido, eu estou aqui por sua causa.

— É mesmo? — perguntou ele, aproximando-se mais. — Se não me falha a memória, foi meu irmão que a levou para o templo.

Ephyra se encostou na parede, levantando-se.

— E foi seu irmão que avisou as Sentinelas sobre a presença de supostos ladrões? Eu não sou idiota. Sei que foi você que planejou tudo.

— Eu não tive nada a ver com isso — disse Illya. — Foi só falta de sorte mesmo.

Ephyra deu uma risada debochada e se virou.

— Você nem imagina.

— Então, o que me diz de tentar mudar sua sorte?

Ela o encarou.

— Como assim?

— Parece que um dos Paladinos ajudou meu irmão a fugir. Não sei dos detalhes, mas acho que você sabe.

Ephyra sentiu o pânico crescer no peito. Ele estava falando de Hector.

— Ah — disse Illya, percebendo o medo que transpareceu no rosto dela. — Eu tenho razão.

Se Anton tinha convencido Hector a soltá-lo, aquilo só podia significar que o levou até Beru. E se ele descobrisse o papel que sua irmã desempenhara na morte de sua família, a mataria. Ephyra não tinha dúvidas. Ainda lembrava como o pai de Hector tinha partido para cima delas, seu luto transformado em uma fúria assassina.

Os olhos dourados de Illya estavam fixos nela.

— Você sabe para onde eles foram, não sabe?

— Se soubesse, não contaria a você.

Ele arqueou as sobrancelhas.

— Que pena, porque acredito que podemos nos ajudar.

— É mesmo? Você não tem nada que eu queira.

Ele inclinou a cabeça de um jeito que o fez parecer tão misterioso quanto o irmão.

— Você está presa aqui. Eu poderia mudar isso.

Ephyra deu risada.

— As Sentinelas não vão soltar uma suspeita de assassinato.

— Que bom que eu tenho *certeza* de que você não poderia ter cometido aqueles assassinatos — declarou ele, calmamente.

— Do que você está falando?

— Na noite em que a Mão Pálida matou o sacerdote Armando Curio, você estava comigo — disse ele. Sua expressão mudou e, de repente, Illya estava falando com muita doçura. — Não estava, querida? Acho que eu saberia se minha esposa fosse uma assassina.

— Sua esposa? — perguntou ela, sem entender.

Ele deu de ombros.

— Futura esposa, se preferir.

Ela queria responder que preferia nunca mais ter que falar com ele, mas Illya estava oferecendo um álibi para sua liberdade, e aquilo era difícil de recusar. Se ele não estivesse blefando, claro.

— E por que as Sentinelas de Pallas Athos acreditariam na palavra de um forasteiro qualquer?

— Minha palavra vale muito aqui em Pallas Athos — disse ele com um sorriso sincero. — Tenho alguns amigos do alto escalão. Alto o suficiente para eu conseguir a liberdade de uma prisioneira só com a minha palavra.

Ela não duvidava, pois aquilo explicava como Illya conseguira acesso à cela.

— Ficarei muito feliz em dizer tudo isso para as Sentinelas... Se você me ajudar a encontrar meu irmão.

— Por que você precisa tanto encontrá-lo?

Houve uma pausa e, quando ele voltou a falar, o tom da sua voz estava diferente. Mais baixo.

— Você não dá importância a muita coisa na vida, não é?

Ephyra desviou o olhar. Pelo visto era muito óbvio como ela tinha pouco respeito pelo resto do mundo. Beru sempre lhe bastara.

— Eu também sou assim — continuou Illya. — Claro, posso me vestir com roupas elegantes e bancar o estrangeiro rico. Posso desfrutar de uma refeição bem preparada, ouvir uma bela música e aproveitar a companhia de uma mulher bonita. — Ele olhou para Ephyra. — Mas nada disso importa. Não de verdade. Existem poucas coisas que importam, para ser sincero. Você sabe disso, não sabe? Acho que eu levei muito tempo para aprender. Tempo demais, talvez.

Ephyra viu o rosto de Illya se suavizar até ele parecer o jovem que era. Até quase conseguiu acreditar que suas palavras eram tão sinceras quanto pareciam.

— Mas, agora... — Illya suspirou. — Agora eu vejo. Meu irmão é uma dessas coisas raras que realmente importam. Eu daria qualquer coisa para encontrá-lo. Para conseguir seu perdão.

Com uma desenvoltura silenciosa que aprendera como a Mão Pálida, Ephyra se aproximou até estar a um palmo de distância.

— Ah, Illya — disse ela, suavemente. — Eu devo parecer a pessoa mais idiota das Seis Cidades Proféticas se você realmente acha que vou acreditar nessa sua historinha.

Illya vacilou.

— Eu não estou mentindo.

Ela lembrou que ele tinha dito a mesma coisa para Anton.

— O que você quer com ele, de verdade?

— Quero protegê-lo.

— De *quê*? — perguntou Ephyra. — Não vou fingir que o conheço muito bem, mas eu sei o que é sentir medo, e a única coisa que aquele garoto realmente teme nesta vida é você.

— E por que você acha que eu passaria *anos* tentando encontrá-lo? Por que eu gastaria uma fortuna contratando cristalomantes para rastreá-lo? Por que eu viajaria de cidade em cidade com nada mais do que um *boato* de que ele talvez estivesse lá?

Ephyra se segurou para não falar. Não queria se meter com aquele manipulador diante dela, mas não podia evitar comparar suas histórias. Ela viajara pelo que parecia ser o mundo todo para encontrar uma cura para a irmã. Illya tinha feito o mesmo para encontrar o irmão.

Mas só porque se pareciam não significava que, de fato, eram iguais.

— Tudo bem — disse Illya, dando um passo atrás. — Você ainda acha que eu estou mentindo. Vou conseguir encontrá-lo de novo sem a sua ajuda.

Ele se virou para a porta e o som das botas ecoou pelas pedras do corredor.

Ephyra xingou. Precisava encontrar Anton tanto quanto Illya. Se alguém sabia o que tinha acontecido com Beru, se Hector a tinha encontrado ou não, era ele.

— Espere — ela pediu. Illya se virou com um sorriso educado, mal disfarçando a própria satisfação. — Eu não estava mentindo quando disse que não sei para onde eles foram. Mas posso levá-lo ao lugar onde estávamos nos escondendo na cidade. Talvez ele ainda esteja lá. Talvez não.

— Isso não é muito promissor.

— É melhor do que nada, e você sabe disso — disse Ephyra. — Olha, eu não sei qual é o seu objetivo e com certeza não confio em você, mas preciso sair daqui. Temos um acordo ou não?

Illya fez um gesto com a mão.

— Tanto faz se confia em mim ou não. Eu preciso de você, e você claramente precisa de mim, o que nos torna aliados naturais.

Ela riu.

— Aliados naturais? Eu tentei matá-lo.

— Mas não matou.

— Talvez eu ainda mate.

Ele sorriu de um jeito que o fez parecer um lobo em pele de cordeiro.

— Estou disposto a arriscar, se você estiver. — Ele estendeu a mão. — Aliados?

Ela apertou a mão de Illya, engolindo em seco enquanto olhava naqueles olhos dourados. Passara a maior parte da vida negociando com forças sombrias. Nunca tinha se sentido assim.

— Aliados.

36

JUDE

Jude acordou lentamente, sua consciência latejando e fluindo como as ondas do mar na praia. Ele estava inexplicavelmente molhado e o fundo de sua boca tinha um gosto amargo. Sentiu uma dor chata pulsando no ombro quando tentou se virar, como se alguém tivesse tentado arrancar seu braço. As lembranças do que tinha acontecido voltaram de repente: a queda violenta no mausoléu, a pedra quebrada que atravessara seu ombro. Mas, quando pressionou os dedos ali, percebeu que a pele tinha sido costurada como se o ferimento nunca tivesse existido.

Ele olhou para o teto baixo e inclinado de gesso branco e rachado. Uma abertura quadrada mostrava o céu noturno pela janela lateral. As lembranças do dia anterior passaram pela sua mente quando ele se sentou no leito estreito e afundou o rosto nas mãos.

Era um idiota, um idiota, um idiota. E Hector tinha ido embora.

Jude voltaria para a *villa*. Naquela noite. A Guarda e o Profeta logo saberiam o que ficou muito claro para ele. Não merecia ser o Guardião da Palavra. Ele rogaria o perdão do Profeta, ajoelharia aos seus pés, colocaria a Espada do Pináculo no chão...

A Espada do Pináculo.

Jude se levantou com um salto, sentindo um aperto no estômago quando não viu a espada ao seu lado. Tentou pensar. Depois de cair do telhado, ainda estava com a espada, não estava? E quando chegaram à Primavera Oculta, com Jude trêmulo de exaustão, carregado com a ajuda daquele garoto — Anton —, a espada também estava com ele.

Já tinha perdido Hector. Não podia perder a Espada do Pináculo.

O pânico correu por suas veias enquanto seguia para a porta e descia a escada. Risadas roucas, burburinho de vozes e tilintar de copos vinham do pátio. Jude parou para considerar suas opções. A ideia de colocar os pés lá fora o enchia de inquietação. Cidades e multidão constituíam um grande desafio para ele, depois de passar seus dezenove anos de vida na companhia de poucas centenas de pessoas no forte remoto nas montanhas. Mas aquilo ia além de passar pela multidão no porto e nas ruas. Aquele tipo de lugar abrigava criminosos, rejeitados, malfeitores e canalhas. Ele mal podia acreditar que aquele tipo de lugar existia na Cidade da Fé, e, mesmo assim, ali estava. Só mais uma coisa que não era como ele tinha imaginado.

Mas se estava procurando pelo ladrão da espada, sabia que teria que começar por ali. Preparando-se para o cheiro úmido de suor, fumaça e cuspe, Jude passou pela porta arqueada. Cordões incandescentes envolviam o pátio em uma névoa marrom. Entre bancos de pedra e arbustos de louros, grupos de marinheiros e cadetes bêbados espirravam vinho e cerveja uns nos outros. Ao redor deles, mulheres afetadas riam e rapazes se abraçavam, suas túnicas drapeadas deixando seus peitos nus no ar quente da noite

— Cuidado aí. — Um jovem esguio com uma túnica curta passou por Jude dando uma piscadinha, segurando duas jarras de cerveja escura nas mãos. O olhar de Jude o seguiu até a fonte no meio do pátio e então, como se estivessem sendo atraídos para lá, seus olhos pousaram na figura familiar a algumas mesas. Anton.

Ele não tinha ido embora, afinal.

O garoto estava tomando cerveja com bastante entusiasmo, seu rosto brilhando enquanto as pessoas o incitavam a continuar. Quando esvaziou a jarra, Anton a ergueu, triunfante. Seus olhos se demoraram um pouco em Jude e um sorrisinho apareceu em seu rosto.

Não era um simples sorriso, mas um sorriso debochado. O tipo de sorriso dado para alguém acostumado a ser encarado.

Ele parecia estar envolvido em algum tipo de jogo de cartas e tinha chamado bastante atenção dos clientes em volta. Seu olhar se afastou de Jude quando seu oponente bateu com força em seu ombro. Ele se esquivou e se virou para enfrentá-lo.

E foi quando Jude viu. A curva familiar da lâmina, o brilho da estrela incrustada no cabo em equilíbrio perfeito. A Espada do Pináculo estava sobre a mesa, entre cartas, moedas e copos vazios.

Jude ficou lívido. A raiva pulsou pelo seu peito como um punho de fogo enquanto cruzava o pátio. Arruaceiros pareciam rodeá-lo por todos os lados — tropeçando, esbarrando, empurrando — até que, por fim, Jude atravessou a multidão e chegou ao jogo de cartas.

— Tem certeza de que quer arriscar? — perguntou o homem em frente a Anton, por cima do som das conversas dos bêbados.

Anton riu.

— Vou arriscar.

— Eu não faria isso — avisou Jude com um tom sombrio.

Anton vacilou, mas não se virou para olhar para ele.

— Vejamos aqui — disse o oponente de Anton, apoiando o queixo nas mãos enquanto os olhos analisavam Jude como um gato faria com uma presa entre suas garras. — Quem é esse?

Jude não se intimidaria diante de um vagabundo de taverna.

— Jude Weatherbourne. E essa é a minha espada.

O homem arqueou as sobrancelhas.

— Que interessante, porque o seu amigo aqui acabou de apostá-la em um jogo de cartas.

— Ele fez... *o quê?*

Anton se virou lentamente com uma expressão de inocência que não enganou Jude nem por um segundo.

— Você não devia estar lá em cima se recuperando do seu ferimento mortal?

— E você não devia estar na cadeia? — retrucou Jude. — O seu lugar é claramente lá.

Anton fez uma careta enquanto passava a mão pelo cabelo bagunçado.

— Será que você pode falar um pouco mais alto, só para o caso de alguma das Sentinelas de folga aqui não terem ouvido?

— Você é um ladrão.

— Não sei do que está falando — respondeu Anton.

— Você roubou a Espada do Pináculo!

— O quê? Sua espada? Eu ia devolver.

— Você a apostou! — exclamou Jude sem acreditar. — Como você me devolveria se perdesse?

— Ah, Jude! — Anton deu uma risada. — Eu não *perco*.

— Essa espada foi passada de geração em geração na minha família desde o surgimento dos Profetas. Ela tem somente um objetivo, e *não* é ser usada em jogos de aposta.

— Bem, se a espada é assim tão importante para você, talvez não devesse deixá-la largada por aí, onde qualquer um pode pegá-la, não é?

Naquele momento, ao ver o sorriso debochado de Anton e as sardas claras que salpicavam seu nariz, Jude percebeu que nunca tinha experimentado tamanho desprezo por uma pessoa em toda sua vida.

— Você não faz *ideia* — ele começou, a voz trêmula com o esforço de manter o controle. — Você não faz *a menor* ideia do que acabou de fazer. Você não se importa com ninguém além de si mesmo?

Anton contraiu o maxilar, e Jude viu na hora que aquela acusação o magoara.

— Se não fosse por mim — disse Anton com a voz tensa —, você teria sangrado até a morte naquele mausoléu.

Ao lado do outro jogador, um homem barbudo que trazia as marcas de um curandeiro interveio:

— Eu também ajudei.

Jude olhou para ele e em seguida para Anton, lembrando-se do brilho de determinação que apareceu em seu rosto quando questionara seus motivos para ajudar, lá no mausoléu. A Espada do Pináculo tirara todo o resto da sua mente, mas agora ele era obrigado a aceitar que aquele ladrãozinho desprezível e egoísta realmente salvara sua vida.

— Se você já acabou, eu tenho um jogo para ganhar — disse Anton com voz tranquila.

— Eu ainda não terminei — respondeu Jude. — *Você* terminou. Vou pegar a minha espada.

— Veja bem — disse o oponente de Anton, debruçando-se sobre a mesa. — Temo que a aposta já tenha sido feita.

Jude estreitou os olhos.

— E qual é a aposta contra minha espada?

— Uma passagem para sair de Pallas Athos — respondeu Anton com a voz firme. — Remzi é o capitão de um navio.

— O *Cormorão Negro* — declarou o capitão com um tom alegre. — O barco é como as prostitutas valetanas. Não é muito atraente, mas dá para dar umas voltas.

Jude ficou constrangido com a comparação, mas isso só serviu para alimentar sua raiva.

— E você permitiria que alguém como ele subisse a bordo do seu barco? Um ladrão? Um garoto que até esta manhã era um prisioneiro na fortaleza de Pallas Athos?

O capitão olhou para Anton e piscou, surpreso. Depois olhou para Jude e deu de ombros.

— Aposta é aposta. A espada contra uma passagem grátis para Tel Amot.

O marinheiro ao lado de Anton se inclinou para ele, com rosto animado e vermelho por causa da bebida.

— Por que você foi preso?

— Por engano — disse Anton, altivo. — Foi uma confus...

— Espere um pouco — interrompeu Jude, de repente, enquanto sua mente processava o que o capitão tinha acabado de dizer. — Você disse Tel Amot?

Eu vou seguir a retornada até Tel Amot. Foram as palavras de Hector no mausoléu.

Quando a possibilidade surgiu em sua cabeça, ele descobriu que não podia mais desistir. Ele sabia, *sabia* que era para lá que Hector estava indo.

— Você vai me levar também.

Anton se virou para ele, mas Jude manteve o olhar fixo no capitão.

— A aposta inicial era para uma única passagem no meu navio — respondeu o capitão, abrindo os dedos. — Eu me considero um homem flexível, mas você não pode simplesmente mudar as regras no meio do jogo.

— A espada é minha, então a passagem será minha.

— Sem problemas — respondeu o capitão, devagar. — Se você jogar por ela.

— Jogar cartas? — Jude nunca apostara nada na vida. Olhou para as cartas dispostas na mesa de forma complexa e para as bebidas enfileiradas como ameixas. Aquele não parecia um bom momento para começar.

— Ou talvez você consiga convencer seu amigo a jogar por uma passagem para você, em vez de para ele. Ele parece ser um cara de bom coração.

Jude quase nunca praguejava, mas naquele momento sentiu vontade. Queria usar os adjetivos mais ofensivos e fortes que conseguisse pensar. Mesmo que Anton o tivesse ajudado antes, fizera aquilo de má vontade, e Jude duvidava de sua capacidade de agir de forma altruísta.

Mas aquilo não significava que Jude não pudesse fazer a própria aposta. Ele engoliu a raiva que crescia no peito e levou a mão ao pescoço, segurando o colar, enquanto seus dedos passavam pela estrutura de ouro entalhado.

Não acreditava que estava pensando em fazer aquilo. Simplesmente não acreditava.

Mesmo assim, no fundo, sabia que a decisão já estava tomada. Fora tomada no dormitório vazio de Hector naquela manhã, na *villa*. Para Hector, a vingança fora mais importante que sua obrigação.

E Hector era mais importante para Jude.

Sempre fizera tudo que seu pai e a Ordem mandavam e, mesmo assim, depois de tudo aquilo, não tinha conseguido. Fracassaria. Já tinha fracassado. Abandonara o Profeta. Não pela ameaça da Mão Pálida e do terceiro arauto. Fizera isso por Hector, sem nem hesitar. A falta de disciplina, a hesitação da sua devoção, as dúvidas, as incertezas e aquele desejo horrível — Jude não tinha sido feito para receber o título de Guardião da Palavra. Assim como conseguia ouvir a verdade no coração dos outros, sabia que aquela era a verdade do próprio coração.

Seus dedos encontraram o fecho do colar e o abriram.

— Isto é feito de ouro puro, forjado pelo próprio rei Ferreiro — ele informou, estendendo o objeto para que o capitão e os outros marinheiros vissem. — Será mais que o suficiente para pagar pela passagem a bordo do seu navio.

Inclinando-se por cima de Anton, que estava pálido, Jude colocou o colar sobre a mesa.

— Se você ganhar a aposta, a espada e o colar são seus — ele declarou, concentrando-se em manter a voz firme. Autoritária. — Se perder, providenciará passagens para mim e para o seu oponente no jogo. Você aceita esses termos?

O capitão abriu um sorriso lento e satisfeito.

— Não é que esse jogo ficou ainda mais interessante?

37

ANTON

Anton se debruçou na mesa que o separava de Bedrich Remzi, capitão do *Cormorão Negro*, analisando as cartas expostas entre eles.

Tesouro e Rio sempre fora o jogo favorito dos marinheiros e vigias e desordeiros tentando escapar do tédio. Em toda cidade, os arruaceiros (e Anton se incluía nesse grupo) sempre sabiam jogar Tesouro e Rio. Cada rodada começava com ambos os jogadores pegando cinco cartas. Dessas cinco, escolhiam duas (seu tesouro) e colocavam as outras sobre as três pilhas comunais no centro (o rio). Os jogadores faziam o jogo sempre usando cinco cartas, as três do rio e as duas em suas mãos. Os melhores jogadores eram versáteis, capazes de mudar de estratégia durante o jogo. Não era tão elegante quanto Cambarra, o favorito de Anton, mas foi o melhor que conseguiu. E o que costumava conseguir geralmente era a última moeda do seu oponente.

— Eu paro — disse o capitão Remzi, colocando as cartas do tesouro na mesa.

Em volta deles, cerca de vinte marinheiros, já bêbados ou quase bêbados, soltaram exclamações e assovios. Jude se manteve afastado, seu silêncio taciturno ecoando mais alto do que os gritos dos marinheiros. Anton estava ciente demais da presença do guerreiro, seu *esha* trovejando como uma nuvem de tempestade, distraindo-o.

Ele cerrou os dentes e colocou um ás em cima de um poeta de maior valor. Aquele não era o momento de perder a concentração.

— Ah, não, você não quer fazer *isso*. — O capitão Remzi se recostou na cadeira, as pálpebras semicerradas em uma expressão de plácida confiança.

Ele tinha motivo para estar confiante. Depois de duas rodadas acirradas, Remzi certamente estava na frente. Embora não fossem revelar suas cartas até o fim, Anton tinha uma boa ideia do que Remzi tinha no seu tesouro, com base nas que já tinha jogado. Seria difícil ganhar.

— Anton. — A voz de Jude soava tensa e nervosa atrás dele.

Anton nem olhou. Se Jude não gostava do jeito que ele jogava, então não devia ter apostado nele. Ainda não entendia por que ele fizera aquilo. Em um instante, estava gritando com Anton por ter pegado sua espada emprestada e, no seguinte, estava tirando o colar de ouro e exigindo uma passagem a bordo do navio de Remzi. Em um estalar de dedos, entrelaçou o destino de ambos — pelo menos até o fim do jogo.

Tudo que Anton queria era vencer e ir para bem longe de Pallas Athos e de tudo que havia lá, incluindo Jude. Ainda assim, ali estava ele, com seu silêncio trovejante pairando sobre os ombros de Anton. Era irritante. *Jude* era irritante.

E estava fazendo Anton perder.

— O que houve? — provocou Remzi enquanto jogava um dez em cima do ás. — Cometeu um erro?

Anton sabia que Remzi notaria que ele estava agitado, embora o capitão sem dúvida achasse que *ele* era o motivo. Odiava o fato de seu desconforto ser tão óbvio. Costumava esconder melhor os próprios sentimentos. E se Remzi conseguia notar sua agitação, então Jude também devia estar percebendo. Isso o incomodava ainda mais do que a possibilidade de perder.

Ele pegou uma carta no deque. Um arauto. A carta mais alta do jogo. Uma jogada segura e boa seria manter essa carta no seu tesouro.

— Anda logo — reclamou Remzi. — Antes que o seu espadachim resolva reconsiderar a aposta que fez em você.

Anton sentiu o olhar intenso de Jude na sua nuca. Não estava disposto a permitir que um espadachim mal-humorado o atrapalhasse. E também não estava disposto a permitir que um capitão bêbado o derrotasse. Se não conseguisse recuperar a compostura, teria que fazer Remzi perder a dele também.

Relaxando os ombros, Anton ergueu o olhar das cartas.

— Isso te incomoda?

— O quê? — perguntou Remzi, parecendo nunca ter se incomodado na vida.

— Que seu jogo está melhor, mas mesmo assim você vai perder.

— Pode blefar à vontade — disse Remzi com um sorriso largo.

— Quem está blefando? — Ele descartou o arauto.

Era uma jogada corajosa e arriscada, mas Anton viu seu plano funcionar na hora, tirando Remzi do eixo o suficiente para deixar algo transparecer na sua expressão. Foi discreto, algo que teria passado despercebido por qualquer pessoa. Mas Anton sabia ler as pequenas mudanças de humor, prever como alguém reagiria ao menor contratempo. Ele aprendera essas coisas bem antes de ter se provado um excelente jogador de Cambarra. Foi como conseguira sobreviver ao ódio do irmão por todos aqueles anos.

E aqueles mesmos instintos lhe disseram que Remzi tinha acabado de mostrar seu jogo.

O capitão se recuperou rápido, fazendo sua jogada ao descartar um sete de espadas. O arauto continuava ali diante deles.

— Nós dois sabemos muito bem que no final vamos ter que revelar todas as cartas.

— Capitão — respondeu Anton, jogando a carta seguinte —, se você realmente acredita nisso, então eu já ganhei.

Um sorriso debochado cruzou o rosto de Remzi enquanto seus olhos analisavam as cartas no centro da mesa.

— Um arauto e dois setes. Eu paro.

Anton podia fazer mais uma jogada ou parar e encerrar o jogo ali. Sabia que Remzi esperava que ele jogasse de novo para conseguir alguma vantagem.

Anton sorriu.

— Eu paro.

Remzi disfarçou melhor sua surpresa dessa vez, seus olhos analisando as cartas em frente a ele.

— Tudo bem, vamos ver o que temos. — Ele virou sua primeira carta. Outro arauto, como Anton esperava.

Atrás dele, Jude bufou, agitado.

— Tem certeza que você sabe o que está fazendo?

— Quase nunca — disse Anton. Não conseguiu resistir uma piscadinha por cima do ombro ao pegar suas cartas. Ele virou a primeira. Um sete de cálice.

Remzi virou a carta final para completar sua mão — um escriba. A segunda maior carta do jogo. Ele pegou seu copo de cerveja, abrindo um sorriso convencido para Anton.

— Espero que sua sorte seja melhor da próxima vez.

Anton sentiu a mão pesada de Jude puxando seu ombro. A expressão do seu rosto era assustadora.

— Eu não acredito que você...

Anton tirou a mão de Jude de seu ombro e revelou sua última carta. O quarto arauto.

As pessoas que estavam assistindo ao jogo ficaram em silêncio.

— Dois arautos, três setes — declarou Yael. — Para os três arautos e o alto escriba de Remzi.

Remzi engasgou com a cerveja.

— Você — ele ofegou, tossindo. — Como foi que você...

— Acho que tive sorte — respondeu Anton encolhendo os ombros, e então se virou para o rosto radiante de Yael.

— Acho que você *é* bom mesmo — disse ele. — Muito bem. Poucos conseguem derrotar o capitão nesse jogo. Achei que ele tinha acabado com você.

Remzi tossiu com mais força.

— Yael, pare de paquerar o garoto e pegue um copo d'água para mim.

— Espere, então... — disse Jude, ainda segurando o ombro de Anton. — Você ganhou?

Anton olhou para ele com uma expressão de orgulho.

— É claro que ganhei. Eu te disse que ganharia.

A expressão de Jude mudou de irritado para impressionado. Anton se levantou, pegou a espada no centro da mesa e a ergueu como se fosse um prêmio de vitória. Jude voltou a demonstrar irritação enquanto a pegava de volta com uma das mãos e o colar com a outra.

— Aqui está — disse Remzi para Anton, servindo uma taça de vinho, que sob a iluminação amarelada do pátio parecia quase dourada. — E uma para seu espadachim.

— Ah, não. Eu não...

Mas Remzi simplesmente ignorou a recusa de Jude, servindo uma taça cheia até a boca.

— Beba — aconselhou Yael. — A única maneira de sobreviver a uma viagem em uma pilha de troncos de madeira infestada de ratos e com a tripulação de marinheiros mais fortes do mundo é beber mais do que eles.

— Prefiro manter minhas faculdades mentais — respondeu Jude.

— Ele é sempre divertido desse jeito? — perguntou Remzi, arqueando uma das sobrancelhas para Anton.

Anton riu.

— Eu te conto assim que descobrir.

Remzi deu uma gargalhada. Jude não estava se divertindo tanto, seus lábios se contraindo e as sobrancelhas franzidas.

Anton observou o espadachim de forma quase desafiadora. Sabia exatamente o que estava fazendo. Era a mesma coisa que tinha acabado de fazer com Remzi na mesa de jogo — provocar uma reação para esconder a própria inquietação. Porque ficar preso em um navio com Jude por seis dias em aposentos tão pequenos e com aquele *esha* opressor parecia uma ameaça. E não do tipo que Anton pudesse usar a lábia para escapar.

Remzi olhou para Jude, estreitando os olhos.

— Eu podia jurar que você era um daqueles espadachins. Os Paladinos. Estão dizendo por aí que eles voltaram a Pallas Athos.

Jude franziu ainda mais o cenho.

A mente de Anton girou, tentando encontrar uma mentira plausível.

— Ele...

— Então eu pensei comigo mesmo "Remzi, seu idiota! Um espadachim da Ordem da Última Luz não se meteria em um antro como este". — Remzi deu um forte tapa nas costas de Jude, conseguindo derramar um terço do conteúdo do copo no processo. — Dá para imaginar uma coisa dessas?

Remzi soltou uma gargalhada alta e Anton riu junto, aliviado.

Jude parecia prestes a vomitar quando saiu do alcance do capitão e atravessou a multidão.

— Ah, muito bem, então — declarou Remzi, tomando o resto do vinho de Jude e abraçando Anton pelos ombros. — Agora, você... talvez você tenha me vencido no jogo, mas vamos ver como se sai na boa e velha competição de bebida.

38

HASSAN

O estômago de Hassan revirava de ansiedade enquanto seguia pela estrada cheia de curvas até a ágora. Em poucos minutos, estaria nos degraus do Templo de Pallas enquanto a Guarda o anunciaria como o Último Profeta. Não haveria mais volta depois disso.

Hassan não queria voltar. Tinha certeza do plano deles, confiava nas pessoas que escolhera para estar ao seu lado. Ele olhou para Khepri, vários passos à frente, conversando com Osei sobre os últimos detalhes do plano de retorno a Nazirah.

Parte de Hassan se perguntava se Khepri, depois daquela rejeição não tão óbvia no jardim, estava procurando desculpas para não conversar com ele. Embora aquilo o magoasse, estava determinado a lhe dar espaço e respeitar os limites que ela definiu. Além do mais, tinha outras coisas com que se preocupar.

Ele se virou para Penrose, que estava ao seu lado.

— Tem uma coisa que eu queria discutir com você. O capitão Weatherbourne. Ele ainda não voltou.

A forma como Penrose se retesou foi discreta, mas perceptível. Hassan tinha certeza que seu instinto estava certo. Penrose estava escondendo alguma coisa sobre a ausência do capitão.

— Ele vai voltar? Me diga a verdade.

Penrose fechou os olhos.

— A verdade é que eu não sei.

— O que você está escondendo?

— Não tem nada a ver com a profecia — ela respondeu. — Nada a ver com as Testemunhas. O que eu disse antes é verdade. Você não precisa se preocupar.

Hassan via o conflito atravessando a expressão dela.

— Você é leal a ele. Não apenas porque é seu capitão, mas porque gosta dele. Eu entendo.

— Você é o Profeta. Minha lealdade a você vem antes de qualquer outra coisa. Sempre.

— Eu sei. — Se ele exigisse saber por que o capitão Weatherbourne tinha partido, Penrose lhe contaria. — E é justamente por isso... que eu quero nomeá-la capitã da minha Guarda.

Penrose hesitou.

— Jude ainda é o capitão — ela declarou, hesitante. — A Profecia o nomeou Guardião da Palavra. Ele é o Guardião, não eu.

— Eu sei o que a profecia diz. Mas agora que sei o que temos que fazer para impedir a Era da Escuridão de chegar, preciso de alguém que comande os Paladinos em Nazirah e coordene tudo com a Ordem. Se o capitão Weatherbourne não voltar...

— Eu entendo — respondeu Penrose. — Gostaria de não ter que fazer isso, mas aceito.

Hassan viu o quanto lhe custara dizer sim. Mas as palavras vieram, firmes, e ele soube que tinha tomado a decisão certa.

— Obrigado. Tem mais uma coisa. É sobre o navio que trouxe vocês até Pallas Athos.

— O quê?

— Não quero que ele venha para Nazirah com a gente — disse Hassan. — Quero enviá-lo para o Forte de Cerameico com o resto dos refugiados de Herat, os que não podem lutar. A Ordem se comprometerá a protegê-los enquanto nossas forças lutam para retomar Nazirah.

Ele pensara muito sobre o que podia acontecer com os refugiados vulneráveis, como Azizi e sua mãe, se eles ficassem em Pallas Athos. As Testemunhas os atacariam como represália? O povo de Pallas Athos se cansaria da presença deles e convenceria os sacerdotes a expulsá-los?

Penrose encarou Hassan por um longo momento, sua expressão inescrutável.

— O que foi?

Ela balançou a cabeça.

— Vossa Alteza, é só que... Eu passei a vida toda pensando sobre o Profeta e em como ele impediria a Era da Escuridão. Eu sempre soube que o Profeta seria nosso salvador, aquele que traria a luz, mas...

— Mas?

— Você é tudo isso — ela afirmou. — Mas é outra coisa também. Você é um bom homem.

Hassan não soube o que dizer. Penrose não parecia ser o tipo de pessoa que demonstrava emoções, mas ele conseguia ver o orgulho e a gratidão em seu olhar.

— Só estou tentando fazer o que é certo — disse Hassan.

Eles estavam quase chegando à ágora quando Khepri e Osei pararam de forma abrupta no meio da estrada. Penrose também parou.

— O que está acontecendo? — perguntou Hassan, seguindo o olhar de Penrose. Ao longe, duas pessoas vinham na direção deles.

— Aqueles são Yarik e Annuka?

Eles estavam gritando enquanto corriam, mas a distância ainda era grande demais para Hassan discernir suas palavras.

— O que eles estão dizendo?

Ele olhou para Penrose, mas foi Osei que respondeu com um tom pesado:

— Estão dizendo para voltarmos.

O coração de Hassan afundou no peito. Conseguia ouvi-los agora, seus gritos ficando mais altos pelas ruas.

— O que está acontecendo?

— Nada de bom — respondeu Khepri. Sua mão estava no cabo da espada curvada no cinto. Hassan viu que Osei e Penrose tinham feito o mesmo.

Annuka e Yarik diminuíram o passo quando chegaram.

— As Testemunhas — começou Annuka, sem fôlego. — Elas estão no templo.

Khepri xingou.

— Eu sabia que elas voltariam. Quantas são dessa vez?

Yarik balançou a cabeça.

— Mais do que pensamos ter nesta cidade. Duzentas, trezentas, talvez.

Hassan gelou, seus olhos seguindo para o Templo de Pallas à distância.

— Elas chegaram com tochas — acrescentou Annuka. — Anunciaram que vão queimar o templo. Tem pessoas presas lá dentro.

A raiva subiu pela garganta de Hassan.

— Tudo bem — disse Khepri rapidamente. — Penrose, leve o príncipe de volta à *villa*. Nós quatro vamos seguir para a ágora.

— Não — respondeu Hassan de imediato. — Eu não vou voltar.

Penrose deu um passo na direção dele.

— Ela está certa.

Um fio de fumaça se elevou no céu sombrio, provocando uma onda de pânico em Hassan.

— Eu não vou me esconder delas. Não vou embora enquanto o resto de vocês...

— Não temos tempo para discutir — interrompeu Khepri. — Não o perca de vista. Osei, vamos.

Eles partiram a toda velocidade.

— *Khepri!* — Hassan começou a segui-los, mas Penrose o agarrou pelo braço antes que ele avançasse muito.

O príncipe tentou se desvencilhar, mas não tinha a menor chance contra a força de uma Agraciada.

— Eu tenho que fazer *alguma coisa*!

— O que você tem que fazer é se manter em segurança. E confiar nas pessoas que escolheu para lutar por você.

Hassan entendia a sabedoria naquelas palavras, mas seu coração não aceitava. A lembrança do golpe veio à tona na sua mente, dolorosa. Depois de tudo, ele estava tão impotente agora quando estivera naquele dia. Por duas vezes as Testemunhas vieram atrás do seu povo e, por duas vezes, ele se escondeu como um inútil, enquanto outras pessoas lutavam por suas vidas.

Ele fez mais força para se livrar de Penrose.

— Vossa Alteza! — exclamou ela enquanto Hassan se retorcia, tentando se libertar.

— Me solte! Eu não vou ficar aqui enquanto os outros arriscam a própria vida.

— A última coisa que precisamos agora é de você se colocando em uma situação de perigo! — disse Penrose. Ela estava começando a ficar ofegante.

Hassan parou de fazer força e então se atirou contra a lateral do corpo dela com toda a sua força. Ela o deteve com um gemido.

— Eu não vou desistir — ele avisou. — E você vai ter que me machucar se quiser me impedir.

Ele notou a hesitação dela.

— Penrose — ele disse, por fim. — Por favor.

— Que Behezda tenha piedade de nós — ela resmungou. — Tudo bem. Mas não saia do meu lado, entendeu?

— Não vou sair.

— E se eu mandar você correr, você *corre*. Sem questionar.

Hassan assentiu.

— Vamos, então — disse Penrose.

Eles começaram a correr, Penrose mantendo o ritmo ao lado dele enquanto serpenteavam pelas ruas e passavam pelo Portão Sagrado.

Lá na frente, Hassan conseguia ouvir o grito de vozes zangadas e vozes temerosas, sem conseguir distinguir umas das outras.

Quando chegaram aos limites da ágora, ele parou de repente. Um mar de túnicas pretas e douradas ocupava os degraus do templo. Uma fumaça se erguia das tochas que seguravam, obscurecendo a multidão à volta.

A cena parecia com a da visão de Hassan. Só que estava acontecendo em Pallas Athos, não em Nazirah, e as tochas não queimavam com a chama branca do Fogo Divino, mas com um brilho alaranjado que contrastava com o céu noturno.

Entre a multidão e as Testemunhas havia cerca de trinta soldados heratianos empunhando suas espadas curvas e prontos para tudo. Na frente deles estava sua líder, com uma energia palpável mesmo à distância. Khepri.

Antes que Penrose pudesse impedi-lo, Hassan começou a abrir caminho pela multidão.

— Príncipe Hassan!

Ele a ignorou. Uma das Testemunhas estava gritando com as outras nos degraus do templo. Enquanto abria caminho, ele começou a entender as palavras.

— Não permita que eles assustem vocês! — gritou a Testemunha. — Eles que deveriam nos temer. Vamos fazê-los tremer! O Imaculado será informado da coragem de todos vocês aqui e agora, e ele há de nos recompensar no Acerto de Contas que está para chegar.

Hassan se colocou entre as Testemunhas e os soldados.

— Deixem este templo em paz!

Khepri se virou na direção de sua voz.

— Príncipe Hassan, *não*!

Ele subiu a escada.

— Vossa Alteza! — gritou Penrose, atrás dele. — Volte aqui!

Os outros membros da Guarda Paladina também avançaram. Hassan manteve os olhos fixos nas Testemunhas.

— Baixem suas armas e saiam deste templo em paz.

O líder das Testemunhas concentrou sua atenção em Hassan.

— Não recebemos ordens de uma abominação!

As outras Testemunhas gritaram, concordando.

Hassan não diminuiu o passo.

— Eu sou o Último Profeta — gritou ele, subindo os degraus. — Eu vi para onde esse caminho que vocês trilham vai levá-los. Eu vi as chamas do Acerto de Contas. Baixem suas armas.

Os gritos das Testemunhas e da multidão atrás dele abafaram sua voz, mas ele continuou falando com vigor. Como se a força de suas palavras pudesse fazer as Testemunhas retrocederem. Como se sua identidade fosse suficiente para fazê-las parar. Ele viera ao templo para dizer aquelas coisas, e as disse na frente das pessoas que queriam impedi-lo de avançar.

Um som de algo se quebrando cortou o ar. Uma das Testemunhas tinha derrubado a fonte de mármore com óleo de consagração que ficava na porta do templo. O óleo começou a escorrer pelo pórtico.

— *Não*! — gritou Hassan, percebendo o que estava prestes a acontecer.

Três testemunhas baixaram suas tochas em direção ao óleo derramado.

Alguém agarrou o braço de Hassan, jogando-o para trás. A Guarda e Khepri se lançaram contra as Testemunhas, o frágil equilíbrio rompido.

Hassan caiu com força nos degraus do templo. Uma luta acirrada era travada acima dele. A Guarda era um turbilhão de prata e azul, defendendo-se contra as Testemunhas. A porta do templo estava tomada pelas chamas.

Hassan se levantou, cambaleando, e se virou.

— Afastem-se! — gritou ele para a multidão abaixo. — Afastem-se!

Alguém colidiu contra ele, e Hassan se segurou em uma das colunas de pedra, virando-se para o atacante. Era uma das Testemunhas, sua túnica branca manchada de sangue e fuligem. Hassan percebeu que já o vira antes. Era o mesmo garoto pálido e de rosto rechonchudo que confrontara naquele primeiro dia, nos degraus daquele mesmo templo, logo que Hassan chegara a Pallas Athos.

— Você — ofegou a Testemunha, apoiando-se na lateral de uma passagem em arco. O sangue jorrava de um ferimento recente na lateral do corpo. Seus olhos estavam arregalados e ensandecidos enquanto seus lábios disparavam palavras incoerentes de catecismo.

Algo prateado voou em direção a Hassan. Ele ergueu o braço para proteger o rosto. A faca da Testemunha atingiu sua mão.

Uma dor aguda rasgou sua palma. Seus joelhos cederam. Ele se segurou antes de cair, olhando para cima, esperando o próximo golpe.

— Príncipe Hassan!

Ele se virou em direção à voz de Khepri. Antes que pudesse piscar, ela atravessou a Testemunha com sua espada.

O templo, a multidão e as chamas começaram a girar ao seu redor. Hassan fechou os olhos para se estabilizar, mas a imagem da Testemunha, com sangue escorrendo pela boca, permaneceu na sua mente como uma mancha. O mundo girou novamente, branco, verde e vermelho como sangue.

Depois, tudo ficou preto.

39

EPHYRA

— Eles não estão aqui — disse Illya.

Ephyra o encarou. Será que Illya pensava que era cega?

Ela o ignorou, empurrando-o para passar pela alcova. Sentiu um aperto no estômago ao ver a mesa quebrada no meio do quarto.

— Acho que isso é novidade — comentou Illya. — Quem você acha que fez isso?

Ephyra balançou a cabeça.

— Eu não sei. — Mas ela carregava uma forte suspeita.

Talvez Beru tivesse partido antes de Hector chegar. Ou talvez a mesa quebrada fosse a evidência de outra coisa mais sinistra.

— Nenhuma marca de sangue — avaliou Illya, caminhando ao redor do cômodo. — Isso deve ser bom.

Não era bom. Nada daquilo era bom. Beru tinha desaparecido, e Ephyra não fazia ideia de onde ela podia estar. Não fazia ideia de onde estava Hector. Não fazia ideia do que o rapaz faria com ela se descobrisse o que Beru era de verdade.

Ephyra fechou os olhos e escorregou pela parede de pedra com um pesado suspiro. Ouviu Illya se aproximar.

— Nós vamos encontrá-los — disse ele, com a voz estranhamente sincera.

Ephyra abriu um dos olhos. Illya estava encostado na parede ao seu lado, agachado de um jeito que a fez se lembrar de Anton naquela mesma alcova, na primeira noite. A preocupação marcava seu rosto, fazendo as sobrancelhas se unirem sobre os brilhantes olhos dourados.

— Ele queria que eu matasse você — disse Ephyra. A expressão de Illya não mudou. — Isso não te incomoda?

Illya suspirou.

— Eu não fui um irmão muito bom. Quando a gente era criança... Tem muita coisa que eu gostaria de ter feito diferente.

Ela o observou atentamente. Era muito difícil lê-lo — ainda mais difícil que Anton. Aquilo era realmente remorso? Ou, como Anton acreditava, não passava de fingimento?

— Você diz que quer protegê-lo agora, mas por que não fez isso naquela época?

— Porque eu não percebi que ele precisava ser protegido — respondeu Illya. Ele balançou a cabeça, parecendo quase irritado, embora Ephyra não soubesse dizer se era com ela ou consigo mesmo. — Anton era o filho escolhido. Ele era Agraciado. Eu não. Minha avó e meu pai nunca nos deixavam esquecer isso. Só se importavam com ele.

— Mas por quê? — perguntou Ephyra. — Eu sei que a Graça de Anton é poderosa, e ele nos disse que as coisas no Norte são diferentes daqui, mas...

— O que mais ele te disse?

Ephyra tentou lembrar.

— Que você, seu pai e sua avó não eram Agraciados. Que eles achavam que Anton era especial por causa da Graça, e que você se ressentia disso.

— Eles achavam que ele era mais do que apenas especial — declarou Illya. — Você sabe alguma coisa sobre a profecia de Vasili, o rei Desvairado?

Ephyra o encarou. Não era uma grande conhecedora da história novogardiana, mas todo mundo sabia a história do rei Desvairado.

— Sei que é a última profecia que os Profetas fizeram antes de desaparecer, sobre um rei babaca que enlouqueceu.

— Isso. Os Profetas previram três coisas sobre o Vasili: que ele seria o último imperador do império novogardiano, que ele enlouqueceria e que nunca mais apareceria um Agraciado na sua linhagem.

— E isso tem a ver com vocês?

Ele lhe lançou um olhar significativo.

Depois de um instante, ela compreendeu.

— Você está me dizendo que você e o Anton são descendentes do rei Desvairado? Que a profecia estava errada?

— Minha avó com certeza acreditava nisso — respondeu Illya. — As pessoas do Norte não são como as pessoas das Seis Cidades Proféticas. Elas nunca adoraram os Profetas. Quando eles desapareceram, a família da minha avó achou que finalmente tinha chegado a hora de a nossa linhagem se reerguer. De desfazer a profecia do rei Desvairado e restaurar o império novogardiano à antiga glória.

— E ela achou que... que *Anton* restauraria o poder da sua família? — perguntou Ephyra. — Anton? O garoto que apanha por causa de um jogo de cartas e que não consegue usar cristalomancia sem quase se afogar?

— Ela estava convencida disso. Esperou a vida toda por uma criança Agraciada e finalmente recebeu uma. O dia em que descobrimos a Graça de Anton foi o pior dia da minha vida.

— Ele machucou você de alguma forma?

Não era incomum que crianças que estavam começando a aprender a controlar a própria Graça causassem acidentes. Ephyra sempre suspeitara que aquele era o maior medo de seus pais e o motivo de eles terem tentado esconder sua Graça, implorando para que não a usasse. Em retrospecto, talvez eles estivessem certos de sentirem tanto medo.

— Não — respondeu Illya. — Ele salvou minha vida. Usou a Graça para levar a nossa avó até o local em que eu tinha me perdido durante uma nevasca. E assim que ela me viu lá, tremendo e aterrorizado, me deu as costas e abraçou Anton, chorando porque ele era o herdeiro Agraciado que ela estava esperando havia tanto tempo. Foi como se eu nem existisse.

— Então a vovó não te amava e você começou a descontar sua frustração no seu irmão — concluiu Ephyra, secamente. Mas sentiu um aperto no peito. Não conseguia evitar pensar em como uma coisa daquelas afetava a vida de uma criança. Se realmente fosse a verdade.

— Sim. Ela e meu pai davam toda atenção para ele, e só se lembravam de mim para brigar. Então, quando eles não estavam olhando, eu machucava Anton. Ele era especial, mas aquele era o poder que eu podia usar. Ele não merecia, mas na época eu não conseguia enxergar isso.

— E agora?

Ele esfregou o rosto.

— Ele está sozinho esse tempo todo por minha causa. Tudo que ele passou... Eu devia estar ao lado dele. Nunca mais vou ter essa chance.

Ephyra percebeu que *queria* acreditar nele. Ela se sentiria melhor se pudesse se convencer de que, ao ajudar Illya, não estava traindo Anton.

— E o que mudou? — ela perguntou.

— Eu encontrei... um propósito. Um lugar para onde direcionar todo o sofrimento e toda a negligência que sofri. Um lugar que fez com que eu me sentisse útil pela primeira vez.

As palavras tocaram Ephyra. Ela também encontrou um propósito. Manter Beru viva. Nunca importou o que precisava fazer para cumprir aquele objetivo. Ainda não importava. Na cela, disse para si mesma que não era como Illya. Calculista. Fria. Cruel. Mas fosse o remorso dele sincero ou não, quisesse ele proteger Anton ou fossem seus planos mais sinistros, Ephyra sabia que teria feito a mesma escolha de ajudá-lo.

Ela não podia continuar se enganando. Talvez tivesse chegado a hora de reconhecer a pessoa na qual se tornara.

Ephyra olhou para os restos da mesa destruída. Embaixo de uma perna quebrada, algo brilhou. Ela se inclinou para pegar o objeto. Era uma pulseira — Beru devia ter terminado depois que discutiram. Um fio de cerâmica colorida contornando uma única conta de vidro. Era a tampa de cristal que Ephyra trouxera na noite em que matara o sacerdote.

Ela colocou a pulseira e se levantou.

— Venha. Se a Beru e o Anton estiveram aqui, eles devem ter saído pelo santuário. Talvez a gente encontre mais pistas lá em cima. Algo que deixamos passar.

— O santuário está coberto de escombros e cinzas — respondeu Illya. — Como vamos encontrar pistas lá, exatamente?

— Eu não sei, mas não vou desistir. Se você realmente quer compensar tudo que fez no passado, também não desistirá.

Ela estendeu a mão para Illya, exatamente como ele fizera na cela. Ele segurou sua mão, seus longos dedos se fechando nos dela.

Ephyra não se permitira observar antes, mas agora que estavam tão próximos na alcova mal iluminada, era obrigada a admitir que o rosto de Illya era impressionante. Ele e Anton eram parecidos, mas onde as feições de Anton eram infantis e bonitas, em Illya eram régias e elegantes. Não era difícil acreditar que eram descendentes de uma linhagem de imperadores do Norte.

— É por aqui — disse ela depois de um momento, ao perceber que já estava olhando por tempo demais.

Ela guiou Illya lentamente até escada que levava ao santuário escuro. Não sabia exatamente o que esperava encontrar ali. *Alguma coisa*. Algum sinal de que Beru tinha fugido, de que estava bem. Mas, como Illya suspeitara, tudo que encontraram foram escombros e cinzas. Um lugar outrora sagrado que sucumbia à decadência, assim como a própria cidade.

Ephyra ficou parada no meio do santuário, em frente à fonte de cristalomancia e abaixo do buraco do telhado. Atrás dela, podia ouvir Illya revirando os escombros, vasculhando o santuário. O som dos seus passos se distanciou na direção da soleira sem porta.

— Achei uma coisa! — exclamou ele.

Ephyra se virou, passando pelas pilhas de escombros até os degraus de entrada onde Illya estava, franzindo as sobrancelhas enquanto analisava algo em suas mãos.

Ele olhou para Ephyra quando ela se aproximou.

— Deixe para lá — disse ele com um tom de desculpas. — Achei que fosse um bilhete, mas é só lixo.

Ele estava segurando um pedaço amassado de pergaminho branco. Começou a embolá-lo novamente, mas Ephyra rapidamente tirou o papel de sua mão.

— Espere. Lixo nem sempre é só lixo.

Como Mão Pálida, Ephyra frequentemente encontrava formas criativas de rastrear suas vítimas. As mortes precisavam ser planejadas de forma meticulosa, o que significava pegar o que quer que estivesse disponível para descobrir mais coisas sobre seus alvos, usando aquilo em seu benefício. Com o passar dos anos, descobriu que uma das melhores formas de aprender sobre alguém era vasculhar o que jogavam fora.

Ela aproximou o papel do rosto e o cheirou. Açúcar e nozes. Quando o abaixou, Illya a encarava como se tivesse feito algo realmente questionável. Ignorando-o, ela virou o pedaço de pergaminho, procurando pelo carimbo que tinha quase certeza que encontraria.

No canto inferior do papel, viu uma marca verde-clara na forma de uma azeitona.

Ela olhou para Illya, que ainda a encarava com desconfiança.

— Isto é da padaria da rua de cima — disse ela. Era uma das favoritas de Beru, embora Ephyra a tivesse alertado a não ir lá com muita frequência, para que o padeiro não começasse a reconhecê-la.

A expressão dele não mudou, e Ephyra guardou o papel com impaciência.

— Talvez o padeiro possa ter visto alguma coisa que nos dê alguma dica.

Illya gesticulou para a rua vazia.

— Estamos no meio da madrugada. Tenho certeza de que qualquer um que *talvez* tenha visto alguma coisa já vai estar dormindo a esta hora.

— Então vamos acordá-los — disse Ephyra, descendo a escada e o puxando junto.

O padeiro não ficou muito feliz por ter sido acordado por volta de meia-noite, mas ser a Mão Pálida ensinou a Ephyra que existiam algumas vantagens sobre ter uma aparência inofensiva e inocente como a de uma garota de dezoito anos. Depois de acabar de contar sua história triste sobre ter se perdido da irmã (deixando de fora alguns detalhes-chave), e Illya ter adocicado as coisas com seu cenho franzido e um tom triste perfeito, o padeiro se suavizou um pouco.

Ele analisou o papel do pergaminho.

— Sinto muito — disse ele. — Este papel realmente é meu. Mas eu não vi sua irmã.

Ephyra sentiu um aperto no coração. Tinha sido um tiro no escuro, ela sabia disso, mas era *tudo* que tinha para continuar. Estava muito cansada de chegar a becos sem saída. Primeiro com a busca pelo Cálice de Eleazar e agora com a tentativa de encontrar Beru. Estava cansada de estar sempre um passo atrás.

— Sentimos muito por incomodá-lo tão tarde — disse Illya gentilmente, afastando Ephyra dali com a mão nas suas costas. — Obrigado pelo seu tempo.

Ele começou a levá-la pelo corredor.

— Eu não vi sua irmã — disse o padeiro atrás deles. — Mas vi um nórdico parecido com você.

Ephyra e Illya pararam. O padeiro estava olhando para Illya.

— Viu? — perguntou Ephyra.

— Vi. Eu me lembro dele porque estava coberto de sujeira, fuligem ou algo assim. Depois ele passou novamente carregando outro homem.

— Outro homem? Como ele era?

O padeiro deu de ombros.

— Não prestei muita atenção. Estava de azul-escuro, eu acho.

Azul-escuro, como o manto dos Paladinos.

— Você viu para onde eles foram?

— Claro. Eles desceram a estrada, provavelmente seguindo para as tavernas perto do porto. Eu me lembro de ficar preocupado se eles iam conseguir chegar. O cara de azul não parecia muito bem.

Ephyra agradeceu uma vez mais e se despediu rapidamente. Quando se virou, Illya ainda estava parado no corredor.

— Vamos logo, o que você está esperando? — perguntou ela, passando por ele. — Não deve ter muitas tavernas por lá. Nós vamos conseguir encontrar a certa.

Ele não se mexeu.

— Eu acho... que talvez seja melhor você continuar sem mim.

— O quê? Mas nós achamos o Anton! Por que você...?

— Não consigo parar de pensar no que ele disse da última vez que nos vimos. — Ele passou a mão pelo cabelo. — Não quero que isso acabe do mesmo jeito. Talvez se você conversasse com ele primeiro, contasse a ele tudo que eu te contei...

Ela estava acostumada com o comportamento pomposo intrínseco de Illya, e aquela incerteza repentina a deixou um pouco desconcertada. Seria ele capaz de sentir remorso de verdade?

Illya baixou os olhos.

— Não quero que ele fique com medo.

Ephyra o observou por um momento, a fadiga e a preocupação marcando sua testa. Fora tão rápida em pensar o pior sobre ele — mas talvez ser a Mão Pálida tivesse feito aquilo com ela. Procurar por monstros devia ter atrapalhado sua capacidade de ver o lado bom das pessoas. Beru sempre fora melhor nisso. Ephyra sabia o que a irmã faria se estivesse no seu lugar.

— Tudo bem — ela respondeu, enfim. — Se é isso que você quer. Eu vou na frente e converso com ele. Descubro o que aconteceu com Beru. Então talvez ele concorde em conversar com você de novo.

Illya assentiu.

— Obrigado.

Tomada por um impulso repentino, Ephyra tocou o ombro dele.

— Ele está bem, pelo menos sabemos disso.

O olhar de Illya pousou na mão dela, seu rosto parcialmente iluminado pelo luar que entrava pela janela. Ele parecia perdido.

Ephyra afastou a mão e se virou. Ela desceu correndo as escadas e voltou para a calada da noite.

40

JUDE

As festividades no pátio passaram muito da meia-noite, embora Jude tenha deixado os marinheiros sozinhos depois da terceira vez que cantaram "O viajante e o marinheiro saudoso de amor". Ele perdeu Anton de vista em algum momento no meio da festança e voltou para o quartinho no segundo andar no qual tinha acordado algumas horas antes, com o braço curado e sem sua espada.

Jude estava com a Espada do Pináculo no colo, polindo seu cabo. Seus pensamentos eram como um barco em águas turbulentas, batendo de um lado para outro, mas o peso da espada o ancorava.

Anton estava fora de vista, o que provavelmente significava que estava desmaiado em algum canto na parte de baixo. Sem querer, a mente de Jude voltou para a imagem do jovem marinheiro com rosto corado que estava torcendo por Anton na mesa de carteado. Talvez o rapaz simplesmente tivesse encontrado outra cama para passar a noite.

Passos ecoaram do lado de fora do quarto, e os dedos de Jude se fecharam automaticamente em volta do cabo da Espada do Pináculo.

A porta se abriu, inundando o quarto com a luz da lua e com o cheiro adocicado de algum óleo perfumado. Anton apareceu, usando uma calça de linho e uma camiseta frouxa, a mão coçando distraidamente as costelas e fazendo a roupa subir e expor parte da barriga, na linha do umbigo.

— Ah — disse Anton, vendo Jude. Ele baixou a mão e o Paladino viu a pele clara de sua cintura desaparecer sob o tecido macio.

— Você está acordado — comentou Jude, idiotamente.

— Você também — disse Anton, disfarçando um bocejo. — Não conseguiu dormir?

Jude assentiu, hesitante.

— Eu... Às vezes acontece.

Anton passou a mão no cabelo castanho-claro, deixando-o em pé. Estava úmido, percebeu Jude.

— Você estava nos banhos?

— Queria tirar aquele fedor da prisão. Era isso ou a fonte no meio do pátio, mas você já tinha testado ela.

— O quê?

Anton sorriu, um sorriso discreto, como se fosse uma piada que Jude não tinha entendido.

— Deixa para lá.

— Achei que você não fosse usar o quarto — disse Jude enquanto Anton se ocupava de acender o lampião de parafina. — Eu *ia* tentar dormir aqui, mas... — Ele parou de falar, constrangido. Seu instinto era ser educado, mas nenhuma de suas interações com Anton incluíra cortesias. Começar a usá-las agora seria artificial.

— Eu não me importo — disse Anton, a chama se acendendo e tremeluzindo em suas mãos. — Mas se quiser dividir minha cama, isso terá um custo.

Jude sentiu o rosto queimar e ficou muito feliz com a luz fraca da chama do lampião, pois Anton não conseguiria ver.

— Eu... Não é que... Eu não...

— Foi uma piada — disse Anton, colocando o lampião em uma mesinha entre os dois leitos. — Aquelas coisas que as pessoas contam para fazer as outras rirem, sabe?

— Eu sei o que é uma piada. — A voz de Jude soou dura demais sob a luz suave.

Anton encolheu os ombros magros.

— Pareceu que esse conceito não lhe era familiar.

— O que você quer dizer com isso?

— Bem, você sabe... Você é muito... — Anton fez uma careta exagerada, endireitando as costas e empertigando os ombros.

Jude franziu as sobrancelhas.

— Exatamente o que quero dizer — concordou Anton. Ele se acomodou na cama em frente, se espreguiçando um pouco.

Jude observou a pose relaxada do garoto, a tranquilidade com que costumava agir — tão diferente do garoto que se encolhera de medo diante de Hector.

— Eu andei pensando — disse Jude depois de um tempo.

— É? — perguntou Anton, erguendo uma das sobrancelhas.

A luz da vela brincava em seu rosto, iluminando as sardas desbotadas que salpicavam o nariz e as bochechas. Havia certo tipo de intimidade na luz de velas que se perdia com a luz incandescente, Jude pensou.

— Eu acredito que você realmente tinha a intenção de devolver a minha espada. Se sua intenção fosse roubá-la, não a teria apostado na mesma taverna na qual eu estava dormindo.

— Não — disse Anton. — Acho que eu não faria isso.

— Além disso, você me trouxe até aqui em segurança e encontrou um curandeiro para cuidar do meu ombro. Eu deveria agradecer por isso.

— Dizer que deveria agradecer não é o mesmo que dizer muito obrigado — disse Anton, secamente.

— Mas você apostou minha espada.

Os lábios de Anton se abriram em um meio sorriso e ele se apoiou em um dos cotovelos.

— Acho que eu deveria me desculpar.

— Dizer que deveria se desculpar não é o mesmo que pedir desculpas.

Anton abriu mais seu sorriso torto e desconcertante.

Jude sentiu seus lábios se abrirem em um sorriso. Ele afastou rapidamente o olhar para a janela, observando o céu negro.

— Eu queria saber uma coisa... O que você estava fazendo com a Mão Pálida?

O sorriso desapareceu do rosto de Anton.

— Ela estava... Ela estava tentando me ajudar.

— Te ajudar?

— Não importa mais.

— Ela é uma assassina — disse Jude. — Isso não te assusta?

Anton ficou em silêncio por um longo tempo, descascando um pedaço de madeira da mesa. Por fim, ele disse:

— Você sabe o que é sentir medo, Jude? Medo de verdade?

Jude não respondeu. Claro que conhecia o medo. Sentira em seus pulmões quando tivera que enfrentar Hector no alto daquele telhado. Também o sentira antes — como um frio na barriga, no instante em que seus olhos pousaram no Profeta.

— É como se você estivesse se afogando — continuou Anton, olhando para onde deixara um buraquinho na madeira. — Parece que você está se afogando, e você pode ou se deixar afundar ou lutar e tentar chegar à superfície. A questão é que eu não sei ao certo se, no final das contas, existe alguma diferença.

O coração de Jude acelerou e ele pensou novamente em como Anton tinha se encolhido no santuário escuro enquanto Hector assomava sobre ele. Lembrou como os olhos de Anton pousaram em Jude e como ele não afastou o olhar. Algo nos olhos do garoto o inquietava.

Agora percebia o que era. Anton não parecera amedrontado diante da raiva de Hector. O medo só apareceu em seu rosto ao olhar para Jude.

— Então, não — respondeu Anton. — A Mão Pálida não me dá medo. Não é disso que tenho medo.

— Mas existe alguma coisa que te amedronta — disse Jude com cuidado. — E esse... medo... é por isso que você quer sair logo de Pallas Athos?

Anton deu de ombros.

— Acho que sim. — Ele voltou a olhar para Jude. — E você? Estava prestes a acabar comigo porque apostei sua espada, mas quando Remzi revelou para onde eles estavam indo, você de repente fez a própria aposta.

— Aquela cidade... Tel Amot. — Jude fez uma pausa. — Foi para lá que Hector disse que estava indo.

— Ele quase te matou. Se eu fosse você, estaria tentando me afastar dele ao máximo.

— Bem, eu não sou como você. — Jude se irritou. — Tenho uma responsabilidade com ele. Sou o líder dele. Eu o escolhi, e se ele cair em desonra, estará me desonrando.

Houve uma pausa, então Anton o encarou e disse:

— Isso me parece uma grande bobagem.

Jude apertou o cabo da Espada do Pináculo. Não tinha mais muita certeza sobre nada, mas estava certo de que não queria mais falar sobre Hector, principalmente com aquele garoto com olhos cor de musgo.

— O que você poderia saber sobre isso? — perguntou Jude, ácido. — Está mais interessado em apostas do que em honra.

Anton levantou uma das sobrancelhas, divertindo-se.

— E você poderia aprender uma ou duas coisas na mesa de carteado. Um bom jogador sabe a hora de aceitar o prejuízo e ir embora.

Jude encontrou o olhar desafiador de Anton.

— Eu não vou desistir dele.

Anton inclinou a cabeça.

— Ah. — O peso daquela única sílaba caiu sobre Jude, e ele se sentiu como Remzi devia ter se sentido ao jogar contra Anton, esperando para ele virar aquela última carta entre os dois. — É isso, então.

Jude abriu a boca para responder, mas a fechou novamente.

— Você está apaixonado por ele, não está?

Era a pergunta que Jude nunca se permitira formular. Era a pergunta que ouvira na voz de seu pai quando ele o avisara para não escolher Hector para a Guarda. A que estava refletida nos olhos de Penrose quando ela implorou para que Jude não fosse atrás dele. A pergunta que pairara entre ele e Hector no alto daquele telhado do mausoléu, antes da queda de Jude.

Paladinos não se apaixonavam. O juramento era claro — o dever para com os Profetas vinha acima de tudo: acima do país, acima da vida, acima do coração. Eles nunca tinham amantes, e a única exceção ao voto sagrado de castidade era o Ritual da Sagrada União, realizado única e exclusivamente para perpetuar a linhagem Weatherbourne. Qualquer coisa fora disso constituía um sacrilégio contra os votos, como se tivessem abandonado o próprio dever.

— Não. — Jude sentiu a garganta secar subitamente. — Eu... Ele...

— Talvez *realmente* seja bom se manter bem longe da mesa de jogos — Anton avisou. — Você é péssimo em blefes.

— Não é isso. Eu não espero que você entenda. É... Eu tenho um dever. Um propósito.

Um dever que tinha abandonado. Um objetivo no qual fracassara. As palavras pairaram no ar, provocando-o. Todas as acusações que lançara contra Hector — que ele permitira que as emoções o afastassem do seu dever, que ele não tinha uma devoção verdadeira ao Profeta — serviam para Jude também. O Guardião da Palavra não podia se apaixonar. O Guardião da Palavra não sucumbia às dúvidas.

Mas Jude fez exatamente essas duas coisas.

— Bem, você está certo — concordou Anton. — Eu não sei nada sobre isso. Não sei nada sobre dever e objetivo. Mas eu sei o que as pessoas querem. Você pode pensar que é diferente, que vive de acordo com algum código especial que o diferencia de todo o resto, mas todo mundo quer alguma coisa, Jude. Até você.

A raiva tomou conta de Jude, e ele sentiu o sangue ferver nas veias. Quem aquele garoto achava que era para pensar que sabia as verdades de seu coração melhor que sua Guarda, melhor que seu pai, melhor que ele próprio?

— Tudo que eu quero — ele começou, sua voz trêmula pelo esforço de manter a calma — é encontrar o Hector. Trazê-lo de volta para o lugar dele.

Anton não piscou nem afastou o olhar. Ele encarou Jude e foi quase como se aqueles olhos escuros conseguissem enxergar sob sua pele, sob sua carne, sob seus ossos e suas costelas, olhando diretamente para a mentira que batia dentro do seu peito.

O som de passos cruzando o corredor o distraiu. Ele ficou aliviado por isso, pela desculpa para desviar o olhar de Anton.

Mas seu alívio logo se transformou em medo. Jude contou cinco pessoas, e seus passos eram mais rápidos e objetivos do que o caminhar de marinheiros bêbados cambaleando para as respectivas camas.

— O que foi? — perguntou Anton.

— Passos. Tem gente vindo.

O olhar de Anton foi para a porta e ele ficou parado. Um tremor passou pelo seu corpo, como se ele tivesse acabado de se lembrar de algo ruim.

— Por que parece que você sabe quem são?

Os olhos de Anton estavam arregalados e aterrorizados.

— Eles estão aqui para me pegar.

— As Sentinelas?

Anton negou com a cabeça, o medo tremeluzindo em seus olhos.

Os passos se aproximaram. Jude se levantou e cruzou o quarto com três passos, a mão no cabo da Espada do Pináculo.

— Saia pela janela — disse ele para Anton. — Eu vou segurá-los aqui e encontro você depois.

Não sabia ao certo quem eram aqueles homens do lado de fora nem o que queriam com Anton, mas não questionou o instinto que lhe disse para proteger o garoto. Anton conversara sobre medo e agora Jude via o sentimento expresso claramente nos olhos dele.

Anton congelou com uma das pernas pendurada no parapeito da janela aberta.

— Aconteça o que acontecer — disse Jude. — Eu vou proteger você.

Anton olhou para Jude do outro lado do quarto iluminado pela vela, como se não conseguisse compreender as palavras.

A porta se abriu com um estrondo. Jude nunca tinha desembainhado a Espada do Pináculo antes, mas não hesitou. Ela saiu da bainha com uma onda de poder que vibrou pelo quarto como uma tempestade de vento. Os quatro homens diante da porta foram derrubados pela sua força.

Por um momento, Jude ficou parado, surpreso pelo poder absoluto da espada. Já ouvira histórias sobre o poder da Espada do Pináculo, mas nunca o *sentira* antes. A arma parecia quase viva nas suas mãos, trovejando pela sua Graça e lhe dando força e foco como se tivesse executado um *koah*.

Os homens se levantaram e entraram no quarto. Com a Espada do Pináculo nas mãos, Jude deu um passo à frente para enfrentá-los.

41

ANTON

A queda da janela foi maior do que Anton previra no escuro. Quando seus pés tocaram o chão, seus joelhos cederam.

O *esha* de Jude trovejava pelo ar, imprensando-o. A pressão sobre Anton aumentou, mais forte do que jamais tinha sentido. Ele ficou caído e desorientado, como se estivesse sendo arrastado por uma tempestade.

Corra, sua mente berrava, e ele se levantou, correndo pelo telhado. O irmão estava em algum lugar por ali. Se não estivesse com os homens que invadiram o quarto, então estaria à espreita em algum lugar do lado de fora. Sob a tempestade do *esha* de Jude, ele conseguia sentir o *esha* de Illya, dissonante e agitado, como o som de vidro se estilhaçando. Inconfundível.

E ele trouxera seus mercenários, os mesmos que tinham aparecido no apartamento de Anton. Mas não achava que o irmão tivesse contado com a presença de Jude. Aqueles mercenários não eram páreo para uma Graça forte como a dele.

Mas, de novo, estava falando de Illya. Anton aprendera bem cedo a jamais subestimá-lo. De alguma forma, ele sempre acabava à mercê do irmão.

Desceu até a camada seguinte dos telhados, mantendo-se nas sombras enquanto tentava pensar em um plano. Se deixasse a Primavera Oculta, perderia a melhor chance que tinha de sair de Pallas Athos. Ele podia dar a volta de manhã e encontrar Remzi e sua tripulação — mas quem podia garantir que Illya não estaria esperando acompanhado daqueles mercenários?

Ele seguiu pela beirada até o outro lado do telhado e pulou na calçada abaixo. Iria para a marina, então. Aquela era sua única opção. Precisava chegar lá e se esconder até o *Cormorão Negro* zarpar.

— Anton. — Um sussurro sibilado o fez parar. Ele se virou e viu Ephyra em pé no alto de uma escada. Uma onda de surpresa e alívio tomou conta dele.

— Ephyra? Você... Como você me encontrou? Como conseguiu sair da fortaleza?

Os olhos dela brilhavam sob o luar.

— Como *você* saiu?

A culpa o queimou por dentro.

— Eu sei que Hector Navarro o tirou de lá — disse ela. — E eu sei que ele foi atrás de Beru. Me diga onde eles estão.

— Eu tentei ajudar — explicou Anton. — Eu *juro*. Eu... Eu consegui distrair Navarro para que Beru tivesse tempo de fugir. Ela... Ela foi para a estação de trem, para ir para Tel Amot. Mas houve uma luta. Navarro fugiu. Depois disso, eu não sei.

Ele esperava a raiva, o pânico, até mesmo o nojo. Mas não foi nada disso que viu. O rosto de Ephyra se retorceu e ela afastou o olhar dele. Então assentiu com firmeza.

— Ele vai encontrá-la, não vai?

— Eu não sei — respondeu Anton. — Não importa, Ephyra. Nós temos que sair daqui. Meu irmão... Ele está aqui. De alguma forma, ele me encontrou. Ele... — Anton olhou para Ephyra, para seu maxilar contraído e erguido e para seus olhos que não o encaravam.

Percebeu que ela não tinha respondido à pergunta que fizera.

— Como *você* fugiu da fortaleza, Ephyra?

Para crédito dela, Ephyra o olhou nos olhos.

— Era a única maneira. A única maneira de salvar Beru.

Claro. Claro que tinha sido Ephyra a levar Illya até ali. O pânico cresceu dentro de Anton conforme o *esha* vibrante do irmão se aproximava.

— Eu sei que não era isso que você queria. — Havia mais emoção na voz dela do que Anton jamais ouvira. — Mas acho que está errado sobre ele. Não acho que seu irmão seja quem você pensa.

— Ele é exatamente quem eu penso. E você... você...

Sua garganta se fechou quando outra pessoa apareceu no alto da escada.

Illya.

Anton sentiu um frio descer pela espinha ao ver o rosto do irmão — a pele pálida esticada, as olheiras sob seus olhos dourados. Ele encarou Ephyra de novo, ainda sem saber, ou não querendo saber, se ela realmente o traíra.

— Você nunca se despediu, Anton — disse Illya, a tristeza transparecendo em sua voz enquanto ele descia na direção do irmão.

Ephyra olhou de um para outro, insegura.

— Achei que você fosse esperar que eu conversasse com ele.

— Mudei de ideia — disse Illya, voltando os olhos dourados para Anton. — Você também não se despediu da primeira vez que foi embora. Quando se esgueirou no meio da noite. Nossa avó e nosso pai me culparam, sabia? Levei a pior surra da minha vida.

— Bem feito. Eu estava fugindo de você.

— Não, não estava — disse Illya suavemente. — Talvez essa tenha sido a desculpa que você precisava naquela época. Talvez fosse mais fácil assim, pensar que todos os seus medos eram culpa do seu irmão cruel e invejoso. Mas isso não é verdade e no fundo você sabe.

As palavras de Illya fizeram o sangue gelar nas veias de Anton. Queria muito sair correndo dali e nunca mais olhar para trás. Mas não conseguiu se mexer.

Ele ofegou.

— Eu fugi porque você ia me matar.

— Está falando do lago? Não, Anton. Eu não tentei matar você, mas algo aconteceu naquele dia. Algo que te assustou mais do que eu conseguiria assustar. Algo que nem mesmo agora você consegue encarar.

— Eu sei o que aconteceu.

— Sabe?

— Eu... — Anton fechou os olhos. Estava no lago de novo, seus músculos congelados. Mãos o afundando. — Eu...

Você ainda não sabe do que está fugindo, não é?

Ele não podia deixar a água entrar, por mais que seus pulmões queimassem, implorando por alívio. Não podia desistir. Não podia se deixar afundar. Não podia enfrentar o que esperava por ele no fundo do lago.

— Eu não...

Pare!

PARE!

— Anton!

Seus olhos se abriram rapidamente e ele se deparou com o rosto de Jude bem na sua frente. Anton não sabia de onde ele tinha vindo.

— Você está bem? — perguntou Jude.

O *esha* tempestuoso de Jude ressoou em volta deles conforme Anton observava a pequena falha entre seus dentes da frente, as linhas grossas de suas sobrancelhas franzidas, seus olhos verdes brilhando de preocupação. Anton não sabia o que responder.

O olhar de Jude passou dele para Ephyra.

— Você — disse ele, surpreso. — Não estou entendendo. Anton disse que você estava tentando *ajudá-lo*.

— É simples — disse Anton. — Ela preferiu me trair.

— Não precisa ser tão dramático — respondeu Ephyra. — Eu não *traí* você. Eu vim procurar Beru.

— E trouxe *ele* a tiracolo. Junto com seus mercenários.

— Mercenários? — perguntou Ephyra. — Que mercenários?

— Ah — disse Illya, docemente. — Depois que nos separamos, talvez eu tenha convidado alguns amigos para se juntar a nós.

Cinco homens viraram a esquina. Eles usavam um uniforme bem parecido com o das Sentinelas, mas as cores eram cinza e vermelho, em vez de azul. Dois deles empunhavam enormes bestas com engrenagens de latão e envoltas em pesadas correntes de prata. Os outros seguravam espadas. Anton não sentia qualquer Graça neles. Os homens eram lutadores fortes, mas medianos. A força deles teria sido mais que suficiente para dominar Anton sozinho.

Mas, pela primeira vez, não estava sozinho.

Jude se colocou entre ele e os mercenários que se aproximavam, segurando o cabo da sua espada com mais força ainda, mesmo quando sua expressão demonstrava o quanto estava confuso.

— O quê? — perguntou Ephyra, olhando de Anton para Illya. — Mas você... Você disse...

— Ele mentiu para você, Ephyra — disse Anton. — Tudo que ele faz é mentir.

— Eu faço um pouco mais que isso — respondeu Illya. Ele fez um sinal com a mão e os mercenários atacaram.

Jude parecia um raio. Em um segundo estava ao lado de Anton e, no seguinte, era uma mancha em movimento — um furacão de manto azul e refletindo o luar em sua espada prateada.

Jude atacou o primeiro mercenário, jogando-o para trás, girou e atingiu outro. Os poucos segundos seguintes foram preenchidos pelo som de espadas se chocando enquanto Jude se defendia dos ataques, sempre se mantendo entre os mercenários e Anton.

Anton olhou para Ephyra no meio do caos da luta enquanto pressionava o próprio corpo contra a parede. Não havia arrependimento nem culpa nos olhos dela. Apenas uma determinação cruel. Ela começou a fugir em direção ao muro mais baixo que levava para fora do pátio.

— Peguem ela também — rosnou Illya. — Quero todos os três.

Dois mercenários agarraram Ephyra. Um deles a segurou pelo braço, puxando-a para longe do muro.

Ela lutou, seus braços presos junto ao corpo.

— Me *solta*!

Anton observou o olhar dela encontrar o de Illya de novo, e viu uma fúria fria nele.

— O que aconteceu com sermos *aliados*? — ela perguntou.

Illya sorriu — um sorriso que fazia o sangue de Anton gelar nas veias.

— Você foi uma ótima aliada. Mas será uma prisioneira ainda melhor.

Ephyra fez uma careta.

— Eu deveria tê-lo matado quando pude.

Ela pisou no pé do mercenário que a segurava. Ele gritou e, um instante depois, ela se livrou das mãos do homem e se atirou contra Illya. Ephyra rapidamente o derrubou no chão, prendendo o peito dele com o joelho e pressionando a mão contra o seu pescoço como se fosse uma espada.

— Mande eles embora agora — gritou ela. — Eu posso fazer seu coração parar antes da sua próxima respiração, e não preciso de nenhuma arma para isso. Mande. Eles. Embora. Agora.

Anton ouviu o som baixo de uma manivela, e, no tempo que levou para compreender o que estava acontecendo, um dos mercenários disparou sua besta.

Ephyra se atirou para o lado, saindo de cima de Illya. A flecha e a corrente passaram por cima dela, caindo pelo muro baixo do terraço.

Ephyra olhou para aquilo com olhos arregalados e então saiu correndo, passando pelo muro e pulando para o próximo telhado.

— Atrás dela! — gritou Illya, voltando a atenção para Anton.

Jude era a única pessoa entre os irmãos. Mas, antes que pudessem fazer qualquer coisa, os dois mercenários ao lado de Illya armaram a besta e dispararam.

Anton se encolheu. A espada de Jude girou na frente dele, bloqueando uma das flechas. Ele desviou de outra, sua lâmina cortando o ar na direção de Illya.

A segunda flecha atingiu a parede ao lado de Anton, enterrando-se na pedra. A corrente que chicoteava atrás dela se soltou, envolvendo o pulso de Jude e puxando seu braço, impedindo sua espada a milímetros do pescoço de Illya.

O mercenário puxou a corrente, prendendo o braço de Jude com um estalo horroroso. Jude cambaleou, gritando. Ele olhou para cima, seus olhos verdes queimando ferozmente enquanto se sentava nos calcanhares para fazer um *koah*.

— Acho melhor você não fazer isso — avisou Illya.

Jude gritou e cambaleou novamente, caindo de joelhos. Anton sentiu o *esha* do Paladino estremecer. Queria ir para o lado dele, mas seus instintos gritaram para ficar onde estava.

Illya se aproximou do corpo encolhido de Jude, que soltou um gemido baixo.

— O que você fez com ele? — perguntou Anton.

— Nada permanente — assegurou Illya. — Essas correntes foram forjadas com Fogo Divino. Elas não queimam sua Graça como as chamas, mas causam um verdadeiro suplício quando o Agraciado tenta usar seu poder.

Jude ergueu os olhos.

— Fogo Divino? Isso é impossível. Você é... — Ele sibilou de dor novamente. — As Testemunhas mandaram você?

Anton olhou de novo para o irmão. Durante todo aquele tempo, achava que Illya viera para se vingar, mas... aquilo? Illya, uma Testemunha?

Ele fora tão idiota. Illya nunca se importara com a suposta linhagem de sua família. Sempre se ressentira da Graça de Anton. Fazia sentido que ele tivesse se unido às pessoas que validavam isso. Que o ensinaram que a coisa que ele mais odiava — o poder de Anton — era o que o condenava.

— Você entende rápido — disse Illya. — Estou quase impressionado.

Jude gemeu novamente.

— O que você quer com Anton?

— Achei que fosse óbvio — respondeu Illya com leveza. — Afinal de contas, é a mesma coisa que *você* quer.

Jude olhou para Anton, sua expressão anuviada de agonia.

— Do que você está falando?

— Ah — disse Illya, parecendo se divertir. — Que interessante.

— Solta ele — falou Anton, virando-se para seu irmão. — Não é ele que você quer.

— Ah, é sim — respondeu Illya. — Eu quero vocês dois.

Ele se ajoelhou ao lado de Jude, puxando o broche do seu manto. O tecido azul-escuro se soltou do corpo do Paladino.

— Guardião da Palavra — disse Illya, olhando para o broche. — Tenho a sensação de que o Hierofante vai ficar muito feliz quando eu entregar o líder da Ordem da Última Luz para ele.

Estavam encurralados. Não havia o que negociar, nenhuma aposta que Anton pudesse oferecer. Nenhum truque na manga. Nenhuma escolha que pudesse fazer. O medo que o empurrara de uma cidade para outra, que afiara sua mente e acelerara seus passos, de repente se dissolveu. No seu lugar, chegou a derrota.

Talvez ele sempre tivesse sabido que um dia Illya venceria. Anton conseguiu adiar aquilo por anos, mas, no final das contas, terminara ali — sem nenhum lugar para fugir e sem nada que o impedisse de afundar.

42

EPHYRA

Foi fácil matar os mercenários. Ephyra já tinha posto fim a tantas vidas que mal registrou o momento em que o *esha* os deixou, quando cruzaram o estreito caminho entre a vida e a morte.

Ela não sabia nada sobre aqueles homens contratados para capturá-la ou quais escolhas os levaram àquele momento no telhado da taverna. Não importava. Com a mão no pescoço de um deles, encarou os olhos vidrados e o rosto esvaído de sangue, imaginando Illya Aliyev em seu lugar.

A raiva que sentia por ter sido enganada era violenta e amarga como sangue. Illya a fizera de boba, conquistando sua confiança com olhos tristonhos e algumas palavras doces. Claro que ele não queria *proteger* Anton — o garoto dissera isso e ela duvidara. Porque, apesar de tudo que tinha feito, ela ainda tinha um coração mole e idiota que não lhe permitia acreditar que alguém se viraria contra o próprio irmão. Ele a enganara.

Ela era a Mão Pálida. *Ninguém* a enganava.

Mas Illya era o menor dos seus problemas. Quando o segundo mercenário caiu no chão, Ephyra redirecionou sua raiva para o lugar certo — Hector Navarro. Precisava encontrar Beru. Era a única coisa que importava.

Passos ecoaram na calçada abaixo. Eram pelo menos duas pessoas, cambaleantes.

— Pelo amor de Endarra, como você ainda consegue ser tão ruim em beber? — reclamou uma voz brusca.

Ephyra se deitou de bruços quando as duas pessoas viravam a esquina abaixo. Um deles era mais alto do que qualquer outro homem que ela já vira, e parecia estar carregando todo peso do companheiro menor. Baixando a cabeça, rezou para que eles não olhassem para cima.

— Eu estou muito bem, *querido*.

— Você está dizendo isso agora, mas eu que vou ter que cuidar de você quando estiver passando mal e de péssimo humor amanhã. Não combina nada com um capitão de navio começar cada viagem botando os bofes para fora pelas muradas do barco, sabia?

— O que eu fiz para merecer um marido capaz de dizer palavras tão cruéis?

O homem mais alto deu uma gargalhada enquanto passavam bem embaixo de Ephyra e dos mercenários mortos. Sob a luz suave da lua, ela conseguiu ver as marcas escuras na pele dele. Um curandeiro.

— Eu vou recompensá-lo quando chegarmos a Tel Amot — disse o curandeiro com um tom sensual. Quando ele se aproximou para cochichar alguma coisa no ouvido do companheiro, o coração de Ephyra disparou.

Tel Amot.

Antes que pudesse pensar melhor, ela pulou da beirada do telhado e aterrissou em uma alcova sombria entre a escada e a parede. O riso e as provocações dos dois homens ficaram mais próximos. Quando estavam quase em cima dela, Ephyra saiu das sombras, por pouco não os derrubando.

— Desculpem! — exclamou ela enquanto eles cambaleavam.

— Tudo bem — respondeu o curandeiro alto. — O Remzi não está conseguindo andar em linha reta.

O baixinho fez um bico.

— Assim você me magoa.

— Eu estava descendo as escadas — ela começou — e ouvi que o navio de vocês vai para Tel Amot.

Os homens trocaram um olhar que Ephyra não conseguiu entender.

— Nós *não* transportamos passageiros por caridade — disse o curandeiro. — Também não aceitamos mais apostas. Definitivamente não aceitamos mais apostas.

— O quê?

— O que Yael quis dizer é que não podemos ajudá-la a chegar a Tel Amot — explicou Remzi. — Sinto muito.

Eles se desviaram dela e continuaram caminhando.

— Eu pagaria, é claro — disse ela atrás dos homens.

Eles pararam. O mais baixo se virou, animado.

Ephyra estendeu uma bolsa de moedas.

— Isso é o suficiente?

Ela roubara dos dois mercenários. Eles não precisariam mais daquilo.

Ephyra soltou a bolsa, e Remzi teve que estender a mão para pegá-la. Ele arregalou os olhos quando espiou lá dentro.

— São quase duzentas virtudes — disse Ephyra. — E se isso não for o suficiente, posso trabalhar também. Faço tudo que precisarem.

Remzi fechou a bolsa e a entregou para Yael por cima do ombro.

— Acho que isso é suficiente, não é, Yael?

O curandeiro balançou a bolsa em uma das mãos enormes.

— Deve servir.

— Ficaremos felizes em recebê-la a bordo — declarou Remzi enquanto Yael guardava a bolsa de moedas. — Nós zarpamos ao amanhecer.

— Você não vai nem estar sóbrio ao amanhecer — disse Yael, empurrando o marido adiante. Por cima do ombro, avisou: — Zarpamos ao meio-dia.

Ephyra preferiria que partissem ao amanhecer, mas estava satisfeita com qualquer coisa. Logo estaria a caminho de Tel Amot. E, de lá, voltaria ao lugar para o qual nunca imaginara voltar.

Ephyra estava voltando para casa.

43

HASSAN

Hassan acordou e sentiu o cheiro amadeirado de incenso queimado encher seus pulmões. O calor o envolveu enquanto ele abria os olhos lentamente. Raios de sol passavam através dos ramos de palmeira acima dele.

— Que bom que você acordou.

Um toque frio pressionou sua testa. Ele virou a cabeça e viu Lethia, com os olhos estreitados de preocupação.

— Fique calmo. Você está bem.

Hassan se sentou, sentindo-se tonto e analisando o ambiente. Estava na tenda da curandeira, na ágora.

Penrose se levantou de uma almofada aos pés de seu leito.

— Príncipe Hassan.

Ele afastou o cobertor fino e tentou se levantar, mas a coberta ficou embolada, e ele a chutou furiosamente.

— O que aconteceu? — ele perguntou. — Mais alguém se feriu?

— No que você estava pensando ao atacar as Testemunhas daquele jeito? — perguntou Lethia. — Você quase morreu!

— Eu te disse para ficar do meu lado — disse Penrose.

— Estou vendo que vocês duas resolveram se aliar — resmungou Hassan. — O que aconteceu com o templo?

A imagem de chamas brilhando pelas portas surgiu em sua mente.

— Eles apagaram o fogo — respondeu Penrose. — As Sentinelas apareceram e o resto das Testemunhas fugiu. Várias foram mortas, incluindo a pessoa que o feriu.

— Mais alguém se machucou? — perguntou Hassan novamente.

Penrose não respondeu. Lethia também ficou em silêncio.

O coração de Hassan se apertou. A imagem do rosto de Khepri enquanto ela corria para longe dele tomou sua mente. Ela precisava estar bem. Precisava estar.

Ele passou pelas duas, abrindo caminho pelas cortinas que separavam o leito do restante da tenda.

E deu de cara com Khepri.

— Príncipe Hassan! — exclamou ela, surpresa, mas não se afastou. Ele analisou seu rosto, vendo a sujeira, a fuligem e o terror da luta ainda frescos.

Antes de pensar no que estava fazendo, Hassan a abraçou e a puxou contra si, pressionando o rosto na curva do pescoço dela.

— Hassan — disse ela, sua voz suave e trêmula, mais insegura do que ele jamais ouvira.

— Você está bem — ele sussurrou no pescoço dela. A visão de Khepri correndo na ágora fez seu estômago se revirar e seu pulso ecoar nos ouvidos. Não suportava imaginar Khepri entrando em uma batalha sem sair viva.

Ele se afastou, as mãos subindo dos ombros até o rosto dela. Khepri fechou os olhos ao sentir o toque. Sangue seco e fuligem manchavam seu rosto, e Hassan tinha certeza de que ela era a coisa mais linda que já tinha visto na vida.

— Khepri — sussurrou ele, aproximando-se, vulnerável diante daquela atração. Ela abriu os olhos e Hassan viu que estavam vermelhos. Marcas de lágrimas abriam caminho pela sujeira em seu rosto. — O que aconteceu?

— Emir. O acólito. Lá... O incêndio. — Ela soltou o ar, trêmula. — Emir estava no templo, defendendo os outros acólitos, tentando tirá-los de lá em segurança.

Ele sabia o que ela diria antes que dissesse.

— Ele não conseguiu sair.

Ouvir as palavras em voz alta foi como um soco no peito. Emir, o velho acólito que ele defendera das Testemunhas. Que descobrira quem Hassan realmente era. Que trouxera a Ordem da Última Luz até ali.

Emir, que Hassan enxergara em sua visão, parado ao seu lado no farol de Nazirah.

Não podia ser. Hassan o *vira*.

— Você tem certeza? — A pergunta arranhou sua garganta.

Ela assentiu, seus olhos tão vazios quanto Hassan se sentia.

— Acabei de descobrir. Vim aqui para avisar.

Era impossível. Emir estava na visão de Hassan. Deveria estar com ele quando retomassem Nazirah. Ele não podia estar morto.

O som alto de vozes do lado de fora da tenda quebrou o silêncio. Parecia que uma multidão tinha se juntado ali. Hassan olhou para Penrose.

— O que está acontecendo?

— Vá até lá — disse ela, gentilmente. — Eles estão esperando por você.

Hassan olhou de volta para Khepri, seu estômago se revirando de nervosismo. As lágrimas ainda marcavam o rosto dela. Ele não se mexeu.

— Vá — disse Khepri, soltando-o.

Entorpecido, ele saiu e foi para onde o restante do exército e dos refugiados tinha se reunido. Uma voz se elevava sobre todas, e o olhar de Hassan pousou em Osei, que estava de frente para os outros. O resto da Guarda estava atrás dele.

— Um mês atrás, as Testemunhas tomaram a cidade de Nazirah sob o comando de um homem que se autodenomina o Hierofante — começou Osei. — Ele acredita que os Agraciados são uma praga, que prometeu extinguir. Ele encheu seus seguidores com mentiras maléficas, mentiras que continuam se espalhando pelo território de Herat e muito além dele. Mentiras que separaram famílias e espalharam medo nos corações de muitos. Mentiras que expuseram a verdadeira natureza do Hierofante.

Hassan olhou em volta. Os soldados e os refugiados estavam boquiabertos, cativados por Osei. Lentamente e com crescente terror, Hassan percebeu o que o espadachim estava fazendo.

— Mas os Profetas previram que o Hierofante chegaria ao poder — disse Osei. — Previram a escuridão que ele traria. Pelo bem da humanidade, mantivemos isso em segredo até agora, mas é a verdade. Uma profecia que previu a ascensão do Hierofante e a chegada da Era da Escuridão que viria em seguida.

Sussurros chocados e aterrorizados atravessaram a multidão. Hassan permaneceu parado, os próprios pensamentos girando em sua mente. Tinha que parar Osei. Tinha que impedir que ele dissesse o que viria a seguir.

Mas suas pernas estavam pesadas como chumbo. A boca, sem nenhuma palavra. Ele só conseguiu ficar parado ali, ouvindo o discurso.

— Mas a profecia dos Sete Profetas falava sobre mais coisas além da escuridão. Eles também viram luz. Um novo Profeta, nascido quase um século depois do desaparecimento dos Sete. Um Profeta que consegue ver o futuro e impedir as Testemunhas. Um Profeta que vive entre nós. — Osei apontou, olhando para Hassan. — Ele está aqui. Príncipe Hassan Seif, o herdeiro do trono de Herat, é o Último Profeta.

A multidão desviou o olhar de Osei e se virou para Hassan. Havia admiração em seus rostos. Alguns até choravam.

Hassan mal conseguia respirar.

— O Profeta viu nosso futuro e o nosso destino de impedir o Hierofante e a Era da Escuridão. Essa é uma luta pelo futuro do reino. Fiquem ao lado do Profeta e nos ajudem a libertar o povo de Nazirah, a proteger os Agraciados. Fiquem ao lado do Profeta para que todos nós, o povo de Herat, o povo de Pallas Athos, das outras Seis Cidades Proféticas e muito além, possamos sair da escuridão e voltar para a luz.

— As Testemunhas não vão nos vencer! — exclamou alguém no meio da multidão. — Nós as derrotaremos. Eu estou com o Profeta!

Eles gritaram em uníssono:

— Eu estou com o Profeta!

O grito reverberou pela multidão. Pela Guarda, pelos soldados e pelos refugiados. Por todos que acreditavam em Hassan.

— Eu estou com o Profeta!

Seus olhos atingiram Hassan como ondas, tão potentes que ele teve que desviar o olhar. As vozes perderam a força e viraram um burburinho em sua cabeça enquanto algo sussurrava da parte mais sombria de sua mente.

Você não é o Profeta.

Se a visão de Emir ao seu lado era falsa, o resto também era? O que Hassan sonhara fora uma visão ou um desejo?

Você não é o Profeta.

Não podia ser mentira. Ele *tinha visto*. Parecera real. Parecera *verdadeiro*.

Ou ele apenas tinha se convencido disso? Emir estava morto. A visão não podia ser verdadeira. Então o que aquilo significava para Hassan? Se ele não era o Último Profeta, quem ele era?

Um príncipe sem um reino. Um garoto sem Graça.

Um mentiroso.

PARTE III
A TORRE

44

BERU

Medea não era mais uma aldeia — era um túmulo.

Os corpos dos moradores permaneciam exatamente onde tinham caído quando morreram, mas, àquela altura, estavam decompostos, e tudo que restava eram ossos e pó. Ninguém havia tocado neles; nem mesmo os chacais e os gatos selvagens se aproximavam daquele lugar. As árvores estavam silenciosas e não se ouvia o canto dos pássaros. As formigas e cigarras tinham partido.

Beru tinha cruzado um longo caminho para chegar ao lugar onde começara.

Hector tinha honrado seu pedido de voltar para a aldeia. Foi Beru que hesitou, Beru que protelou depois que o trem os deixou na estação de Tel Amot. Não por temer o que a esperava, mas por não conseguir encarar o que deixara para trás. Agora, naquele lugar, seu passado e seu futuro convergiram — duas pontas de um único fio, um início impossível e um fim inevitável.

O estalar da terra compacta sob seus pés era o único som ao longo do caminho pela praça vazia. Aquele era o local onde os aldeões costumavam montar suas barracas para vender produtos e mercadorias para as caravanas que passavam por lá. Beru ainda se lembrava do cheiro de carne assada e de massa frita, quase conseguia ouvir a risada das crianças e as vozes dos vizinhos fofocando e dos mercadores pechinchando.

Agora só restava o silêncio. Arcos de arenito cercavam cada canto da praça. As lojas de telhado plano, sem os seus toldos drapejados, estavam vazias.

Hector parou ao lado de Beru.

— Não tem ninguém aqui — disse ele, passando os olhos escuros pela praça. Além do templo de Behezda e da antiga torre do relógio com os ponteiros marcando eternamente doze horas, uma figueira retorcida surgia da terra rachada.

Cinco esqueletos estavam semiencobertos pela poeira ao redor. Um deles era pequeno — a criança não devia ter mais que oito anos.

— Todos estão mortos — disse Hector.

Beru não estava pronta para ver a expressão no rosto dele. Ela mal conseguia compreender a cena ao redor, e sabia exatamente o que esperava por eles naquela aldeia. Ela *escolhera* voltar para lá, para sua casa, mesmo sabendo o que restava do lugar.

— Seus pais e seu irmão não foram os primeiros inocentes a morrer por minha causa — ela disse.

Hector ofegou.

— Foi esse o custo de me ressuscitar. — Só então ela o encarou.

— Como aconteceu? — perguntou Hector, sua voz rouca.

Beru precisou usar todas as suas forças para se lembrar daquele dia horrível.

— Ela não queria matar ninguém — sussurrou. — Quando me viu morta no chão, ela agarrou o meu braço e...

— Não — disse Hector. — Não é isso. Como você morreu?

A pergunta a surpreendeu. Que diferença aquilo podia fazer para ele? Talvez fosse a última peça do quebra-cabeça que Hector estivera tentando montar pelos últimos cinco anos. Qual tragédia dera origem à morte de sua família? Qual escolha tinha desencadeado a série de eventos que os levaram até aquele momento?

— Eu fiquei doente — respondeu Beru. — Nossos pais também. E vários outros moradores do vilarejo. Houve uma grande fome naquele ano, e a falta de comida nos deixava mais vulneráveis.

— Não é só isso, é?

Ela desviou o olhar. Havia mais coisa, mas Beru nunca contara a história em voz alta. Não era algo sobre o que tivesse certeza, apenas uma questão pairando sobre ela, mas que nunca tivera coragem de perguntar. Sua doença não chegara de forma rápida. Fora algo lento, gradual, assim como todas as vezes em que começou a se esvair, depois.

— Ephyra tentou me curar — contou Beru. — Ela já tinha feito isso antes, com outras pessoas. Nossos pais a proibiram de usar sua Graça. Eles tentaram esconder dos outros aldeões, mas às vezes ficávamos sabendo de crianças doentes e... ela ajudava. Mas, por algum motivo, daquela vez ela não conseguiu. Eu melhorava por alguns dias, mas de repente ficava doente de novo. E era cada vez pior. Ela precisava de mais e mais esforço para me curar. Ephyra sempre se culpou por não ter conseguido me curar antes de eu morrer.

Ela olhou para a praça vazia. Apenas ali, naquele lugar que guardava seu passado e seu futuro, ela conseguiria encarar a última pergunta sem resposta.

— Mas eu acho que talvez o problema fosse comigo desde o começo. Talvez sempre tenha havido algo de errado, algo que Ephyra não conseguia curar. Algo que ninguém pode consertar. Talvez não tenha sido ressuscitar que me tornou o que sou. Talvez eu estivesse destinada à morte.

Nos olhos de Hector, ela não viu terror ou dúvida, apenas determinação. Ele olhou para a espada em sua mão. Qualquer que fosse a resposta que estava procurando, ele encontrou. E Beru, mesmo tomada de medo e culpa, sentiu-se aliviada.

— Vou lhe dar um funeral adequado — disse ele. — Como fiz para minha família.

Beru assentiu, sem confiar mais na própria voz para falar. *Eu quero ir para casa,* ela dissera a Hector no trem de Pallas Athos. Agora estava ali. E estava com medo. Não queria morrer. Mas não aguentava mais o fardo da própria vida.

Beru ficou de costas para a figueira e encarou o fim de sua vida. Não desviou o olhar quando Hector desembainhou a espada. Só fechou os olhos quando ele a ergueu.

Ela prendeu a respiração quando a lâmina desceu em sua direção.

45

JUDE

A primeira coisa que Jude sentiu, além de dor, foi a água fria atingindo seu corpo.

Ele se levantou rapidamente. O mundo inteiro pareceu girar, e ele cambaleou até a parede. Sua cabeça estava confusa. O chão balançava sob seus pés. Ele devia ter desmaiado em algum momento. A última coisa de que se lembrava era um metal frio contra sua pele, uma dor abrasadora...

— Até que enfim ele acordou!

Jude se esforçou para se endireitar, encostando-se na parede. Pesadas algemas de metal prendiam seus pulsos. Dois homens, ambos de pele clara e mais altos que ele, estavam de pé sob um retângulo de luz. Ele os reconheceu da Primavera Oculta. Mercenários.

O medo correu pelas suas veias e, por instinto, Jude se impulsionou para começar um *koah*. Mas as algemas queimaram seus pulsos e uma dor lancinante atravessou seu corpo. Ele caiu para trás de novo, ofegando, e se virou para o lado para vomitar. Sentia como se suas entranhas tivessem virado cinzas. Sua pele queimava com a mesma dor quente e pálida que sentira vindo das correntes dos mercenários. Talvez aquelas algemas também tivessem sido forjadas com o Fogo Divino.

Jude não conseguia usar sua Graça.

— Olhe só para ele — disse um dos mercenários, inclinando a cabeça. Uma grande cicatriz seguia do seu olho até a mandíbula. — São bem patéticos quando você tira a Graça deles. Esse mal consegue ficar de pé.

O outro mercenário sorriu e se aproximou de Jude. Algo na cintura dele chamou sua atenção. O cabo decorado no estilo damasceno com um padrão muito conhecido.

— Ah, você gostou da minha espada, é? — perguntou o mercenário, segurando o cabo. — Acho que combina comigo.

A Espada do Pináculo. Sem pensar, Jude partiu para cima do homem. As correntes esticaram, puxando-o para o chão.

O mercenário soltou uma exclamação de reprovação e se abaixou para agarrá-lo pelo cabelo. Ele o obrigou a se levantar e puxou sua cabeça para trás, expondo seu pescoço.

— Talvez eu a venda — ele provocou, e Jude sentiu o hálito quente em seu rosto. — Aposto que eu conseguiria um bom preço. Um preço tão bom quanto vou receber por você.

O Paladino estremeceu ao ver o olhar cinzento e cruel do mercenário.

— Ei! — gritou o mercenário com a cicatriz. — Não podemos machucá-lo.

— Ah, nem um pouquinho? — Ele virou a cabeça de Jude para um lado e para o outro.

— Illya disse para não machucar mais eles. Eu não quero dar nenhum motivo para aquela cobra não nos pagar. Você quer?

O rosto do mercenário de olhos cinzentos se retorceu de desprazer.

— O que você acha que o Hierofante vai fazer com ele?

Jude ofegou quando o mercenário puxou mais seu cabelo. Ele nunca estivera tão vulnerável quanto naquele momento.

— Seja lá o quer for, espero poder assistir — disse o mercenário de olhos cinzentos bem baixinho, como se quisesse que apenas Jude ouvisse.

— Vamos dar comida a ele e dar o fora daqui — disse o outro.

O homem com olhos cinzentos atirou Jude no chão.

— Coma logo — ele ordenou com um sorriso nojento enquanto o outro homem jogava uma tigela aos seus pés. Um líquido marrom nada atraente espirrou para fora. Os dois riram antes de sair.

A porta se fechou e o ar saiu do peito de Jude como se tivesse levado um soco. Ele respirou mais uma vez enquanto se encolhia, pressionando o punho fechado contra a boca e obrigando-se a manter a calma. Estava péssimo, com roupas rasgadas que o deixavam maltrapilho.

Ele respirou fundo várias vezes, trêmulo, tentando se concentrar no ambiente ao redor. Estava em um lugar fechado e úmido — uma cela? A parede de madeira pressionava suas costas. Não era só a sensação de tontura na sua mente: o chão realmente estava balançando.

Ele estava a bordo de um navio.

— Então você acordou.

Uma voz quebrou o frágil silêncio. Jude se virou para a parede lateral da cela, que era mais uma divisória de tábuas pregadas do que uma parede propriamente dita. Pelas frestas entre as tábuas, conseguiu ver outra pessoa. Anton.

Nem sabia que havia mais alguém ali com ele. Se pudesse usar sua Graça, teria ouvido as batidas do coração de Anton, sua respiração. Jude se sentia cego.

— Por quanto tempo eu... Nós...?

Ele ouviu o barulho de alguém se mexendo do outro lado.

— Você ficou apagado por... um tempo. Eu não sei o que fizeram com você na Primavera Oculta. Aquelas correntes...

— Fogo Divino — disse Jude. — Aquele homem disse que foram forjadas com Fogo Divino. É a arma das Testemunhas. Esse fogo queima a Graça que existe nas pessoas.

Jude tentou manter o tom neutro, mas a dor transpareceu em sua voz. Ele se lembrava dos boatos que ouvira sobre o Hierofante, mesmo antes de ir a Pallas Athos. Que, de alguma forma, ele conseguia bloquear a Graça das pessoas. Pelo menos agora Jude sabia como o boato tinha começado.

Demorou um tempo até Anton perguntar:

— Isso não é... Isso é permanente?

— Eu não sei. — Jude fechou os olhos. Não queria pensar sobre aquilo. Na possibilidade de que aquela dor, aquele *vazio*, persistiria mesmo depois que as correntes fossem retiradas.

— Mas dói, não dói? — A voz de Anton estava tímida agora. — Deu para perceber, lá na taverna. E agora, você parece...

Jude sabia exatamente como parecia. Derrotado. E era exatamente isso. Ele estava completamente à mercê daqueles homens. Se quisessem, poderiam mantê--lo subjugado e sofrendo pelo resto da vida.

Embora sua vida talvez estivesse perto de acabar.

— E você? — ele perguntou depois de um momento, virando-se para a parede entre eles. — Machucaram você?

— Não. Eles não me machucaram.

A breve pausa entre as palavras pairou desconfortavelmente no ar fétido. A imagem da expressão de medo no rosto de Anton, na taverna, passou pela mente de Jude.

— Você sabia que eles estavam atrás de você — disse Jude. — Lá na taverna, você não teve a menor dúvida disso. O que as Testemunhas querem com você?

— Eu não sei — respondeu Anton.

Só podia ser mentira. Jude sabia disso, mesmo sem sua Graça para ajudá-lo a ouvir a respiração entrecortada de Anton e seu coração acelerado.

— Diga a verdade, Anton. Você foi encontrado com a Mão Pálida. Estava sendo caçado por alguém ligado às Testemunhas. Por quê?

— Eu não *sei*.

— Você está mentindo — rebateu Jude, sua raiva crescendo. — Aquele homem, Illya...

— Não. — A voz de Anton estremeceu. — Não diga o nome dele.

Jude se acalmou.

— Mas você o conhece.

Ele pensou novamente na expressão de Anton quando se colocou entre ele e Illya. Era medo... um medo que atravessara a confusão do próprio Jude, tão afiado como uma espada.

— Ele é meu irmão — disse Anton depois de um longo tempo. — Mas eu não sabia que ele tinha ligação com as Testemunhas. Eu juro.

Jude encostou a cabeça nos joelhos.

— Sinto muito — disse Anton, sua voz baixa contrastando com a respiração ofegante e pesada de Jude.

— Não sinta.

Um silêncio frágil caiu entre eles.

Queria poder culpar Anton, mas aquilo não era culpa dele. Nada daquilo. Jude que fora imprudente ao apostar sua sorte no garoto na taverna. No que ele estava pensando ao decidir cruzar um oceano para procurar Hector? Perseguindo um homem que o abandonara, quebrara o próprio juramento, dera as costas para Jude como se ele não significasse nada?

Jamais deveria ter saído do lado do Profeta.

Ou melhor: jamais deveria ter ido a Pallas Athos. Jamais deveria ter aceitado o título de Guardião da Palavra, quando sabia muito bem que só desgraçaria ele mesmo, a Ordem, seu pai. Todas as dúvidas em seu coração estavam certas. Ele abandonara o Profeta. Perdera a Espada do Pináculo. Carregara um século de legado e esperança nas costas, e deixara tudo desmoronar.

— Eu falhei com ele — disse Jude em voz baixa, enquanto se dava conta do que tinha acontecido.

— Navarro fez as próprias escolhas — respondeu Anton. — Não era sua obrigação impedi-lo, não importa o que você pense.

— Não estou falando do Hector.

Jude sentiu uma onda de alívio ao proferir as palavras, como se agora, finalmente, tivesse se libertado da mentira que contava para si mesmo havia tanto tempo. A mentira de que ele estava à altura do dever que fora criado para cumprir, que dizia que um dia seria capaz de abandonar todas as dúvidas e erros, e se devotar única e exclusivamente a uma coisa, à única coisa que devia importar. Por dezenove anos, ele carregara aquela mentira no peito, e agora a libertava.

— Estou falando do Profeta.

Um suspiro alto foi a única resposta de Anton. O silêncio entre eles aumentou.

E então:

— Jude...

Uma tensão que parecia quase dolorosa transpareceu na voz de Anton. Um arfar que perfurou o ar. E então silêncio.

Jude virou de costas para a parede que os separava. Não havia nada que Anton pudesse dizer que mudaria a verdade. Fracassara. Não importava o que aconteceria com ele agora.

46

HASSAN

Hassan guiou a procissão dos degraus do Templo de Pallas até o local abaixo da ágora onde cavaram a cova. Os refugiados e os outros acólitos beijaram a palma de suas mãos e as ergueram ao passar pela trilha.

Mais cedo, Hassan ficara diante do templo enquanto banhavam o corpo de Emir na fonte de cristalomancia. Assim como todos os recém-nascidos eram banhados no templo, o mesmo acontecia com os corpos silenciosos, sem vida. O Primeiro Rito e o Último Rito das Águas.

Ao fim do ritual, um acólito com a Graça do Sangue desenhou os padrões de desatamento no corpo de Emir com um óleo consagrado de aroma doce. Os outros o vestiram com o traje lilás tradicional dos acólitos e fizeram um nó especial que simbolizava o fluxo de *esha* do corpo para o mundo. Eles cortaram um cacho do cabelo grisalho de Emir e o vedaram em uma garrafa de óleo consagrado.

— Ele ia querer que você ficasse com isso — disse o acólito enquanto colocava a garrafa azul de cristal nas mãos de Hassan.

Ele não merecia aquele relicário, a última lembrança da vida de Emir. Mas mesmo assim aceitou, colocando-a no bolso do peito, ao lado da bússola do pai e de seu coração.

O sol estava alto e quente quando chegaram ao túmulo e colocaram o corpo de Emir no interior. Sete tochas foram acesas e fincadas no chão ao lado dele.

Hassan enxugou o suor da testa, e um dos outros acólitos se virou para os enlutados e começou a falar:

— Nós abençoamos este *esha*, a energia sagrada que era Emir, e oramos para que seja liberado e volte para a Terra em segurança. Que seja guiado pela Graça do Profeta sem nome, que vagava pela Terra, o protetor de todos os esquecidos, os sem nome, os perdidos.

As bênçãos eram dadas de uma forma ou de outra nos funerais ao redor do mundo inteiro durante séculos, mas naquele dia Hassan sentiu que as palavras também eram para ele. O que ele era, além de perdido? Pensou que estava seguindo um caminho que tinha sido aberto para ele pelos Profetas um século antes, mas descobriu que tinha se enganado.

Hassan achou ter visto o próprio destino diante dos olhos, de forma clara e nítida, mas ele se dissolvera como fumaça. Emir deveria estar ao seu lado quando ele retomasse Nazirah das Testemunhas. Em vez disso, o acólito estava em um túmulo. Ele errara sobre Hassan. E aquilo lhe custara a vida.

A tarde avançou enquanto o túmulo de Emir era coberto de terra. Aqueles que seguiram a procissão até o cemitério começaram a voltar lentamente para a ágora. Hassan ficou. A Guarda manteve a distância, talvez em respeito ao seu luto, mas era a culpa, não o luto, que o mantinha ao lado do túmulo. Culpa e vergonha.

O cheiro de terra e cidra perfumaram o ar quando alguém se aproximou. Khepri. Eles ficaram um tempo em silêncio, olhando o sol se pôr.

— Sei que é difícil — começou Khepri, hesitante. — Eu também gostava muito dele. Mas príncipe Hassan, por favor... agora não é o momento de perdermos o foco no que estamos fazendo.

Hassan não olhou para ela. Sabia o que diria a seguir. Ele evitara Khepri e todos os outros ao máximo nos últimos dias. Não sabia o que dizer para nenhum deles. Não sabia como dar continuidade às coisas que havia iniciado com sua esperança, seu excesso de confiança e suas *mentiras*.

— Você não participou das reuniões de estratégia — comentou Khepri. — Você mal conversou com os soldados, mesmo agora, que é quando eles mais precisam ouvir suas orientações. A Ordem da Última Luz já zarpou, e os navios da sua tia estão prontos. Por mais cruel e terrível que soe, não temos tempo para o seu luto, Hassan.

— Eu sei. — A voz dele saiu rouca e insensível.

— Emir acreditava em você e na nossa causa. Ele queria que nós lutássemos. Ele ainda ia querer isso agora, quando estamos tão próximos do futuro que você viu. Você não pode...

— Ele estava lá — disse Hassan. — Na minha visão. Emir estava lá. Ao meu lado, no farol. Ele estava *lá*.

Choque e descrença cintilaram no olhar de Khepri.

— Eu o vi lá, comigo, assistindo nossas forças dominarem as Testemunhas. Mas agora ele *morreu*. Como minha visão pode ser verdadeira se eu vi, ao meu lado, o homem que acabamos de enterrar?

— Isso... Isso não significa nada. Não significa que *nada disso* seja...

— É *exatamente* o que significa! — gritou Hassan. Tudo que estava escondendo desde o ataque das Testemunhas veio à superfície. Cada pensamento que o perseguia. Cada dúvida que ele não se permitira sentir antes. Elas começaram a transbordar em ondas de culpa, vergonha e raiva. — Eu realmente acreditei que tinha visto o futuro, o meu destino, um modo de impedir a Era da Escuridão. Mas tudo não passou de um sonho ridículo e ingênuo. Lethia estava certa. Eu queria muito acreditar naquele sonho, mas não consigo mais.

Ele fechou os olhos. Sabia o que tinha que fazer, mas aquilo significava abrir mão de tudo.

— O que você quer dizer com isso? — perguntou Khepri, sua voz trêmula de desespero.

— Eu não sou o Último Profeta, Khepri. Eu não tenho nenhuma resposta. Nem para você, nem para a Guarda Paladina, nem para as pessoas que me apoiam. Se eu fosse o Profeta, eu saberia. Se eu tivesse alguma Graça, eu a sentiria. Mas não tenho. Não existe nada de poderoso em mim. Chegou a hora de parar de fingir que existe.

— Você quer desistir de lutar contra as Testemunhas? — O sentimento de traição transpareceu em suas palavras. — Hassan, você *não* pode desistir. A Ordem da Última Luz é a chave para retomarmos Nazirah. Se você contar isso a eles, estará tudo acabado. Eles não vão lutar ao nosso lado se não acreditarem que estão cumprindo a profecia.

— Eu sei. Eu sei do que estou abrindo mão. — Sem a Guarda para apoiá-lo, sem Khepri ao seu lado, sem o exército diante dele, Hassan não tinha nada. — Mas não posso mentir e mandá-los para uma guerra como se não fosse nada.

— Você não sabe se é *mentira*! Só porque parte da sua visão era falsa, não significa que você não seja...

— Eu sei o suficiente — declarou Hassan. — O suficiente para duvidar. O suficiente para saber que eu deveria contar a eles, em vez de permitir que mais pessoas percam a vida por causa de uma mentira.

Emir, que tinha perdido sua vida por uma mentira, que acreditara nele, dissera que Hassan se encaixava em todos os sinais da profecia. Agora, quando Hassan pensava naquela conversa, sentia vontade de rir. As luzes no céu. A profecia de Nazirah. Ele realmente se convencera por meia dúzia de coincidências? Sua avidez por acreditar era tão grande assim?

As pessoas acreditavam no que queriam acreditar. Quando tudo indicava que o Último Profeta tinha finalmente chegado, a Ordem da Última Luz não questionou. Eles queriam que Hassan fosse o Profeta, queriam acreditar que seu salvador havia chegado. Hassan também quis. E foi muito fácil se convencer de que aquilo era verdade.

— Mesmo que você não seja o Profeta, você ainda é o príncipe de Herat — disse Khepri com veemência. — Não precisamos de uma visão do futuro para nos dizer que seu destino é lutar contra as Testemunhas. Esse já é o nosso destino.

Estava escrito no instante em que tomaram Nazirah. Quando usaram o Fogo Divino para torturar o nosso povo. Quando nos atacaram aqui. Enquanto as Testemunhas possuírem o Fogo Divino e o Hierofante caminhar pela Terra, todos os Agraciados estarão em perigo. Pense na sua família, Hassan. Nos seus pais. Se você fizer isso... a vida de todos os Agraciados em Herat serão ceifadas.

— Você acha que não pensei nisso? — A raiva explodiu no seu peito. Era tão mais fácil lidar com a raiva, tão mais simples do que o luto que ameaçava partir seu coração ao meio.

Mas Khepri levantou o queixo, recusando-se a ser intimidada.

— Acho que você ainda tem medo. Se aquela visão era verdadeira ou não, eu liguei o meu destino ao seu quando vim para Pallas Athos. — Ela se inclinou e envolveu o rosto dele com as mãos, do mesmo jeito que Hassan fizera com ela depois do ataque das Testemunhas. — Você pode não ser o Profeta escolhido, mas ainda é a pessoa que *eu* escolhi. Então me diga, será que eu cometi um erro? Será que eu escolhi o homem errado?

Eu não sei, ele pensou, impotente e engolindo em seco. Com movimentos calculados e cuidadosos, ele alcançou as mãos de Khepri e as afastou de seu rosto.

— Eu não sei por que você me escolheu. Eu não sei por que você me escolheria, mesmo agora. — Ele empurrou as mãos de Khepri contra o peito dela e a soltou. — Mas os outros merecem ter a mesma escolha.

Mágoa e traição passaram pelo rosto dela.

— Eu quero que você reúna o exército e a Guarda na frente do templo hoje à noite — declarou Hassan. — Eu vou falar com eles. Veremos o que eles decidirão.

Hassan começou a se afastar, passando por antigas pedras que se alinhavam no cemitério. À frente, a luz forte de uma tocha tremeluzia, abrindo caminho pelo cemitério na direção dele.

— Achei que eu o encontraria aqui. — Era Lethia. A luz lançava sombras no seu rosto sério.

— Está tudo bem? — perguntou ele.

— Está — respondeu a tia. — Eu vim comunicar que os navios já estão prontos para partir para Nazirah amanhã de manhã. Eu partirei para Cárites logo depois, também, conforme o planejado.

Amanhã de manhã. Não havia tempo. Não havia tempo para pensar em nada daquilo.

— Khepri, vá chamar os outros. — Hassan não olhou para ela enquanto falava. — O exército e a Guarda. Preciso conversar com a minha tia.

Khepri não se moveu.

— Hassan, pense no que está fazendo, *por favor*...

— Khepri.

Ela se retesou diante do tom brusco.

— Sim, Vossa Alteza.

O tratamento formal fez o estômago de Hassan revirar, mas ele não demonstrou enquanto Khepri desaparecia noite adentro.

Ele se virou para Lethia assim que ficaram a sós.

— Tem mais alguma coisa, não tem?

— Recebi notícias de Nazirah — começou Lethia, hesitante. — Uma fonte que tenho na cidade.

As palavras atingiram Hassan como um raio.

— E?

A expressão de Lethia era séria.

— O Hierofante ordenou a execução do rei. A sentença foi cumprida há dois dias.

O coração de Hassan vacilou. Aquilo não podia ser verdade. Seu pai estava esperando por ele, esperando que Hassan o libertasse das Testemunhas. Juntos, eles retomariam o país.

— Seu pai está morto, Hassan — disse Lethia suavemente. — Eu sinto muito.

As palavras ecoaram vazias à sua volta, abafando todos os outros sons. Ele pensou no Hierofante, nas queimaduras de Fogo Divino no corpo de Reza, nas chamas lambendo o Templo de Pallas. O rosto de Emir apareceu diante dele — pálido e congelado na morte. A imagem mudou, e não era mais o rosto de Emir que ele via, mas seu próprio pai. O riso e a admiração cintilando em seus olhos enquanto assistia sua mãe e ele treinarem no pátio do palácio. As sobrancelhas franzidas enquanto ele lapidava as engrenagens, os cabos e o vidro em sua oficina. O sorrisinho discreto que significava que Hassan tinha feito algo que o agradava. Um sorriso que Hassan nunca mais veria.

Cada lembrança fazia seu sangue ferver ainda mais.

— Hassan?

Ele olhou para a tia, sua expressão séria suavizada pelos olhos arregalados e preocupados. Olhos da mesma cor que os do irmão. Ao observar aqueles olhos, era como se o pai estivesse olhando para ele.

Ele levou a mão trêmula até a bússola no bolso do peito.

Sabia exatamente o que faria.

— Eu juro — declarou ele. — Eu juro que vou fazer tudo que estiver ao meu alcance para fazer o Hierofante pagar por isso. Seguiremos para Nazirah amanhã. E é melhor que ele esteja pronto para nós.

47

BERU

O som de aço contra a madeira cortou o ar.

Beru abriu os olhos. A espada de Hector pairava a centímetros de sua cabeça, parcialmente fincada na figueira.

Ela estava inteira. Uma sensação de choque e alívio tomou conta de seu corpo, fazendo seus joelhos cederem. Ela caiu no chão, trêmula. Seus olhos encontraram a figura de Hector, em pé ao lado da árvore, com o rosto virado, mas o corpo tenso e a respiração ofegante.

— Eu não consigo — disse ele, sua voz carregada de dor. Ele também estava tremendo. — Eu não consigo.

Lágrimas brilhavam no canto dos olhos de Beru. Ela não conseguia falar.

Hector ergueu o olhar lentamente até encontrar os olhos dela.

— Eu não consigo matar você. Por que eu não consigo?

Ela balançou a cabeça. Hector tirou a espada do tronco da árvore.

— Eu preciso fazer isso — disse ele, com a voz trêmula. — Se eu fizer... Eu posso impedir tudo.

Impedir o quê? Beru queria perguntar, mas nada saiu de sua boca.

Seus olhos encontraram os dela de novo.

— O que foi que você disse? Que matar você não traria minha família de volta? Eu sei disso. Acha que eu vim atrás de você buscando vingança? Foi o que Jude achou também. Mas os dois estão errados. A morte da minha família foi o que me trouxe até aqui, mas não é por causa deles que você precisa morrer.

— Então, por quê? — perguntou ela finalmente. Precisava saber. Não por que tinha que morrer, mas por que estava viva. De alguma forma, ela sabia que a resposta era a mesma.

Hector respirou fundo, ainda tremendo.

— Eu fui levado à Ordem da Última Luz depois que a minha família morreu. Eles me criaram, me treinaram e, quando chegou a hora, eu fiz um juramento e me juntei a eles. Soube do segredo que eles mantêm há mais de um século. Uma profecia.

Beru sentiu um frio na espinha, como se o calor do sol do fim da tarde tivesse evaporado por um instante.

— Existe outra profecia? — A ideia era imensa demais para ela entender.

— A profecia prevê o fim dos Agraciados e a destruição do nosso mundo — disse Hector. — Uma Era da Escuridão trazida por três arautos. Um enganador. A mão pálida da morte.

Um nó se formou na garganta de Beru.

— E o último arauto da Era da Escuridão — disse Hector, devagar. — "Quem jaz no pó se reerguerá."

Era ela. No momento em que as palavras saíram dos lábios de Hector, Beru *soube*. A verdade sobre o que ela era apagou qualquer outro pensamento de sua mente.

Era uma criatura da escuridão.

— Eu devia fazer isso. — Hector agarrou o cabo da espada com mais força. — Eu devia acabar com a sua vida. Matá-la e impedir que a Era da Escuridão chegue.

Ele fez um movimento repentino em sua direção, e Beru se encolheu instintivamente. Mas, quando olhou de novo, era a mão de Hector que estava estendida para ela, e não a espada.

Ela a aceitou, hesitante, permitindo que o rapaz a puxasse para ficar em pé.

Ele embainhou a espada.

— Mas eu não consigo. Não consigo dar fim a uma vida, mesmo que seja uma que não deveria existir.

Beru o encarou enquanto, por hábito, cobria a marca escura no pulso com a outra mão. Ela levou um tempo para encontrar a própria voz.

— Eu vou morrer em breve. Não importa se for por você ou se for... — Ela balançou a cabeça. — Era Ephyra que me mantinha viva. Sem ela, eu vou morrer.

Os olhos escuros de Hector se prenderam aos dela, e Beru ainda conseguia ver a dor e o luto neles. E algo além.

— Então eu vou ficar com você — disse ele. — Até o fim.

Beru fechou os olhos. Pensou na aldeia silenciosa em volta deles. Nos corpos marcados com a mão pálida. Em Ephyra — sua risada alta e o jeito como costumavam implicar uma com a outra e reclamar das coisas, enquanto construíam uma vida juntas nos cantos podres e esquecidos das cidades.

Ela pensou nas mãos encharcadas de sangue da irmã, no próprio profundo cansaço, e na esperança moribunda delas.

— Até o fim — repetiu ela.

Na aldeia dos mortos, eles esperaram.

48

HASSAN

Hassan passou o dedo sobre o mapa até a imagem do farol.

— É aqui que vamos atracar.

Os outros — Petrossian, Osei, Penrose, Khepri e o filho de Lethia, Cirion — olharam para ele com expressões cansadas. Já estavam naquela discussão havia horas, além das horas do dia anterior, formulando e reformulando os planos. Àquela altura, eles já estavam exaustos da viagem enjoativa e apertada a bordo do *Cressida*. Mais que isso, estavam fartos da discussão sem fim. Já tinham passado cada detalhe do ataque dezenas de vezes.

— O *Artemisia* vai atracar antes do amanhecer. Yarik, Annuka e Faran vão esperar a chegada dos outros navios da Ordem da Última Luz, então vão liderar o ataque ao porto — declarou Hassan, apontando. — Nesse meio-tempo, estaremos atrás do farol, então eles não conseguirão nos ver do palácio. Khepri e eu vamos subir no farol para observar o palácio e o porto. Vamos dar o sinal para vocês desembarcarem e seguirem até o palácio.

— As Testemunhas estão mantendo a chama do Fogo Divino no Templo Maior ou em algum lugar no palácio, eu diria — acrescentou Khepri. — Podemos começar por lá.

Penrose assentiu.

— Os navios da Ordem vão chegar ao amanhecer. Vão acabar com as forças das Testemunhas e tomar o porto, enquanto nós procuramos pela chama do Fogo Divino.

— Não há margem para erros — disse Petrossian.

— Todos nós viemos pelo mesmo motivo — disse Cirion. — Inclusive eu e minha tripulação. Amanhã, mais ou menos a essa hora, o legítimo herdeiro de Nazirah governará.

Hassan olhou para o primo mais velho, de quem se lembrava das visitas ao palácio de Herat, quando era muito jovem. Mesmo assim, Cirion — agora capitão Siskos — tinha atendido ao pedido de ajuda sem hesitar, mesmo correndo um grande risco. Ele podia ser apenas meio heratiano, mas era tão leal quanto qualquer cidadão do país.

— Vamos conseguir avistar a terra firme em breve — continuou Cirion. — É melhor tentarmos descansar nas próximas horas.

Todos os músculos das costas de Hassan se contraíram em protesto quando ele endireitou o corpo, depois de ter ficado curvado sobre o mapa por tanto tempo. Ele acenou com a cabeça à medida que os outros saíam da cabine de comando. Hassan permaneceu ali. No dia seguinte, veria sua cidade de novo pela primeira vez em mais de um mês.

Sair de Pallas Athos fora uma experiência amarga. Muitos dos soldados tiveram que se despedir das famílias, que embarcaram no navio da Ordem e partiram para as montanhas galicanas, buscando proteção no Forte de Cerameico. Era difícil, mas necessário, se separar deles. Se Hassan fracassasse — e apenas ele e Khepri sabiam que havia uma grande possibilidade de isso acontecer —, então seria mais importante do que nunca que seu povo tivesse um lugar seguro para ir.

Azizi, a mãe e a irmãzinha estavam entre os refugiados que partiram para Cerameico.

— Eu também quero ir para casa — dissera Azizi para Hassan enquanto esperavam nas docas para subir a bordo do navio. — Por que não posso ir com vocês?

As palavras fizeram o estômago de Hassan se contrair.

— Você vai. Eu prometo. É por isso que eu vou primeiro. Para deixar Nazirah em segurança para você voltar.

— Mas eu não tenho medo — protestou Azizi. — Eu quero ajudar.

Hassan se agachou diante dele, colocando uma das mãos no ombro magro do menino.

— Você *está* ajudando. Entrar nesse navio com sua mãe e sua irmã e partir para uma terra desconhecida é tão formidável quanto o que eu estou fazendo. Tão corajoso quanto. Manter nosso lar no coração, e manter a esperança, mesmo quando está tão longe, é uma das coisas mais corajosas que existem. Eu vou fazer de Herat um lugar seguro para você, Azizi.

E esperava que sim.

Então chegou a hora de se despedir de Lethia. Parte dele desejava que a tia o acompanhasse, em vez de partir para Cárites para dar notícias aos refugiados heratianos de lá.

Não havia palavras suficientes em todas as línguas do mundo, ele pensou, para agradecê-la. Não apenas pelos navios, mas por tudo que fizera e por tudo que fora para ele desde o golpe. Mesmo quando o mantivera longe da ágora, mesmo quando questionara a Ordem da Última Luz, mesmo quando duvidara *dele*.

— Lethia...

Ela lhe lançou um olhar afiado.

— Tenha cuidado e nos veremos em breve, meu príncipe.

Ela o beijou no rosto e fez um sinal para que Cirion o levasse a bordo do *Cressida*.

Naquele momento, na sala de comando do navio, Hassan traçou a distância de Pallas Athos até Nazirah. Era bem próximo, mas mesmo assim precisou de todas as suas forças para conseguir fazer a viagem.

— Você devia descansar um pouco, Hassan.

Khepri. Uma pequena parte dele esperara que ela ficasse para trás depois da reunião para debater estratégias. Nos dias que antecederam a partida, Hassan começara a notar como a procurava com frequência, mesmo no meio das reuniões de planejamento e estratégia com o resto do exército e da Guarda. Ele se pegava observando-a, esperando que ela retribuísse o olhar. Sempre que isso acontecia, ele sentia uma leveza inesperada no peito, um frio na barriga. Herat e Nazirah ocupavam seus pensamentos durante as horas de vigília, mas, quando fechava os olhos à noite, era o rosto de Khepri que via.

Ela apoiou o quadril na mesa ao lado dele.

Hassan balançou a cabeça, abrindo as mãos sobre o mapa.

— Tem tanta coisa que ainda pode dar errado. Nosso navio pode ser visto da praia. Pode haver um bloqueio sobre o qual não sabemos ou os navios da Ordem da Última Luz podem se atrasar...

— Pare — disse Khepri, segurando suas mãos. — Nós já passamos pelas contingências milhares de vezes. Não há mais nada a fazer senão confiar em você e em nós. — Ela levou a mão ao rosto dele, fazendo-o olhar para ela. — Mas não é com isso que você está preocupado, é?

Ele se permitiu encará-la, incapaz de esconder o desespero em sua expressão.

— Diga que estou fazendo a coisa certa — ele pediu, sentindo a preocupação fechar sua garganta. — Diga que é isso que eu devo fazer. Que eu não tenho escolha além do caminho diante de nós.

O olhar dela se manteve firme enquanto se aproximava ainda mais, até seus corpos quase se encostarem, e segurava o rosto dele entre as mãos.

— Nós sempre temos escolha, Hassan.

E então ela pressionou os lábios aos dele. Hassan mal teve tempo de reagir antes que ela se afastasse, suas sobrancelhas franzidas de preocupação. Ela pressionou a mão na curva entre o pescoço e o ombro dele, como uma âncora.

— Sinto muito — disse ela, balançando a cabeça. — Isso foi...

Ele não esperou para ouvir o resto, e a puxou de volta, uma das mãos em seu cabelo e a outra prendendo-a contra a mesa enquanto suas bocas se encontravam.

Isso já quase tinha acontecido duas vezes. Na primeira, ele tinha se esquivado. Na segunda, fora ela quem evitara o contato.

Mas, agora, eles se encontraram. Ele a beijou como se aquela fosse a única coisa que nascera para fazer. Como se as profecias, os banhos de sangue e as batalhas não importassem. Só aquilo — os lábios se tocando, os batimentos do seu coração contra o toque de Khepri, o cabelo dela parecendo seda entre seus dedos.

Khepri interrompeu o beijo, arfando suavemente. Então passou a mão pela mesa atrás de si, espalhando os mapas e documentos, e se sentou ali, puxando Hassan para ela, beijando-o novamente com desespero, desejo e esperança.

Hassan sentiu o corpo ferver e estranhamente pensou no dia que lutaram com as espadas de madeira na ágora, em como Khepri estava linda enquanto gritava com ele no pátio da *villa,* no seu espírito firme e inquebrável diante do ataque das Testemunhas.

Será que eu escolhi o homem errado?, ela perguntara ao lado do túmulo de Emir.

Não, ele pensou com desespero, puxando-a para mais perto, consumido pelo desejo por aquilo, por ela. Queria todo aquele fogo, toda aquela coragem e força dirigida a ele, somente a ele. Queria saber tudo sobre ela. E queria que ela soubesse tudo sobre ele, porque ninguém mais poderia. Hassan mentira sobre sua verdadeira identidade logo que se conheceram. Mas ali, dentro daquele navio, na véspera da batalha, ela era a única pessoa no mundo que sabia a verdade sobre quem ele realmente era. Queria que Khepri soubesse a verdade sobre isso também — sobre como ela o fazia se sentir, como seu toque, seu olhar e suas palavras mexiam com ele. Como aquilo o tornava uma pessoa completa, nova e *melhor.*

Khepri acariciou a nuca de Hassan, dando um leve puxão no seu cabelo curto até ele afastar os lábios do ponto onde sentia o pulso dela, no pescoço, para pressionar o nariz em seu rosto.

— Eu consigo ouvir os batimentos do seu coração — ela sussurrou no ouvido dele.

Hassan passou os dedos pela lateral do corpo dela, maravilhado ao vê-la estremecer sob o seu toque.

— Está batendo rápido demais. — Ele conseguia sentir o sorriso em sua voz. Não conseguiu evitar uma risada.

— Tudo bem — disse Khepri. Ela pegou a mão dele e a pressionou em seu peito. Ele sentiu os batimentos contra a palma. — O meu também está.

— Eu achei... — Hassan ofegou, pressionando a testa contra a dela. — Eu achei que você não quisesse. Eu achei...

Ela o interrompeu com um beijo, suas mãos deixando trilhas de calor no peito de Hassan. Quando se afastou, seus olhos estavam marejados.

— Eu tentei. Mas não me importo mais se é egoísmo ou não... Eu quero. Eu quero você.

Os lábios dele tocaram o pescoço de Khepri, sentindo seu pulso, o contorno do rosto e sua garganta, fazendo-a suspirar e murmurar o nome dele, como um sopro:

— Hassan.

Então o corpo dela se retesou de repente.

— O que foi isso? Você ouviu?

Hassan levou um segundo para se afastar. Os olhos de Khepri estavam arregalados e alertas. Ele não tinha ouvido nada, mas se afastou mesmo assim, permitindo que ela descesse da mesa e ficasse de pé.

— Tem alguma coisa errada — disse Khepri, pegando a espada que deixara apoiada na parede.

A porta se abriu com um estrondo.

— Príncipe Hassan! — Era o segundo oficial do navio, sem fôlego e agitado. Havia dois membros da tripulação logo atrás dele, ocupando o corredor. — Venha depressa.

Hassan se endireitou, torcendo desesperadamente para que não percebessem o que ele e Khepri estavam fazendo.

— O que houve?

— Avistamos alguma coisa no porto — disse o segundo oficial, guiando-o pelo corredor em direção às escadas.

— Navios? — perguntou Hassan, acelerando o passo.

O segundo oficial negou com a cabeça.

— Não tenho certeza. O capitão apenas pediu para eu chamá-lo imediatamente.

Foi quando Hassan percebeu que Khepri não estava mais atrás deles. Ela estava parada no meio do corredor, iluminada pela luz incandescente que vinha do aposento que tinham acabado de deixar, os outros dois tripulantes atrás dela.

— Khepri?

— Você está mentindo — disse ela para o segundo oficial, de repente. — Eu... O seu coração acabou de disparar. Você *sabe* o que está acontecendo.

— Vamos, eles estão esperando no deque superior — respondeu o segundo oficial rapidamente.

Khepri negou com a cabeça.

— Você está *mentindo*.

Ela tentou pegar a espada, mas não foi rápida o suficiente. Antes que Hassan pudesse entender o que estava acontecendo, os dois tripulantes atrás dela deram um salto para a frente e a envolveram com uma corrente, prendendo seus braços na lateral do corpo.

— Khepri! — Hassan não parou para pensar. Ele partiu para cima dos homens, empurrando um dos tripulantes contra a parede. O outro agarrou Hassan, arrastando-o pelo corredor.

Com aquele momento de distração, Khepri conseguiu se soltar da corrente, que ficou pendurada em um par de algemas presas aos seus pulsos. Khepri correu para atacar, seus braços dobrados na frente do corpo. Hassan reconheceu a postura inicial do *koah* da força. Um grito desesperado escapou de seus lábios quando Khepri começou a se mover, e caiu contra a parede.

Hassan explodiu de raiva enquanto tentava atacar os membros da tripulação que o seguravam. Na sua fúria, estava cego para qualquer outra coisa a não ser a expressão do rosto de Khepri, retorcida de dor.

— O que está acontecendo? — Hassan exigiu saber em um grito rouco. — O que vocês fizeram com ela?

Khepri tentou outro *koah* e, mais uma vez, gritou de dor. Outros dois membros da tripulação a prenderam contra a parede, puxando os braços dela para trás do corpo.

— Não toquem nela! — berrou Hassan, libertando-se dos seus captores. — Saiam...

Alguém o atingiu por trás, pressionando seu rosto contra a parede, ao lado de Khepri. Ele conseguia ouvir seu esforço relutante, e o gemido que deixou escapar.

Enquanto prendiam suas mãos, Hassan se esforçava para entender o que estava acontecendo. A raiva anuviava sua mente. Será que aquilo era um mal-entendido? Um motim?

Mas conforme o segundo oficial os levava pelo corredor, guiando-os até a escotilha e para o deque superior, a verdade ficou clara.

Sob a luz azul-violeta do alvorecer, os soldados de Hassan estavam enfileirados na lateral do navio, com as mãos acorrentadas e as bocas amordaçadas com pedaços de pano. Cerca de doze tripulantes estavam parados diante deles, com bestas armadas em riste.

Eles haviam sido traídos.

O som de botas ecoou atrás dele, e Hassan sentiu um toque firme no seu ombro.

— Bem, Hassan — disse Cirion. — Sou obrigado a admitir que você tinha um plano muito bom.

Com uma raiva que não dava para descrever, Hassan se virou para o primo mais velho. Seus olhos eram exatamente do mesmo tom que os de Lethia.

— Só que o nosso era bem melhor.

49

ANTON

O quarto na ala dos criados onde Anton estava era, na verdade, muito bom. Melhor do que seu quartinho em Pallas Athos e, sem dúvida, melhor do que a cela apertada e imunda no fundo do navio onde passara os últimos dias.

Paredes claras de arenito e armação de ferro se erguiam até o teto inclinado. Uma cama de palha ficava espremida embaixo de uma janelinha estreita pela qual Anton conseguia ver uma faixa branca entre o mar e o céu. De vez em quando, ele enxergava as velas de algum navio no horizonte e imaginava que estavam vindo salvá-lo.

Mas nunca estavam.

Duas vezes por dia, um guarda com vestes verdes e douradas lhe trazia uma bandeja com queijo branco esfarelado, azeitonas, pão e chá morno.

— Espere — disse Anton certa noite, quando o guarda começou a se afastar.

O guarda parou, desconfortável.

Anton se inclinou um pouco, tentando expressar a medida certa de ansiedade e tédio.

— Você tem um baralho?

Na metade da sexta rodada de Cambarra, a porta se abriu de novo e Illya entrou.

O guarda se levantou rapidamente do chão, onde estava sentado com Anton, e as cartas em sua mão voaram para todos os lados. Illya fez um gesto quase imperceptível para a porta, e o rapaz saiu apressado.

Illya só olhou para Anton depois que ele partiu.

— Acho que você concorda que essas acomodações são bem melhores do que as de Pallas Athos.

Anton não via o irmão desde a luta na Primavera Oculta, mas sabia que esse momento estava chegando. Illya sempre o fizera se sentir impotente, mas agora ele realmente estava. Com tudo que lhe fora tirado e sem nenhuma esperança de escapar, só havia uma forma de se defender de Illya. Podia negar o que o irmão mais queria: seu medo. Illya passara a maior parte da infância deles aprendendo a despertar aquele sentimento, mas, agora que tinha Anton completamente à mercê, não teria a satisfação de ver o quão profundo era seu temor.

Anton embaralhou as cartas preguiçosamente.

— Acho que em Herat eles gostam de dar um conforto para o cordeiro antes de abatê-lo.

— Um cordeiro? — repetiu Illya com um brilho nos olhos dourados. — É isso que você acha que é?

Ele rodeou o irmão e se sentou no lugar onde o guarda estivera. Jogando no ar um dos caroços de azeitona que estavam usando para apostar, perguntou:

— Cambarra?

Olhando-o assim, de perto, Illya parecia surpreendentemente jovem. Uma lembrança surgiu na mente de Anton: os dois sentados em um grosso tapete de lã ao lado da lareira na casa da avó, com suas cabeças unidas enquanto olhavam para um baralho desbotado e uma pilha de feijões secos.

Anton piscou, afastando a lembrança. Havia tão poucas memórias pacíficas do irmão que ele ficou surpreso de ainda ter alguma. O terror não fora uma constante, o que tornava tudo mais ardiloso. Ele nunca conseguira prever quando teria que lidar com o irmão que lhe ensinava a jogar cartas e fazer bolas de neve e quando teria que enfrentar uma criatura cheia de raiva e ódio.

Illya embaralhou e distribuiu as cartas, quatro para cada um, e uma carta virada no meio. Ele pegou o caroço de azeitona e escondeu em uma das mãos, antes de estendê-las para Anton.

— Escolha.

Cauteloso, Anton apontou para a mão esquerda. Illya a abriu. Vazia.

— Então, Anton... — começou Illya, comprando uma carta. — O que está achando de Nazirah?

Anton controlou a voz enquanto fazia sua jogada.

— Bem, eu sou prisioneiro da pessoa que mais desprezo no mundo, então não posso dizer que recomendaria.

Illya deu um suspiro cansado.

— Acho que era querer muito que você tivesse aprendido a se comportar desde que éramos crianças.

— Ah, eu aprendi. Só devo ter perdido a aula sobre como se comportar bem diante de irmãos assassinos.

— Assassino? — Illya virou um ás de cálices. — Acho que você não está sendo justo. Eu sei o que você pensa que aconteceu naquele dia do lago, mas temo que sua mente tenha criado uma fantasia.

— Eu sei do que me lembro.

Não era a primeira vez que Illya tentava convencer Anton que sua própria percepção era falsa ou que a dor que tinha infligido a ele era sua culpa. *Você não devia ter me deixado com raiva, você não devia ficar no meu caminho, você não devia ter me olhado assim.*

— Você escondia tudo muito bem da nossa avó e do nosso pai, mas nós dois sabemos como era de verdade. O que você fez.

— Eu não nego que machuquei você quando éramos crianças — disse Illya, colocando uma ficha em cima de um par de seis. — Sinto muito por isso. Eu era idiota naquela época. Invejoso, inconsolável.

— Psicótico — completou Anton, colocando sua carta.

— Tudo isso ficou no passado.

Anton ergueu o olhar.

— Então me deixe ir embora. — Ele odiava implorar, mas não lhe restava mais nada a fazer. — Me deixe ir embora e fique longe de mim.

Illya olhou para as cartas, demorando para escolher uma para descartar.

— Eu não posso fazer isso — ele respondeu, por fim. — Não agora que finalmente entendi o que nosso pai e nossa avó se esforçaram tanto para me ensinar. O que eles repetiram tantas e tantas vezes até que eu não suportasse mais.

Os olhos dele cintilaram e suas palavras ficaram mais duras, como um rugido. Aquele foi o primeiro sinal do Illya que Anton conhecia, não o que ele tentara ser em Pallas Athos, tão triste e cheio de arrependimentos. Não o que vivia em um mundo cheio de riquezas e luxos. Nem mesmo aquele que mentia e manipulava com uma eficiência fria e calculada. Nada disso fazia parte do verdadeiro Illya. Aquilo fazia. Aquela criatura cheia de raiva que rosnava, mordia, despedaçava e que queria, acima de tudo, *destruir.* Era aquilo que Illya se esforçava tanto para esconder, mesmo quando eram mais jovens. Ele não podia permitir que ninguém mais visse o que ele realmente era — um monstro na pele de um homem.

— Eles estavam certos — continuou Illya, vestindo novamente sua máscara de calmaria. — Você é especial, Anton. Eles nem sabiam o quanto. Achavam que você era o herdeiro escolhido de um rei morto e desvairado, mas você é muito mais do que isso.

Um enjoo subiu pela garganta de Anton. As palavras de Illya o incomodavam como lembranças do lago. Ele se recusava a permitir que o afogassem.

— Bem, meu querido irmão, parece que o jogo acabou — declarou Illya, satisfeito, mostrando as cartas.

Anton olhou para elas. Illya tinha ganhado. Ele percebeu que não esperava um resultado diferente.

Illya se levantou.

— Hora de ir.

Ele foi até a porta, fazendo um gesto para os guardas que estavam ali. Eles agarraram Anton, que nem se preocupou em resistir enquanto o levavam atrás de Illya por uma escada e depois por um longo corredor iluminado por tochas. Mosaicos decoravam as paredes, retratando plantações de trigo, um córrego e animais selvagens exóticos: crocodilos, garças e elefantes com presas incrustadas com pérolas.

A sala de estar para onde Illya o levou tinha uma decoração bem mais simples. Alguns bancos forrados em veludo violeta-escuro e rosa-crepuscular contornavam uma mesa de vidro com filigrana de prata. Quando chegaram, Illya fez um gesto com a cabeça para um homem que estava ao lado de uma porta aberta que levava até uma varanda.

A voz de uma mulher se ergueu no ar com cheiro de maresia.

— Deixe-nos.

O homem na porta assentiu, se retirou e fechou a porta ao sair.

A mulher se virou, saindo da varanda. Usava um cafetã com uma estampa preta, preso com um cinto dourado incrustado com rubis e outras pedras preciosas que refletiam a luz tremeluzente das tochas nos cantos da sala. Ela possuía uma postura de realeza — costas eretas e queixo erguido, deslizando em direção a eles. Seu rosto, fino e sério, tinha uma pinta preta acima do lábio superior. Em uma das mãos, uma cigarrilha acesa soltava um fino fio de fumaça.

— Lady Lethia — cumprimentou Illya, fazendo uma reverência. — Espero que sua viagem de Pallas Athos tenha sido tolerável.

Ela inclinou a cabeça, pousando seu olhar em Anton.

— É ele?

Illya assentiu, dando um passo atrás para apresentá-lo.

— É.

Lady Lethia caminhou ao redor de Anton, como uma leoa se aproximando da presa.

— O Hierofante pode acreditar nas suas palavras, mas a minha confiança em você está acabando — disse ela para Illya. — Da última vez que nos falamos, você disse que entregaria a Mão Pálida junto com esse garoto. Mesmo assim, a deixou escapar. Graças ao seu descuido, terei que gastar recursos valiosos para encontrá-la novamente.

Anton se virou bruscamente para olhar para o irmão. No caos da luta na Primavera Oculta, não tinha parado para pensar no porquê de Illya também ter tentado capturar Ephyra. Mas agora estava pensando. O que as Testemunhas podiam querer com a Mão Pálida?

— Tivemos um contratempo — respondeu Illya, olhando para o chão. — Ela matou dois dos meus mercenários.

— *Seus* mercenários? Quem está pagando por eles?

Anton reconheceu o sorriso tranquilo nos lábios de Illya. Era o mesmo que costumava dar quando a avó o repreendia, às vezes por horas a fio. Para Anton, aquele sorriso era um aviso de que seu próprio tormento estava prestes a começar.

— Você, é claro, lady Lethia — respondeu Illya com leveza. — E será que preciso lembrá-la do que tamanha generosidade lhe rendeu?

Lethia voltou seu olhar a Anton.

— É melhor estar certo sobre ele. Você não pode se dar ao luxo de cometer outro erro.

— Não se preocupe — respondeu Illya com um tom de arrogância na voz. — Eu tenho certeza absoluta.

— Suponho que logo vamos descobrir. Você acertou ao entregar o Guardião da Palavra, pelo menos.

Jude. O coração de Anton disparou. Já haviam se passado três dias desde que foram tirados do navio e separados. Tentava não pensar no espadachim, embora sua mente teimosa acabasse sempre voltando para ele. A culpa apertava seu peito. Ele nem sabia se Jude ainda estava vivo.

— Foi mera sorte eles estarem juntos — disse Illya.

Lady Lethia sorriu.

— Os Profetas teriam chamado isso de destino.

— Então o destino está do nosso lado.

— Disso podemos ter certeza. Mas seu trabalho ainda não acabou. Encontre as respostas que buscamos. Se o Hierofante ficar satisfeito, então todos teremos o que desejamos. Eu terei Nazirah, o Hierofante terá seu Acerto de Contas, e você terá seu lugar ao lado dele garantido.

Illya sorriu.

— Eu vou encontrar as respostas.

Anton estremeceu. Illya queria fazer o que a avó tinha tentado — usar seu poder, um poder que ele nunca quis, para ganhar o próprio.

— Agora, se me der licença, tenho outros assuntos a tratar — declarou Lethia, virando de novo para a janela que dava para o mar. — Meu sobrinho chegará a Nazirah em breve, e eu preciso preparar suas boas-vindas.

50

EPHYRA

O mercado noturno de Tel Amot era exatamente como Ephyra lembrava. Luzes em tom violeta e uma fumaça com cheiro adocicado conferiam uma nebulosidade suave à praça onde artesãos e artistas da cidade montavam suas lojas para atender marujos e comerciantes que chegavam de todas as partes de Pélagos. O mercado ficava na junção de quatro estradas que saíam da cidade e seguiam até as aldeias próximas. Tel Amot era o canal que ligava as Seis Cidades Proféticas até o deserto de Seti e a estepe de Inshuu, e o mercado noturno era a ponte entre esses mundos.

Fazia cinco anos desde que Ephyra pisara naquela parte da costa. Lembrava-se do último dia ali, ela e Beru nas docas com outros órfãos, esperando para embarcar em um navio que as levaria para a Cidade da Caridade. Beru estava quieta, mas Ephyra preenchera o silêncio pelas duas, contando para a irmã todas as coisas maravilhosas que esperavam por elas em Cárites. O oceano estaria por todos os lados, cercando-as. Mais árvores do que já tinham visto na vida. E, o melhor de tudo, uma família que as acolheria. Um novo começo.

As linhas de expressão na boca de Beru deixaram claro que as lindas palavras de Ephyra não a tinham convencido. Mas ela permitira que a irmã continuasse falando assim mesmo, parecendo entender que Ephyra precisava convencer a si mesma.

— Você tem algum lugar para passar a noite?

Ephyra afastou os pensamentos do passado e se virou para olhar o curandeiro do navio. Ela se mantivera longe do homem durante a viagem. Nunca passava muito tempo com alguém com a Graça do Sangue. Ficava extremamente nervosa nessas ocasiões, como se, de alguma forma, fossem descobrir o que ela realmente era. Como se bastasse uma pequena distração e, então, seria obrigada a enfrentar o horror e o nojo dele diante da forma com que transformara a Graça do Sangue em algo terrível.

— Não vou ficar aqui — respondeu Ephyra, colocando sua bolsa no ombro e se virando para sair do mercado. — Tenho outro lugar para ir.

Já tinha se passado muito tempo. Mais de seis dias desde a última vez que vira Beru. Mais de duas semanas desde que matara aquele sacerdote em seu quarto extravagante no Jardim de Tálassa e usara seu *esha* para curá-la. Ela já devia estar ficando fraca. Precisava ser curada de novo. Ephyra não sabia bem quanto tempo tinha, mas se não chegasse até Beru a tempo...

Não. Não pensaria nisso. Ela encontraria Beru. Ela a curaria, como sempre.

E depois?, uma parte traiçoeira de sua mente perguntou.

— Você não está pensando em viajar para fora da cidade hoje à noite, está? Essas estradas estão cheias de saqueadores. Você não vai querer ser pega viajando sozinha.

Ephyra olhou para trás, percebendo, com irritação, que o curandeiro ainda estava caminhando ao seu lado pela trilha de terra que dava para fora da cidade.

— Que engraçado, eu não me lembro de ter pedido a sua opinião.

Ele deu uma risada alta.

— É verdade... Você não pediu. Mas você pagou pela passagem no nosso navio, então receberá minha opinião de graça. Para onde está indo com tanta pressa, aliás?

— Não é da sua conta — respondeu Ephyra. Ela pegou a direita para entrar em uma estrada da qual se lembrava muito bem, acelerando o passo. Estava escuro, o caminho iluminado apenas pelo luar.

— Espere um pouco aí — protestou o curandeiro. Ele era alto, então não era difícil acompanhá-la, mas Ephyra acelerou mais, esperando que ele se entediasse e desistisse de falar com ela. — Ei, pare!

O pé de Ephyra ficou preso em um buraco na estrada, e ela caiu direto no chão. Seus joelhos bateram na terra e ela gemeu de dor.

— Eu disse para parar — avisou o curandeiro, agachando-se ao lado dela.

— Eu não posso — respondeu a garota, ainda no chão, sua voz trêmula. Se ela parasse, mesmo que por um instante, teria que pensar para onde estava indo. Teria que pensar no que a estava esperando. E teria que pensar no fato de que Beru a trouxera de volta para lá.

Não foi Hector que comprou as passagens de trem. Foi Beru, depois de dizer que queria desistir de tudo. Voltar para lá, para o lugar onde aquele pesadelo começara, era o seu modo de tentar convencê-la. Porque, durante cinco anos, Ephyra se envolvera em algo frio e letal, deixando a culpa de lado e enterrando qualquer remorso. Fora a única forma de seguir a vida, de continuar sendo a Mão Pálida, de manter Beru viva.

Mas agora ela estava na estrada que a levaria para o pior dos seus pecados. Voltar significava desenterrar toda a culpa. Significava ver o que ela era de verdade. Era a coisa mais cruel que Beru podia fazer com ela.

Talvez Ephyra merecesse. Talvez aquela fosse a punição por todas as coisas terríveis que fizera. Se fosse, ela enfrentaria. Encararia qualquer horror que a esperasse em Medea. Por Beru.

O curandeiro soltou um suspiro pesado e se sentou ao lado dela, no chão.

— Olhe, para onde quer que esteja indo...

— Medea — disse Ephyra. Ela se virou para sentar ao lado dele. — Estou indo para Medea.

Sob a luz da lua, sua expressão indicou que ele reconhecia o nome.

— Medea? Mas essa é... — Ele suspirou novamente, pressionando sua grande mão no rosto. — Sinto muito ter que lhe contar, mas aquela aldeia não existe mais. Todos estão mortos.

Ephyra desviou o olhar. Sabia disso, mas as palavras ainda a feriam.

— Ninguém sabe ao certo o que aconteceu — disse ele suavemente. — Alguns dizem que foi uma praga.

Não foi uma praga. Fui eu, Ephyra quis dizer. *Fui eu que matei todo mundo.* Um soluço fechou sua garganta, mas ela o engoliu.

— Se é para lá que está indo, então acho que não há nada esperando por você — concluiu o curandeiro. — Sinto muito.

Ephyra se levantou. Talvez ele estivesse certo. Beru fizera sua escolha. Fugira para lá, para o lugar onde Ephyra não conseguiria mais ignorar o que era ou o que tinha feito. Ela havia voltado para o início porque queria um fim.

— Obrigada — ela agradeceu ao curandeiro. — Mas eu preciso ir mesmo assim.

Ela se virou para a estrada. Para Beru. Se aquele realmente era o fim, então elas o enfrentariam juntas.

51

HASSAN

Quando Hassan pensou em seus primeiros passos na costa de Nazirah depois de tanto tempo, não imaginou que estaria vendado e amarrado.

Embora não conseguisse enxergar, conhecia cada passo do caminho do porto até o palácio de Herat. O cheiro doce e almiscarado dos lírios azuis aquáticos o alcançou enquanto as Testemunhas o guiavam pelos portões do palácio, o som familiar do órgão aquático no pátio central se elevando ao redor deles. Passando sob a sombra dos arcos que se elevavam sobre os degraus principais, eles subiram a escada.

Foi a subida mais longa da vida de Hassan. Cada passo parecia uma eternidade. Fora isso que seu pai sentira, dias antes, ao seguir para a própria execução? Ele não conseguia suportar aquele pensamento. Concentrou-se nos próprios pés, no movimento repetitivo de cada passo que o levava para mais perto do destino que o aguardava.

No alto das escadas, no grande pórtico que levava à sala do trono, um dos seus captores tirou a venda de seu rosto. Sob a chama tremeluzente das tochas, Hassan conseguiu ver cabeças raspadas e túnicas brancas. E mãos marcadas pelo símbolo do olho escuro com a pupila de sol.

As Testemunhas.

— Você foi intimado pela rainha — um deles anunciou.

Por um momento de cegueira e loucura, Hassan pensou que eles estavam se referindo a sua mãe. Mas o olhar arrogante e quase animado no rosto da Testemunha mostrou que não era bem aquilo. O que significava que o Hierofante não estivera sozinho ao tomar o trono da família real de Herat. Outra pessoa participara. Alguém que agora se autodenominava rainha.

As portas maciças da sala do trono se abriram lentamente. Ele se virou para olhar para Nazirah pela última vez, espalhando-se diante dele do porto até as margens distantes do rio Herat, a mais de trinta quilômetros a oeste. Aninhados no abraço do rio, as casas de arenito e ladrilhos, as lojas, as praças do mercado e os estádios formavam um emaranhado vertiginoso cortado pela ampla e pavimentada estrada Ozmandith.

Aquela era a cidade que amava. Aquela era a cidade com a qual falhara.

Um estalo baixo indicou que as grandes portas estavam abertas. Os captores de Hassan o empurraram e então ele olhou para a ampla sala do trono.

Era exatamente igual ao seu sonho. As colunas douradas que levavam à pirâmide de ouro. As torneiras em formato de animais, cuspindo água ao fosso na base. O falcão pintado abrindo suas asas e cobrindo toda a parede atrás do trono. Mas, em vez de chegar triunfante para retomar seu trono, Hassan estava ali como prisioneiro.

As Testemunhas o levaram pela beirada do fosso que cercava o trono. A água límpida escorria pelo mosaico preto e verde que formava um escaravelho no fundo da fonte. Hassan ergueu lentamente o olhar daquela criatura conhecida para observar a outra, ocupando o trono do seu pai.

— Príncipe Hassan — disse Lethia, calorosa. — Bem-vindo de volta.

Seu rosto era o mesmo de quando Hassan deixara Pallas Athos. Quando lhe dera um beijo no rosto, dizendo que logo o veria. Uma promessa que não quebrara.

— Tia Lethia. — Raiva e descrença reverberaram em cada sílaba. Era como se o mundo estivesse de ponta-cabeça. Não importava para onde Hassan se virasse, não conseguia consertá-lo.

Tinha entendido o significado da traição de Cirion e sua tripulação a bordo do *Cressida*, mas não conseguira aceitar. Mesmo naquele instante, cara a cara com sua tia, empoleirada no trono do pai como se aquele fosse seu lugar, parecia um erro, alguma pegadinha cruel que estavam lhe pregando, algum segredo que, quando revelado, faria com que tudo voltasse a fazer sentido.

— Tia Lethia? — ela repetiu, com um sorriso falso. — Ora, Hassan. Você sabe muito bem o modo correto de se dirigir a sua nova rainha.

— Minha mãe é a rainha — ele sibilou. — Seja lá o que tenha feito com ela, você não passa de uma usurpadora invejosa.

Ela pressionou dois dedos compridos em sua têmpora, massageando-a como se ele estivesse lhe dando dor de cabeça.

— Eu já disse, Hassan, que a raiva não lhe cai bem.

— O que você fez com o resto dos meus soldados?

— Você se refere àquele bando de desajustados? — perguntou Lethia. — Não se preocupe. Estão todos vivos. Presos, mas vivos. Você logo vai vê-los.

Eles eram prisioneiros agora. Por sua culpa.

— Eu confiei em você — ele rosnou. — Coloquei a vida deles nas suas mãos. E você... Você nos traiu.

— Não — respondeu Lethia. — *Você* os traiu. Ao trazê-los até aqui, dizendo que era o Profeta que esperavam. Quando nós dois sabemos muito bem que isso não poderia estar mais longe da verdade.

A boca de Hassan ficou seca, sua raiva momentaneamente substituída por uma horripilante sensação de frio. Ele não tinha contado a Lethia o que descobrira depois do ataque das Testemunhas na ágora. Não contara para ninguém, exceto para Khepri.

Lethia soltou uma risada — o mesmo som que ouvira diversas vezes, mas que agora continha um ar de crueldade.

— Se algo me surpreendeu nessa história toda, Hassan, foi você ter levado essa farsa tão longe. Você certamente representou muito bem seu papel. Foi exatamente o que eles queriam que você fosse. Um líder. Inteligente, carismático. Ainda assim, quando eles descobrirem o que você realmente é, acha que isso vai importar?

— Como... Como você...?

Lethia estalou a língua, lançando um olhar de pena enquanto se recostava no trono.

— Eu fiquei mais surpresa do que qualquer um quando você teve aquele sonho. Por um momento, quase acreditei. Que você era o Profeta que todos aguardavam, que ele, enfim, havia chegado.

— Foi por isso que você não queria que eu voltasse — disse Hassan, seu coração pesado. — Você nunca quis me proteger. Só estava com medo que, se eu me proclamasse Profeta, verdadeiro ou falso, viesse para Nazirah com um exército, retomasse o trono e acabasse com tudo que você e as Testemunhas fizeram. — De repente, tudo ficou muito claro para ele. — Você... Você ficou *semanas* ganhando tempo. Recusando-se a me contar o que estava acontecendo aqui. Me escondendo de qualquer pessoa que talvez pudesse me ajudar. — Ele subitamente parou, um novo e horrível pensamento surgindo em sua mente. — Ninguém mais sabia que eu estava em Pallas Athos. Por que você simplesmente não me matou? Teria sido muito mais simples.

Ela o fulminou com o olhar.

— Não importa o que você pense de mim, não sou um monstro, Hassan. Você é sangue do meu sangue.

— Assim como o meu pai — ele retrucou.

— E eu também não queria que ele morresse. Mas ele me obrigou a isso quando decidiu não abdicar o trono.

A fúria deixou Hassan sem palavras. Seu coração latejou ao pensar no pai, firme até o fim, recusando-se a se curvar diante da irmã traidora mesmo que tivesse que pagar com a própria vida por isso. Hassan também não podia se curvar.

— Para ser sincera, eu não esperava isso dele — continuou Lethia. — Sempre achei meu irmão fraco quando se tratava de conflitos. Mas, no fim da vida, ele provou que eu estava errada.

Hassan engoliu a raiva.

— Então você assassinou meu pai, mas me manteve vivo porque sabia que podia me deixar completamente inútil. Cortar o meu contato com o mundo. Mas a Guarda chegou e estragou seus planos.

— Foi um pequeno contratempo, confesso — disse Lethia. — Nunca quis que você voltasse para Nazirah. Na verdade, manteria você em segurança, em Pallas Athos, depois que eu finalmente tomasse Nazirah para mim. Mas você insistiu em entrar no meu caminho. Então, criei um novo plano.

— Foi por isso que você ofereceu os navios de Cirion — disse Hassan. — Quando percebeu que eu ia voltar para cá independentemente do que dissesse, você se certificou de que eu voltaria como prisioneiro.

Ela sorriu.

— Você é um estrategistazinho brilhante, não é mesmo? Eu vi como tirar proveito da sua suposta profecia, e foi exatamente o que fiz. Você facilitou muito as coisas para mim, Hassan. Àquela altura, eu já sabia que seu sonho era apenas isso. Um sonho. Mesmo antes de você saber.

— Como? — ele perguntou.

— Uma pessoa me procurou dizendo que sabia onde encontrar o verdadeiro Profeta. Eu só precisava conseguir um barco e alguns favores.

— Você está mentindo.

Lethia riu.

— Que engraçado. Principalmente vindo de você.

— Ninguém a procurou — disse Hassan. — Isso é impossível. Só a Ordem da Última Luz sabia sobre a profecia.

Lethia abriu um sorrisinho.

— Eles *acham* que são os únicos que sabem sobre a profecia. Arrogantes, como sempre. Mas o verdadeiro Profeta está aqui conosco, em Nazirah. Esse foi o preço que o Hierofante cobrou. Ele me prometeu Nazirah e, como agradecimento, ajudei a trazer o Profeta até ele. Agora que ele tem o Profeta, Nazirah é minha.

Hassan deu um passo para trás. Agora conseguia ver claramente tudo que Lethia fizera para neutralizar ele e a Ordem. Mas, mesmo assim, não entendia.

— Como você pôde fazer uma coisa dessas? Como pôde vender seu país para o Hierofante?

— Você, entre todas as pessoas, deveria entender — respondeu Lethia. — Foi exatamente pelo mesmo motivo que você acreditou ser o Profeta. Eu estava farta de ouvir que precisava agradar pessoas como meus pais, meu irmão inferior, meu marido inútil e aqueles sacerdotes egoístas em Pallas Athos. Farta de saber que eu sempre ficaria para trás só porque tive azar ao nascer. — Ela fixou os olhos verdes nele. — Exatamente como *você*, Hassan. Você nunca será o suficiente e sabe muito bem disso.

— Você está errada. — Ele a encarou com um olhar desafiador.

— Concordando ou não com as Testemunhas, você não pode negar que foi prejudicado pelas regras definidas pelos Profetas séculos atrás. Que os Agraciados governariam, e o resto de nós seria uma mera nota de rodapé na história.

Hassan não retrucou. Havia verdade em suas palavras e, por mais que quisesse enterrá-las, sabia que elas apenas criariam raízes, esperando para florescer em um canto escuro e profundo de sua mente.

— Eu sempre soube que governaria Herat melhor que meu irmão — continuou Lethia. — Ele se preocupava mais em criar seus brinquedinhos do que governar um reino. Mas, apesar da nossa idade, apesar das minhas capacidades estratégicas, na política e em tudo que torna alguém perfeito para governar, ninguém nunca me consideraria a melhor escolha. Porque nunca haveria uma escolha. Não quando meu irmão era Agraciado e eu não.

— Então você entregou o nosso país para um sádico fanático? — perguntou Hassan, a fúria elevando sua voz.

— Você pode chamá-lo de fanático, mas o Hierofante é muito mais do que isso — respondeu Lethia. — Um dos seus grandes dons é ver as coisas como elas devem ser. Ele viu que, em um mundo justo, eu deveria ser a rainha de Herat. E ele me tornou rainha. Ele compreende que as regras do nosso mundo não são imutáveis, e tem coragem de mudá-las.

— Ele vai destruir esta cidade — sibilou Hassan. — E você verá tudo isso acontecer.

— Ele vai *mudar* esta cidade. Nós criaremos uma nova era para um mundo defeituoso. Finalmente, pessoas como nós conseguirão ter o próprio poder. E não se preocupe: você também terá um papel a desempenhar.

Antes que Hassan pudesse argumentar, as portas maciças da sala do trono rangeram alto enquanto se abriam novamente. Duas mulheres com o uniforme de guardas do palácio entraram. Se ficaram surpresas ao ver Hassan ali, não demonstraram.

— Rainha Lethia — disse a primeira, uma mulher mais velha, apoiando-se em um dos joelhos.

A outra a imitou.

— Levantem-se — ordenou Lethia. — O que foi?

Hassan observou sua tia atentamente, mas não conseguiu decifrar a expressão em seu rosto.

— Vossa Alteza nos ordenou que avisássemos caso qualquer navio fosse visto do porto.

Navios? Seu coração se encheu de esperança.

A expressão de Lethia não mudou.

— Quantos?

— Pela última conta, seis fragatas e três embarcações menores vindo do noroeste — respondeu a guarda. — Todas elas com velas prateadas.

A Ordem da Última Luz tinha chegado. Ainda havia esperança. Ainda tinham uma chance.

Mas, quando Hassan olhou para Lethia, a esperança diminuiu. Sua expressão estava longe de sombria. Ela parecia quase orgulhosa.

— Parece que seus amigos chegaram — declarou ela. — Bem na hora.

— Eles vão destruir você e as Testemunhas — disse Hassan entredentes. — Eles vão tirar a cidade das suas garras, exatamente como planejamos.

— Ah, eu acho que não — respondeu Lethia suavemente, dispensando as guardas com um gesto. — Afinal de contas, eles nunca arriscariam um ataque quando isso colocaria em risco a coisa mais importante para eles.

— Do que você está falando?

— Do que você acha? — perguntou Lethia. — De você.

— Mas eu... — Hassan engoliu o pensamento. *Eu não sou o Profeta*, era o que ele ia dizer. É claro que sabia disso, e Lethia também.

Mas a Ordem da Última Luz não sabia.

— Eu não consegui impedir que a Guarda mandasse uma mensagem para o resto da Ordem — disse Lethia. — Mas, novamente, eu sabia como usar isso em meu favor. Como eu disse, você também tem um papel a desempenhar. Só não é o que você achou que seria.

Era uma armadilha. Ele estava sendo usado como isca para atrair a Ordem da Última Luz para fora de sua fortaleza nas montanhas e cair direto nas garras das Testemunhas.

Ele achou que seria a salvação de Nazirah. Em vez disso, era sua ruína.

— Venha comigo — disse Lethia, levantando-se do trono e descendo as escadas. — Chegou a hora de você conhecer o homem que começou tudo isso. O dia do Acerto de Contas chegou, e o Hierofante está esperando.

52

ANTON

A escuridão fazia as torres do palácio real parecerem as sombras dos deuses. O cheiro de terra com um toque de mar os envolveu enquanto Illya o levava pelo suntuoso pátio externo. O coração de Anton batia no ritmo sussurrado das ondas quebrando na praia.

— Nazirah é mesmo uma cidade impressionante — disse Illya enquanto caminhavam ao longo do muro externo do palácio, com guardas os acompanhando. — Os primeiros governantes tinham a Graça da Mente, e eles usaram suas habilidades para transformar a capital em uma maravilha tecnológica. Foi a primeira cidade a combinar Graça e infraestrutura e, é claro, a própria construção do farol é um dos maiores feitos até hoje.

Anton encarou o irmão.

— Achei que você deveria odiar os Agraciados.

Illya riu.

— Eu deveria subestimar a engenhosidade dos meus inimigos só porque quero ser melhor que eles?

Diante do silêncio de Anton, Illya voltou ao assunto original com prazer:

— Mas a coisa mais impressionante em Nazirah não é o farol ou as estradas, nem mesmo a Grande Biblioteca. É algo que ninguém sequer vê. Sob os nossos pés, debaixo das ruas e das casas, existe um antigo complexo de poços e cisternas, quase uma cidade. Durante as cheias anuais, a água do rio Herat passa por uma série de canais subterrâneos até chegar nesses poços e cisternas. É assim que a cidade mantém seu suprimento de água potável durante o período de seca.

— Não me parece tão impressionante assim — resmungou Anton. Ele não suportava a tagarelice animada de Illya, bancando o guia turístico na cidade para a qual o trouxera como prisioneiro.

— Não? Bem, talvez você mude de ideia quando vir com seus próprios olhos.

Eles pararam em frente à entrada de uma torre de vigia, uma das muitas pelas quais passaram ao longo dos muros do palácio. Uma tocha queimava na entrada, o que pareceu estranho para Anton, até ele perceber que as Testemunhas não usavam luzes incandescentes. Elas não usavam nada que tivesse sido feito pelos Agraciados.

Os guardas acenderam as próprias tochas e os guiaram pelo caminho até a torre. Sombras tremeluziam pelas paredes de pedra enquanto passavam por uma escada que levava para a torre de vigia, entrando em outra câmara. O pé-direito baixo descia em direção a outra escada que desaparecia na escuridão.

Anton congelou de medo enquanto desciam, seus passos ecoando na parede de pedra. O ar começou a ficar cada vez mais úmido e frio, com cheiro de mofo e terra molhada.

Uma vez, quando eram crianças, Illya o trancara em um baú de madeira e se recusara a deixá-lo sair, mesmo depois de Anton chorar e implorar, socando a tampa com os pulsos franzinos várias e várias vezes.

Agora Anton sentia que Illya o estava levando para um túmulo e, quando estivesse lá dentro, o prenderia, tijolo por tijolo, até ninguém mais conseguir ouvir seus apelos.

Mas quando chegaram aos pés da escada, Anton viu que não se tratava de um túmulo. Eles estavam em uma câmara enorme, com um pé-direito alto e arqueado, reforçado com finos arcos, como costelas de alguma antiga criatura subterrânea. Colunas se erguiam das profundezas das águas escuras. Passadiços de mármore iluminados por tochas se cruzavam diante deles, alguns bem no alto, perto dos arcos, e alguns pairando bem acima da água como uma camada de gelo.

O som da água corrente ecoava pela câmara enquanto Illya guiava Anton pelas escadas de mármore até um passadiço, e então eles pararam.

— O que estou fazendo aqui, Illya?

Illya se virou para o irmão.

— Em Pallas Athos, você disse que, uma vez, eu tentei afogá-lo no lago congelado.

Anton sentiu sua respiração ofegante. O lago não era uma lembrança distante. Estava ali, bem abaixo das águas escuras da cisterna.

— Você quer saber a verdade sobre aquele dia? — perguntou Illya.

Anton sabia a verdade. Mas havia algo na voz do irmão, algo além da crueldade e da malícia, que fazia sua pele pinicar como se estivesse com frio.

Illya franziu as sobrancelhas.

— Eu nunca tentei te afogar. — Ele não parecia em nada com o monstro cruel dos pesadelos de Anton. Não parecia com a criatura que o prendeu embaixo d'água enquanto ele se debatia. — Eu te encontrei do lado de fora durante a última nevada da temporada.

Anton fechou os olhos, como se, de alguma forma, bloquear a luz fosse calar as mentiras de Illya, mas a voz do irmão o envolveu na escuridão. A cisterna desapareceu e ele estava de volta na neve, perto do lago. Mas não era o caos escuro e confuso de seus pesadelos. Era uma lembrança, trazida de volta como se Anton estivesse assistindo de muito longe.

O céu estava pesado e escuro, e a suave neve da manhã caía enquanto cristais de gelo se prendiam no fino cabelo de Anton. Ele era uma figura monocromática — olhos escuros, cabelo claro, pele clara. O lago oval congelado era de um branco imaculado, as árvores ao longe eram apenas figuras escuras. Apenas as pegadas de seus pés descalços marcavam a superfície da neve recém-caída.

Uma voz o chamou, hesitante: *Anton?*

Ele seguiu para o lago. A fina camada de gelo estalou sob seu peso. Ele continuou andando.

Passos atrás dele.

Pare! Anton!

Braços o envolveram, puxando-o para trás enquanto ele chutava e arranhava. A neve queimou sua pele quando ele caiu para a frente.

Anton engatinhou até se levantar e se afastou do irmão, avançando pelo lago, então correu. O vento ardia em seu rosto, seus braços e pernas queimando com um tipo de incômodo que o fazia continuar, até estar no meio do lago, o gelo rachando sob seus pés.

Ele caiu na escuridão gelada. Tudo ficou silencioso, suspenso e congelado.

— Eu te *salvei* do lago.

O rosto do irmão acima dele, temeroso e chorando, inclinando-se para pegá-lo antes que ele escorregasse para mais longe. Anton se debateu contra ele, mas as mãos de Illya o seguraram com força e não soltaram. Ele o puxou até o gelo derretido.

— Você agarrou o meu braço e olhou para mim.

Anton abriu os olhos e encarou o rosto do irmão; as chamas tremeluzentes na caverna pareceram transformar o rosto de Illya até ele sentir que estava olhando para o próprio reflexo.

— Você me implorou para deixá-lo se afogar.

A voz de Anton era quase um sussurro:

— Você está mentindo.

Mas agora que a torrente de lembranças fora libertada, Anton sabia que não estava.

Aquela era a verdade. Algo mais sinistro que o irmão o levara até o meio do lago naquele dia. Empurrara-o para baixo do gelo e o segurara lá. Fizera-o fugir de casa para nunca mais voltar. Obrigara-o a continuar fugindo desde então.

Algo que, mesmo agora, não conseguia encarar.

— Você viu alguma coisa naquele dia, Anton.

A água o engoliu. Ele ofegou, engasgando, uma garra gelada apertando seus pulmões.

— Só depois que eu percebi o que aquilo significava — continuou Illya. — Que você não é apenas o filho Agraciado de uma linhagem amaldiçoada.

Anton fechou os olhos, seu coração acelerando.

— Você viu uma coisa que ninguém via fazia cem anos. Você viu o futuro.

As palavras de Illya ecoaram dentro dele, reverberando como as fibras de sua Graça.

Por mais impossíveis que fossem, as palavras de Illya eram verdadeiras. Anton sabia, em uma parte profunda e escondida dentro dele. Um pedaço de sua mente que ele tentara bloquear para não precisar encará-lo. Para que pudesse fingir ser apenas o que aparentava — um garoto das ruas, um filho rebelde com pouca moral e língua afiada.

Mas agora a verdade tinha sido dita de forma ensurdecedora, reverberando pelo frágil muro que ele construíra. Vira algo naquele dia. Algo impossível.

— Foi isso que realmente aconteceu — disse Illya. Os guardas avançaram e os cercaram. — O que você tinha medo demais para admitir para si mesmo. Agora eu quero saber uma coisa. Eu quero saber o que você viu.

Anton começou a tremer incontrolavelmente até sentir que ia se partir em dois.

— Illya, por favor, *por favor*, não faça isso — implorou ele enquanto os guardas o arrastavam até a beirada da água e o forçavam a ficar de joelhos. — Por favor, não faça isso comigo.

— Eu não queria ter que fazer. Você já passou por muita coisa, não é?

Mentiroso. Anton não acreditou nem por um minuto no arrependimento do irmão. Mas, quando viu seu olhar se suavizar, perguntou-se pela primeira vez se *Illya* acreditava naquilo. Se, assim como Anton, ele conseguia esconder o que era tão bem a ponto de enganar a si mesmo.

— Illya — pediu Anton, odiando o tom da própria voz: aguda, desesperada e em pânico. Um cordeiro implorando pela piedade do lobo.

— Você não *pode* me contar, pode?

Anton tinha enterrado a lembrança daquela visão com tanto cuidado que não conseguia mais acessá-la por livre e espontânea vontade. Mesmo agora, diante da possibilidade de ser torturado ou coisa pior, ele não sabia se queria. No fundo, no fundo, sabia que a visão, qualquer que fosse, seria pior do que tudo que Illya pudesse fazer com ele.

— A lembrança do lago é o gatilho — continuou Illya. — Percebi isso quando nos encontramos em Pallas Athos. O jeito que reagiu ao falar sobre aquilo. Você voltou àquele momento. Eu vi nos seus olhos. Você estava lá, se afogando...

— Pare.

— ... se afogando exatamente como cinco anos atrás, tentando fugir do que tinha visto...

— Eu disse para *parar*.

— Eu me lembro de como você estava naquele dia. — A voz de Illya parecia distante e suave. — Em transe. Eu não conseguia me comunicar com você, por mais que tentasse. A visão estava te dominando, e eu não conseguia te arrancar dela.

O guarda empurrou sua cabeça para a frente, deixando-a a centímetros da água. Anton ofegou, choramingando. Ele estava tão perto da lembrança. Uma fina camada de gelo era tudo que separava seu passado de seu futuro. As profundezas escuras da água se abriram diante dele, prontas para consumi-lo.

— O que você viu, Anton? — A voz de Illya era um sussurro em seu ouvido, tão próxima que ele não tinha certeza se era mesmo a voz do irmão. — O que você viu que te fez preferir morrer a conviver com aquilo na mente?

53

JUDE

As correntes em volta dos pulsos e do pescoço de Jude queimavam enquanto duas Testemunhas o levavam por uma escada caracol de pedras escuras. A cela onde estivera desde que chegara a Nazirah era estreita, sem janelas, e ficava em uma galeria na base do farol da cidade. Eles o alimentavam com pedaços de pão velho e um pouco de água, e o prenderam com correntes novas forjadas com Fogo Divino, da garganta ao tornozelo.

Antes disso, foram três dias exaustivos de viagem pelo mar, confinado em uma cabine fria e escura que não oferecia muito espaço para se movimentar. Pelo menos no navio ele tivera o consolo de ouvir outra voz que afogava a que existia dentro de sua cabeça. A que não parava de contar todas as formas como fracassara.

Mas Jude não sabia o que tinha acontecido com Anton depois que deixaram o navio. Talvez estivesse em alguma outra cela fria e úmida. Ou talvez já estivesse morto.

Engoliu a culpa que veio logo depois desse pensamento. Seu fracasso em proteger Anton era apenas mais uma de suas promessas quebradas.

— Mais rápido, espadachim — sibilou uma das Testemunhas. — O dia já está amanhecendo.

Um forte puxão em suas correntes o fez tropeçar. Jude mal conseguia enxergar os próprios pés de tão escura que era a escada. Ele ainda não havia se acostumado à sensação que sentia na escuridão sem sua Graça — o *koah* que acentuava a visão fora um dos primeiros que aprendeu. A sensação de cegueira era esmagadora. O enfraquecimento dos outros sentidos fazia com que se sentisse ainda mais cego. Ele só conseguia sentir o cheiro penetrante de sal e maresia, e não ouvia nada além das ondas batendo contra a costa rochosa.

Por fim, chegaram a uma plataforma. As paredes maciças de arenito do átrio principal do farol se elevaram sobre eles. Enormes escadarias douradas e metálicas espiralavam em padrões curvos. No alto da torre, como uma estrela distante, a tocha emitia uma luz branca e fria.

Jude sentiu um aperto no estômago ao perceber o que estava queimando ali no alto.

Fogo Divino.

A chama pálida lançava sombras tão grandes quanto os monólitos do Círculo de Pedras de Cerameico. A silhueta de uma figura grande e vestida com uma túnica, com a cabeça coroada com finos pináculos, tremeluzia nas paredes. Por um momento, Jude achou que estivesse vendo algum tipo de aparição, uma criatura fantasmagórica feita de sombras.

Mas, quando piscou, viu que a fonte das sombras era um homem. Diferentemente das outras Testemunhas, sua túnica era completamente branca. Em seu rosto, havia uma máscara dourada e escura, cintilando à luz da chama. Um círculo de pó preto o cercava. Ao redor dele, dezenas de figuras vestidas com túnicas brancas, estampadas com padrões pretos e dourados, mantinham-se totalmente imóveis e com os olhos fixos em seu mestre.

As duas Testemunhas levaram Jude para a frente, até o círculo, e o jogaram de joelhos. Eles se ajoelharam ao seu lado, levando a testa ao chão.

— Imaculado — disse a Testemunha à direita de Jude. — Trouxemos-lhe o Guardião da Palavra.

Jude ergueu o olhar para o homem diante dele. A máscara do Hierofante se curvava pelas laterais do rosto, afunilando-se em pontas entalhadas na altura do queixo. Um sol negro flamejante estava entalhado em sua testa, seus braços se moviam em círculos, erguendo-se acima da máscara como uma coroa. A única parte do rosto do Hierofante que Jude conseguia ver de forma clara eram seus olhos — um tom de azul tão claro que quase não pareciam naturais.

— Vocês fizeram um bom trabalho, meus queridos discípulos — declarou ele, sua voz melodiosa. O homem pousou as mãos na cabeça de cada uma das Testemunhas em um toque quase reverente. As Testemunhas fecharam os olhos.

— Não pensem que seus serviços passaram despercebidos.

— O-obrigado, Imaculado — gaguejou a primeira Testemunha. Elas se levantaram juntas e se afastaram.

Então os olhos azul-claros do Hierofante pousaram em Jude, que sentiu como se todo ar tivesse saído de seu peito. Uma onda de medo tomou conta dele. Qualquer coisa que aquela máscara escondesse, devia ser algo sombrio e pervertido. O primeiro arauto da Era da Escuridão.

— Jude Weatherbourne — disse o Hierofante. — Eu queria conhecê-lo há muito tempo.

Não parecia impossível que, de alguma forma, aquele homem soubesse seu nome. Mas foi a forma que disse — *Jude Weatherbourne* — que o fez sentir como se o Hierofante tivesse descoberto os segredos de seu ser.

— Cada um de nós tem um papel no Acerto de Contas. Até mesmo você, Jude Weatherbourne. É uma dádiva saber seu propósito de vida. Essa era a única coisa sobre a qual os Profetas estavam certos.

— Eu sei qual é o meu propósito — declarou Jude. Sempre soubera, mesmo quando decidira abandoná-lo.

— Não, você não sabe — respondeu o Hierofante, gentil. — O que você acha que sabe não passa de uma mentira. Veja bem, eu já fui como você. Servi o legado dos Profetas, mantendo viva a sabedoria deles. Mas eu tinha perguntas. Perguntas que viraram dúvidas. Todos nós temos dúvidas de vez em quando, não temos? Até mesmo o Guardião da Palavra deve ter as suas.

O tom era suave, mas as palavras atingiram Jude como um soco. Como se o Hierofante tivesse enfiado as mãos em seu peito e o aberto, expondo seus medos e desejos a uma luz pungente e implacável. Como se soubesse que suas dúvidas eram o motivo de estar ali, preso.

— Minhas dúvidas me levaram até respostas que eu jamais teria imaginado — continuou o Hierofante. — Você nunca mais pronunciaria o nome dos seus Profetas se soubesse os segredos que descobri sobre eles. Quando abri os olhos para a verdade, vi como a Graça corrompeu este mundo. E vi que meu propósito era purificá-lo.

Enquanto Jude observava a chama do Fogo Divino lançar luzes e sombras na máscara do Hierofante, um ódio profundo cresceu em seu peito. Aquele homem acreditava que sabia mais que os Profetas, que tinha o direito de determinar o destino dos outros. Talvez ele tivesse convencido seus seguidores de que era um homem simples falando uma verdade simples, mas Jude via a arrogância subjacente.

— Hoje, finalmente, essa purificação pode começar. — O Hierofante fechou os olhos e respirou fundo, como se aquele pensamento lhe trouxesse uma profunda paz. No mesmo tom controlado, ordenou: — Tragam os outros.

As portas do farol se abriram novamente. Testemunhas vestidas com túnicas arrastaram cinco figuras conhecidas, presas por uma única fileira de correntes forjadas em Fogo Divino. Uma nova onda de culpa atingiu Jude quando Penrose, Petrossian, Osei, Annuka e Yarik cambalearam para a frente.

Seus olhos procuraram os de Penrose. Uma expressão de ter sido traída perpassou o rosto da garota, depois de tristeza. Ela desviou o olhar.

Jude falhara com eles. Falhara com todos eles.

O Hierofante voltou a falar:

— A Ordem da Última Luz. Os servos dos Profetas. Os guardiões da última profecia.

O terror trovejou dentro de Jude. *A última profecia.* Ele *sabia.* Como era possível? A Ordem mantivera a profecia em segredo durante um século. Ninguém mais deveria saber que a profecia existia.

Mas o Hierofante sempre soubera sobre a Era da Escuridão. Sabia sobre os arautos.

E sabia sobre o Último Profeta.

— Você achou que a sua missão era proteger o Último Profeta. — Os olhos azuis e frios pousaram em Jude enquanto outra figura avançava pelo átrio. — Mas, em vez disso, você o trouxe diretamente para as nossas mãos.

54

HASSAN

O átrio estava escuro e cheio de sombras tremeluzentes enquanto Lethia o conduzia para dentro do farol. Ele olhou para cima e viu, horrorizado, que a tocha brilhante no alto tinha sido substituída pela chama pálida do Fogo Divino.

Aquela era a chama que usariam para erradicar os Agraciados. Eles a colocaram ali, no alto do farol que simbolizava o legado de Nazirah e a sabedoria dos Profetas.

No centro do átrio, cinco membros da Guarda Paladina estavam de pé, acorrentados diante da figura pálida e alta do Hierofante. Havia outro prisioneiro ao lado deles, amarrado com correntes que iam do pescoço aos tornozelos. Hassan demorou um tempo para reconhecer Jude Weatherbourne. O Guardião da Palavra. Não o via desde a noite do sonho.

Acima deles, mais prisioneiros estavam enfileirados nas camadas das sacadas. Seu exército. Ele olhou para as fileiras em busca de uma soldada em particular. Mas estava escuro demais para conseguir reconhecer o rosto de alguém.

Por fim, permitiu que seu olhar caísse sobre o homem iluminado no meio do aposento. A máscara em seu rosto cintilava sob o Fogo Divino e Hassan sentiu uma onda de fúria tomá-lo novamente. Aquele homem, parado placidamente no centro do círculo de prisioneiros acorrentados, era a causa de todo medo e horror que enfrentara nas últimas quatro semanas. Aquele homem causava sofrimento e fomentava violência por onde passasse, e se atrevia a chamar aquilo de salvação. A fúria de Hassan se agitou dentro dele como uma criatura selvagem desejando se libertar.

— Chegou a hora de vocês saberem a verdade — disse o Hierofante, olhando para todos os prisioneiros.

— A verdade? — gritou Penrose. — Você se esconde atrás de uma máscara e ousa falar em verdade? Nós sabemos o que você é. Você é o Enganador.

O Hierofante se virou para ela, devagar. Penrose se encolheu, mas não desviou o olhar. Hassan notou a onda de orgulho dela enquanto encarava o Hierofante.

— Ah, sim, o Enganador. O primeiro arauto da nossa nova era, de acordo com a sua profecia. Você acredita que seja eu? — perguntou o Hierofante com um tom de deboche. — Quais mentiras eu contei?

— Você alimenta seus seguidores com um monte de mentiras sobre os Agraciados, convencendo-os a nos odiar — cuspiu Penrose. — Você alega ter sido um acólito, mas não há nenhum rastro seu em nenhum dos templos. Você difamou o nome dos Profetas e desviou essas pessoas.

— Não foram os meus seguidores que foram enganados — respondeu o Hierofante calmamente. — E eu não prego mentiras. Mas alguém aqui faz isso. Alguém que, com suas mentiras, os trouxe até aqui.

O corpo inteiro de Hassan ficou tenso ao ouvir aquilo. O olhar do Hierofante estava fixo nele.

— Conte a eles, príncipe Hassan.

Sua boca estava seca. Ele sentiu que não conseguiria nem respirar, quanto mais falar.

— Ou talvez... você não consiga admitir, nem mesmo agora. Talvez prefira que essas pessoas enfrentem o Acerto de Contas sem saber o verdadeiro motivo de estarem aqui.

O ar saiu do peito de Hassan.

— Não. Eu vou contar.

Todos os olhos estavam fixos nele. Sabia o que precisava fazer. Era o que deveria ter feito dias atrás, quando ainda estavam em Pallas Athos, diante do túmulo de Emir. O que ele quisera fazer antes de a fúria e o luto o fazerem mudar de ideia.

Ele respirou fundo e se virou para os seis membros da Guarda, as pessoas que lutaram por ele e acreditaram nele. Hassan os encarou e não afastou o olhar.

— A verdade é que eu não sou o Profeta.

Penrose ficou em choque, boquiaberta diante da surpresa.

— Eu... Você está mentindo.

— Eu achei que fosse — continuou Hassan, devagar. — Eu acreditei nisso por mais tempo do que deveria. Mas a minha visão não passou de um sonho. E mesmo quando eu percebi a verdade, permiti que a mentira continuasse. Não existe desculpa para o que... Para o que eu fiz.

Osei caminhou em direção a ele, esticando a corrente.

— No dia em que você nasceu, o céu se iluminou...

— Uma coincidência — respondeu Hassan com firmeza.

— Mas a profecia de Nazirah — insistiu Petrossian. — Ela foi desfeita quando as Testemunhas tomaram a cidade.

— Errado — interveio Lethia, ao lado de Hassan. — O farol está de pé, e a linhagem dos Seif ainda governa este reino. *Eu* sou a herdeira de minha mãe. Eu sou a rainha de Herat.

Penrose encarou Hassan, com súplica em seu olhar.

— Mas... A visão. A visão que nos mostrou como impedir a Era da Escuridão.

— Era apenas um sonho — disse ele com a voz mais firme que conseguiu. — Nada além de um sonho.

A descrença desapareceu do rosto de Penrose enquanto ela absorvia a verdade. Enquanto a aceitava. Ao seu lado, a expressão de Jude Weatherbourne era inescrutável, seus olhos arregalados, mas focados, a boca formando uma linha fina.

— Você não é o Último Profeta — disse ele, devagar, como se estivesse cuidadosamente processando o pensamento. — Nunca foi você.

— Ele não passa de um falso Profeta — confirmou o Hierofante. — Um Enganador.

Todo o ar fugiu dos pulmões de Hassan. As palavras da profecia ecoaram em sua cabeça. *O enganador enreda o mundo em mentiras.*

— O príncipe Hassan é o primeiro arauto da Era da Escuridão.

55

ANTON

Illya foi cuidadoso. Ele permitiu que os Guardas afundassem a cabeça de Anton e a mantivessem embaixo d'água por tempo suficiente para ele perder o ar e sufocar. Mas, pouco antes de Anton sentir seus pulmões prestes a explodir, eles o puxaram de volta e o deixaram tossir, engasgar e ofegar por ar.

E então começavam tudo de novo. Por muito, muito tempo. Afogar. Ofegar. Cuspir. Chorar.

Naquele ponto, Anton nem tentava segurar as lágrimas. Soluço, agonia e ânsia de vômito pareciam se misturar, formando obstáculos para a única coisa no mundo que importava.

Respirar.

Os guardas puxaram sua cabeça para trás novamente, e Anton desmoronou na plataforma de mármore. Ele mal aguentava se segurar sobre as mãos e joelhos trêmulos enquanto vomitava bile e tentava levar um pouco de ar para os pulmões.

— Por favor. — A voz dele estava fraca. — Por favor, já chega.

Ele não sabia por quanto tempo ficou sentado ali, com a cabeça baixa, contando cada respiração como uma vitória.

Uma sombra recaiu sobre ele.

— Você quer que isso acabe? — perguntou Illya.

Ele fechou os olhos, tremendo. *Me faça parar, Anton,* a voz de Illya o provocava em sua mente. *Se você é tão poderoso, pode me fazer parar.*

— Me diga o que você viu.

— Você vai me matar — respondeu Anton, rouco. Ele não queria morrer. Realmente não queria morrer. Mas não podia continuar se afogando. — Eu sempre soube que você me mataria.

— Me diga o que você viu e paramos com tudo isso.

Um lamento escapou da garganta de Anton.

— Eu *não posso*. Não sei o que vi, por que eu tentei... — Mesmo agora, ele não conseguia dizer. — Por que você está fazendo isso? — sussurrou ele, tão baixo que sabia que apenas Illya conseguiria ouvi-lo. — Por que precisa saber o que eu vi?

Illya se ajoelhou, sua expressão séria sob a fraca luz da câmara enquanto pousava uma das mãos no ombro do irmão, como se quisesse consolá-lo.

— Antes de você implorar para eu deixá-lo se afogar, você disse mais uma coisa. Você disse: "Está vindo. A escuridão".

Anton estremeceu. As palavras do irmão o agarravam como mãos cadavéricas puxando-o para o fundo do lago.

— Na época, eu não sabia o que aquilo significava — continuou Illya. — Mas depois que me uni às Testemunhas, o Hierofante compartilhou comigo seu segredo mais profundo. Um segredo que poucos sabiam. Mas ele o confiou a *mim*.

A voz de Illya estava repleta de orgulho. Pela primeira vez na vida, alguém o considerara especial. Pela primeira vez na vida, *ele* havia sido escolhido. Anton sabia que não existia nada que Illya pudesse desejar mais.

— Antes de os Profetas desaparecerem, eles fizeram uma última profecia. Uma profecia que previa o fim daqueles que estivessem contra a ordem natural do mundo. Um Acerto de Contas que restauraria o mundo à forma que tinha antes dos Profetas. Eles a chamaram de Era da Escuridão. Os Profetas não sabiam como essa nova era seria. Mas você sabe. Você viu o que eles não conseguiram. Você viu o Acerto de Contas, Anton. Você viu tudo.

Os pulmões de Anton pareciam cheios de gelo.

— Não. — Ele engasgou, ofegando para conseguir respirar. — Eu não... eu não sei nada sobre um acerto de contas. Eu não sei nada...

Uma imagem se acendeu em sua mente, como um raio cortando nuvens escuras.

— *Não!*

Sua voz reverberou pela câmara. Era daquilo que estava tentando se proteger. Aquela era a visão que sua mente afogara debaixo do pesadelo do lago congelado.

Ele ergueu os olhos para seu irmão e viu um pequeno sorriso de satisfação em seu rosto.

— Estamos chegando perto — disse Illya. Não parecia estar falando com Anton, mas com os guardas atrás dele. — Continuem.

Anton se debateu contra as mãos dos guardas. A visão pairava nos limites de sua consciência, e se não mantivesse a mente dele ali, no escuro, naquela câmara cavernosa com seu irmão sádico e seus leais mercenários, ele se perderia nela.

Lutar era inútil. Os guardas o pegaram e o forçaram até a beirada da plataforma. Com uma das mãos segurando-o pelo cabelo e outra em volta de seu pescoço, o guarda o afundou na água novamente.

Anton passara muito tempo de sua vida construindo muros entre ele e sua Graça. Era a única forma que conhecia de se manter longe da escuridão que o aguardava em seus sonhos.

Assim que subiu à superfície, os muros ruíram.

As fibras de sua Graça, aquele pulsar que crescia dentro dele como uma maré alta, que ele sempre tentara conter, explodiu como uma torrente.

Na penumbra da cisterna, Anton se soltou. Ele afundou nos seios de sua Visão, no tecido tremeluzente do mundo. Sua Graça se desdobrou, desenrolando-se em todas as direções como ondas de uma pedra atirada na água.

A cristalomancia era uma busca, era usar a Graça para encontrar o *esha* que vibrava em uma frequência em particular.

Aquilo não era cristalomancia. A Graça de Anton reverberava por correntes de *esha*, interrompendo seus padrões com um eco de si mesmo.

Ele não estava procurando. Estava chamando.

Socorro, ele gritou no mundo escuro e trêmulo. *Venha me ajudar.*

56

JUDE

A luz branca brilhava no alto da torre. Jude ergueu o olhar e viu fileiras de Testemunhas marchando pelas escadas em caracol, com tochas acesas pelo Fogo Divino.

— A Retribuição chegou — disse o Hierofante, sua voz ecoando contra as paredes da torre. — Nosso Fogo Divino acabará com a corrupção dos Agraciados e limpará o mundo dos pecados dos Profetas. Quando vocês tiverem sido destituídos do poder que os corrompe, começarão a ver a verdade também. Alguns não conseguirão encarar. Este é o preço do Acerto de Contas.

O tom do Hierofante era lúgubre, como se tal pensamento realmente o entristecesse.

— Mas o resto de vocês será reconstruído como parte de um mundo novo e puro. Um mundo bem mais parecido com o que existia há muito tempo, antes de os Profetas o retorcerem. O *esha* sagrado do mundo fluirá em harmonia novamente, sem os Agraciados para manipulá-lo para seus próprios fins egoístas. E todos nós testemunharemos uma paz verdadeira e duradoura.

As tochas flutuavam como fantasmas ao longo da escada em caracol, até chegarem ao átrio, formando um círculo em volta da Guarda Paladina, no centro.

O Hierofante abriu os braços, elevando a voz:

— Que o Acerto de Contas comece.

Sombras entraram no campo de visão de Jude. Ele fez força para não estremecer nem demonstrar a menor indicação de seu medo enquanto o Hierofante se aproximava.

— Jude Weatherbourne. Guardião da Palavra. O mais leal entre os seguidores dos Profetas.

A culpa o atingiu. As palavras do Hierofante o provocaram. Ele não era o seguidor mais fiel dos Profetas. Tinha falhado com eles, e aquilo nunca ficou mais claro do que naquele momento.

Ele se contraiu quando o Hierofante pegou seu queixo com dois dedos frios e delicados. O toque era gentil, mas parecia rachar a pele de Jude. O cheiro forte de anis e cinzas o envolveu.

O Hierofante acenou com a mão e uma Testemunha lhe entregou uma tocha com Fogo Divino.

— Você será o primeiro a enfrentar o Acerto de Contas.

Jude não conseguiu afastar os olhos da chama pálida conforme ela se aproximava. A luz engoliu seu olhar.

A dor atravessou seu corpo de forma repentina e forte. Ele se dobrou, a visão embaçando, um grito incontrolável de agonia escapando de seu peito. Parecia a mesma dor que sentira quando tentara usar sua Graça enquanto usava as correntes de Fogo Divino.

Por um momento, pensou que o fogo o tinha queimado. Mas, quando sua visão voltou, viu que o Hierofante tinha afastado a tocha.

A dor diminuiu, mas continuou presente. Jude se concentrou no rosto do Hierofante diante dele, iluminado pela tocha de Fogo Divino. Ele estava parado, seus olhos azuis arregalados atrás da máscara.

Outra explosão forte de dor cortou o corpo de Jude. Ela irradiou pelo seu peito e contra sua pele, como se o estivesse queimando de dentro para fora. A dor diminuiu de novo, mais rápido dessa vez e, logo em seguida, ele sentiu um pulso lento e gentil, aumentando e diminuindo como uma estrela brilhando.

Aquilo aumentou dentro dele, como se fosse sua Graça, mas não era. Era outra coisa, algo que vibrava em seu peito, tão certeiro como seu próprio coração, crescendo de uma atração gentil até se transformar em um puxão inegável, assim como o *koah* atraía o *esha* para ele, como o polo norte da Terra atraía a agulha de uma bússola.

Ele fechou os olhos e, quando outro pulso quente atravessou seu corpo, Jude percebeu o que era. O eco de outra Graça que não era a dele. Sentira isso antes, embora fosse novo demais para compreender. Nas sombras de um monólito, sob um céu radiante, Jude sentira uma vibração pela terra. Um grito ecoando por ele, chamando pelo seu guardião.

Agora, dezesseis anos depois, a Graça do Último Profeta o chamava de novo.

57

JUDE

O Hierofante balançou a tocha, a chama brilhando na direção de Jude. Por instinto, ele deu um salto para trás, esquecendo-se de que seus pulsos e tornozelos ainda estavam presos.

As correntes se retesaram e ele caiu de joelhos. Fechando os olhos, exalou o ar. Ainda se lembrava da intensidade da dor que sentira por causa das correntes de Fogo Divino, uma queimação profunda que chegava aos ossos.

Mas aquilo tinha sido antes de tudo se resumir a um único propósito. A dor parecia tão irrelevante agora. A Graça do Último Profeta — do *verdadeiro* Último Profeta, não do príncipe de Herat — clamava por ele. Nada o impediria de responder.

Jude respirou fundo e se concentrou no chamado. Sua Graça surgiu dentro dele e, com ela, o calor das correntes de Fogo Divino. Ele aceitou a dor, seu calor enorme. Foi tomado como por uma onda, mas ela não o engoliu. Ele conseguiria resistir.

Executando o *koah* da força, deixou o fogo da dor servir como combustível, permitiu que seu *esha* corresse com mais força dentro dele. Com uma onda de força, livrou-se das correntes nos pulsos, tornozelos e pescoço. O Hierofante ficou parado com a tocha diante dele, boquiaberto e descrente.

— Peguem ele! — ordenou para as Testemunhas. Duas delas se aproximaram, segurando as tochas no alto.

Mas Jude estava livre das correntes agora, e pronto para eles. Com a Graça da velocidade, ele se desviou das chamas e agarrou a tocha de Fogo Divino com as duas mãos. Jogando-se com força, derrubou a Testemunha que a empunhava e então se virou. Se fechasse os olhos e ignorasse o calor da chama, podia fingir que a tocha era como os arcos comuns que os Paladinos usavam para treinar no Forte de Cerameico.

Ele esperava encontrar a outra Testemunha com sua tocha atrás dele, mas ficou surpreso ao ver que o príncipe de Herat tinha saltado sobre ela e a estava enforcando.

— A Guarda! — exclamou o príncipe.

Jude entendeu na hora. Girando, ele balançou a tocha. Outra Testemunha saiu do seu caminho, mas não estava mirando nela — em vez disso, a chama encontrou seu alvo nas correntes que prendiam os cinco membros da Guarda Paladina. O olhar espantado de Penrose encontrou o dele por um momento e depois os dois se concentraram no ponto onde o metal encontrou a chama. Ela assentiu de leve.

— Parem eles! — ordenou o Hierofante.

A luta fluía ao redor. Sem olhar, Jude percebeu que os guardas que entraram no farol com o príncipe e lady Lethia tinham tomado parte no combate.

Jude jogou a tocha para a mão esquerda e, sem perder o ritmo, estendeu a outra mão atrás para pegar o cabo da espada de um guarda e desembainhá-la. Penrose ergueu os braços, esticando as correntes que prendiam a Guarda Paladina, e Jude desceu a lâmina no metal enfraquecido.

As correntes se quebraram e caíram. Yarik, Annuka, Petrossian e Osei assumiram posições defensivas, segurando o avanço dos guardas e das Testemunhas. Jude passou pela luta e se pôs ao lado de Penrose.

— Penrose — disse ele, ofegante. Havia muitas coisas que queria dizer a ela. Mas, naquele momento, apenas uma importava. — O Profeta. O Profeta está aqui.

Penrose balançou a cabeça devagar.

— Nós estávamos errados, Jude. O príncipe não é...

— Não — disse Jude, interrompendo-a com a mão no seu ombro. — Não é o príncipe. O verdadeiro Profeta. Eu... Eu senti sua Graça. Ainda estou sentindo.

Penrose arregalou os olhos.

— Estão com ele — declarou Jude. — Em algum lugar perto daqui.

— Tem certeza?

— Mais do que qualquer coisa na minha vida.

Ela endureceu o olhar.

— Então encontre ele. Custe o que custar. Esse é o nosso dever, e todos nós daríamos a vida para que isso fosse feito. A frota da Ordem está no porto. Leve-o a bordo de um dos nossos navios.

Jude hesitou. Não queria abandonar a Guarda de novo. Mas a Graça do Profeta era uma força inegável dentro dele, ecoando as palavras de Penrose. *Encontre ele. Custe o que custar.*

Jude virou de costas para ela e viu o Hierofante colocar a tocha no chão. Não parou para pensar; apenas reagiu, dando um mortal para trás e caindo de pé. Diante de seus olhos, um círculo branco de fogo ganhou vida em volta dos outros membros da Ordem. Um muro de Fogo Divino os separava de Jude.

Dando uma última olhada no rosto brilhante e determinado de Penrose, ele fixou seus olhos nos do Hierofante.

Ele estava totalmente desprotegido, as Testemunhas ao seu redor distraídas com a luta inesperada. O Hierofante sustentou o olhar de Jude, como se soubesse exatamente o que estava passando por sua cabeça. Como seria fácil empurrá-lo em direção às chamas e virar sua arma contra ele mesmo.

Mas o chamado do Profeta vibrava em Jude, mais alto do que nunca, exigindo uma resposta. Ele se afastou e fugiu, lutando contra mais algumas Testemunhas e guardas no caminho até sair pelas portas do farol.

Gritos ecoavam e passos o perseguiam quando saiu para a noite. Apertando o maxilar por causa da dor que queimava suas pernas, ele voou pelo viaduto que ligava o farol à terra firme. As estrelas brilhavam lá em cima. O chamado da Graça do Profeta se transformou em um pulsar constante. Ele crescia a cada passo, atraindo-o como um ímã.

Durante toda sua vida, Jude deixara a fé guiá-lo. Sua fé no Profeta e na Ordem sempre fora inabalável. Sua fé em si mesmo era menor. Ele passara muito tempo lutando para acabar com suas dúvidas e esconder o medo.

Mas agora percebia que elas eram uma parte de si tão verdadeira quanto sua Graça. Ele nunca se livraria delas. Mas cumpriria sua missão. Mesmo que não fosse digno dela. Mesmo que sua devoção tivesse vacilado.

A Graça do Profeta clamava por ele, e Jude responderia.

Ela ficou ainda mais forte quando Jude contornou os penhascos abaixo do Palácio de Herat, seus passos rápidos e seguros mesmo nas pedras escorregadias.

Escondida na lateral de uma rocha escura, ele viu a abertura escura de uma caverna. Conforme se aproximava, a Graça do Profeta se ampliava ainda mais, como o chamado de mãos quentes. Ele seguiu por puro instinto e pela fé cega de que aquele chamado estranho o levaria aonde precisava ir.

O luar iluminava as paredes de pedra quando ele entrou da caverna. Estava escuro lá dentro, mas a Graça de Jude lhe permitiu ver que, logo abaixo de uma pedra pendurada, uma escada descia até o breu. O pulso da Graça do Profeta rugia em seus ouvidos, mas agora havia outro pulso com ela, batendo na mesma sincronia. A princípio, Jude achou que, de alguma forma, era um eco na passagem cavernosa. Mas ele lentamente percebeu a verdade.

Estava ouvindo os batimentos do coração do Profeta. O Profeta estava lá embaixo.

Ele ainda carregava a espada que pegara de um dos guardas. Sua forma curva e seu equilíbrio peculiar não lhe eram familiares, mas ele não tinha mais a Espada do Pináculo, e aquilo era melhor do que estar desarmado. Ele segurou o cabo com mais força quando começou a descer. A escada era fria e úmida, mas a Graça o aquecia.

Jude chegou rapidamente aos pés da escada e se viu diante de um túnel estreito e úmido que o levaria mais para baixo. Não queria imaginar o porquê de o

Profeta estar lá, então se concentrou no som da própria respiração e nas batidas do coração do Profeta, enquanto descia cada vez mais.

Outros sons se juntaram — o eco de água espirrando, seguido de uma voz sucinta e impaciente:

— Continuem até eu mandar parar.

Era a voz de Illya Aliyev. Jude acelerou o passo até a curva do túnel e parou. O túnel acabava abruptamente, abrindo-se para uma câmara cavernosa com pé-direito alto e arqueado. Uns seis metros abaixo, o piso liso como vidro negro apareceu como um céu escuro e sem estrelas.

Não, não era vidro, ele percebeu. Era água. Um lago subterrâneo. Plataformas de mármore se estendiam sobre a superfície da água, algumas elevadas em arcos, algumas já desgastadas e caídas.

E em uma dessas plataformas Jude viu oito guardas sobre uma figura deitada de lado.

O Profeta. Sua Graça aumentou vertiginosamente. Jude deixou seu poder correr por ele através de uma sequência conhecida de *koahs* para velocidade, força e equilíbrio.

Ele saltou da beirada do túnel para a plataforma abaixo. Os guardas se viraram ao som do seu pouso.

— Tem alguém aqui!

— Livrem-se dele — ressoou a voz fria de Illya.

Jude pulou ao encontro de três guardas que vinham na sua direção, aterrissando atrás deles.

— O quê? Onde ele...?

Um dos guardas avançou, sua espada apontando para o peito de Jude. Ele se desviou. O guarda atacou novamente, e Jude usou a própria espada para se defender. O som de aço contra aço ecoou no mármore e na água.

Um segundo guarda atacou Jude pelo outro lado. Com um movimento do pulso, Jude derrubou a espada e o jogou do alto da plataforma, girando para encontrar uma outra guarda e a golpeando no braço. Ela caiu para trás, ofegando, e Jude se agachou, derrubando-a pelas pernas. Ela caiu na água.

O terceiro guarda retrocedeu enquanto outros cinco os alcançavam.

— Ele é rápido demais!

Os outros mantiveram a distância, suas espadas em punho, seus olhos ansiosos.

— Você é o espadachim — disse um deles. — O que nós capturamos em Pallas Athos.

— Eu sou Jude Weatherbourne de Cerameico, capitão da Guarda Paladina, Guardião da Palavra. E vocês estão no meu caminho.

Com a espada em punho, o *esha* fluindo pelo corpo e o martelar do pulso do Profeta, próximo e rápido como um coelho, Jude era invencível. Ele se livrou rapidamente dos guardas. Sem obstáculos no caminho, correu pelo passadiço iluminado pelas tochas, suas botas deslizando pelas pedras escorregadias de mármore. Sua visão se fechou em um único ponto — a figura franzina encolhida na beira da plataforma, cujo pulso martelava nos ouvidos dele.

O Profeta.

Jude se aproximou, ajoelhando-se ao seu lado. Virando-o devagar, ele pressionou a palma da mão na lateral do rosto do Profeta.

E perdeu o fôlego. Conhecia aquele rosto.

Certa vez, do outro lado do pátio mal-iluminado e fumacento, ele vira aqueles lábios se abrirem em um sorriso debochado. Certa vez, em um santuário em ruínas, ele acordara e vira aquela face como uma lua pálida acima dele.

O Profeta era Anton.

Anton era o Profeta.

A certeza daquilo o atingiu como o fio de uma espada. Então, o garoto que era Anton e o Profeta suspirou e abriu os olhos.

Certa vez, enquanto o resto do mundo de Jude ruía ao seu redor, seu olhar fora atraído pelos olhos escuros e quentes de um garoto estranho curvado na lateral de uma fonte de cristalomancia.

Agora, seus olhos se encontravam de novo.

E Jude encontrou seu verdadeiro norte.

58

HASSAN

O farol cintilava com as chamas enquanto o Fogo Divino ganhava vida. O breve combate corpo a corpo no meio do átrio prendeu Hassan e a Guarda Paladina dentro do círculo de fogo, sem esperança de escapar.

Uma tosse repentina e violenta escapou dos pulmões de Hassan quando uma fumaça preta e fétida se ergueu das chamas. Ele cobriu o nariz com a manga e observou a tia, fora do círculo, cobrir o nariz e a boca com um lenço.

— Seu Guardião fugiu — disse o Hierofante. — Mostrou-se um verdadeiro covarde, rejeitando a verdade que ofereci a ele. Mas ele não escapará do Acerto de Contas. Nenhum de vocês escapará. Hoje enfrentarão o seu destino.

As chamas altas refletiam nas curvas de sua máscara enquanto ele se virava para as Testemunhas.

— Acendam o resto.

Hassan viu, horrorizado, duas Testemunhas atravessarem o átrio até a parte inferior da sacada que se erguia pelas laterais da torre. Elas colocaram as tochas no chão, onde o mesmo pó preto estava espalhado em uma linha ao longo da sacada. O pó pegou fogo, e as chamas logo se ergueram. Gritos e exclamações ecoaram enquanto o fogo rodeava os soldados heratianos, prendendo-os ali.

— A fumaça que estão inalando agora contém vapores venenosos de rocha preta — avisou o Hierofante. — Lentamente, esses vapores vão encher todo o farol. E cada um de vocês vai sucumbir ao veneno.

Hassan pressionou a manga no nariz com mais força, seus pulmões se contraindo.

— Mas vocês não precisam morrer aqui — continuou o Hierofante. — Existe outra escolha. Para se libertarem, basta cruzarem o Fogo Divino. Purifiquem-se dos pecados dos Profetas, e serão bem-vindos à nossa nova cidade, totalmente transformada. Vivam e permitam que seus corpos sejam purificados da corrupção da Graça. Essas são as suas opções: salvação ou morte.

O Hierofante olhou para as Testemunhas enquanto seguia até a escadaria. Aquele foi o sinal de que precisavam. Com as tochas acesas, elas o seguiram para fora do farol.

O olhar de Hassan pousou em sua tia, que observava as chamas.

— Lethia — chamou ele, sem conseguir esconder o medo e o desespero na voz. — Lethia, por favor. Não faça isso.

Sob o lenço que cobria seu rosto, os olhos dela encontraram os dele. Não restavam dúvidas quanto à convicção da tia. Ele observou as sombras brincando em seu rosto e percebeu que ela deixaria todo mundo no farol para queimar ou morrer.

Lentamente, ela se virou, seguindo as Testemunhas para fora. Um instante depois, o barulho de portas se fechando ecoou pela torre.

Estavam presos lá dentro.

A fumaça ficou mais grossa. Hassan e a Guarda formavam um círculo fechado, um de costas para os outros, enquanto observavam o anel de Fogo Divino que os cercava.

Hassan não parava de tossir, seus pulmões se esforçando para expelir a fumaça fétida.

— Cubram o nariz e a boca — orientou Penrose, sua voz abafada pelo manto.

Hassan tirou a camisa de brocado grosso e rasgou, com os dentes, uma tira da camiseta fina de algodão que usava por baixo. Amarrou o tecido no rosto. Não faria muita diferença quando a fumaça enchesse a torre inteira, mas por enquanto oferecia algum alívio.

— Príncipe Hassan — disse Penrose à sua esquerda. — Você pode cruzar o Fogo Divino. Pode se salvar.

Ela tinha razão, obviamente. Ele podia cruzar as chamas e sofrer apenas queimaduras leves. Podia sair do farol antes que a fumaça o matasse. Mas seria o único.

— Não vou abandonar vocês — disse Hassan. — Eu... É por minha culpa que estão aqui. Eu *menti* para vocês. Se não fosse por isso...

— Sim, a culpa é sua — disse Penrose de forma direta. — Se quer se sacrificar por culpa, assim seja. Mas nós dois sabemos que isso seria covardia. E apesar de tudo que fez, não acho que você seja um covarde. Se realmente sente algum remorso pelas suas mentiras, encontrará uma saída.

Ela tinha razão. Se Hassan morresse no farol, não restaria mais ninguém para impedir que as Testemunhas queimassem o resto de Nazirah. Mas pensar em deixar todos lá dentro para morrer ou queimar o deixava nauseado. Olhou para a fumaça cada vez mais espessa entre as fileiras de soldados heratianos presos nas sacadas.

Hassan só podia se salvar por não ser um Agraciado. Os outros ficariam presos por causa do poder que ele sempre desejara. O poder de que sempre acreditara precisar para liderar seu povo.

Mas talvez ele nunca tivesse precisado. Talvez ser ou não um Agraciado não tivesse nada a ver com sua identidade e com o tipo de líder que poderia ser. Talvez tudo que importasse fossem suas escolhas.

Salvação ou morte. Aquelas eram as opções que o Hierofante tinha deixado para eles. Queimar suas Graças ou morrer.

Mas aquelas não eram as únicas opções que Hassan tinha.

Ele fechou os olhos e reuniu toda sua coragem. Então deu um passo para trás. E mais outro, até estar bem próximo das chamas.

Apenas ele poderia fazer isso. Apenas ele poderia cruzar o Fogo Divino.

Hassan abriu os olhos, cruzou o círculo correndo e saltou. Sua pele queimou. Encolhendo as pernas, ele atingiu o chão e rolou, e continuou se debatendo para apagar as chamas da roupa.

Levantando-se, ele se virou para olhar para a Guarda através do Fogo Divino. Queimado, mas vivo.

— Eu não vou deixar vocês — repetiu. — Vou tirá-los daqui. Todos vocês.

Ele não tinha um plano. Na melhor das hipóteses, tinha uma ideia. Mas teria que bastar. Ele olhou para baixo e viu um rolo de correntes — as correntes forjadas em Fogo Divino que tinham sido descartadas depois de o capitão Weatherbourne libertar sua Guarda. Hassan juntou as correntes, enrolando-as no pescoço, antes de subir correndo pelas escadas. Quando chegou a um ponto que considerou alto o suficiente, passou as correntes por cima do corrimão. Não havia como amarrar, então usou o próprio corpo para prendê-las.

— Penrose! — chamou Hassan.

Ele levantou o resto da corrente com uma das mãos. Ela pareceu compreender rapidamente. Assentindo, ela se virou para Osei, que estava ao seu lado, e depois de conversarem um pouco eles entraram em formação. Penrose na extremidade do círculo, de costas para as chamas, e Osei ajoelhado no centro com as mãos em cuia.

— Prontos? — gritou Hassan.

— Prontos.

Ele atirou a outra ponta da corrente para ela. Penrose correu e deu um salto. A corrente balançou. Penrose pegou impulso nas mãos de Osei e agarrou a ponta quando ela começava a voltar em arco para as mãos de Hassan.

Ele se preparou para o peso. Por alguns segundos preciosos, Penrose ficou pendurada pela corrente. Depois conseguiu se estabilizar e a soltou enquanto ainda balançava, saltando sobre as chamas tremeluzentes lá embaixo, dando um impulso para se agarrar no corrimão abaixo dele.

— Tudo bem? — gritou Hassan.

— Continue!

Hassan retomou o foco, juntando a corrente mais uma vez e se preparando para jogá-la para o próximo membro da Guarda. Com a mesma desenvoltura de Penrose, Petrossian chegou em segurança.

Mas os vapores da fumaça estavam começando a afetar Hassan. Ele teve um acesso de tosse que o deixou tonto e fraco. Seu tempo estava se esgotando.

Quando se recuperou, Penrose estava ao seu lado.

— Se conseguirmos tirar todos do farol, talvez dê para chegar aos navios da Ordem. Mas precisamos ser rápidos.

Hassan virou a cabeça para olhar para os níveis superiores da torre. A fumaça estava subindo rapidamente — ali embaixo, ele e Penrose conseguiam respirar, mas já via que, nos níveis mais altos, as pessoas tinham começado a desmaiar.

— Ajude o resto da Guarda — disse ele, colocando o restante das correntes nas mãos de Penrose. Ela se encolheu ao tocar o objeto.

— O que você vai fazer?

— Vou tirar todo mundo daqui.

Quando deixara uma visão falsa de vitória guiá-lo, levara todos eles para aquele terrível destino. Não fora um bom Profeta, mas era bom naquilo — em consertar as coisas.

E, de um jeito ou de outro, tiraria todos eles dali.

59

ANTON

Anton não estava se afogando.

Ele acordou ofegante, expelindo água, enquanto seu estômago se contraía para expulsar tudo que ainda continha. Não estava se afogando, mas ainda sentia que estava prestes a morrer.

Sua ânsia de vômito diminuiu, e lentamente ele tomou consciência do toque quente e gentil em seu corpo. Por um momento, ficou completamente paralisado, deixando-se levar pela sensação de seu pulso reverberando por cada fibra do corpo, como um gongo, clara e firmemente. Ele piscou para afastar a água dos olhos e se deparou com olhos verdes o observando. Jude.

Seu *esha* era inegável, exatamente como da primeira vez que Anton o sentira na marina de Pallas Athos e, depois, no mausoléu. Agora, cada partícula de ar na caverna parecia repleta dele, quente e pesado como uma nuvem carregada de tempestade. A própria Graça de Anton se ligou a ele, os dois pulsando em harmonia, reverberando do ponto onde as mãos de Jude o tocavam.

— É *você* — disse Jude.

Uma sombra se moveu atrás dele, e Illya apareceu. Algo brilhou em sua mão, um brilho prateado e perigoso sob a luz da tocha.

Anton ofegou.

Sem se virar, Jude agarrou o pulso de Illya segundos antes de a faca na mão dele ser fincada em suas costas. Ele apertou com força até Anton ouvir um estalo baixo, e Illya começou a urrar de dor. A faca caiu no piso de mármore.

Jude o soltou e se levantou para encará-lo.

— Você nunca mais vai machucá-lo.

Anton se ajoelhou e se levantou com dificuldade. Por cima do ombro de Jude, podia ver Illya segurando o próprio pulso. Seus olhos dourados encontraram os de Anton.

Jude mudou de posição como se quisesse impedir seu irmão de encará-lo.

— Eu te disse — falou Illya. — Você não pode mais fugir disso. Não pode fugir do que existe na sua cabeça.

Anton estremeceu. *O que você viu?*, sibilou a voz do irmão. *O que você viu que te fez preferir...*

Ele ofegou.

— Por cinco anos, você adiou esse momento — continuou Illya. — Mas a verdade não pode continuar enterrada. Se eu não a desenterrar, eles farão isso. — Illya fez um gesto para Jude. *Eles* significava a Ordem da Última Luz, a Guarda Paladina.

Illya tinha razão. Seguir Jude era apenas outro caminho para o mesmo resultado. O Paladino poderia tirá-lo dali, mas não poderia ajudá-lo a fugir do que realmente o assombrava.

Jude se virou, olhando Anton nos olhos.

— Aconteça o que acontecer, eu vou te proteger.

Jude dissera aquilo antes, quando os homens de Illya os emboscaram na Primavera Oculta. Antes mesmo de saber o que Anton realmente era. As palavras o surpreenderam. Pareciam impossíveis, pois nunca ninguém as dissera antes em sua vida. Mas ali estava Jude, com seu rosto sério e seus olhos verdes intensos, seu *esha* se elevando como uma tempestade de vento. E quando ele disse aquilo, Anton acreditou.

Ele pegou o braço de Jude.

— Você não pode fugir disso, Anton. — A voz de Illya ecoou enquanto os dois se afastavam. — Não mais.

Anton controlou outro tremor enquanto Jude o puxava pelo passadiço em direção à entrada da caverna. De repente, ele parou, estendendo o braço para trás para que Anton parasse também. Mais guardas, dessa vez carregando bestas, alinharam-se acima deles e miraram para baixo.

À frente, no alto da escada, apareceu a luz forte de tochas. Mas as chamas eram diferentes de tudo que Anton já vira — eram brancas como o luar.

— O que é aquilo? — perguntou ele quando os homens carregando tochas se espalharam pela plataforma de mármore.

— Fogo Divino — respondeu Jude, sério.

As chamas eram hipnóticas, tremeluzindo como fantasmas no escuro. Anton se sentiu incapaz de desviar o olhar. Eram olhos, brilhando como um sol, atravessando-o.

Os guardas atiraram com suas bestas lá de cima. Dezenas de flechas voaram na direção deles. As chamas do Fogo Divino brilhavam em sua visão periférica enquanto Anton se agachava, tentando se encolher o máximo possível. Mas Jude não se assustou.

Ele se virou, sua espada era um borrão prateado. Sua Graça rugiu como um trovão. As flechas foram derrubadas no ar no mesmo instante, como se tivessem se deparado com a força de um vento forte.

Jude embainhou a espada no cinto antes de pegar Anton pelo pulso e colocá-lo de pé. Juntos, correram pela passarela, adentrando ainda mais na cisterna. Botas batiam no mármore enquanto os guardas os seguiam.

— Jude? — chamou Anton, nervoso. Eles estavam chegando rapidamente a uma parede. — Acho que esse não é o caminho...

— Por aqui — disse Jude, puxando Anton por uma escada entalhada na rocha. Ela acabava abruptamente em uma plataforma estreita. Três alavancas de pedra saíam da parede.

Cansado, Anton ouviu o som de água pingando. Ele estendeu a mão e sentiu um leve fluxo de água escorrendo pela frente da pedra.

— Para trás — avisou Jude, segurando uma das alavancas.

Anton mal teve tempo para reagir antes de ouvir um ruído alto e áspero. A quase um metro acima de sua cabeça, um painel de pedra se abriu na parede, liberando uma grande quantidade de água que passou por ele e desceu pelas escadas. O fluxo durou apenas alguns segundos e, depois, Anton se viu olhando para a boca escura de um túnel.

— Eles estão lá em cima! — gritou um dos guardas no nível inferior.

Jude entrelaçou as mãos na frente do corpo.

— Suba aqui — disse ele. Por cima de seu ombro, Anton viu o brilho branco das tochas com Fogo Divino enquanto os guardas subiam as escadas. — Estarei bem atrás de você.

Assentindo, Anton apoiou as mãos nos ombros de Jude e subiu, agarrando-se na beirada escorregadia do túnel. Ouvia os guardas se aproximando. Enterrando os dedos na pedra molhada, Anton deu um impulso na mão de Jude e entrou no túnel.

Ele se virou.

— Jude!

Os guardas estavam quase em cima dele. O Paladino desembainhou a espada bem na hora de se defender da lâmina de um dos homens. Ele o chutou com força, virando-se para saltar atrás de Anton, mas seu pé escorregou na beirada da pedra.

Anton se jogou para a frente, pegando Jude pelas axilas. Eles cambalearam por um momento, enquanto Anton tentava desesperadamente segurá-lo sem escorregar na pedra molhada.

Um som baixo e áspero ecoou, e Anton viu um dos guardas segurando uma das alavancas da plataforma. Fechando os olhos, ele respirou fundo e puxou, arrastando Jude para dentro do túnel bem na hora que o painel de pedra se fechou, prendendo-os lá dentro.

Anton caiu para trás e Jude tombou pesadamente ao seu lado. Estava completamente escuro, o que fez com que tudo parecesse ainda menos real — como se estivessem flutuando, como se a qualquer momento o mundo fosse desaparecer sob seus pés.

O toque do braço de Jude o trouxe de volta para a realidade.

— Onde nós estamos? — perguntou.

— Em um canal subterrâneo — respondeu Jude. — A água vem dos aquedutos, e eu acho que ou ela vai para as cisternas ou corre por este túnel. Imagino que, durante as cheias, ele fique totalmente submerso.

Anton se lembrou do monólogo de Illya sobre os canais de Nazirah, e decidiu que já ouvira o suficiente sobre o assunto para o resto da vida.

— Então vamos agradecer por não estarmos no período das cheias. Como saímos daqui?

Jude o ajudou a se levantar.

— Vamos andar.

Anton não conseguia enxergar um palmo diante do nariz, mas confiou em Jude.

— Então esse era o seu plano? — O som da própria voz o manteve alerta. — Andar pela escuridão até encontrarmos uma saída? Já ouvi planos piores, eu acho.

— Eu não tinha um plano — confessou Jude. — Só sei que eu... eu ouvi você, e sabia que precisava te encontrar.

— Você me ouviu?

— Eu ouvi a sua Graça. Como se ela estivesse chamando por mim.

Tinha funcionado. A cristalomancia reversa, ou fosse lá o que Anton tinha feito, enviara um eco de sua Graça como um pedido de socorro.

Um chamado que Jude respondera.

— Eu não sei explicar exatamente o que aconteceu — continuou Jude, hesitante. — Mas me trouxe diretamente até você.

Embora Anton não pudesse ver o rosto de Jude, sentiu o olhar dele, e sentiu o próprio pulso contra a palma de Jude. Parecia que estavam na beira de um precipício, um segundo antes de pularem. Mas Anton ainda não estava pronto para enfrentar o que esperava por ele lá embaixo. Ainda não.

— Anton...

— Por favor, só... Por favor, vamos sair logo daqui.

Jude não insistiu. Anton se manteve focado em sua pulsação, no ritmo dos passos contra as pedras molhadas, na pressão dos dedos de Jude em volta do seu pulso, guiando-o pela escuridão.

60

HASSAN

Com o coração batendo nas têmporas, Hassan correu escada acima em direção aos soldados heratianos presos. Havia quase cinquenta na sacada. Alguns chegaram até a grade, mas estavam presos ali, sem conseguir saltar para um lugar seguro. Um deles, Hassan percebeu com um sobressalto, era Khepri.

— Hassan! — gritou ela, surpresa, quando ele apareceu na escada.

Ele olhou para as correntes em seu braço.

— Use isso. Mas tenha cuidado. É uma corrente forjada com Fogo Divino.

— Jogue para mim — ela respondeu.

Hassan jogou uma das pontas para Khepri, que a pegou, soltando um sibilar alto de dor quando a corrente tocou sua mão. A mão que segurava a sacada escorregou.

— Khepri! — exclamou ele, movendo-se instintivamente na direção dela.

Ela se segurou a tempo.

— Estou bem — disse ela com a voz trêmula. Prendendo a corrente de Fogo Divino na grade, ela deixou uma ponta pendurada como se fosse um tipo de roldana. Então olhou para um dos soldados e fez sinal.

— Venham.

Um por um, eles usaram a corrente para passar por cima das chamas, seus maxilares contraídos e os olhos lacrimejando ao chegarem em Hassan.

Quando o último desceu pela sacada, ele se virou para Khepri.

— Sua vez.

Ela segurou a ponta da corrente, balançando-se na grade com uma considerável força. Khepri se soltou no meio do caminho, voando pelo espaço entre a sacada e a escada, até cair bem em cima de Hassan.

Seus braços se fecharam automaticamente em volta dela, e ele se preparou para aguentar todo o seu peso.

Khepri olhou para ele, os joelhos apertando a lateral de seu corpo.

— Boa pegada. Agora pode me soltar.

Engolindo em seco, Hassan soltou a cintura dela.

— Temos que levar todo mundo até o átrio — disse ele.

— Nem todos vão conseguir chegar. A fumaça está bem mais espessa lá em cima.

— Não vamos deixar ninguém para trás — declarou Hassan. — Você acha que eles conseguem subir pelo menos dois lances de escada?

— Subir?

Ele assentiu e apontou dois andares acima, para um conjunto de portas que se abria para a plataforma ao redor da parte externa na torre.

— O deque de observação. Há uma escada lá fora que podemos usar para chegar ao deque.

— Eles vão conseguir — disse Khepri, como se pudesse transformar a afirmação em verdade ao dizer.

Ela direcionou os soldados cambaleantes e mancos em direção à escada, ficando com Hassan na retaguarda, desviando de escombros que caíam e tossindo à medida que a fumaça ficava mais espessa a cada degrau que subiam.

Um grito veio do primeiro do grupo a chegar ao destino.

— As portas estão trancadas!

Hassan sentiu o coração apertar e começou a abrir caminho pelos soldados, Khepri seguindo logo atrás. Os soldados abriram espaço na frente das portas, e dois deles estavam tentando usar a força para arrombá-la

A fumaça preta girava em volta deles, deixando o ar mais pesado com seu veneno. Acessos violentos de tosse ecoavam pela torre. As pernas de um dos soldados cederam, e ele caiu de joelhos. Alguns carregavam os que estavam fracos demais para ficar em pé. Outros engatinhavam sobre mãos trêmulas.

O tempo estava se esgotando. Se não saíssem dali rapidamente, todos sucumbiriam à fumaça.

Hassan os levara para lá pensando que aquela seria a saída. Mas talvez ele os tivesse condenado ao fracasso novamente.

Os dois soldados tentaram arrombar as portas com os ombros de novo, mas não conseguiram. Com uma expressão de determinação, Khepri foi até Hassan, os peitos quase se encostando, os olhos fixos nos dele. Por um momento insano, ele achou que Khepri fosse beijá-lo. Em vez disso, ele sentiu as mãos dela em sua cintura, desamarrando a faixa trançada no cós de sua calça.

Ele sabia, claro, que aquele era um momento emergencial do qual talvez não conseguissem escapar. Mas, ao mesmo tempo, não conseguiu controlar a reação de seu corpo àquela mulher o despindo de repente.

— O que você...? — Ele ofegou e não conseguiu completar a pergunta enquanto ela se afastava, a faixa nas mãos. Hassan a encarou sem dizer nada conforme Khepri rasgava metade da faixa com os dentes. Ela entregou uma das partes para ele.

— Você ainda tem o relicário?

— O quê?

— O relicário de Emir — explicou Khepri. — Eles te deram depois do funeral, não foi?

Hassan piscou e tocou o frasco amarrado em um laço em sua calça. Continha o óleo consagrado usado para untar o corpo de Emir.

Pedras azuis e vidro brilharam na palma de sua mão quando Hassan entregou o frasco a Khepri. Ela abriu a tampa e enfiou o tecido lá dentro, deixando alguns centímetros para o lado de fora.

— Acenda isso com o Fogo Divino — disse Khepri, apontando para a outra metade da faixa que estava em sua mão.

Sem entender, ele pegou o tecido e desceu as escadas até estar bem próximo das chamas. O calor desconfortável ardia em sua pele, mas Hassan aguentou firme e acendeu a extremidade da faixa.

Ele correu de volta para Khepri.

— Saiam do caminho! — ela ordenou, aproximando-se dos soldados perto da porta. Eles rapidamente obedeceram.

Khepri segurou o frasco embaixo da faixa em chamas nas mãos de Hassan. Ela a manteve ali pelo tempo necessário para o óleo consagrado pegar fogo e então atirou tudo de uma vez — o óleo, o tecido e a chama — contra as portas, antes de se agachar e puxar Hassan com ela.

Uma explosão estremeceu toda a torre.

Hassan olhou para cima a tempo de ver um pequeno incêndio branco crescer e rapidamente se dissipar, deixando ali uma abertura chamuscada.

Gritos de comemoração se elevaram e Khepri o olhou, sorrindo. Eles se levantaram e se desviaram dos escombros e da fumaça, saindo para o ar fresco. O resto dos prisioneiros já estava no deque quando eles chegaram.

— Nós conseguimos. — A voz de Khepri estava fraca.

Hassan olhou para ela, respirando fundo. Cada inspiração de ar fresco parecia melhor do que a anterior. Tomado pelo alívio, ele a puxou para um abraço. Os braços dela se fecharam facilmente em sua nuca, e Hassan se inclinou. Quando Khepri o beijou no *Cressida*, foi um beijo desesperado, cheio do medo e da culpa que os tomavam. Mas ali, com as estrelas espalhadas acima deles, o beijo foi cheio de promessa e esperança.

Eles se separaram e Hassan tentou memorizar a expressão do rosto dela naquele momento — lábios entreabertos, um rubor iluminando o rosto moreno, cílios batendo delicadamente sobre os cativantes olhos cor de âmbar. Era estranho que qualquer parte de Khepri — a destemida e corajosa Khepri, com o brilho do sol em seus olhos e aço em sua espinha — pudesse ser delicada. Mas havia partes dela que Hassan ainda não conhecia, e esperava ter tempo para isso.

Ela sorriu para ele e se aproximou para roubar mais um beijinho, pegando Hassan de surpresa e fazendo-o responder com um sorriso que ele sabia que devia ser ridículo.

— Venha — ela murmurou.

Hassan entrelaçou os dedos nos dela e seguiram o resto dos soldados pela escadaria de pedra que contornava a parte externa do farol.

— Como você sabia que aquilo ia funcionar? — perguntou ele enquanto desciam. — Que o óleo consagrado faria aquilo? Você sabia que haveria uma reação com o Fogo Divino.

A expressão do rosto de Khepri endureceu.

— Eu já tinha visto acontecer uma vez, lembra? Quando tentamos apagar a fonte do incêndio no Alto Templo. O templo explodiu quando o Fogo Divino tocou o óleo consagrado.

Hassan se esquecera daquele detalhe, de tão preocupado que estivera com os outros horrores que tinha visto e ouvido naquele dia. Mas Khepri perdera três companheiros naquela noite. Aquelas lembranças, ele sabia, queimavam em sua mente.

— Bem, seu raciocínio rápido nos salvou.

Eles chegaram no fim da escada e encontraram três figuras conhecidas correndo na direção deles.

— Penrose! — exclamou Hassan.

Ela, Petrossian e Osei pararam diante do grupo. Estavam chamuscados e molhados com água do mar, mas pareciam bem.

— Vocês conseguiram sair — disse Penrose, aliviada. — Graças aos Profetas. Estávamos voltando para procurar vocês.

— Saímos pelo deque de observação — explicou Hassan. — Mais alguém conseguiu?

Penrose assentiu.

— Depois que você subiu pela torre, nós ajudamos os outros a fugirem pelo átrio. O Hierofante deixou alguns guardas do lado de fora do farol, mas nós cuidamos deles. Annuka e Yarik estão fazendo sinal para os navios da Ordem na murada, para informá-los que devem atracar lá. O porto é perigoso demais e está lotado de Testemunhas. Mas temos que ir agora antes que as Testemunhas percebam o que estamos fazendo.

Hassan fez que sim, virando-se para o resto dos soldados.

— Todo mundo aqui deve ir com Penrose. Ela vai levar vocês até os navios da Ordem. Ficarão seguros com eles.

Khepri se aproximou.

— Por que está parecendo que você não vai com a gente?

Ele olhou por cima dela, para o farol.

— A chama do Fogo Divino ainda está queimando lá em cima. Enquanto continuar, Nazirah estará em perigo. Não vou deixar meu reino novamente. Herat não precisa de um conquistador, e não precisa de um Profeta. Meu reino precisa de alguém que lute por ele custe o que custar. — Ele pensou em seu pai, que enfrentara a execução em vez de ceder às Testemunhas. — Mesmo que custe a própria vida.

Herat ainda precisava de seu príncipe. Hassan nunca necessitara de uma Graça ou de uma profecia para salvar seu reino. Ele só precisava da crença de que conseguiria, e de toda a raiva e esperança que o levaram até ali.

— Você está falando sério — disse Penrose, uma pontada de descrença em sua voz. — Vai ficar aqui? Com as Testemunhas? Com a sua tia?

— Eles vão queimar a cidade, Penrose. A não ser que alguém impeça.

— Mas como?

— Eu tenho um plano. — Ele olhou para o farol. O símbolo do passado de Nazirah. A torre que era o coração de seu reino. A luz que o guiara para casa. — Você nos disse, em Pallas Athos, que só existe uma fonte de Fogo Divino — disse ele para Khepri. — Se for aquela lá em cima, então só há uma forma de apagá-la. Nós temos que destruir o farol.

Chegara àquela conclusão horas atrás, quando vira a chama pálida brilhando no alto da torre pela primeira vez.

— É o único jeito — declarou Hassan.

— Mas Hassan... — começou Khepri.

Ele a silenciou com um olhar.

— Lá no *Cressida,* você me disse que nós sempre temos escolhas. Essa é a minha, Khepri. Eu vou parar as Testemunhas.

Aquela seria sua salvação.

Khepri sustentou seu olhar.

— Então eu vou te ajudar.

— Eu não posso pedir para você...

— É claro que eu vou te ajudar — ela insistiu. — Você sabe disso. Meus irmãos ainda estão aqui em Nazirah. Se existe alguma esperança de salvá-los, vou fazer o que estiver ao meu alcance.

Ele olhou nos olhos dela, seu coração travando uma batalha interna. Não suportava a ideia de vê-la ferida. Mas também não podia deixá-la partir.

— Eu liguei meu destino ao seu, lembra? — Ela apertou a mão dele. — Eu já fiz a minha escolha, Hassan. A minha escolha é você.

— A nossa também.

Hassan ergueu o olhar e viu o tenente do exército de Khepri, Faran, diante dele.

— Não vamos deixá-lo, príncipe Hassan.

Os soldados se juntaram atrás dele e assentiram, concordando.

— Não — disse Hassan. — Vocês devem se manter em segurança para dar uma chance ao nosso povo fora deste reino.

Faran negou com a cabeça.

— O que é um povo sem suas terras? Nós viemos aqui para lutar ao seu lado, príncipe Hassan, para enfrentar as Testemunhas. Para retomar nosso reino. E é isso que vamos fazer.

— Vocês ouviram o que o Hierofante contou sobre mim — argumentou Hassan. — O que eu sou. Enganei todos vocês. Tudo isso é minha culpa. O que eu fiz... vai além do perdão.

— Tudo isso é culpa do Hierofante — retrucou Faran com veemência. — E de todos que o seguem. Não importa o que eles dizem, príncipe Hassan. *Nós* sabemos quem você é. Queremos lutar ao seu lado. Por Nazirah.

— Por Nazirah — murmuraram os outros.

Hassan não conseguiu acreditar naquilo — apesar de tudo, apesar do que tinha feito, seu povo ainda confiava nele. Ainda *acreditava* nele.

Ele se virou para Penrose.

— Acho que é isso, então.

Ela deu um passo à frente, segurando seu braço. Surpreso, ele pegou as mãos dela.

— Que a luz de Nazirah o guie, Vossa Alteza — disse Penrose, seu tom forte.

Ele fez uma reverência.

— A você também.

Com um aceno final, os membros restantes da Guarda se retiraram até serem três manchas no céu noturno.

Hassan se virou para os soldados, que estavam prontos para obedecer a suas ordens.

— Ao alvorecer, o farol cairá.

61

EPHYRA

Ephyra tinha treze anos quando trouxe a irmã de volta dos mortos.

Foi um ano terrível de fome e seca. As caravanas que costumavam passar pela sua aldeia na rota do comércio de Tel Amot para Behezda tinham desaparecido como chuva em terra seca.

Doenças começaram a se espalhar. Os pais de Ephyra e Beru logo sucumbiram.

Mas quando Beru adoeceu, Ephyra não se importava mais com o aviso de seus pais sobre sua Graça. Eles já tinham morrido, e ela não perderia Beru também. Então a curou.

Mas Beru adoeceu de novo. E de novo. E de novo.

E então, certa manhã, Ephyra entrou no quarto da irmã e encontrou seu corpo frio na cama. Ela nunca sentira uma tristeza mais poderosa do que a que sentiu naquela manhã. Ela explodiu em seus pulmões, subindo pela garganta e fazendo todos os seus ossos tremerem.

Seus gritos atraíram os vizinhos, que entraram e viram o corpo sem vida de Beru. Ephyra sabia que eles o queimariam, como fizeram com os outros. Ela esperneou e se debateu quando a arrastaram para longe. Quando não conseguiu mais sentir os dedos frios da irmã nos seus, Ephyra desmaiou.

Ela nunca saberia o que aconteceu no tempo em que ficou inconsciente. Talvez fosse melhor assim. Quando voltou a si, estava deitada ao lado do corpo da irmã. Não... ao lado da irmã. Porque Beru estava respirando de novo. Inspirações curtas e fracas, seus olhos trêmulos sob as pálpebras. E quando Beru abriu os olhos, Ephyra percebeu que tudo em volta delas estava silencioso. O único som era o da respiração nos lábios da irmã.

Aí ela proferiu as primeiras palavras de sua segunda vida:

— O que foi que você fez?

Elas nunca mais falaram sobre aquele dia. Nunca falaram sobre a caminhada lenta da casa delas até a praça silenciosa, os corpos dos amigos e vizinhos caídos como bonecas em volta delas. Nunca falaram sobre os olhos vazios e o silêncio sufocante.

Aquela tinha sido a última vez que Ephyra pisou na aldeia. Agora estava de volta, com a esperança de salvar a irmã de novo.

Mas temia ser tarde demais.

Ela parou aos pés da torre do relógio, no centro da aldeia, protegendo os olhos do sol nascente. Um tecido grosso cobria a parte inferior do seu rosto, para protegê-la das tempestades de areia.

Alguém estivera ali. Os sinais estavam na terra espalhada acima do degrau da entrada do mercado e no corte recém-feito no tronco da figueira que ficava no canto da praça principal da aldeia.

Sim, alguém estivera ali. Ephyra tocou no tronco áspero da árvore. Não havia sangue, nada que sugerisse violência. Ela se recusava a considerar tal possibilidade. Em vez disso, passou pela árvore, afastando-se da praça e seguindo por uma rua suja, assolada pelo vento, que conhecia tão bem. A rua que a levaria de volta para casa.

A casa estava exatamente como lembrava, da rachadura que subia da janela até o telhado reto. Ela quase conseguia acreditar que, se atravessasse o caminho de pedras e passasse pela porta arqueada, encontraria seu pai desenhando na sala, no meio de suas pilhas de cadernos. Que se entrasse na cozinha, encontraria sua mãe brigando com Beru por causa dos seus machucados e unhas sujas.

Mas quando Ephyra parou na entrada, a lembrança estremeceu e desapareceu como um fantasma.

— Beru? — chamou ela na casa escura e empoeirada. — Beru, você está aqui?

O som de passos quebrou o silêncio. Ephyra atravessou a sala correndo e entrou na cozinha. A porta que dava para o quintal estava aberta.

— Beru!

Mas a pessoa do outro lado da porta não era sua irmã. Era Hector Navarro.

Ele a encarou, paralisado.

— O que você fez com a minha irmã?

Hector ficou tenso, seus olhos brilhando de raiva.

— Eu não fiz nada com ela.

— Onde ela está?

— No lugar onde deveria. No lugar onde você deveria tê-la deixado, muitos anos atrás. Antes de você...

Ephyra não conseguia ouvir mais. Ela passou por Hector e caminhou pelo quintal, seu coração disparado como o de um animal acuado.

— Beru!

Ela estava deitada sob a acácia, seus braços dobrados como tecido de palha.

Ephyra ofegou, um som áspero e sofrido saindo da sua garganta enquanto parava no quintal, seu corpo congelado. Ela cruzara o mar para voltar para a irmã, mas não conseguia se forçar a dar aqueles últimos passos até ela.

— Não fui eu. — A voz de Hector cortou o ar atrás dela. — Você nunca deveria ter trazido ela de volta. Nunca deveria ter mexido com as forças da vida e da morte. Você adiou esse momento por cinco anos. Tirou inúmeras vidas. Agora tudo voltará à ordem.

As palavras a atingiram como ondas, mas Ephyra mal conseguia ouvi-las sobre o rugido em sua cabeça.

Beru não podia ter morrido. Não antes de Ephyra encontrá-la.

Suas pernas a arrastaram pelo quintal até chegar ao lado da irmã. Ela caiu de joelhos, pegando a mão frouxa de Beru e a pressionando contra a bochecha. Soluços silenciosos e dolorosos a sacudiram.

Os dedos de Beru se mexeram, segurando o polegar de Ephyra.

Ela ofegou desesperadamente, pressionando o dedo contra o pulso de Beru, acima da marca da mão escura. Os batimentos estavam fracos.

Ela estava viva. Ainda tinham tempo.

— Estou aqui — disse Ephyra em pânico, afastando um cacho do rosto pacífico da irmã. — Eu estou aqui, Beru. Estou aqui.

— Vocês deviam se despedir. É o fim.

Ephyra se assustou ao ouvir o som da voz baixa e próxima de Hector.

Por que eu fui poupado?, Hector perguntara em sua cela em Pallas Athos. Ephyra matara toda a sua família, mas o deixara vivo.

E agora Beru precisava de outra vida.

Os dedos de Ephyra se fecharam no pulso da irmã. Hector não era como as outras pessoas que a Mão Pálida matara. Sua morte não seria acidental. E, depois daquilo, não haveria volta.

Mas, sem Beru, não havia como continuar.

Ela se controlou e se levantou, encarando Hector.

— Não é o fim. Não é assim que termina.

Tudo na vida deles os levara àquele momento.

— É você ou ela. E eu escolho ela.

O pânico brilhou no olhar de Hector quando ela partiu para cima dele. Ele pegou o cabo da espada, desembainhando-a mais rápido do que Ephyra poderia reagir. A lâmina passou raspando por ela e a garota deu um passo atrás, tocando o ponto onde a lâmina cortara seu rosto. O sangue escorreu pelos seus dedos.

Hector olhou dela para a espada, em choque.

— Eu...

Ephyra atacou de novo, mas ele estava pronto. Com a velocidade e a força aumentadas pela Graça, ele a prendeu no chão, a espada em sua garganta.

— Acabou — ele repetiu.

Ela soltou um suspiro de raiva.

Hector baixou a espada.

— Desista.

Por um momento, o mundo pareceu ficar suspenso enquanto eles se encaravam. Duas pessoas que tinham perdido tudo. Nenhum deles disposto a desistir.

Com toda a força que tinha, Ephyra estendeu a mão às cegas, fechando-a no braço dele. Os olhos de Hector estavam fixos nos dela enquanto Ephyra respirava fundo e se concentrava para puxar o *esha* de seu corpo.

A mão do garoto começou a enfraquecer. A princípio, ele pareceu não entender o que estava acontecendo. Mas quando olhou do rosto dela para a mão em seu braço, ele arregalou os olhos em pânico. Ephyra ergueu a outra mão, seu polegar encontrando o pescoço de Hector. Ele ofegou, seus pulmões puxando o ar com um esforço desesperado, cada inspiração mais curta e fraca do que a anterior. O coração dele disparou e, depois, começou a ficar mais fraco. A luz se apagou dos seus olhos enquanto ele ofegava até tudo ficar em silêncio. Sob a palma da mão de Ephyra, o pulso dele parou.

Hector caiu para o lado, seu peso pressionando o corpo dela. Gritando com o esforço, Ephyra o empurrou para o chão. Ela ficou deitada ao seu lado por um tempo, recuperando o fôlego. Lágrimas quentes escorriam pelo seu rosto. Estava tremendo.

Ela se levantou do chão e se forçou a olhar para o corpo de Hector ao seu lado, e para a mão pálida maculando sua pele.

Pesar e culpa fechavam sua garganta, mas ela engoliu os sentimentos. Beru precisava dela.

O resto do trabalho foi rápido. Ephyra fizera aquilo tantas vezes que era como se seu corpo soubesse o que fazer sem parar para pensar. A lâmina, o sangue, sua mão.

E sua irmã, morrendo sob a acácia.

Ephyra se ajoelhou ao lado de Beru, afastando os cachos da testa dela com a mão limpa. E a outra, pingando com sangue fresco, envolveu o pulso de Beru bem em cima da marca escura da mão. Ela fechou os olhos e se concentrou em infundir o *esha* de Hector em Beru. Enchendo-a novamente com vida.

Por favor... por favor. Não pode ser tarde demais. Por favor.

Um ofegar suave quebrou o silêncio. Ephyra abriu os olhos e encontrou o olhar da irmã.

— Ephyra? — murmurou ela. — Ephyra, você está machucada.

Ela passou os dedos no sangue que escorria da bochecha da irmã.

— Estou bem. — Ephyra não conseguiu esconder o sorriso que se abriu em seu rosto. Um sorriso de alívio e exaustão. — Eu estou bem, Beru. E você também.

Beru olhou para ela, confusa, suas sobrancelhas franzidas.

— Eu...

Os olhos dela pousaram na mão ensanguentada de Ephyra, ainda segurando seu pulso. Em um movimento fluido, Beru se levantou. Ephyra viu o instante que a irmã notou o corpo caído no quintal. Sua expressão passou de confusão para raiva.

— Ephyra — disse Beru, horrorizada. — O que foi que você fez?

62

JUDE

Jude ouviu por onde tinha que sair antes de ver a saída. O som alto e fluido do vento entrando no túnel assoviava pelo ar úmido.

Ele se virou para Anton.

— Está ouvindo?

Estavam andando pelo aqueduto subterrâneo pelo que pareciam ser horas. Anton se mantivera colado a ele. Jude não sabia se era por medo ou porque ele não conseguia enxergar no escuro.

Anton ficou tenso ao seu lado, diminuindo o passo, mas Jude o puxou para a frente, andando mais rápido.

— Acho que é uma saída. — Ele começou a correr, puxando Anton atrás de si.

À frente, uma luz tênue marcava a boca do túnel. Começara a amanhecer enquanto eles procuravam a saída. Uma rajada de vento trouxe o cheiro de maresia.

Eles chegaram ao fim e pararam. O túnel dava para a parte inferior de um viaduto que se projetava do despenhadeiro, apoiado por arcos entalhados nas pedras. Nada além de uma queda íngreme os separava da espuma branca das ondas e do cinza-escuro das águas que se chocavam contra as pedras abaixo.

— Deve ser aqui que a água drena para o mar — comentou Jude, levantando a voz sobre o som do vento e do oceano. Ele observou o viaduto acima. Conseguiria subir facilmente, mas seria mais difícil com Anton.

Então Jude percebeu que Anton não estava mais ao seu lado. Tinha se aproximado da beirada do túnel, seu olhar fixo na água espumante abaixo. Ele começou a se inclinar para a frente, lentamente, como se alguém o estivesse puxando para baixo.

— Anton! — Jude correu para o lado dele, passando os braços em volta de seu peito e puxando-o para trás. Os olhos escuros de Anton pareciam desfocados, desorientados.

Ele piscou, sua visão lentamente ganhando foco.

A respiração de Jude estava entrecortada enquanto o pânico ainda tomava seu corpo.

— Desculpe — disse Anton, baixinho. Jude sentiu o peito dele subir e descer, e então a respiração quente de Anton contra seu rosto. — Eu não pensei...

Mas ele não terminou a frase. Havia uma parte dele, Jude percebeu, que ainda estava na cisterna. Não sabia exatamente o que tinha acontecido lá, mas, pelo estado de Anton, conseguia imaginar o suficiente para mil pesadelos.

Quanto mais rápido Jude o tirasse dali e o levasse para a segurança dos navios da Ordem, melhor.

— Você já pode me soltar — disse Anton. — Estou bem.

Jude afastou o braço devagar e voltou a atenção para o viaduto. Havia uma plataforma estreita de rocha saindo da face do rochedo, com suportes dos dois lados do viaduto que permitiam uma escalada.

— Eu vou primeiro — disse ele. — Me siga. Não olhe para baixo.

Anton afastou o olhar da água e assentiu.

— Eu não vou deixar você cair — disse Jude.

Ele se segurou cuidadosamente nas pedras escorregadias, parando algumas vezes para ajudar Anton a passar por um trecho particularmente difícil. Só conseguiu respirar quando chegaram aos suportes do viaduto, que eram cheios de lugares para segurar e se apoiar, muito mais fáceis de escalar do que o rochedo. Ele chegou primeiro ao parapeito e puxou Anton em seguida. Com o rosto contra o vento, olhou por cima do viaduto até o mar.

Velas prateadas brilhavam no horizonte cinzento. Uma onda de alívio o lavou.

— A Ordem da Última Luz. Exatamente como Penrose prometeu.

Ele se virou para Anton de novo e percebeu que seus olhos estavam desfocados e distantes outra vez, fixos na torre do farol no fim do viaduto.

Jude seguiu o olhar dele e todo o alívio desapareceu. Uma fumaça saía do alto da torre. A tocha de Fogo Divino queimava forte contra o céu sombrio.

A Guarda. Os outros prisioneiros. Talvez eles ainda estivessem lá.

Jude ficou parado, sendo açoitado pelo vento e dividido novamente entre o que sabia ser seu dever e o que certamente partiria seu coração. Tinha que levar Anton — o Profeta — para um lugar seguro. Sabia disso. Mas não podia deixar os outros morrerem.

Ele se virou para dizer a Anton para esperar ali, para fugir para a praia se visse alguém chegando. Mas, novamente, percebeu que Anton não estava mais lá.

Uma pontada de pânico o atingiu, e não passou mesmo quando Jude viu o cabelo claro de Anton contra o céu escuro, correndo em direção ao farol em chamas. Uma escada de pedras subia pelas laterais. Jude viu Anton começar a escalar. Em direção à chama do Fogo Divino, destruidora de Graças.

Com o coração na garganta, Jude correu atrás dele.

63

HASSAN

O plano era bem simples.

Sob o véu da escuridão, eles tinham se dividido em grupos de seis e ido em todos os templos que existiam ao longo da Estrada de Ozmandith, pegando óleo consagrado e qualquer tecido e pano que conseguiam encontrar.

As ruas de Nazirah estavam completamente vazias. Parecia que a maioria das Testemunhas estava concentrada no porto, esperando a chegada dos navios da Ordem, mas pequenos grupos de dois ou três patrulhavam a cidade. Uma daquelas patrulhas vira o grupo de Hassan e Khepri saindo do terceiro templo. Hassan esperara, com o coração martelando nos ouvidos, enquanto Khepri ia atrás delas. Eles perderiam toda a vantagem que tinham se Lethia e o Hierofante descobrissem que tinham conseguido fugir do farol.

Khepri voltara sem qualquer ferimento, trazendo uma das Testemunhas.

— O que aconteceu com a outra? — perguntara Hassan.

— Ele não vai chegar muito longe com a perna quebrada — respondeu ela.

— Não temos como saber quem mais pode ter sido visto — disse Hassan. — Precisamos nos apressar.

Quando voltaram ao farol, os outros já tinham começado a encharcar os tecidos com óleo consagrado, colocando-os em caixotes de madeira.

— Você acha que será suficiente? — perguntou Hassan para Khepri.

Eles estavam agachados ao longo da murada que seguia perpendicularmente à península do farol.

— Vai ter que ser — disse Khepri, observando os outros soldados empilharem os caixotes contra a murada do farol virada para o mar. Eles esperavam ter potência suficiente para desestabilizar a torre, mandando-a direto para o mar.

— Chegou a hora — avisou Hassan quando os soldados terminaram de empilhar os caixotes e começaram a se retirar pela península. Ele se levantou, colocando um rolo de corda no ombro.

A parte mais perigosa da missão era dele. Hassan era o único capaz de se aproximar com segurança do Fogo Divino sem arriscar mais do que a própria carne. Ele seria o responsável por ajustar o fusível e acendê-lo.

— Espere — pediu Khepri, levantando-se com ele. Por um instante, Hassan temeu que ela fosse exigir ir junto, embora ambos soubessem o quanto aquilo seria perigoso.

Em vez disso, Khepri simplesmente o abraçou e o beijou brevemente, mas com ardor, até ele ficar tonto.

— Eu acredito em você — disse ela, antes de lhe entregar uma garrafa de vidro e, com um empurrão gentil, mandá-lo por cima da murada.

Hassan ajustou a corda no ombro enquanto caminhava em direção ao farol. Vários soldados heratianos vinham na direção oposta. Eles pararam ao vê-lo e se viraram em um único movimento coordenado, tocando o peito com os punhos cerrados, na saudação dos Legionários Heratianos para a realeza. Profeta ou não, Enganador ou não, Hassan ainda era o príncipe deles.

Ele assentiu em reconhecimento, e os soldados seguiram para a muralha, onde Khepri os aguardava.

Hassan seguiu sozinho para o farol. Quando chegou às pilhas de caixotes cheios de óleo consagrado, desamarrou a corda e os prendeu com ela. Depois abriu a garrafa que Khepri lhe entregara e derramou o conteúdo sobre a corda e os caixotes.

Ele pegou a extremidade livre da corda e a desenrolou enquanto caminhava pela lateral do farol em direção à entrada. Já conseguia sentir o cheiro acre de fumaça lá dentro. Segurando a corda com mais força, cobriu o rosto com uma máscara improvisada, protegendo o nariz e a boca.

Ele abriu as portas e a fumaça saiu. Hassan cambaleou para trás, seus olhos lacrimejando. A fumaça era tão espessa que ele sequer conseguia enxergar a luz brilhante das chamas de Fogo Divino que queimavam lá dentro. Respirando fundo, ele fechou os olhos e entrou. A fumaça e o calor o golpearam, pressionando-se contra seu corpo. Esforçou-se para passar pelas nuvens escuras, sua cabeça pesada pelos vapores nocivos.

Acreditando seguir em direção às chamas, Hassan continuou avançando cegamente. A corda se desenrolou conforme ele avançava. Uma dor dilacerante e profunda queimava seu peito.

Por fim, viu uma labareda branca no meio da fumaça. Seus olhos ardiam e o estômago se contraía enquanto ele se arrastava em direção a ela. Com toda força que conseguiu reunir, pegou o que restava da corda em seus braços e a atirou contra as chamas.

O fogo tremeu e Hassan caiu de joelhos, tomado por um violento acesso de tosse. Fechando os olhos para protegê-los do calor da fumaça, ele se afastou, engatinhando e seguindo a corda para encontrar a saída.

O calor ficou ainda mais opressivo. A corda estava queimando mais rápido do que ele conseguia engatinhar.

Ele rolou para o lado para não se queimar, tentando seguir o rastro da chama branca. Mas a fumaça aumentava a cada segundo. Ele não conseguia mais enxergar. A fumaça enchia seus pulmões, sua boca, seus olhos e sua cabeça. O peito parecia prestes a explodir.

O fogo chegaria ao óleo consagrado em breve, e toda a torre explodiria. Hassan fizera o que precisava fazer. Não lhe restavam mais forças.

Exatamente como o pai, morreria protegendo seu povo.

Ele fechou os olhos e a fumaça o envolveu.

64

ANTON

Anton subiu.

Era como se estivesse em transe, subindo pela escada vertiginosa que se elevava cada vez mais até chegar ao farol. O som das ondas quebrando na rocha foi ficando mais distante à medida que ele escalava.

O Fogo Divino acima era só uma luz distante quando começara, mas agora ele conseguia ver as chamas pálidas e os painéis de vidro que o protegiam do vento. Suas pernas queimavam, protestando contra o esforço, quando ele passou pelo deque de observação. As escadas ficaram mais estreitas. A chama se aproximou, a luz consumindo seu olhar.

As labaredas lambiam o céu cinzento conforme ele se aproximava da plataforma de pedra que cercava a tocha. O calor queimou suas costas quando Anton chegou ao parapeito.

Um tumulto de ondas verdes e cinza estourava lá embaixo. Com mãos trêmulas, Anton se impulsionou na superfície lisa de pedra, subindo devagar e com cuidado da plataforma para o parapeito. Ele parou por um momento, o vento acertando seu rosto. Então, aproximou-se lentamente da chama.

— O que você está fazendo?

Uma voz. Seu tom duro atravessou a hipnose de Anton. Uma torrente de *esha* o atingiu como uma tempestade prestes a cair. Ele se virou.

Jude estava no alto da escada, iluminado pela chama pálida. Seu rosto mostrava a própria tempestade interna, seus olhos do mesmo tom perigoso de verde do mar turbulento.

— Não se aproxime mais. — O vento engoliu o pedido de Anton.

Jude caminhou em direção a ele.

— Desça.

Anton voltou a olhar para o Fogo Divino, negando com a cabeça.

— Eu tenho que fazer isso. — A chama queimava sua pele, mas por dentro ele sentia tanto frio quanto naquele dia sob o gelo. Tinha que se livrar daquilo, da coisa que o assombrava desde então. — Essa é a única maneira.

Ele precisava queimar a própria Graça.

— Ou você desce ou eu vou até aí pegar você — avisou Jude.

Anton não se mexeu. Um instante depois, sentiu o calor de Jude ao lado dele no parapeito. O vento açoitava o rosto de Anton, lançando mechas molhadas de cabelo em seus olhos.

— Olhe para mim — pediu Jude.

Anton balançou a cabeça, concentrando-se na chama clara. Ele só precisava tocar nela e então tudo aquilo acabaria. Os pesadelos. A lembrança. Aquela era a única forma de encontrar a salvação. A única maneira de ser livre.

— Você não devia ter vindo atrás de mim.

— Anton — Jude tentou de novo. — O motivo de eu ter te encontrado naquela cisterna, o motivo de as Testemunhas quererem te capturar, tudo isso só aconteceu porque...

— Porque eu sou um Profeta — concluiu Anton, finalmente olhando nos olhos dele.

Um Profeta. Era impossível. Era a verdade.

— Sim — disse Jude com firmeza. — O seu nascimento foi previsto. Antes de desaparecerem, os Sete Profetas sabiam que você chegaria. Eles nos deram pistas. "Mas nascido sob um céu iluminado, um herdeiro com a Visão abençoada, uma promessa quebrada do passado."

— "O futuro obscuro é clareado" — completou Anton, as palavras lhe ocorrendo de forma espontânea, como se conhecesse a história. Mas ele não conhecia.

Os olhos cintilantes de Jude se arregalaram, surpresos.

— Exatamente. Você é o último Profeta, Anton. A minha missão é te proteger. Não vou permitir que ninguém te machuque. Nem Illya. Nem as Testemunhas. Ninguém.

Anton olhou para a linha escura das sobrancelhas de Jude e depois para sua mão, cerrada com força ao lado do corpo, os nós dos dedos brancos.

— Não é deles que eu tenho medo.

Jude vacilou. Quando voltou a falar, sua voz estava baixa, mal dando para escutá-la por sobre o vento sibilante.

— Do que você tem medo, então?

Anton balançou a cabeça.

— Eu... Eu vi uma coisa. Há muito tempo. Mas eu...

— O quê? O que você viu?

— Tive uma visão — revelou Anton, enfim. — Eu era bem novo, mas mesmo naquela época eu... Eu sabia, de alguma forma, que o que eu vi não tinha vindo do passado. Mas que ainda ia acontecer. E que quando acontecesse... ninguém conseguiria impedir. Muito menos eu.

Algo sombrio estava vindo para o mundo, e Anton vira sua sombra.

— Uma visão? — repetiu Jude. — Você quer dizer que... que você viu? O fim da profecia? O futuro que os Sete Profetas não conseguiram ver?

Foi aquilo que tinha visto? Algo que os próprios Sete Profetas não foram capazes de enxergar?

Ele balançou a cabeça.

— Eu não sei. Não consigo lembrar direito. A visão me deixou em algum tipo de transe, eu acho, e eu fui para o lago. Eu me lembro de cair através do gelo. E então... apenas flashes. Escuridão. Quando meu irmão me tirou da água, eu fugi. Não consegui encarar, o que quer que tenha sido. — Ele ainda não conseguia. Desviando o olhar de Jude, observou o horizonte. — Parece que eu estou fugindo disso a minha vida toda.

Fugindo de uma coisa que estava dentro de sua cabeça. Fugindo de algo de que ele jamais conseguiria escapar.

— Então talvez seja hora de parar. — A voz de Jude estava calma e séria, muito perto dele.

Anton a ouviu por cima do vento, sobre as ondas quebrando contra as rochas. Ele conseguiria, pensou, inseguro, ouvir aquela voz acima de qualquer outro som.

Ele se virou. Os olhos de Jude estavam brilhantes e perigosos.

Um som cortou o ar, mais alto e próximo do que um trovão. O farol estremeceu abaixo deles. Anton se desequilibrou na beirada do parapeito.

— Jude!

O céu, o vento e o mar pareceram prender a respiração por um instante silencioso. Então um flash de luz explodiu abaixo deles e o mundo inteiro se acendeu sob a luz branca.

O farol balançou. As chamas lamberam o ar. Anton cambaleou para trás. Jude saltou para a frente.

Juntos, eles caíram.

65

JUDE

O sangue de Jude queimou enquanto ele saltava através do Fogo Divino.

Ele ignorou a dor, ignorou o fogo que corria em suas veias e o vento que chicoteava seu rosto enquanto envolvia Anton com os braços, protegendo-o das chamas. Sua Graça surgiu enquanto abraçava o Profeta com força e se impulsionava da beirada do parapeito do farol, fazendo-os cair em arco em direção ao mar.

A água se elevava na direção deles. Uma luz forte preencheu sua visão. O Fogo Divino queimava sua Graça, incendiando seu corpo com dor. O calor branco incandescente o consumiu por inteiro até não conseguir mais aguentar.

Jude não sentia mais nada, não via mais nada; mas ainda ouvia o som suave da respiração de Anton sobre o vento sibilante e forte.

Eles caíram na água e tudo ficou em silêncio.

66

ANTON

O mar envolveu Anton em seu abraço.
    O fogo queimava atrás de suas pálpebras. A escuridão o atingiu, fechando-se em torno dele. Aquilo o perseguira desde o dia no lago congelado.
    Ele fez tudo que podia para se proteger, mas a visão estivera sempre lá, esperando. Na água, na escuridão, ele não podia mais fugir. Não podia mais lutar. Deixou-se levar.
    E afundou.

Ele estava em uma cidade em ruínas. Cinzas e pó abafavam o céu vermelho. Uma sombra eclipsava a luz do sol.
    Um fio de fumaça atraía Anton por um caminho de terra erodida, passando por pilares em ruínas e arcos caídos.
    Anton... Anton... Profeta...
    A fumaça o levou até o centro de uma cidade arruinada. Até uma torre quebrada — o esqueleto da estrutura cercado por escombros e uma parede se erguendo como um grande monólito.
    Quatro fios retorcidos de fumaça saíam de cada uma das paredes destruídas, unindo-se ao centro como os ponteiros de uma bússola.
    Um zunido baixo cortava o ar, aumentando até formar uma voz crepitante como as chamas.
    A peça final da nossa profecia revelada.
    Na ruína da torre havia um corpo, retorcido de forma anormal entre os escombros. A fumaça o envolvia. A figura começou a se esfacelar, como uma estátua de pedra quebrada. Uma luz branca saía das rachaduras.
    Em visão de Graça e fogo.
    A fumaça serpenteou e se entrelaçou até formar uma figura, erguendo-se do corpo, bloqueando o céu sangrento.

Anton ergueu a cabeça.

Dois olhos brilhantes, repletos de luz. Pálpebras de fumaça negra.

Para derrotar a Era da Escuridão.

Aqueles olhos o viram. Enxergaram dentro dele. Anton não conseguia se *mover*, não conseguia *pensar,* não conseguia ver mais nada além daqueles olhos. Olhos de chama fria e de luz.

Ou destruir o mundo de todo.

Anton estava na beirada de um precipício, olhando para uma cidade que nunca vira antes, uma cidade de palmeiras verdejantes e água cerúlea escondida no abraço das dunas ondulantes. Um imenso portão esculpido em pedras vermelhas se erguia sobre a fronteira da cidade. Um estalo cortou o ar e, de repente, o portão desmoronou. A cidade inteira começou a oscilar, enquanto a areia movediça abaixo dela a engolia por inteiro.

Uma outra cidade surgiu em seu lugar. Ele a reconheceu pelas duas grandes estátuas que ladeavam o porto. Tarsépolis. Uma chuva de luz e fogo caía do céu, incendiando a cidade e transformando-a em um inferno flamejante.

Das cinzas, Pallas Athos se ergueu. Anton estava na parte mais alta, nos degraus do Templo de Pallas, observando enquanto uma onda de sangue inundava tudo, transformando as ruas e construções, outrora brancas, em vermelhas.

Uma por uma, as Seis Cidades Proféticas caíram.

Ele voltou para a torre quebrada onde tudo começara. Só que agora ele estava parado no meio das ruínas, embaixo do céu vermelho-sangue. A fumaça se retorcia ao seu redor.

Ele olhou para baixo. O corpo estava lá, com o rosto virado para ele.

Os olhos dela se abriram e Beru soltou um grito ensurdecedor. A visão se dissipou em uma forte explosão de luz.

Anton acordou.

67

BERU

Beru estava ao lado da irmã nas ruínas de sua casa, olhando para o corpo do garoto que a levara até lá.

Hector estava caído no chão, seus olhos vazios apontados para o céu sem nuvens. Beru sabia que a última coisa que aqueles olhos tinham visto fora o rosto de Ephyra.

— O que você fez? — ela perguntou. Sangue quente escorria de seu pulso. Ela afastou o olhar do corpo imóvel de Hector e observou as gotas que pingavam na poeira sob seus pés.

O que nós fizemos?

— Beru. — A voz de Ephyra estava carregada de sofrimento. — Eu tinha que fazer isso. *Tinha* que fazer. Ele trouxe você para cá para morrer. Eu não podia deixar isso acontecer.

— Ele era inocente — disse Beru, sua voz vazia. — Ele era inocente e você o matou. Você o *assassinou*, Ephyra.

— Para salvar *você*.

Sujeira, sangue e lágrimas manchavam o rosto dela. Beru encarou a irmã, sentindo como se estivesse vendo pela primeira vez o que ela realmente era.

— Eu preferia morrer do que ser o motivo de você se transformar em um monstro. — A voz de Beru estremeceu. Ela sentiu um enjoo repentino e uma enorme vontade de chorar. — Mas acho que já é tarde demais.

— Beru...

— Eu te disse, Ephyra. Não consigo mais fazer isso.

— Nós ainda podemos encontrar o Cálice — disse a irmã, estendendo a mão para ela. — Só porque Anton não conseguiu ajudar, não significa que...

Beru se afastou.

— Chega. Chega de procurar. Chega de Mão Pálida. Chega de pessoas morrendo por causa do que eu sou. Acabou.

— Não acabou — negou Ephyra com veemência. — Você ainda está respirando, Beru. Por favor...

— Hector me contou que existe uma profecia — disse ela, hesitante. — Uma profecia que diz que a Era da Escuridão está chegando e que... somos nós que a provocamos. A mão pálida da morte. E aquela que se reergue do pó.

Ephyra deu uma risada forçada.

— Você está falando sério? Uma profecia? Não existem mais profecias. Os Profetas *se foram*, e não voltarão. Você não acha mesmo que...

— Foi o que ele me disse. E eu acreditei. Eu acredito. Porque ele está certo, Ephyra. Veja o que você fez. Este lugar... A nossa casa... Nós *destruímos* tudo. Se somos capazes disso, eu não preciso de uma profecia para me dizer que somos capazes de coisas piores.

— É isso mesmo que você acha? — Ephyra deu um passo em direção à irmã. — Que estamos destinadas a causar o *mal*?

Beru engoliu em seco.

— Eu só sei que existe algo sombrio dentro de nós. Não consigo mais ignorar isso.

— O que você quer dizer com isso? — perguntou Ephyra, desesperada. — O que você vai fazer?

Beru levantou o queixo e olhou para além da irmã, pelo quintal, e na direção do sol distante.

— Quero dizer que estou partindo. E dessa vez você não vai me seguir.

Ephyra deu um passo em direção a ela.

— Beru.

— Eu estou me despedindo.

— Não — respondeu Ephyra. — Não, você não pode...

— Eu não posso? — repetiu Beru. — Eu não escolhi morrer. Eu não escolhi voltar a viver. Mas posso escolher agora. Eu não vou permitir que viremos monstros. Eu escolho partir.

— Beru, você não pode fazer isso. — A voz de Ephyra falhou. — *Por favor*.

Beru apertou os braços dela.

— Você é minha irmã, e não importa o que você fez, eu sempre vou te amar. — Ela se afastou, soltando Ephyra. — Mas essa é a última vez que você vai me ver.

Beru viu o coração da irmã se partir. Notou o modo como seu rosto se contraiu, como seu corpo estremeceu. Ela se obrigou encará-la até não aguentar mais e, então, virou-se para ir embora.

Precisava fazer isso. Hector sabia, e agora ela também. A decisão ia além da morte dele. Além das vidas que a Mão Pálida roubara. Além da vila que a ressurreição de Beru destruíra.

Ephyra amava Beru o suficiente para acabar com o mundo para salvá-la. E Beru amava Ephyra o suficiente para não deixá-la fazer isso.

Então ela se virou e se afastou da sombra da acácia, caminhando na direção da luz.

68

HASSAN

A primeira coisa que Hassan notou não foi uma sensação, mas a ausência de uma — da dor. Seus olhos não estavam mais ardendo. Seu peito não parecia mais prestes a explodir. O ar ia e vinha dos pulmões com facilidade — entrando e saindo, entrando e saindo.

De alguma forma, estava vivo.

Em seguida, sentiu mãos frias contra seu peito. O cheiro cítrico e terroso fazia cócegas no seu nariz sob o fedor da fumaça. Ele queria mergulhar naquele cheiro. Lábios roçaram em sua testa e ele se mexeu, segurando a pessoa com uma das mãos e pressionando os lábios contra os dela.

Khepri soltou um leve gemido de surpresa, e depois um suspiro, quando se separaram. Hassan piscou e se sentou. Khepri estava ajoelhada ao lado, com o rosto sujo de fuligem, mas um sorriso de alívio. Os outros soldados estavam em volta deles.

— O que aconteceu? — perguntou ele. Sua garganta, percebeu, ainda estava irritada por causa da fumaça.

Khepri hesitou antes de responder.

— Quando você não saiu do farol, eu fui atrás.

— Khepri — disse ele com um tom de reprovação.

Mas ela não parecia nem um pouco arrependida.

— Você estava bem atrás da porta. Quase conseguiu sair antes de desmaiar.

— Ela carregou você nas costas.

Hassan olhou e viu Faran de pé, assomando sobre os dois, seus braços cruzados.

— Vocês quase não conseguiram escapar da explosão.

Hassan se empertigou.

— O farol?

— Não existe mais — respondeu Khepri com delicadeza.

— Eu quero ver.

Ela contraiu a boca, mas se levantou e ajudou Hassan a se levantar também. Ele ainda estava um pouco fraco, mas, depois de uma leve vertigem, conseguiu ficar de pé e olhar para além da muralha até as ruínas do farol.

O legado de sua família. O orgulho do seu reino. Ele havia sido destruído, e não importava o que acontecesse depois, se conseguiriam expulsar as Testemunhas e depor Lethia, aquele pedaço da história do seu povo nunca mais seria o mesmo. O farol que existira por mais de mil anos agora jazia no fundo do mar. E Hassan seria lembrado como o príncipe que o derrubara.

Era difícil encontrar triunfo nisso.

— Príncipe Hassan.

Ele se virou. Atrás dele estavam os soldados heratianos, seus rostos cansados e sujos de fuligem, alguns ainda feridos. As forças tinham diminuído em algumas dezenas desde que chegaram a Nazirah.

— Príncipe Hassan, o faremos agora?

Era impossível saber o que aconteceria com eles. Seriam caçados. Poderiam ser executados.

Mas, juntos, tinham impedido as Testemunhas. Tinham evitado que a cidade fosse queimada e virasse cinzas. O farol de Nazirah não estava mais de pé, mas aquelas pessoas estavam. E ele também.

— Procuraremos abrigo — declarou Hassan. — Juntaremos nossas forças. E logo atacaremos.

Ele não estava mais seguindo o caminho de ninguém — nem o caminho do pai, nem o da Ordem, nem o de Lethia. Não havia certezas, a não ser a garota ao seu lado e o povo que acreditava neles. O reino de Herat era mais do que um farol. Mais do que uma profecia. Agora que Hassan estava de volta, faria de tudo para mantê-lo em segurança.

À distância, os navios de velas prateadas da Ordem se viraram, deslizando no mar, para longe.

Hassan olhou para o céu. Lá, no leste, o sol apareceu no horizonte.

69

EPHYRA

Um vento soprou nas folhas de acácia atrás de Ephyra. O sol tinha se posto na aldeia dos mortos.

Beru se fora. Ela estava sozinha, depois de tudo que tinha feito para evitar isso.

— Olá, Ephyra.

Ela se virou ao ouvir seu nome. Não estava sozinha. Ainda não.

Ephyra não reconheceu a mulher na entrada do quintal, mas algo lhe disse que deveria.

Ela usava uma calça marrom e uma blusa simples azul-celeste, o mesmo tipo de roupa que o povo de Medea usaria. Um lenço laranja-claro, da cor do pôr do sol, cobria seus cachos. Era bonita, Ephyra notou — pele morena um ou dois tons mais claro do que a dela, olhos da cor de uísque escuro.

— Quem é você? — perguntou Ephyra enquanto outra brisa passava entre as duas.

A mulher entrou no quintal, caminhando até ela com elegância.

— Bem, eu nunca te disse o meu verdadeiro nome.

— Sra. Tappan?

Esse não é o verdadeiro nome dela, sabia? Foi o que Anton disse naquela noite que parecia ter acontecido a éons atrás, no apartamento dele na Cidade da Fé. Agora que Ephyra finalmente estava diante dela, sabia que ele tinha razão. Aquela mulher não era apenas uma caçadora de recompensas. E agora tinha chegado até a aldeia dos mortos, onde Ephyra começara tudo.

Ela cerrou os punhos.

— O que você está fazendo aqui?

— Eu vim te ajudar — respondeu a mulher.

— Me *ajudar*? — disse Ephyra. — Tudo que você fez até agora foi estragar a minha vida. Foi você que nos mandou para Pallas Athos. Foi por sua causa que Hector nos encontrou lá. Tudo isso é sua culpa!

A mulher a encarou, impassível.

— Talvez eu tenha colocado vocês no caminho de Hector Navarro, mas foram as suas ações e as da sua irmã que as trouxeram até aqui. Aqueles que não conseguem dominar as próprias escolhas serão sempre controlados pelo destino.

— Você acha que isso é algum tipo de jogo horrível? — cuspiu Ephyra. — Fazer com que a gente saia em uma jornada louca para encontrar um cálice lendário? Ele nem deve existir, não é?

— Ah, o Cálice existe. E pode te ajudar a salvar sua irmã. Você ainda quer isso?

Ephyra respirou fundo. Salvar Beru fora uma constante em sua vida por tanto tempo. Nunca houve *espaço* para mais nada. Só havia a próxima cidade, o próximo assassinato, a próxima marca de tinta na pele de Beru.

Ela não conhecia uma vida sem isso. Não sabia *como* querer qualquer outra coisa.

— Venha comigo — disse a mulher, inclinando a cabeça em direção à casa. A casa onde os pais de Ephyra pereceram. A casa onde Beru dera o primeiro suspiro da sua segunda vida.

Ephyra a seguiu.

A mulher deslizou por uma passagem com cortinas e entrou na sala pequena, com uma mesa de centro cercada por almofadas gastas e estantes altas de livros enfileiradas nas paredes. Ephyra não conseguiu resistir à vontade de passar os dedos pelas lombadas dos livros, do jeito que fazia quando era criança. Uma sensação de nostalgia a iluminou como um raio de sol cortando sua tristeza. Sentiu-se como uma garotinha de novo.

A mulher se virou para uma das estantes e puxou algo. Ephyra reconheceu no mesmo instante. Era um dos cadernos de desenho de seu pai. Ele costumava levá-lo nas longas viagens que fazia com as caravanas, capturando nas suas páginas o rosto das pessoas que conhecia e as coisas que via. Ela se lembrava de muitas noites, aninhada no calor do corpo dele, exclamando *"o que é isso?"* cada vez que ele virava a página e revelava um rebanho de camelos ou um artefato estranho que vira em outra caravana comercial.

A mulher abriu o caderno de desenho e começou a folhear as páginas. Ephyra segurou um grito de protesto. Os desenhos de seu pai eram algo particular. Sagrado.

A mulher parou em um desenho de Beru. Ali, ela parecia ter uns dez ou onze anos, uma garotinha desengonçada. Os braços estavam erguidos para pegar uma pipa que caía do céu. Ephyra se lembrava daquele dia. Beru pegara mais pipas do que qualquer outra criança. Ficara tão orgulhosa. Foi apenas algumas semanas antes de adoecer.

Enfiado entre as páginas havia um pedaço solto de pergaminho, dobrado em quatro. A mulher o entregou a ela.

Com as mãos trêmulas, Ephyra o desdobrou. Era outro desenho, mas não de uma pessoa.

Era uma taça. Ela passou os dedos pelos traços firmes do lápis, que ilustravam uma taça elaborada com filigrana prateada, incrustada com pedrinhas preciosas. Parecia pertencer à mesa de algum rei antigo de Behezda.

Não era uma *taça*. Era um cálice.

Ela lentamente ergueu os olhos até o rosto da mulher.

— Esse é o...?

— Olhe o verso — orientou a mulher.

Ali, Ephyra encontrou um mapa do deserto de Seti, estendendo-se desde a costa leste de Pélagos até Behezda, e do norte da estepe de Inshuu até o Mar do Sul. Um pequeno *x* marcava dezenas de aldeias do deserto, algumas das quais ela nunca ouvira falar.

Preso no canto inferior do mapa havia um pequeno pedaço de pergaminho com palavras escritas em uma letra que ela não reconheceu.

Aran, estava escrito. O nome do seu pai. *Temo que não possamos ajudá-lo dessa vez. Se o Cálice realmente existir, é melhor não procurá-lo. A única coisa que você achará é uma morte rápida.*

Ephyra leu as palavras três vezes, como se pudessem mudar. Seu pai procurava pelo Cálice de Eleazar desde muito antes de ela saber que aquilo existia. Todas as vezes que saíra com uma caravana para negociar no deserto, era aquilo que realmente estava fazendo? Parecia que seu coração ia sair pela boca.

— O que é isso? — ela perguntou. — Por que meu pai estava procurando pelo Cálice?

A mulher não respondeu.

Ephyra deu um passo para a frente, tirando o caderno de seu pai da mão dela.

— Responda! Se meu pai estava procurando pelo Cálice de Eleazar, isso tinha alguma coisa a ver comigo, não tinha? Porque eu... Porque minha Graça é assim.

A mulher inclinou a cabeça.

— Assim como?

— Poderosa — respondeu Ephyra. A palavra soou estranha na sua língua. Ela não se via como uma pessoa poderosa, mas a prova estava ali, naquela aldeia, e queimada na pele de cada pessoa que matou.

Seu pai sabia, de alguma forma, do que ela era capaz? Ele acreditava que o Cálice ajudaria a controlar sua Graça?

A mulher olhou ao redor do aposento.

— Você e sua irmã não começaram isso. A Mão Pálida e a retornada. Mas é com vocês que vai terminar.

Ephyra se retraiu. As palavras de Beru sobre a última profecia voltaram a sua mente. *A Era da Escuridão está chegando e... somos nós que a provocamos.*

— Tudo que eu queria era salvar minha irmã — disse Ephyra, sua voz trêmula. — Não era para nada disso acontecer.

— Mas aconteceu. E agora, sabendo disso, sabendo tudo que custou, você ainda quer salvá-la?

Ephyra fechou os olhos.

— Quero.

— Então precisa terminar o que seu pai começou — disse a mulher. — Faça sua escolha.

Ephyra olhou para o mapa em suas mãos. Se pudesse encontrar o Cálice, poderia salvar Beru de uma vez por todas.

E talvez condenasse o mundo no processo.

Ao encarar o olhar firme da mulher, Ephyra fez sua escolha.

70

ANTON

Anton não se afogou.

Sua cabeça latejava. O mundo balançava e oscilava. Precisava vomitar, mas não sabia como. Forçou-se a abrir os olhos. Uma luz forte pareceu perfurá-lo.

Tudo voltou à sua mente em um flash — a cisterna, o farol, seu irmão, *Jude* — e ele se sentou, ofegante.

— Vamos tentar ir com calma dessa vez, está bem?

Sentiu a mão de alguém pressionar seu peito. Sentiu o zunir de um *esha* enchendo o quarto, agradável e atrevido. Calmo. Centrado. Poderoso.

Anton olhou para a mulher. Ela era clara e musculosa, com sardas escuras pontilhando seu rosto e o que ele conseguia ver da pele exposta de seu pescoço e dos braços. Os cachos ruivos estavam presos em uma trança grossa, ocultando parte de um metal prateado retorcido em volta do seu pescoço. Os olhos azul-escuros pareciam calorosos quando encontraram os dele, mas demonstravam uma ponta de preocupação.

O estômago de Anton se contraiu e ele se virou para o lado, vomitando no piso de madeira.

A mulher nem piscou.

— Água — pediu ele, rouco, quando acabou.

Havia uma tigela ao lado do catre. A mulher a levou com cuidado até os lábios de Anton, erguendo seu queixo para ajudá-lo a beber. O toque foi inesperadamente carinhoso. Reverente, quase.

Anton estremeceu e se recostou nos travesseiros, fechando os olhos. Gemendo, cobriu o rosto com os braços, tentando bloquear a luz.

— Você sabe onde está? — perguntou a mulher. — Consegue me dizer o seu nome?

— Anton — murmurou ele por baixo do braço. — Estamos em um navio.

— Isso mesmo — confirmou ela, gentilmente. — Meu nome é Penrose. Sei que você deve estar muito confuso agora, mas juro que aqui é seguro. Muito seguro.

— Onde está Jude? — A última coisa da qual se lembrava era de cair, dos braços de Jude ao seu redor, protegendo-o do Fogo Divino, os dois caindo no mar, e então...

Penrose pressionou os lábios, formando uma linha fina, e seu rosto, já branco, ficou ainda mais pálido. O estômago de Anton se revirou e ele se inclinou para a frente, certo de que iria vomitar de novo.

Por fim, Penrose respondeu:

— Ele está aqui no navio.

Anton ofegou e quase engasgou de alívio.

Mas Penrose ainda não tinha acabado.

— Eu vi vocês dois caírem do farol. Vi quando atingiram o mar. Nós mergulhamos para salvá-los, Annuka e eu, e tiramos vocês o mais rápido que conseguimos. Jude não estava respirando quando o trouxemos para o navio. Os curandeiros estão fazendo o possível por ele.

Anton sentiu o sangue quente latejar em sua cabeça, e ficou tonto de novo.

— Anton. — A voz de Penrose ainda era suave, mas havia um diferente tom de urgência por trás dela. — O que vocês estavam fazendo no alto do farol?

Anton ficou em silêncio por um longo tempo. Então, quando sentiu que Penrose estava ficando inquieta, disse:

— Você é um deles, não é? Da Ordem da Última Luz?

Ela assentiu.

Ele inspirou, sua respiração trêmula. Não havia mais motivo para continuar se escondendo, continuar fugindo. Tinha provado isso no alto do farol. E quase morreu no processo.

Quase matou Jude também.

— Eu quero vê-lo — pediu abruptamente.

Penrose hesitou.

— Por favor. Me leve até ele e eu conto tudo que você quiser saber.

Anton precisou de três tentativas para conseguir sair da cabine. Penrose foi paciente, sustentando seu peso enquanto ele cambaleava pela porta e pelo corredor estreito. Eles paravam de vez em quando para Anton apoiar a testa e fazer com que a visão parasse de girar.

Quando finalmente chegaram à enfermaria, havia mais quatro pessoas no corredor, dois homens de pele escura e um casal de pele clara, um homem e uma mulher tão parecidos que só podiam ser irmãos. Todos usavam o mesmo manto azul-escuro e o colar de prata como o de Penrose.

— Esse é o...? — perguntou o homem de pele clara, encarando Anton sem cerimônias.

Penrose o silenciou com um olhar significativo.

— Ele quer ver o Jude.

A porta se abriu e a luz pálida da enfermaria iluminou o corredor. Anton engoliu em seco, hesitante agora que estava tão perto de onde Jude jazia doente e vulnerável.

Ele empurrou a porta e entrou. Uma fileira de leitos estava alinhada no aposento, metade delas com as cortinas abertas. Uma luz clara iluminava o cômodo. Penrose o levou até uma das cortinas e a abriu.

Jude estava pequeno e pálido contra os lençóis cinzentos de sua cama. Seus braços estavam cobertos de curativos, e cicatrizes brancas subiam pela lateral de seu pescoço, como vidro estilhaçado.

Tudo por causa de Anton. Porque ele fora covarde, correndo até o alto do farol por não conseguir encarar quem era de verdade. O que ele tinha visto.

Sentiu que vomitaria de novo. Ele saiu correndo do quarto, passando pelos leitos e pelas pessoas no corredor. Chegou até o deque principal antes de seu estômago pesar e ele começar a vomitar pela murada do navio.

Quando acabou, apoiou a cabeça nos braços, desmoronando no chão e encostando na murada. Sua boca estava tomada por um gosto ácido e quente.

Sentiu um toque em seu ombro e o *esha* vívido de Penrose.

— O Fogo Divino — disse Anton, sua voz vazia. — No alto do farol. Jude saltou através dele para me salvar.

Ele ainda se lembrava do calor, das chamas serpenteando e estalando no ar como um chicote entre eles.

— Quando vocês atingiram a água, as chamas se apagaram — disse Penrose rapidamente. — As queimaduras são pequenas. Existe uma chance... — Ela parou, a emoção engolindo suas palavras. — Existe uma chance de a água ter apagado o Fogo Divino antes que a Graça dele tenha sido queimada. Só vamos saber quando ele acordar. Só nos resta esperar.

Esperar para ver se o corpo de Jude suportara o que Anton fizera com ele.

— Jude ainda estava usando sua Graça quando vocês caíram — continuou Penrose. — Ele a usou para se afastar do farol em ruínas e nadar para longe dele.

Anton ergueu os olhos, sem saber onde ela queria chegar. Penrose o olhava cautelosamente.

— Ele deve ter tido muita força de vontade para usar a Graça enquanto sentia tanta dor. Eu já encostei em correntes forjadas em Fogo Divino, e foi mais doloroso do que eu consegui suportar. Não consigo imaginar como seria usar minha Graça sendo queimada pelas chamas. Seja lá pelo que ele estava lutando... devia ser muito importante.

Anton ergueu a cabeça, seu olhar encontrando o dela e deixando uma pergunta pairar no ar.

— Eu sou um Profeta. — Ele dissera isso a Jude no farol. Não soava tão estranho agora. — O Profeta, eu acho.

Penrose ficou completamente imóvel.

— É verdade, então.

— Você sabia?

— Você tem a idade certa — disse Penrose em voz baixa. — E quando eu vi Jude... — A voz dela falhou.

Anton esperou.

— Jude abandonou a Ordem em Pallas Athos. Abandonou sua missão e traiu seus votos. Para um Paladino, trair os votos resulta em pena de morte.

— Ah.

Anton pensou na Primavera Oculta e nos lábios contraídos de Jude quando ele colocou o colar de ouro na mesa e declarou que ele, também, viajaria a bordo do *Cormorão Negro* para Tel Amot. Pensou no som da voz dele — fraca e vencida — a bordo do navio onde Illya o mantivera como prisioneiro, dizendo que havia falhado.

A vergonha tomou conta de Anton. Jude arriscara a própria vida de muitas maneiras para protegê-lo. Achava que tinha falhado, que tinha traído tudo em que acreditava. Ele mesmo dissera isso a Anton no navio a caminho de Nazirah. Mas não foi Jude que falhou ao cumprir o próprio destino. Foi Anton. Ao se esforçar tanto e por tanto tempo para fugir dele, quase condenou os dois.

— Quando vi Jude no farol, ele me disse que sabia que você estava em Nazirah — revelou Penrose. — Disse que conseguia sentir sua Graça. Você pode me contar o que aconteceu?

Anton respirou fundo, tremendo. De repente, sentia-se exausto. Mas pensou em Jude, deitado à beira da morte na enfermaria, e soube que aquilo — os segredos que guardara a vida toda, a visão que sua mente tentara apagar — era o que o tinha colocado naquela situação.

Então ele começou a contar. Quanto mais falava, mais queria continuar — arrancar tudo de dentro de si, cavar os lugares mais profundos e escuros do seu ser.

Em algum momento, o ar da noite ficou frio demais, e ele e Penrose voltaram para o espaço apertado de sua cabine.

— Quando estávamos na cisterna, meu irmão me disse que os Profetas fizeram uma última profecia antes de desaparecerem. — Ele ainda conseguia ver o rosto do irmão diante de si, seus olhos dourados brilhando na escuridão. — Era por isso que eles me queriam, eu acho. De alguma forma, eu sou parte disso tudo. As Testemunhas, o Hierofante, eu acho, todos querem entrar na minha cabeça, saber o que eu vi anos atrás.

Penrose ofegou.

— O que você viu? — ela perguntou, sua voz saindo em um sussurro marcado de urgência. — Anton, você viu como impedir a Era da Escuridão?

As palavras o atraíram como uma lembrança.

— Impedir *o quê?*

— A profecia — respondeu Penrose rapidamente. — O Último Profeta deve concluí-la. *Você* deve concluí-la. Para ver como impedir a Era da Escuridão.

Anton negou com a cabeça, seu coração afundando no peito como uma pedra no fundo da escuridão do mar.

— Eu vi uma coisa. A Era da Escuridão. Eu a vi se desdobrar. Mas não...

Penrose cerrou os punhos no colo.

— Me fala o que você viu.

Ele fechou os olhos. A sombra cobrindo o sol. A torre quebrada. A fumaça escura. E aqueles olhos brilhantes, prendendo-o no lugar, dilacerando-o. As ruínas das Seis Cidades Proféticas. A visão surgiu atrás de seus olhos — conseguia ver, conseguia *sentir o cheiro* da fumaça e do céu vermelho-sangue.

Conseguia ver o rosto de Beru, seus olhos tão brancos e brilhantes quanto as chamas do Fogo Divino.

— Ruínas — respondeu Anton, enfim. — Eu vi o mundo inteiro em ruínas.

Anton se esgueirava pelo navio como um fantasma conforme atravessavam o Mar de Pélagos. Sentia um forte enjoo, uma dor que nenhuma quantidade de vinho encantado parecia capaz de curar.

Os membros da Ordem o encaravam quando se deparavam com ele nos corredores estreitos, e cochichavam entre si quando o viam no deque principal. Falavam baixinho sobre o garoto que subira no topo do farol para espalhar sua luz. O garoto que era seu salvador. Seu Profeta.

Ele não voltou para ver Jude na enfermaria depois daquela primeira noite, mesmo com vários dias se passando sem o Paladino acordar. Anton passou a ficar em seu quarto, dormindo durante o dia quando o sol estava mais forte. Penrose o chamava para o jantar, trazendo pão e figos secos até sua cabine. Ele saía apenas no meio da noite, quando tinha certeza de que só uma parte pequena da tripulação estaria acordada.

A Guarda não se opôs a isso, embora Anton percebesse que eles não gostavam quando escapava no meio da noite. Mesmo assim, um deles sempre o aguardava ao lado da porta, pronto para segui-lo como uma sombra indesejada.

Naquela noite, era a vez de Penrose ficar como vigia, parada em silêncio atrás de Anton enquanto ele se debruçava na murada, sentindo o vento no rosto conforme o navio seguia para o abraço da noite.

— Penrose.

Anton congelou. Havia se passado oito dias desde que ouvira aquela voz pela última vez.

— Você não devia estar aqui — disse Penrose. — Mal se aguenta em pé.

Anton se virou. Jude estava a alguns passos de distância, vestindo uma calça e uma túnica simples de linho. O luar o iluminou com seu brilho pálido.

— Estou bem — afirmou ele. — Por que você não descansa um pouco? Eu posso vigiá-lo pelo resto da noite.

Um silêncio tenso pairou entre eles, mas então ela assentiu. Anton a observou se afastar, olhando para Jude apenas depois que ela desapareceu pela escada que levava às cabines.

— Você está acordado — comentou Anton, como um idiota.

— Você também — respondeu Jude, mancando na direção dele.

Penrose não tinha comentado nada sobre Jude ter acordado. Ninguém comentara. Mas Anton também não perguntara. Ver Jude daquele jeito — pálido, pequeno, vulnerável — despertou uma sensação ruim dentro dele.

Culpa.

Sentia isso de novo agora, enquanto seus olhos percorriam a cor doentia no rosto de Jude, as olheiras arroxeadas, as cicatrizes como vidro estilhaçado que subiam pelo seu pescoço.

Seus olhos encontraram os dele novamente, e o olhar de Jude se suavizou ao responder à pergunta não verbalizada.

— Eu estou bem. — A sombra de um sorriso apareceu em seus lábios quando acrescentou: — Ou quase lá.

Ele estava mentindo. Anton estava sintonizado com o *esha* de Jude muito antes de conhecê-lo. Sentia-o como uma tempestade se formando em seus ossos. Sentia de forma tão precisa quanto antes, mas agora o *esha* estava fraco, como uma brisa trêmula. Quebrado.

O Fogo Divino afetara a Graça de Jude, tinha quase certeza disso. Mas até que ponto, Anton não sabia. E não conseguia perguntar.

Jude deu um passo em direção a ele.

— E você? Você vai...

— Se vou me jogar pela murada do navio?

O rosto de Jude ficou impassível.

Anton se virou para a água, para a escuridão além.

— Eu sobrevivi esse tempo todo. Acho que vou... simplesmente continuar sobrevivendo.

Jude parou ao seu lado enquanto ele arranhava o parapeito a sua frente.

— Eu não sei mais o que posso te dizer. — Havia muitas coisas que Anton queria falar. Que provavelmente deveria falar. — Você salvou a minha vida. Eu pedi a sua ajuda, e você me ouviu. Você veio. E no farol...

— Não foi uma escolha — respondeu Jude. — Você é o Profeta. É minha obrigação protegê-lo, custe o que custar.

Foi a mesma coisa que ele dissera para Anton no alto do farol, um pouco antes de provar que estava falando a verdade.

— Eu sei. — Anton não sabia como concluir o pensamento. Era mais do que qualquer pessoa já tinha feito por ele. Era demais, ou talvez não fosse o suficiente. Ele balançou a cabeça e olhou para a água, constrangido diante do olhar de Jude. — Penrose me contou sobre a última profecia. Sobre a Era da Escuridão. Todos vocês acreditaram que, quando eu completasse a profecia, saberíamos como impedi-la.

— Anton...

— Eu vi, Jude — disse Anton, esforçando-se para manter a voz firme. — Eu vi o mundo ruir. Essa foi a minha visão. O Acerto de Contas que as Testemunhas querem, a Era da Escuridão que os Profetas previram. Ela está se aproximando. Mas eu não faço ideia de como impedi-la.

Ao seu lado, Jude suspirou. Anton sentiu uma pressão suave na sua mão, apoiada na murada. O toque foi leve, mas firme como uma promessa.

Aconteça o que acontecer, eu vou te proteger.

Algum dia, talvez, Jude tivesse que quebrar essa promessa. Algum dia, Anton talvez tivesse que enfrentar algo do qual ninguém poderia protegê-lo.

Mas, por enquanto... Anton olhou para baixo e acariciou a mão de Jude delicadamente com o polegar. Por enquanto, era isso que tinha. A pressão da mão de alguém sobre a sua. O conforto de outro coração próximo o suficiente para ele escutá-lo.

Ficaram assim, lado a lado contra o vento, enquanto o navio seguia para a escuridão.

AGRADECIMENTOS

A jornada de tirar um livro da cabeça e colocá-lo nas prateleiras das livrarias é longa e árdua, mas tenho sorte de ter pessoas incríveis para me ajudar.

Para minhas agentes, Hillary Jacobsen e Alexandra Machinist: se este livro fosse uma princesa da Disney, vocês seriam as maravilhosas fadas madrinhas. Obrigada por verem o potencial do livro e o meu, e por trabalharem tanto para fazer tudo isso acontecer. Vocês me tiraram da escuridão e realizaram meus sonhos. E agradeço também ao restante da equipe da ICM e Curtis Brown, especialmente a Tamara Kawar, Ruth Landry e Roxane Edouard. Eu valorizo muito tudo que vocês fazem!

Obrigada, Brian Geffen, meu brilhante editor — sua dedicação, entusiasmo e apoio inabalável realmente me emocionaram. Nunca imaginei que eu teria a sorte de trabalhar com alguém que entendesse este livro tanto quanto você. Também agradeço a Jean Feiwel, Christian Trimmer, Rachel Murray, Molly Ellis, Rich Deas, Elizabeth Johnson, Starr Baer, e o restante da equipe da Holt e Macmillan Children's: obrigada por todo o trabalho árduo e por darem um lar tão maravilhoso para esta história.

Para o culto das escritoras: Janella Angeles (minha gêmea no mundo editorial!), Madeline Colis, Erin Bay, Christine Lynn Herman, Amanda Foody, Kat Cho, Amanda Haas, Mara Fitzgerald, Ashley Burdin, muito obrigada pela amizade, sugestões e vinho. Axie Oh, Ella Dyson, Alexis Castellanos, Claribel Ortega, Tara Sim, Melody Simpson — obrigada pelo bom senso infinito, pelas fotos fofas de animaizinhos e todas as baboseiras sentimentais. Não conseguiria me imaginar navegando nesse lance editorial sem todos vocês, e sou muito grata por não precisar fazer isso sozinha. Akshaya Raman, obrigada por ser a melhor revisora das trincheiras/eventos literários e colega de escrita, e também por aquela conversa por Skype que realmente me ajudou. E Meg RK, minha estrelinha brilhante, este livro se deve muito a sua paciência, seu humor e suas sugestões. Quando eu estou acabada, duvidando de cada palavra, você sempre está lá para me reerguer.

Traci Chee, Swati Teerdhala, Hannah Reynolds, Chelsea Beam e Julie Dao, o conselho e a amizade de vocês são tudo para mim. Às garotas KELT, Lucy Schwartz e Teagan Miller, nunca vou me esquecer de todo apoio que vocês me deram quando este livro era apenas algumas dezenas de páginas horríveis. Melina Charis, obrigada por estar comigo nesta última década (e pelo uso do seu sobrenome!). Scott Hovdey, meu amigo fabuloso e eterno acompanhante nas sessões de cinema — obrigada por acreditar em mim a cada passo do caminho.

Para minha família: mãe e pai, obrigada por terem basicamente me criado solta no quintal e permitido que eu brincasse livremente. Aqueles dias lapidaram minha imaginação e me transformaram em uma escritora. Para Sean, obrigada por me deixar ler seus livros de D&D, mesmo que nunca tenha me deixado jogar. Para Julia Pool, por se certificar de que eu aproveite cada momento. Para Riley O'Neill, pelos coquetéis de comemoração e conversas do clube do livro. Kristin Cerda, obrigada pelas noites do pijama, pelos acampamentos na floresta e pelas discussões intermináveis sobre linguagem, significado e, às vezes, cultos. Eu não seria a mulher que sou hoje se não fosse por você. Ao espírito adolescente e atrevido de Mary Shelley!

Erica, você é a minha irmã querida e a outra metade do meu cérebro. Se existe alguém no mundo que se doou mais para este livro do que eu, foi você. Você viu o processo de criação desde as primeiras ideias até as últimas vírgulas. Quando eu me perco no mar de reviravoltas de enredo e enigmas de sistemas mágicos, você é a bússola que me guia de volta para a história. Este livro é para você — assim como todos os próximos. Agora, vá terminar os seus!

Por fim, meu mais profundo obrigada a cada um dos leitores, blogueiros, bibliotecários e livreiros que escolheram este livro. É uma honra compartilhá-lo com vocês.

ESTA OBRA FOI COMPOSTA PELA ABREU'S SYSTEM EM CAPITOLINA REGULAR
E IMPRESSA EM OFSETE PELA LIS GRÁFICA SOBRE PAPEL PÓLEN SOFT DA SUZANO S.A.
PARA A EDITORA SCHWARCZ EM SETEMBRO DE 2020.

A marca FSC® é a garantia de que a madeira utilizada na fabricação do papel deste livro provém de florestas que foram gerenciadas de maneira ambientalmente correta, socialmente justa e economicamente viável, além de outras fontes de origem controlada.